盒子

马诺林/著

天津出版传媒集团
百花文艺出版社

图书在版编目（CIP）数据

盒子 / 马诺林著．-- 天津 ：百花文艺出版社，
2023.4
ISBN 978-7-5306-8435-1

Ⅰ．①盒… Ⅱ．①马… Ⅲ．①长篇小说－中国－当代
Ⅳ．① I247.5

中国版本图书馆 CIP 数据核字（2022）第 202669 号

盒子
HEZI
马诺林　著

出 版 人：薛印胜　**责任编辑：**郑　爽
装帧设计：谢蔓玉　**特邀编辑：**唐婷婷
出版发行：百花文艺出版社
地址：天津市和平区西康路 35 号　**邮编：**300051
电话传真：+86-22-23332651（发行部）
+86-22-23332656（总编室）
+86-22-23332478（邮购部）
网址：http://www.baihuawenyi.com
印刷：涿州市荣升新创印刷有限公司
开本：660 毫米 ×960 毫米　1/16
字数：282 千字
印张：18.5
版次：2023 年 4 月第 1 版
印次：2023 年 4 月第 1 次印刷
定价：59.80 元

如有印装质量问题，请与涿州市荣升新创印刷有限公司联系调换
地址：河北省保定市涿州市百尺竿镇毛家屯工业区中心路 3 号院
邮编：072750

这是本写给平凡人的书，
也许我们怀有对冒险人生的无尽渴望，
也许我们面对人生苦难与起伏波澜，
总是显得渺小无助。
我们总是在理想与现实的矛盾中挣扎，
总是在憧憬与幻灭中徘徊，
可对生活点滴的体悟与感恩，
能让我们面对痛苦更加勇敢。
生活是丰富多彩的，
但终究是平平淡淡的。

——马诺林

前言

《盒子》是我写作的第一部长篇小说，从2014年开始，我才逐渐感受到来自人性深处无法克制的欲望，像善恶交织的网，一夜之间冲击我的世界观，这张网像个盒子让我们每个人蜷缩其中，我想我要长大。2015年夏天，大学毕业，我流落在中国几个城市。出于对人生真谛的渴求，对故事源自本能的好奇心，我总能成为一个合格的聆听者，就这样，我知道很多故事。在我漫游的人生历程中，有一些故事，随着时光流逝，在我心中已不能再激起涟漪。可在去往杭州的路途中，我认识了一个来自扬州的小孩子。生于1998年，他用他短暂却坎坷（或者说有一些不可思议）的人生打动了我。至少在我目前的生涯中，我还是颇为震惊的。于是就在平凡得不能再平凡的一天，我将那个故事诉诸笔端，呈现于小说当中。

我将故事的背景从江苏扬州的村子（也许是小镇），转移到了雁北地区。因为我从未去过扬州，我对江苏这个沿海省份所知不甚了了，只知道那里经济发达。文化环境的陌生感，让我不敢轻易虚构，因为我担心当地人会笑话我孤陋寡闻。大同作为我的故乡，我深切感受到在时代大潮冲击下无能为力后的压抑。将这样一个故事搬到大同，似乎也毫无违和感，就这样，我虚构出一部与扬州小伙子人生经历有千丝万缕联系的小说。我不指望我能写出打动人心的作品，仅是觉得不能辜负小伙子带给我的人生震撼，让我觉得我在去杭州的路途上不是毫无斩获。

在创作手法上，我颇为青睐现代小说理论中提及的“零度介入”写作手法，让我主观的评价不是那么强烈。但在实际操作的过程中，我才意识到那是一种高超的艺术技巧，我并不能驾驭。索性，我写文章，写出自己的感想和情绪便可，如果能引起他人的共鸣，那一定是意外收获。

——2018年8月20日于家中

目 录
Contents

引子

“姐姐，和我在一起吧！”

此言来自一个年仅 20 岁的男孩，腼腆之余有点成熟，超龄成熟，他的表白使我震惊。要知道我已 27 岁，纵然驻颜有术，看起来 20 冒头儿，可我无法欺骗自己，更无法欺骗他。

“你知道我多大吗？小兄弟，我不能接受你。”我捂捂惊掉的下巴，赶紧拒绝。

男孩是我在南方自我放逐的路上偶遇到的。他叫苏志林，面容清秀，身高一米八，皮肤白白净净，妥妥的帅哥，加上超龄成熟的气质，让女人心神摇曳。

小兄弟用一脸严肃而又带着央求的眼神看着我。

“我不会跟你这么小的男生在一起，别打我的主意。”我语气决绝。

我想年龄差距如此之大，有些怪异。我严辞拒绝了他，从红色塑料四腿儿座椅上起身。他没敢拉我，我们才认识一天而已。路上，我不停琢磨苏志林这个帅小伙儿。他喜欢我的动机何在，我倒是能揣测出一二，只是这理由让人鼻子发酸。我预感到他这样的美好少年，兴许要遭遇更多苦难，这些苦难将惊人的类似，而我却无力阻止，无能为力。

此时，我置身在南方繁华的大城市——余州。因厌倦无聊无成就的读书生活，我心中冒出退学的念头，这个想法在上学期间不断变得强烈。我深知月亮与便士这一永恒矛盾，需先找份谋生的差事，才敢最终践行这大胆决定。故而此番孤身南下投奔好友，我希望能散心，其实也是自我放逐，而家人极力反对。

我和苏志林相识正是在我陷入极度落寞的处境之中时。

昨天，我终于收到面试邀请。为了能被企业接受，我隐瞒身份，说自己只是大学毕业，在北方工作几年，此番只身投奔同学来到南方。今天上午，我和新同事坐在类似教室的房间内，等待接受企业的业务培训。我想我是时间观念不错的人，认为早点来更好，可到达时，好几个座位已坐着人。他们看着很年轻，我感到窘迫，先自行找个位置坐下。

坐定后，为打发无聊的时间，我打开手机，看着娱乐八卦新闻。正当我浏览翻看时，斜对面一个五官帅气的男孩子向我身边凑过来，他自然落座在我左边，随即老练地介绍企业的情况。我想这就是学霸，哈哈。

主讲人登台亮相，把企业辉煌的历史详细讲解了一番，然后才进入主题介绍业务，我听得一愣一愣的。不少地方我跟不上，男生给我耐心讲解。他聪明伶俐，谈吐颇为优雅得体。我想：这次南下难道还有艳遇？这帅气的家伙对我有吸引力。我努力克制自己，尽量不去想入非非。

讲课中途，主讲人助手发表格，让众人填写个人信息。我从他手里接过表格，惊愕地发现——1996 年，江城理工大学。这也太小了吧，我在他面前可不就是老太婆。这么小不应该读书吗？怎么就参加工作了。这么小便大学毕业，好了不起！既是个帅气家伙，倒也不妨聊几句，当下我流浪在余州这么个冷漠的大城市，能有个伴，谢天谢地，还有啥可挑剔的？况且毕业学校还不错，也算聊得来。

“你好小，这么早就出来工作，我 1989 年的。”我略带尴尬，笑了三声。

“姐姐，你看起来很小，很漂亮。有啥不懂，可以问我，我社会经验丰富。”他连忙温柔地说道。

“啥？社会经验丰富，我想我不大明白。”

很快，我便猜测出他的言下小心机：出来闯荡，谁还没个难言之隐？只是“社会经验丰富”几个字眼还是让我好奇于他，怎么就丰富了？才二十岁而已。多年来，我攻读文学专业，读多了，看多了，外加生活中的各种遭遇，常盘算着勾勒一部小说。长久以来，我颠簸南北，浪迹东西，乐于搜集素材，在广阔大地上找寻让我感动的瞬间。我乐于诗书，却不侃侃而谈，总喜欢听别人讲故事，亦是不错的性格。在这个浮躁时代，谁不爱发表一番成功学理论，像我这般静静聆听是稀缺品质。就这样，我由着泛滥的好奇心，也为打发时间，与苏志林在余州大街开启了一天漫游。

我们在繁华的大街上并肩走着，他倒是惊人的成熟，像个绅士，知晓他腿长步伐大，而我身形瘦小可能会跟不上，便刻意放缓脚步，和我始终保持一左一右。初来乍到，我需要找房子先住下：连日来，同学已经被我严重叨扰，睡觉东挤一天西凑合一天。他身体欠佳，肉眼可见，再被鸠占鹊巢下去，我担心他扛不住。于是我打算和苏志林一起找房子合租。

“你来余州多久了？”我问道。

“大概一个多月吧，昨天经过两人面试，今天报到，你呢？”志林说。

“我来余州半个月，前几日找工作一直被拒，我差点要去KTV打扫卫生。”我笑道，实则十分苦涩。我饱读诗书，自诩知识分子、女才子，却沦落至此，心生凄凉，无法言说。

“怎么可能，我看你表格填的大学生，怎么会找不到工作？”他的眼神告诉我这简直难以置信。

看着他盯着我的眼神，这会儿才觉得他尚年轻，还是个孩子呢！

“你不也是大学生吗？”我打量着他的神情。

“其实我没上过大学。”他有些不好意思，白净的皮肤略微发红，可瞬间回归镇定，恢复如常。如果是我面对此境，定会十分尴尬，恨不得找个地缝钻进去。一场不愉快的考学，真是极大挫伤了我的尊严，现在不讲这个，我要将更多的笔墨聚焦在主人公志林身上，我猜想他的故事一定比我的更有戏剧性。他的镇定让我对他的人生更加好奇，他是如何做到如此镇定，在本该求学的黄金年龄里，在刚刚冒芽的人生时期？

“小心，后面有车。”他把我向路边拉去，一辆黑色奔驰车飞速向前驶去。

“啊！”我惊叫一声，太险了，“四轮儿瞧不起两条腿儿！”我不忿地嘀咕，两个人继续向前走，这样的情景在大城市并不稀罕。

“你是哪里人呢？”我尝试了解这个男孩。

“我老家是雁北的，你听说过吧！应该很知名的，塞外明珠，中国古代顶级古战场。”志林说。

“雁北？我当然知道，不就是女皇帝武则天出生的地方吗？”我由着自己浅薄的国学常识说道。

“准确来讲，女皇帝出生的地方和我老家还是有区别的。她的出生地是中原文化腹地，我家那里还只是少数民族与汉族混杂居住的地方，因此也是北方游牧民族入侵中原的必经之地。”他神色突然变得严肃，很像历史老师的样子。

我们从公司所在的山阴大道转入桂林路，方才大路两边均为高楼大厦，裹着深灰色玻璃幕墙的写字楼，像一个个密不透风的巨型摩天壳子。现在这条小路小摊点密集，小吃铺、饭馆儿，包子蒸笼飘散的雾气让这个地方有些烟火气，我的漂泊感减轻不少。

几个小孩子在嬉闹追逐，他们的母亲操着南方风味儿的普通话，呼唤自家孩子小心车辆。此时太阳已经到正头顶上，热浪让人崩溃。苏志林一路上像学究般讲着家乡的历史人文，讲着如今的凋敝。

“你懂的真多，小小年纪博学多闻，你一定很喜欢读书吧？”我像研究外星生物般审视着这个孩子，这个年龄拥有如此丰富的文史知识，真是不可思议。

“我喜欢读书，电影也看过一些，我去过很多地方。事实上，我高中毕业就出来工作了。”他的神情变得奇怪，一定有难言之隐，我倒觉着他很优秀。

“我高中毕业，就跟我妈说我有足够的能力了，可以去工作，然后就出来上班了。”他说。

“那很可惜，这些年你都去过哪些地方？”我惊奇于苏志林的人生经历。

“我去过樊池、江城……都是大城市。”我露出惊讶的神情，我认为，这样一个小男孩儿，没有好的教育背景，是怎样的渠道与经济条件助他跑遍这个文化古国呢？

此时，我俩肚子感到饥饿，我主动上前几步走进一家拉面馆，我们各自点了想吃的饭。为避免他尴尬，我抢先把自己的饭钱付好。这样窘迫的小面馆，我想他不会因为男人与生俱来的绅士风度而为难。志林很自然地把自己的饭钱付了，倒也没那么多推来让去的客气话。

我像记者发现一桩爆炸新闻般准备好连珠炮式的问题。

“你母亲同意你的决定？你还这么小，可以去复读的。”我问道。

“她没怎么拦我，都听我的意见。”他面色变得有些悲伤。我突然发现这个孩子真让人担心，一定还有什么秘密。

“你的爸爸怎么看你这个事情？”我像悲剧收集者般对他的故事紧追不舍，也说不出为何明知答案悲情，我却依旧问他。

“我爸爸在我很小的时候就去广东了，是我妈把我养大的。我爸没管过我的死活，后来他在广东有了新家。我妈一个人孤苦伶仃的，以种地为生。”苏志林像是经常说起似的，逻辑清晰地说着家庭的不堪。

“当时你母亲怎么就喜欢你爸了？既然他这么品德败坏。”我继续追问。

“我爸是我们村长得最帅的男人，年轻的时候，村里面喜欢他的女人很多，我母亲拼尽全力才成功。不过浪荡子，终究靠不住。他总是说会发财，总往南方跑，做生意。算了，我母亲的爱情往事，只有她有权利说起，我没资格。”志林说道。

“姐姐，你是哪里人？”他反问我。

“我也是北方人，不过我离你那里远着呢。”我对一切陌生人，从不说自己的真实情况，仿佛能保护自己似的。如非要供职一家公司，大概名字都不告知对方，我拥有十个代称，在不同场合告诉遇到的各色过客。

“姐姐，那咱也算半个老乡。”志林的脸上露出一抹惊奇。

我们边高谈阔论边吃面，直到下午四点，我们走出面馆。他用手机软件导航到一个小区，这段路我们足足走了半个小时。对这种高科技产品他显然驾轻就熟，至少比我强出不少。现在看来，我的社会经验还真不如他多，虽然我的年龄大很多，我承认自己是个书呆子。

到达小区门口，他拨打墙上的电话。

“为什么不用租房软件？”我不解地问道。

“那些都是租房中介，墙上电话才是房东直租留下的，价格更便宜，后续也不会出问题。”志林说。

我连连夸他经验丰富，我自愧弗如。

但是连看几家都不满意，当然价格是首要排除因素。我们打算再看一个小区，这个小区有点儿远，我们就继续漫游。

“姐姐，你喜欢这个工作吗？你打算一直在余州吗？我们一起是个伴儿。”他用恳切的语气说。

事实上，这份工作本身可有可无，我仅是不喜欢读研生活，暑假出来散心，顺便找个工作挣点儿零花钱。我就干脆实话实说，他并没有表现得多惊讶，反而多了几分欣喜。

“姐姐你真优秀。我也认识一些大学生，我的前女友是江城理工大学的，是个一本，你听说过吧？”

“哦，听说过，那很不错，很优秀的大学。”从他的神色中，我解读出渴望得到认可，回以肯定，这也是我的心里话。

我觉得在充满距离的社会，这样的爱情不可多得呢！我索性询问了他们的爱情往事，顺便问问他母亲对姐弟恋的看法。我担心他有恋母情结，如果有，那一定受原生家庭的影响。心理学总把“原生家庭”这个词汇挂在嘴上，我想用半生所学给予他正确的价值指引，当然，我并不自信我说的就是对的，可帮助他的心是善意的。接下来，他的陈述让我瞠目结舌，我想这只是以欲望为主题的往事，并非爱情故事，显然现在的志林还是个孩子，他的认知尚不能领悟何为爱情。说得兴起，他又讲了几段恋爱经历，依旧情欲色彩浓厚，到这会儿，我感到有些不适。我想我并不太爱听这类故事，陌生人讲更让我不适，可不知为何，他讲的每段故事都让我感受到他的无助与迷茫。然而生活还得继续，人总得活着，只有活着才有希望。我能看出他有些学识，知识累积并非一日之功，是旷时持久的成果，他对大学生活满怀憧憬与羡慕，应当是喜欢读书的。志林不该是当下的处境，他应拥有更好的未来。

天色已晚，我心情有些沉重，想动身回朋友住处，只是面对茫茫余州，我显得不知所措。志林再次打开手机软件为我导航，找到公交站牌，我看出他眼神中满是不舍，多次神态暧昧，有靠近我的样子，最终未有不妥举动。说实话，这样又帅又嫩的少年，又有几个女人不会心神荡漾，可我既知无未来，那就毅然决然拒绝他的示好。交流一阵地方人文历史后，我转身上了公交车。

次日分配工位，听毕领导训话，我们中午在外用餐，不曾想他还是向我表白，我耸耸肩，断然拒绝。半月以来，我已无法忍受在余州的茫然无助感。天气闷热近乎天天生病，目睹友人生活窘迫，我亦尚未找到住处。公司员工鱼龙混杂，背景差异巨大，这还是志林告诉我的。我想我的处境像极了郁达夫《春风沉醉的晚上》里的落魄书生，没找到好工作，干脆回家吧，现在还能享受不足一半的假期。

返回住处途中，我的心情变得苦闷。志林的人生，我想最击中人心的是他杂乱无章且充满情欲色彩的爱情故事，还有与母亲相依为命的艰难生活。我难以抑制思绪泛滥，眼中噙着泪水，在脑海中想象着他短暂的前半生。

第一章 初生的雏鸟

1

秋风肆无忌惮地刮着，密密阴云铺满在这北方村子上空，眼看要下场大雨。十分钟后，大雨来了，带上来自天上的问候亲吻大地。出地[1]的人们面色着急，在慌乱中着急避雨。很快，路旁屋檐下、小店门口挤满了人，黄色的土地一会儿工夫变成了褐色。他们整理着在慌乱中乱掉的仪容，拍打身上的雨水，感叹雨来得猝不及防。然而，这场雨虽在意料之外，却也在情理之中。在雁北，似乎总有违背人们所愿的自然规律：春天把种子种进地里，雨稀罕得很，一直延续到夏天。到秋忙期，要出山药，掰玉米棒子，雨却频繁来临。有时上午还晴空万里，下午大雨却袭击着脆弱又孤寂的村子。村子叫磨村，地处雁北地区，在沟壑如蟒蛇折绕的黄土高原上，磨村罕见地坐落在平川。

苏卫东背靠在沙发上吧嗒吧嗒地抽着烟，身着土黄色皮夹克。他眯着眼睛，胡子被修剪得恰到好处，眼神透露出一丝玩世不恭，也有一丝贪婪。他瞟了一眼被暴雨狂击的玻璃，雨水汇聚成一条条扭曲的瀑布从玻璃顶端流到底部，他突然叹一口气，转身对着躺在床上的女人说：

“我几个月才回来一次，没想到你有了，你打算怎么处理？”苏卫东语气冷冷地问道，接着口中吐出缭绕的烟雾。

“我想把这个孩子生下来，你爱怎么着怎么着吧！我想你不能做我的主。”

1　雁北农村方言，意思是“去田地干农活儿”。

女人背靠在欧式大床上，腿上盖着被子，情绪激动地回应。

“秋桦，我要去广州一趟，我兄弟联络上一批货，这是我最后一次发财的机会。眼下我没空管你生孩子的事，我打算今天就走，这是我最后一次翻身的机会。”苏卫东并不为之所动，秋桦似乎早已料到。

“今天，你走得了？”女人看了看窗户外面。

“走得了。”苏卫东依旧毫不迟疑地回答。

空气开始变得沉寂，座钟钟摆的摇摆声变得格外清晰。一阵沉默过后，苏卫东从沙发上坐起来，径直走向门口，他停留了片刻，转身走到床边，从上衣里面的口袋中拿出一个皮质的钱包，摸出两百块钱，放到秋桦枕头边，转身走开。苏卫东转动门把手，一阵冷风骤然吹进来，屋子里的空气瞬间潮湿。秋桦望着丈夫离去的背影，没有丝毫表情，眼泪从眼睛中直线流下来。

几个月后，一阵阵揪心的婴儿哭声从这间小屋中传出，志林仓促降临人世间。他从不明白为何要来到这个世界，可这已是不可更改的事实。如果他能被预先告知，人这一生是场动荡不安的冒险，他宁愿留在母亲肚子里，永远不要出来。

2

“秋桦，你家玉茭子种进去了没？”包黄头巾的女人问。

“种进去啦，英子，只等下雨，看老天脸色。”

“谁说不是？”包黄头巾女人扛着锄头迈步远去，脚底带起黄土，如烟被风吹散。

秋桦，这一定是妈妈的名字，众人都这么叫她。志林支棱着耳朵，趴在妈妈的背上，听着大人说话。经妈妈教导，志林把碗里的菜夹到嘴里，热汤进嘴前吹一吹勺子，就不会烫着。吃完饭，他的肚子顷刻饱胀，空虚与不安消逝，昏昏欲睡感随之而来。志林开始下地，再也不能忍受床上这狭小的空间。起初他感到恐惧，小腿在床沿儿反复试探，过了段时日，脚尖利索落地。到下地时间，秋桦用杨树枝做成背篓背着他，在村子大路和田间小径来回溜达。他看见太阳，还有长得不好看的大人抓着他的手，叫他“苏志林”，看来这是自己的名字。小孩儿总能吸引他的目光，他瞪大眼睛，直直看着孩子从身边颤颤悠悠地走过，他伸出手正想去触碰对方，那孩子已屁股落地，哭哭啼啼被大人抱起来。大人一边说没事，哦哦地哄着孩子，一边恶狠狠地盯着志林。等他双腿慢慢硬朗起来，他推开红漆大门，走到街上，一个浅水坑横在路上，他弯腰看着水面。水里倒映的天空深不见底，似乎不小心就会掉进万丈深渊，志林赶紧起身向家跑去。

一日，他看见秋桦从外面回来，手里提着大包小包朝着屋里喊：

“志林，快出来，有好东西！”

“啥好东西？妈。”志林趴在窗户上朝外面喊。

志林从床上蹿下奔出去，从秋桦手中抢过最大的包。里面是件新外套，这种样式的衣服他可从未见过。他低头瞅瞅身上的衣服，穿了很久，而眼前这件衣服样式是多么新奇。秋桦用手抚摸着志林的头，突然神情变得镇静下来，一个男人的身影从她背后出现在志林面前。

“你爹回来了！”志林更加兴奋，这年他 7 岁。

3

志林羡慕有爸撑腰的孩子，和其他人吵架摔跤气势都更高一筹。在苏卫东消失他乡的漫漫时间里，秋桦是唯一陪伴他的人。平日家里没啥人来串门，门庭清冷，只有一个叫英子的婶婶与妈妈交好。

志林听妈妈说，英子婶婶是从西南来的妇女。她本怀着能在传闻中的富饶省份找工作的打算，来到雁北。两夜颠簸，倒换火车汽车，她被拉到磨村。当汽车停在县城电影院门口不远处时，她还未瞧瞧这北方县城与家乡有啥不同，就成为村里的“侉子媳妇”。在异省他乡，英子很快乡音尽退，习得本地方言，与磨村人无异。她依旧时常感到孤独，志林妈妈不像村里其他人用异样眼神打量她，两人真像亲姐妹。

在志林9岁的那年夏季，一天电视插播新闻，报道称：本县气温已达近二十年来之最，各级政府要做好高温天气和旱灾防护工作。直升飞机在天上盘绕，志林还是头一回见着飞机，之前只在电视上见过这玩意儿。他把头抬得老高，仔细观察高飞的铁壳，长着坚挺的翅膀，浑然不觉脖子酸痛。村里大人说在人工降雨，折腾了几天，无果。磨村奇热，蚂蚱在草间乱蹦，在空中群舞，玉米叶子都打着卷，边缘变成枯黄色。水是磨村最缺的，人们阴沉着脸，志林看到妈妈在厨房落泪，不知是何原因。

雨迟迟不下，玉茭子再喝不到水，怕是要绝收。粮种春天撒进地里，存粮早已所剩无几，和旱灾相伴的正是饥荒。磨村人不愿坐以待毙，他们像祖辈那样和天斗，和命运做最后一搏，村长决定祈雨。磨村街巷，人们都在说道要祈雨了。上次祈雨大概是中华人民共和国成立以前了，这年头儿的人们鲜少信服旧习俗。百岁老人麻姑干扁的嘴唇开合着，数落年轻人不敬畏神明，这才遭难。

在麻姑的提醒下，磨村人想起老祖宗的祈雨先例，决定试试。村长在大喇叭广播里说要祈雨，他亲自请龙王。七月初五，村长给玻璃瓶灌满水，插一根柳树枝，然后托在手里，出门。众人在外头迎接，僵着面孔跟在村长后面，敲锣打鼓去野地祈雨。磨村青壮男人排出长长的队伍，声势浩大。来到村外三里处的肥地，村长把玻璃瓶放在地上，直到瓶子倒下，水洒在土里，就算祈雨成功。可这次，在太阳下整整暴晒半天，瓶子始终不见动静儿，众人只好打道回府。志林只是看到大队伍从眼前经过，而多年后，才听母亲说起这磨村的陈年往事。打那之后，磨村人再也没有祈过雨。

祈雨失败，天气依然燥热，皮肤要开裂般刺痛。一日，天刚麻麻黑，一位高大中年男人来到家中，他深眼窝，高鼻梁，大胡子，薄嘴唇，一点不可亲。很少见着家中有男人进来，平日在外赶路，母亲鲜少歇脚与村里男人讲话。志林一度觉得母亲不爱说话，今天居然有男人来到家中。秋桦热情款待，男人起初有些局促，紧挨着沙发边坐着。母亲温柔地对他笑着，男人便神色自然了些。

母亲说："志林，东子在外面耍，你去找他！等饭熟了，妈叫你回来。"

志林听到是东子叫他，在外面应答："我知道了！"他赶紧向巷口狂奔。

志林在巷口并未看到东子，却见到三只灰雀在觅食，头一上一下，尖嘴在地上磕出嘣嘣的声响。这小子，没打招呼就溜了。志林吸吸鼻子，返身往家中走去。门虚掩着，他正打算推门进入，却见母亲坐在镜子前梳头，男人在床上坐着抽烟。

"妈，东子骗我，他根本没有等我。"志林抱怨着。

"那他回家了。"妈妈说话有些结巴。

"秋桦，那我先走了。"男人熄灭烟头，起身要走。

"你留下吃晚饭吧！"秋桦挽留。

"不了，你给孩子做点好吃的吧。"男人转动门把手，出去了。

"妈，他是谁？"志林问。

秋桦沉默。

祈雨未果，磨村人决定拉水浇地，把自来水灌满铁桶，用马车叮叮当当拉往田地，浇灌那些在太阳暴晒下即将失去生命的庄稼苗，可水刚浇进地里，一会儿工夫就不见了，众人只好摇头作罢。眼见所有努力白费，磨村人只好静静等待饥荒到来。他们不再挣扎，坐在自家门前。而老天终究可怜种地人，一天夜里，闪电划破夜空，响雷带来阵阵降雨。磨村人被惊醒，从来没听过这么大响声的雷。可人们喜欢这声音。

陌生男人叫郭二。志林 10 岁那年，爸爸音讯全无，有人传话说苏卫东死在了南方。妈妈嫁给了郭二，她只在玻璃窗上贴了几张窗花，便再次草草结婚。

4

东子是英子来磨村后所生，比志林长一岁，个头儿比志林高一些，圆圆的脸盘子，眼睛不大，却长得更加壮实。大人都夸东子憨实，将来一定孝顺。东子喜欢和其他小孩子游戏闹腾。东子左右逢源，志林却像个闷葫芦，半天憋不出一个响屁。

小林子拿来新的玩具汽车，自称是舅舅给他在太原买的。拨动按钮，车子马上往前开去，围拢的孩子们看得眼睛圆睁，张着嘴巴。夏天，邻居家出现一个新面孔，年龄和志林相仿。这新来的小孩拿出更稀罕的玩具，听说他来自城市，要在磨村爷爷家过暑假。城里孩子的车比小林子的更厉害，带着遥控器。志林惊叹之余，更想要一辆，这念想从他牙缝里挤出却变成："我的车更厉害！"

志林脑子里幻想小车的厉害之处，可以变换大小放进书包，从两边伸出蜻蜓那样的翅膀。他坐着车在天上飞，穿过屋顶，穿过田地，十几秒就能去到地里，妈妈再也不用走老远出地。

"拿出来给我们看看。"孩子们龇牙咧嘴吐舌，嚷嚷着向他伸手。

"我不信苏志林有钱买比城里人更好的玩具。"小林子说。

志林变得窘迫，他神情惶恐，手脚慌乱，掏出了自己的玩具，印证了孩子们的先见之明。

"家里没钱，还说有厉害车。"小林子说。

"他还敢吹牛。"城里来的孩子说，夹杂着城里人口音，短短几天他已成为孩子里当之无愧的王。

志林认为被别人欺负，是没有爹撑腰，他再次想起苏卫东，只是爹长啥样，叫啥名字，对志林来说毫无印象。

志林终于忍不住，嘴里呜哩哇啦喊起来，声音尖锐，直插云霄，像窜天猴儿升空那一响。这奇怪的声音，把孩子们吓懵了，他们似乎还没听过这样的哭声，左右探查同伴的反应，都相视呆滞。志林看到他们的反应，果断把窜天猴儿哭声再喊几响，孩子们便慌了神。

这时，东子提着瓜铲从村北走来，看样子是从瓜地回来。

"志林是我婶婶的儿子，你们不要欺负他了。"东子挤进人群，直言道。

"那行，是东子一伙儿的，那就算啦。"小林子招呼众人离开。

孩子们离去，志林和东子四目相对，他感激东子挺身助他脱困，东子倒是显得坦然。志林总觉得东子不像同龄孩子，起码大上五六岁，应当读初中。

很多事情让志林想不明白：为何同在磨村，其他孩子总有时兴玩具，嘴里嚼着稀罕吃的，惹得他口水外流，而他却啥也没有。此外，其他孩子并不情愿搭理他，看到众人玩儿偷电报，志林有时会跑进孩子群中参与。他虽未被当场撵出，只是石头放好后，众人四处跑散躲起来，他总被第一个找着。孩子们露出得意的神情，笑得直揉肚子。志林心生愤怒，找他们问个清楚。最终志林得到的答案都是“你家没钱”，此言竟然来自东子，在这一刻，志林似乎挥手告别童年。

5

爸爸回来了，他从遥远的广东回来，听说那里是有钱的地方。在南方。磨村很多人还没出过省，更不要说电视里经常出现的南方城市——广州。爸爸回来后，志林不敢瞧父亲的眼睛，他歪着头偷偷地瞟。他想，爸爸是从大地方回来的，会不喜欢志林这个农村娃吗？

“我是你的爸爸，志林。”父亲上前摸着他的头，笑着，这声音听来陌生。

眼前的男人是爸爸，从前还没见过，只听妈妈说过几次。他胸脯直棱棱地挺着，脑袋向后仰去。只是爸爸为啥不给他买玩具，难道真如妈妈所言，根本不知道他死活吗？幸好他买了好多好吃的，要不天天吃土豆，真要烦死。妈妈的拿手好菜是炒土豆片、土豆条、土豆块、土豆丝，只要闭上眼睛，满世界飞着圆滚滚带着泥垢的土豆。夏天，还有果蔬换着吃。可到了冬天，志林害怕“冬天”这个字眼儿，晒干的菜叶子煮菜实在无趣。其他孩子啃着火腿、罐头、熟肉，志林嘴馋。

从父母的谈话中，志林知晓父亲在南方赚到了钱。他只回来几天，再去广州，这次有笔更大的买卖，他要成为有钱人，要走出这个穷地方。几天之后，爸爸将再次离开，再次音讯全无。爸爸回来，门庭清冷的家热闹起来。过去只有小孩子在门口探头探脑，大人偶有驻足，但没啥人乐于迈过门槛进来坐坐。爸爸回来后，家里整天客人不断，人们似乎好奇他在南方的见闻，就连学校老师路上碰到都问问经济形势。只要爸爸出门，身边就围拢着人，志林享受着被众人瞩目的成就感。

苏卫东走前一夜，村南刘二愣不请自来。他戴着棉帽，大镜片眼镜。整个磨村戴眼镜的人一只手数得过来，他有些读书人气质，志林想不明白人们为何叫他愣子？他害怕生人，只好躲在门外，透过门缝偷听大人讲话。

“卫东，听说你回来了？”他掀开棉门帘儿，弯腰进到屋里，脱帽后，头顶冒着白气。

“家里太热了，我帽子放哪儿？”刘二愣问。

“放柜子上就行。”秋桦指向组合柜。

听妈妈说，刘二愣小时候歇晌，在后炕睡着，头正对着窗户，醒来嘴就歪了，父母跑遍医院，使尽偏方，都没能让他的嘴正过来。他虽名叫“愣”，实际上脑子精明得很，在学校读书一直拔尖。嘴歪后，沦为众人玩笑取乐的对象，自此沉默寡言，辍学回家。

“你是？”爸爸对眼前的来客似乎毫无印象。

“我是刘海，以前是你的同桌，你忘了？”刘二愣对爸爸的这次遗忘并不意外。

“哦！我想起来了，你当时学习厉害，后来退学，我还觉得可惜。”苏卫东说。

“我要是有苏卫东你的本事就好了，我也想去有钱的地方看看，从电视里看南方的光景好得很。”刘海歪着的嘴抽搐了几下。

“你可以和我去做生意，现在餐馆吃饭用一次性筷子，咱们的筷子十年不换，全是细菌，不卫生……”

“庄稼人用筷子几十年不换，也没死人。”秋桦削土豆皮间隙插了一嘴。

“嫂子，你不能这么说，卫东在外面混，见过大世界，他说的错不了！”

“你别打断男人说话。我刚才说到哪里了？”苏卫东说

“你说到一次性筷子，我还没听说过这种东西。”刘海说。

“哦，对了，一次性筷子是用竹子做的，南方到处都是竹林，砍掉竹子

做成筷子，卖到饭铺，能挣不少钱。别说万元户了，十万元都能挣到。”苏卫东说得神采飞扬。

“要照你这么说，种竹子不也发财？”秋桦问。

“我跟你没话说，刘海你能理解我的意思吧！”苏卫东不愿再与秋桦多说，清瘦的脑袋对着刘二愣。

“如果真能发财，我也想去，可我的嘴……”刘二愣的嘴角又抽搐了几下。

“广东有好医院，说不定能治好。”苏卫东说。

“行，要是真的能治好，我想跟你一块儿去。”刘二愣说。

苏卫东次日离开，只是刘二愣并未跟随。志林对爸爸再次离家有些不满，可终究阻止不了。志林满脸泪花，哭哭啼啼抱着爸爸的大腿，求他不要走。如果爸爸离开，志林将再次失去父亲，他畏惧过往的生活。过去，食物匮乏，生活闭塞，周围是密不透风的墙，这些让他感到可怕。

父亲终究还是离开了，带着一个会发财的梦，一个恍惚缥缈的梦。

6

志林开启求学生涯，始发站是磨村小学。眼前正是磨村小学的绿色油漆大门，志林不愿到学校，他不想和陌生人说话。身边是妈妈，紧紧牵着他的手，像拽着初次到家的小狗。这会儿他手上还粘着泥沙：早上刚砌好一堵墙，被妈妈强行拽来，他的房子还没盖完。妈妈摸着志林的脑袋，用局促略带央求的语气对老师说：“龚老师，您可是咱们学校最好的数学老师，苏志林的学习以后就靠您了。”说着便握住老师的手。

“哪里哪里，我也是尽老师的义务。”老师难掩笑容，秋桦连连点头。

“不过呀！学习也要看学生开窍不开窍，我看苏志林脑袋瓜儿挺聪明的，好好点拨一下，是个好苗子。”听到老师这样讲，妈妈的脸上活泛起来。

此时苏志林才抬起脑袋，他仔细地盯着这个未来长时间要陪伴他的老师。眼前的龚老师，中等身材，比秋桦略高些。只是母亲常年在地里干活儿，弯了腰杆，而老师拥有挺拔身姿罢了。老师的眼睛比一般女性更加细长些，黑色眼球让笑容更加可亲。她梳着齐肩短发，干净利索；黑色裤子，白色短袖，倒也不至于让苏志林感到畏惧。老师给予他肯定评价，他自然对未来的求学生活充满向往。这是个全新世界，他心想。

次日，苏志林穿上用父亲留下的钱买的新衣服和新书包走进磨村小学。秋桦把他送进教室，与龚老师点头示意，转身离开。志林从教室的门往外望着母亲的身影，心感落寞。他意识到，往后的人生路，他要学会自己解决问题。他真切地感觉到，妈妈能为他做的事情将越来越少。

7

小学在磨村中央，墙壁被齐整地刷成绿色，一口老钟悬挂在办公室门外，红旗在大操场中央。学校除语文、数学两门主科外，还开设自然、音乐等几门副科。志林印象深刻的并非主科，而是叫“社会”的副科。雁北以悠久灿烂的历史文化著称，当地人文历史以孩子能接受的广度和深度纳入教学内容。苏志林还喜欢语文课，他能感受到课文的魅力，只是还不明白那就是文学，或者说是文学的一部分。老师讲课文时，他投入饱满的热情。老师口中读出的每一个句子都让他心驰神往，在脑海中想象出美好或悲伤的情景。

入学后，志林慢慢不再为吃的痛苦，不再因玩具自卑。老师讲到《丑小鸭》时，他为丑小鸭的困境哭泣。当丑小鸭变成白天鹅飞向天空时，那正是秋季，寂寞感袭上心头。春天来临，课本内容与春天相关，古诗词使得他对江南心向往之。“江南好，风景旧曾谙。日出江花红胜火，春来江水绿如蓝，能不忆江南？”古诗歌无数次唤起他对江南山水的幻想，以致梦中的志林常坐在船上，不过船下不是江河湖泊，而是沙地。

说起成绩，东子还算拿的出手，位居中上，只是语文糟糕透了，六十几分，数学却出奇的好。相比之下，志林总分稳占高位，他的数学不能表现出东子那般天赋，可语文、自然、思想品德各科均让老师不吝夸赞。几个学期过后，他已能随口说出一些人文常识，他喜欢了解旁人看来无用的东西，乐于回到家中说给母亲听。磨村小学有个传承多年的习俗：期末成绩排名在元旦用红纸登记，贴在学校大门外的墙壁上，把全村人的目光吸引过来。自家孩子成绩好的家长尤其喜欢在“光荣榜”周围遛弯，秋桦正是其中一个，红榜贴上那天，她在村子里绕了好几圈儿。

钟声提示师生，还有学校外面的磨村人上下课的时间。磨村小学的钟已有些年头儿，能追溯到苏卫东读书时期，悠远清冷的钟声送走一代又一代的磨村孩子。

8

四年级，学校从县城调来一位语文教师，她讲着标准的普通话，其新颖的教学方式，深受学校领导推崇。如有可以出风头的活动，校长首选这个老师顶在前面，她每次都能出色完成工作。在众人眼里，她是见过世面的人。不知为何，新老师颇喜欢志林，这更增加他学习语文的兴趣。志林觉得城里老师的厉害之处在于让学生提问，然后其他同学一起回答。课文生字、生词梳理完毕，学生依据课文内容逐段提出问题，这样的上课形式，在磨村小学还是头一回看到。新老师调动起学生的自主思考能力，多年后志林想起那位老师总是想：如果我今天还能思考，那一定是这位老师培养出来的。

这年，磨村还有件红火大事。为响应退耕还林、防风固沙号召，村里大片的庄稼地改种上苜蓿。春天，苜蓿开花，野地尽是苜蓿草的味道。志林观察这苜蓿花，它看起来并不惊艳，比起月季、牡丹实在是远远不如，可胜就胜在气势。数不清的苜蓿花长在一起，这种美任何花都难以媲敌。苜蓿花肩负改善本地生态的使命，让贫瘠的雁北村子风光大变，大有成为观光景点的势头，不少人前来赏景。磨村人的生活多出一件事——看苜蓿花。

这一盛景引来县城电视台的关注，为报道退耕还林进展，记者选择磨村小学生出境拍摄宣传片，让城里来的老师带队。拍摄那天，阳光斜照，天气晴好，遍野苜蓿花，粉蓝相杂，像无数颗星星。阵阵微风吹来，苜蓿花左摇右晃，掀出层层花浪，天堂应当就是这样的。这天下午，志林和同学排队从学校向苜蓿地进发。离开教室，户外放风，大家心情大好，只是老师在旁，众人才不敢大声说话。抵达拍摄地，志林看到“防风固沙，利在万代”几个水泥大字。学生们为美景所震撼，大门牙李伟彻底不顾老师管束喊叫起来。在摄像老师的指导下，同学们手牵手在苜蓿地站成一排，边走边跳向前走，脸上浮着笑容。这个镜头反复拍摄多次，同学们在苜蓿地跑跳了十多个来回，摄像老师方才满意。最后大家站成几排，用标准的普通话朗诵：“天似穹庐，笼盖四野，天苍苍，野茫茫，风吹草低见牛羊。”

拍摄完毕，大家的欢快劲丝毫没有衰减，回来的路上，老师的管束放宽，大家开始聊天，这大概是志林儿时最自由的经历。儿童总是幻想长大，可长大的人无不羡慕孩子的无忧无虑。20 岁的志林，每看到孩子，他脑中总出现这个念头，如果时光可以倒流，那天的经历一定最值得返回。

9

磨村生活并非不变的沉闷，它也有属于自己的娱乐法，只是娱乐和悲情之间的界限常常让人不解。这年秋天，村里有老人离开人世。按照磨村风俗，要请歌舞表演队来演出，称之为“请唱的”。多年后，志林走南闯北，他发现流行文化以今天的眼光看来，唱的无疑是时代典型。时下热门的流行歌曲，都能在这些乡土艺术家的口中听到。志林小时候，流行歌曲是《两只蝴蝶》《2002年的第一场雪》，其实林俊杰、周杰伦等歌手那时已陆续风靡全中国，只是在磨村，似乎尚未刮起港台娱乐风。费玉清的《一剪梅》《望故乡》倒时常被“请唱的”群体展现，儿时的志林觉得费玉清的歌唱得好听。

老人出殡前一天，老人家子孙会请当地唱的班子。有钱的请两台，对演抢观众，没钱也得请个草台班子，请一般鼓匠吹拉一番。表演当天，学生群体出动看表演。那时磨村电视机尚未普及，影碟机还只是少数家庭才有的娱乐设备。可人类对于音乐及娱乐的需求从未断绝过。在这样的盛会里，不仅小孩子喜欢，大人也在安排好家务后，站在舞台附近享受这场狂欢。舞台搭得有些简陋，由一辆大货车改装而来，挂上红色幕布，顶棚挂几盏彩灯，还有架子鼓、电子琴等乐器表演，弹奏乐器在磨村是很稀奇的一件事。

这次唱的乐队里，电子琴手让志林感到意外，此人是磨村出了名的风流浪子——二生儿。二生儿长得一表人才，只是瘦到离谱，夏天穿裤衩像行走的骨架，风一吹，裤衩变得鼓鼓囊囊。此人大概比志林大 10 岁，志林早前就听说二生儿跟村里几个花季姑娘有说不清道不明的关系。他几年前便不在磨村，此番回来摇身一变成为电子琴手。只见二生儿在台上手指灵活地敲击着琴键，面带微笑。他享受音乐，享受表演，微微摇摆着身体。女歌手每次开唱前，先转身向二生儿伸四根手指，不过志林不知其中意义。

这天，志林看书乏困，特意遛弯儿看唱的，他早早到达占据了最佳位置，只等美妙的音乐响起。人陆续多起来，场地变得拥挤。第一排都是小学生：身高使然，大人愿意把这一排让给孩子。孩子总是挤来挤去，体格不错的直接爬上舞台，身体瘦弱的脸带愁容屹立不倒。这小孩子精力永远旺盛，志林心想。

演出开始，熟悉的《好日子》响起，二生儿瞬间摇摆起来，志林跟着沉浸在音乐与狂欢的世界当中。唱歌的人大概 25 岁左右，穿着露肩上衣，磨村可没人敢这么穿，还画着浓重的妆容，涂着红色嘴唇，磨村女人敢画嘴唇的，都被视作不正经。

流行歌曲唱毕，接着是戏曲环节。在这个古老的戏曲省份，剧名丰富的晋剧开始从众星拱月的神坛上跌落下来，各个剧团的名角儿们不得不放下身段，与游街串巷的乡村流行音乐歌手同台表演。他们卖力唱着经典的戏剧选段，但小孩子根本听不进去，完全不如看看外省来的杂技团表演。杂耍艺人们还能来个胸口碎大石，用气功绷断钢丝绳。现在出现在舞台上的是县城晋剧团的著名老生小艳秋，正在唱《四郎探母》选段：

“耳听得樵楼更鼓响，绣帐里来了我孟氏裙钗……”

志林不爱听戏，虽然秋桦做家务还会哼唱几句。在咿咿呀呀声中，前排小孩已坐立不安，有的幼童开始打瞌睡，撑不下去在所难免。志林环顾四周，确定周围没有人在关注他，便弯着腰，把两边观众挤开，左拥右推地艰难挤出人群。从人群中挤出来，志林顿觉浑身舒坦。

10

中考马上到来，如果成功，志林将离开磨村到县城读书。此前志林并无机会一睹县城的风采，现在，他要在一年时间里拼命学习，任何科目都不能输给别人。早上，东方山头才刚露出白边儿，志林便从床上爬起来，以最快速度穿上并不时髦的衬衫，用铁瓢从水缸里面舀一瓢水，咕嘟咕嘟地喝了下去，然后去到院子里的厕所，解开裤子排掉了隔夜尿。他长舒一口气，伸展日渐强壮的胳膊，奔走在去往学校的路上。这时才早上六点，庄户人已赶着马车慢悠悠地去往地里，他们看来习惯早起。志林深深地呼吸着早上的新鲜空气。现在其他学生一定还在睡梦中，志林要充分利用这段黄金时间，尽快把别人甩在后面，争取在中考前成为学习成绩的佼佼者，他为这似乎不道德的野心震惊。

到学校门口，铁栅栏大门已开：看门老头儿可真辛苦，六点就得起来开门。志林来到教室门前，不过他没有开门钥匙，他在班级未担任任何职务。志林看到一扇窗户虚掩着，心想一定是昨天晚上的大风把没关好的窗户给吹开了。他毫不犹豫地爬上窗台钻了进去，干净利索地落地，只是落地前被窗户上的木头刮了一下，在胳膊上插了一根小木刺。他一阵恼怒，可也无可奈何。他打算找凳子坐下，先把这不痛不痒却让人心烦的木刺拔出来。他往后排走去，突然看到桌子上趴着一个人，从背影不难判断是同学王子凡。王子凡是外村来的学生，他是众多从远方慕名而来求学的学生之一。

磨村中学历经几代校长和老师的奋斗，师资和升学率都为当地翘楚。为了改变祖祖辈辈爬地垄的农民命运，每年都有陌生而青春的面孔来到这里学习。他们平时要么住在学校，要么就住在私人家里，他们的目的只有一个——改变命运。否则何必大老远跑来磨村呢？他们还是孩子，志林心想。

志林看王子凡有点慌乱，他并不意外，因为他深知这个男生作为班里其他学生的首要对手，早已加入较劲阵营当中。不知怎么回事，志林总觉得也许子凡一夜未归，已经奋斗了一个晚上，现在疲倦的身影显得有些孤独无助，背上披着的薄外套更让人由衷心酸。于是志林蹑手蹑脚地走向教室的第一排。

“你来啦，这么早！”志林突然听到后面有人声响起，脊背发麻，他知道是王子凡在叫他。

“王子凡，你也好早，你太用功了，让我无地自容。看来考取时英中学十拿九稳了。”志林有些窘迫地回过头来，强装镇定地说。

“我这就是学习不好才早来，哪有志林你厉害呀！最近考试得了第二名，又进步一名，时英指日可待！”王子凡抓着后脑勺。

这互戴高帽的游戏继续下去只会让人无比尴尬，于是志林换了个话头。

“化学方程式配平，我最近一直糊里糊涂，实在搞不懂，你可以帮帮我吗？我绞尽脑汁也理解不了，哎！”志林使出谦卑的声调。

他企图用薄弱科目为自己解脱，借此结束这场游戏，当然更重要的是，或许真的可以得到王子凡的帮助，让他吃力的化学有所改善。志林心里默念着“人非生而知之者，孰能无惑，惑而不从师，其为惑也”。他意识到，人的自尊有时仅是无谓地自我折磨，如果放下尊严能得到好处，那为什么要较劲呢？即使较劲也该是悄悄才对。果然王子凡被说动，他打开化学课本把心得窍门告诉了志林。志林这会儿觉得王子凡挺不错的，他连声道谢，转身向座位走去。这才又感觉到胳膊在隐隐作痛。

志林用土法子挑刺，先用缝衣针把木刺周围的皮挑开，接着找到里面的木刺，用指甲夹住，然后顺着木刺进入皮肤的方向慢慢拔出，避免木刺出来刮到周围的肉，增加无谓的疼痛感。志林折腾了好一阵子，终于拔出了木刺。针是同桌王慧的，学习之余，她要抽时间给家里的弟弟妹妹补衣服。她的书箱里面放着针线盒，缝缝补补有大人架势，真有做裁缝的天赋。志林把针归还后，抬起头，发现教室里面已来了一半多的学生，有的开始背诵古文，而那些执着于理工科的男生则埋头于数学与物理科目难以自拔，他们可不在乎早自习是语文还是英语。

志林把语文课本拿出来，开始背诵古诗。马上要面对中考大关，他愿意放手一搏，毕竟已对这个雁北村子感到厌倦，他想读大学，在南方花红柳绿的世界中沐浴别样春光。他还要去广东看看父亲是否已经发财，是否已经改换头脸，成为人上人了。他努力记住每一句古文及其中的含义。同学们都在为大考而努力着，读书声就像是家长的教诲：只有读书，才能改变命运。志林回头寻找王子凡的身影，发现他趴在桌子上，那件薄外套依然披在身上。看着他疲惫的身影，志林心里不是滋味，他知道这是王子凡最后的机会。

王子凡来自三十里外的一个山村，家中只有常年疾病缠身的父亲供他读书。母亲几年前返回老家，再无音讯。他母亲与英子一样，十多年前从西南某地而来。只是雁北，并不能留住这些曾抱有改变命运打算而来的女人们。王子凡母亲不告而别，留下父子二人相依为命。听王子凡同村来的同学说，他的父亲从小腿有毛病，加之常年下地干活儿，积劳成疾，累垮了身体，每到夜间便咳嗽，冬天尤其厉害。王子凡在撕裂喉咙的阵阵咳嗽声中步入初三，这是解脱，他有机会去外地读书，终于可以睡个整觉。他来到磨村中学，由于沉重的经济负担，他只能住在价格相对便宜的学校宿舍。

次日，志林像前几日那般，又起了个大早。这次天空还黑乎乎的，志林便把秋桦准备好的衣服套在身上，把脏兮兮的裤子穿上，踩着鞋子，向学校走去。路上出地人有的背着一大捆玉米秸秆从地里回来，看到了志林便说："好学生，就是起得早，哈哈！"

志林不知如何应和，说："三大爷，玉茭子都收割完了？"

"完了，种地人比不了你们读书人！"说着，三大爷便向前走去。志林发现他的腰杆儿真的弯了，也许这是种地人的使命。

志林一路上看着稀稀落落的村民从身边过去，他们沉默寡言，偶尔停下脚步和迎面走来的人攀谈，话题大多是今年的收成、行情还有儿女婚姻。志林都不感兴趣，他向学校走去。看门大爷刚把门打开，志林就溜了进去。他轻车熟路地走到教室门前，今天的窗户还是虚掩的，他开始纳闷儿：难道王子凡今天又在？他本想撤离，可实在想看看王子凡努力到啥程度。他翻上墙头，拨开窗户，向里面探头，这时，他发现，王子凡正直直地看向自己。志林的心咯噔了一下，身子本能地往后缩。他现在没有退路，只能跳下去。他向王子凡打了招呼。“天哪，果然是学霸，每天都来这么早！”

“我压根儿没回去。”王子凡语气平静。

“什么？”志林的嘴张得老大，眼睛也睁得比以往更圆。

“你竟然没回去，你的意思是你一个晚上都在这里？”

“是的！”王子凡镇静的语气倒让志林意外，这可不像与自己较劲学习该有的样子，他一时词穷，只说：“你太用功了。”

常年失眠学习，王子凡已形成习惯。他觉少，夜晚看书一点儿都不奇怪。他以求学为由离开使他痛苦的家，来到磨村。只是习惯已养成，自然无法更改，至少现在难以过上正常人的生活。

“我晚上睡不着，就学习，学习累了就迷迷糊糊睡着了，然后又被我爸爸的咳嗽声吵醒，然后循环下去……”王子凡说。

“那确实让人痛苦，但是，我都没听过爸爸咳嗽，长这么大几乎没见过他！”

“我听别人说起过……”

王子凡说“别人”这个字眼儿时，志林神情紧张。

“那你是怎么看的呢，你也像其他人那样瞧不起我吗？”志林试探着问。

“不管大人咋回事，你的命运在你的手里面握着。你是什么样，要看自己想活成什么样。”王子凡继续说。

“他人目光呢？”志林问

“也许不需要在意。”王子凡说。

“希望是这样。”志林说。

志林可没想到王子凡能讲出这些话。母亲和郭二同居后，他时常觉得被羞辱笼罩。并非新爸爸不好，只是他在心里认定母亲的人生是不可逆转的悲剧，这幕悲剧将一直延续并伴随着志林。“悲剧”两个字眼儿，上英语课他头一回看到。眼前的王子凡，似乎和他一样不受命运垂爱。志林的好胜心被怜悯和同情取代，他相信未来一年时间里，王子凡是他此生第二个朋友：东子已跟随远房亲戚学习修车技术去了省城太原，再见不知何时。

志林决定和王子凡当好兄弟，一块儿解决没有搞懂的知识点，自然少不了互相比每一场考试后的成绩排名。总而言之，他们两个的目标是一致的：要离开贫穷的雁北苦寒之地，要去大城市。每想到这，他们的眼神满是光芒，仿佛好大学的大门近在眼前。

11

中考临近，这个时节，路旁的杨树叶已齐整，榆树、柳树为枯燥单调的磨村增添了色彩。各家各户院子里的杏、李子和木梨结出嫩绿的果子。磨村被遮蔽在杨树林之下，志林想起课本里的古诗“榆柳荫后檐，桃李罗堂前”，好一派春夏交替的美景。志林成绩突飞猛进，王子凡在与志林相伴的这段时间里，性格温和不少，他们已是学校公认的种子选手，即将飞进县城时英中学的蓝色大门。

为备战即将到来的大考，妈妈为志林增加了伙食。新爸爸沉默寡言，避免产生争端。志林看在眼里，只是毫不在意。郭二到来后，母亲脸上少了愁容，郭二包揽了家里担水劈柴的营生。新爸爸勤快老实，地里活儿做完就到城里、附近县乃至省城打工，生活倒是安逸平和，没有波澜。大队喇叭叫陈秋桦名字，让她去拿信封，信封里装的正是郭二打工挣来的钱。这反倒支撑起志林对生活的信心，他害怕重返儿时的窘境。

一个周末的上午，志林从房间走出，打算去院子透气。他是磨村零星几个有独立房间的孩子，其他人家庭都是一家子挤一条炕。这是苏卫东时髦做派给儿子留下的唯一的好。他看见秋桦拧开盒面印有“万紫千红”字样的搽脸油，动作熟练地涂抹在脸上，照着镜子，唱起晋剧，唱的选段是《穆桂英挂帅》。志林虽不懂戏曲，可秋桦兴致来了就唱几嗓子，他还是记住了几句唱词儿。

“帅字旗飘如云，斗大的穆字震乾坤，上啊上写著浑天侯，穆氏桂英，谁料想我53岁又管三军哪。”秋桦好像行头披挂身上，唱得声势逼人。

志林从茅厕出来，郭二正好推门进入。秋桦脸上泛起喜悦，她奔向门口扑进男人怀中。母亲就是这样，她比雁北地区其他女人更大胆，更毫无顾忌。她勇敢追寻爱情，愿为爱生下苦难的孩子。母亲这开放的做派早让左邻右舍不满。平日里他们看到秋桦，眉头紧皱，面部扭曲，仿佛盯着不祥怪物。志林心有愤怒说不出口，化为行动抗议。

自尊的志林从开始便不欢迎这个不速之客。郭二回家，志林总找机会出去溜达，没机会就制造机会：要么去东子家中玩，看电视，后来他索性找王子凡一起做试卷备考。晚上，如若志林和郭二不得已打了照面，他吃完饭就回屋看书，看完书倒头就睡。志林一直在等野心勃勃的生父，谁不喜欢生父呢？即使郭二早已成为家里的顶梁柱，吃的喝的无一不是这个男人的血汗钱，那又怎样？志林可真希望郭二人间蒸发。

12

中考临近，学生黑白天连轴转地学习，于水清妈妈为让孩子安心备考，自作主张把彩电搬去闲房，为此母子二人大吵一架。于水清父亲于三蛋儿是个老实人，不敢劝架。这场家庭斗争的结果是，于水清没有电视看，只能专心备考。志林貌似对电视不感兴趣，他倒是为中考铆足了劲儿，就等这场恶战的到来。

不曾想，志林爸爸再次从广东回来了。他蓬头垢面下了公交车。这个穿着奇怪的男人来到磨村，马上吸引来好事者的目光。他们盯着这个穿着沾满污垢的阔腿牛仔裤的男人，白衬衫早已经缺失了几块儿，就连缝补丁的线也从针脚中冒出来，只要一拉就能把细线全部抽出，补丁作用尽失。好一会儿，村里的光棍儿刘三认出了苏卫东，因为他们从小一起长大，曾是同学。他用疑惑、讥讽的目光盯着苏卫东说：

“你咋回来了，不是在广东发洋财吗？这是讨吃[1]了？”

1 讨吃：雁北农村方言，讨饭的意思。

“你管我，孙子，给我起开，我不认得你！”苏卫东像被点燃的爆竹，根本不接受对方的鄙视，直接用语言反击。他们的争吵声让周围的好事者都聚拢过来看热闹，当然也不缺少抱着孩子的妇女。

刘三朝地上吐了口痰，头转向身边的人，眼睛还死死盯着眼前这个可怜的归来者，然后刻意提高嗓门，对苏卫东阴阳怪气道：“我管你好赖，大伙儿看看这个要饭的，咱们还以为人家发财了，看来去广东也不顶用。”然后笑了起来。

苏卫东听闻此言，瞬间没了脾气，他知道多说无益，他并不喜欢被看笑话，便向家的方向走去。一路上，偶有打招呼的人，更多是眼神躲避，脸上写着疑惑。苏卫东感觉不妙：难道家里面发生啥事了？他加快脚步向家走去。

走到大路尽头，就是自家位置。还是原来的大门，只是包面铁皮磨掉了一些。他熟练地转动门把手，进入院子。秋桦与郭二见到一个穿着奇怪的男人进来，从外形看，秋桦立马认出她曾经自由恋爱结婚的男人，她等了多年的男人，终于从南方富裕之地回来了。可郭二并未见过苏卫东，他问秋桦：“这个人是谁？不像是咱们村的人。”

“他是……”秋桦支支吾吾，眼神惊慌没个着落。

苏卫东已进家门，郭二姑且用该有的待客之道迎接，这似乎是不祥之兆。秋桦先郭二一步迎出去，丢魂儿的样子好像中了邪。

“你着急火燎地做啥，快去拿烟吧！”郭二要求道。

“你怎么回来了？我以为你死在广东了，你快出去！”秋桦不听郭二的劝，她抢到郭二前面对正进家门的苏卫东怒骂。

郭二明白了：来客是秋桦以前的男人苏卫东，此人不着道儿在村里人尽皆知。在这家最艰难的时候，郭二顶上管母子死活。这些年纵然苏志林不欢迎自己，他还是愿意为这个孩子奉献一生。他希望志林能逃离庄稼地，飞往城市成为凤凰。郭二瞧着苏卫东，神态舒展，言语坚定。

“先进家吧！估计你也乏了，先进来抽根烟。”郭二说。

苏卫东看着郭二用一家之主的姿态待客，自己反倒像外人，他震惊羞愤，想把郭二扫地出门。只是秋桦此刻泪流满面，苏卫东反倒抡不起扫把，只得离开了自己的这个家。

夜晚，志林回到家中，他感到家里气氛微妙，揣测有大事发生，不过他并不关心，他只关心中考，只关心他的大学梦。与秋桦的母子情，自后爸爸到来后已烟消云散。

“饭呢？”志林问。

“今天没饭，你找个馒头垫下。”妈妈的语气暗示确有大事发生，因为这还是头一遭晚上回来没饭吃。

“哦！”志林在厨房翻腾着找到两个鸡蛋，用热水泡泡送进了肚。

这天秋桦没有做饭，志林也没问，他找到冷馒头与咸菜勉强吃一顿饱饭，之后便回到自己屋子。半夜寂静无声，吃冷饭的下场是承受肠胃绞肉之痛，志林间歇听到秋桦哭泣，郭二叹着气。

志林内心并非其行为表现得那般冷漠。苏卫东回到磨村，好事者早已四处告知。作为叛逆者，父亲的荒诞行为早已在四村八乡出了名。他在学校就听说了这事儿，父亲凄惨的境遇让他又一次成为同学眼中的笑话。他多年来极力逃避与同学建立友谊，害怕家丑使得他成为众人茶余饭后的谈资。沉迷学习，能让他因成绩获得自尊，暂时忘却窘迫与不堪：只要能逃离痛苦，哪怕时间是短暂的。只是现实终究让悲伤无处藏身。

苏卫东回来，有关父亲的零散记忆似乎清晰起来，那是志林一生少有的荣耀时刻。苏志林一直认为父亲的野心并没有错。他身体里流着苏卫东的血，这血液使他无法满足现状，即使命运再不堪，他也要与命运斗一斗，他对父亲的爱从内心中迸发出来。这天志林在胡思乱想中失眠，直到凌晨四点，他疲乏到极点才昏昏沉沉睡去。

志林在女人的尖叫声中惊醒，外面吵吵闹闹，撕打的声音像电视播放的打斗场面。他感到害怕，既然是发生在自家，他便无法置身事外，他穿上拖鞋向屋外奔去。苏卫东与郭二正你给我一拳我给你一脚地打斗。他们面部肌肉扭曲，眼睛迸发着怒火，嘴巴向对方释放恶毒的诅咒秽言，苏卫东还冷不丁说出几句志林听不懂的外地话。志林放弃了劝架，他打心眼儿里盼着苏卫东能将郭二打趴下，将这个给他带来耻辱的男人打趴下。

秋桦在两个男人中间来回扒拉，她不想两个人有个好歹。疯狂的野兽决斗，她的努力显得徒劳。秋桦被苏卫东狠狠地摔到一边，头磕在水缸上，她疼到哇哇乱叫。这时，门口被左邻右舍围得密不透风，几个壮汉进来拉架，才算平息了这场争斗。秋桦让苏卫东滚，不要再进这个家。苏卫东感到没有脸面，此时他的额头鲜血直流。他冲开人群，逃离战场，在人群中扬言："我以后再也不回这个鬼地方了。"

志林还没来得及与生父说话，便眼见他离开了人群。他丢下母亲，飞身冲进人群尾随苏卫东。父亲正向野地走去，那是一片玉茭子地，此时禾苗青青已有小腿肚高。受伤的苏卫东像只斗败的猫，呼哧着怒气，却也不敢再次发动攻势，佝偻着腰身。他没有回头，一直向地里走去，地的尽头是公交车载客点。志林抑制不住绝望的情绪，他朝苏卫东喊道："爸爸，你别走了！"

苏卫东听到这一声充满温情又陌生的呼喊，停了下来，但是他又继续朝前走去。志林又喊："爸爸，我很想你。"

志林看到父亲回头，他追上苏卫东。眼前这个男人比自己高一头，岁月的风霜让他两鬓出现零星的白发，事实上他还没老。父子俩都满脸泪水，各自望着对方。苏卫东用颤抖的声音对儿子说："你长高了！"

他看着儿子，眼神与动作都极不自在，他摸着志林的头说："儿子，爸爸混得人不人、鬼不鬼，没脸面留。"苏卫东叹着气。

"你就留下吧！我去跟妈说赶走那个男人。"志林狠狠地说。

苏卫东打住志林的话，他说："我有我的解决办法，你先回去吧！"说完父亲走了，志林返回家中，准备去学校。

回到学校，同学们反常的热情，轮番伺机和苏志林攀谈。问他两个父亲怎么还打起来了，并发出诡异的笑声，平日他们可并不喜欢和志林说话。志林以考学为重，不想和他们起口舌纷争，只是他无论如何也听不进老师讲课。他在等待苏卫东采取行动，把鸠占鹊巢的不速之客赶走，从此一家人在一起生活。

那节课，赶上志林最喜欢的语文课，可他心不在焉。老师在讲冯骥才的《俗世奇人》，志林觉着手艺人固然令人称奇，可毕竟对他来说是陌生的，他并无兴趣。志林对手艺人的印象，停留在童年朦胧的记忆中，他们在街边吆喝着卖麻糖、爆米花还有米棒，还来过做佛像的手艺人。制作米棒的流程，大概是在机器中倒入大米、玉茭面、糖精还有清水，一段时间之后从出口挤出白中透着微黄的米棒。空气中弥散着香甜，小孩子嘴里都是口水，大人用麻袋将长长的米棒装进去，给孩子掰半根先嚼着，之后拎着麻袋带孩子回到家中。手艺人身边排着长长的队伍，孩子的喊叫声还有大人谈论家长里短的声音让街道变得热闹起来。

手艺人来到村里，郭二从家中粮食袋子里掏出几碗大米、玉茭子、糖精，独自出门到手艺人那里，一个小时后带回来香甜的米棒。这个时候，志林会瞬间忘记仇恨，一根又一根地吃。但秋桦会控制他吃的数量，因为甜食吃多了对胃口和牙不好。糖精吃完一个小时内还不能立刻吃鸡蛋，要不会中毒，这是老一辈人传下来的经验。想到这里，志林想起郭二的好。眼下苏卫东归来，这个父亲，自从志林出生以来，并没有管过儿子的死活。

《俗世奇人》让志林想起一些趣事，只是他打心眼儿里疑惑，对他来说书中的这些人和事无法理解，写这些手艺人有什么用呢？不过，来磨村的手艺人的才能大概比不上课文里的那些能人异士吧！

熬到下课，他赶忙向家飞奔，他想看看苏卫东如何行动。刚出校门便看到人们风风火火地跑着，有的妇女还抱着孩子一起去。志林知道发生了大事。有人拉住志林告诉他："你爹杀人了！"志林两脚发软，几乎瘫软在地，他更担心的是谁杀了谁，是苏卫东胜利，还是郭二胜利？志林想到《动物世界》中新旧猴王的更替。志林跟随人流跑去，曾经他希望苏卫东能够将郭二打败，不管以什么方式，但是现在他不希望任何人死去。

等到志林到达现场，郭二与苏卫东的尸体已不在，听本家人说苏卫东拿把斧头回家，威胁郭二离开。郭二冷脸拒绝苏卫东的要求，他问秋桦作何打算。女人思考几分钟后，站在郭二这边。后来听人说，当时苏卫东倒在地上，身边是飞溅的鲜血，形成暗红色的小溪。而郭二神色茫然，满是恐惧与懊悔。他向周围邻居诉说无奈，是苏卫东要杀他，只好还手，并无打算杀他。他用自责且无助的眼神看着秋桦。警车和救护车都鸣笛闪灯来到磨村，郭二更绝望了。秋桦瘫坐在苏卫东的尸体旁，眼神呆滞。警车进村，村民们自动让开一条路。警察带着警犬从车上下来，用布条将苏卫东一手打造的时兴院子围拢起来，在众人指引下抓住郭二。临走前，郭二转头对秋桦大喊："我估计是活不成了，你得去挣钱，供志林读完大学。"接着警察给他戴上手铐，带出了院子。

苏卫东的尸体也被抬走，供法医后续尸检。两个男人同时离开，秋桦从恐惧和悲伤中清醒过来，她起身追上被押着的郭二说："我对不起你，是我糊涂造成现在……"眼里的泪水覆盖了她的面孔。

郭二被押进警车时对秋桦说："回去吧！好好活着，供志林读书。"

秋桦看着警车从泪水模糊的视线里消失。

一夜间，志林失去两个父亲，他绝望无助，仿佛做了一场噩梦。他多希望梦醒后发现一切都没有发生。妈妈泪流不止，勉强支撑给他做饭，不吃饭哪儿有体力读书，怎么赴考？只是志林这内心宇宙崩塌，他脑子里总想着苏卫东，也想着郭二临走前和妈妈说的话。命案过后，志林成为全校学生眼里行走的活靶子，异样的神情和躲避的眼神使志林神经质。就连上课时老师的声音也无法入他的耳朵。志林整天脑袋懵着，直到夜晚，孤独与无助如潮水袭来，他缩在被窝里哭泣。他开始想念郭二，想念过去不珍惜的幸福家庭，想念郭二外出回来买的礼物。可一切为时已晚，他连谢谢或抱歉还没有对这个后来的父亲说过。

王子凡正式成为第一名，而志林则滑到了中间，在磨村中学上演的较劲，志林输了。中考就这样到来，志林对未知前途已然心里没谱。

13

考场设在县城，志林得去往县城赴考，秋桦给了他两百元零花钱，用作考试旅资。王子凡是志林此行旅伴，和其他赶考学生一起坐上去往县城的公交车，他们中的大多数还是第一次去县城。志林与王子凡的考点均在三中，王子凡此行很是兴奋，他的目标是时英中学，那是一所更加优秀的中学，考上了就有希望考上大学。

志林与王子凡因身负行李，需先找落脚处，所以他们并未马上进学校。学校门口聚集了众多学生和吆喝出租房屋的人，他们用诱人的价格和舒适的环境来吸引学生投宿。其中一个老人引起他们的注意。

那是个老奶奶，皮肤黝黑，脸上布满纵横交错的皱纹，仿佛岁月年轮开出的沧桑的花朵。奶奶身高只有一米五左右，刚到志林肩膀。她用黑色的网包裹着银色的头发，发髻样式古老，灰色布衫洗得不见灰尘，略长的裤子遮盖着她小巧的脚。志林与王子凡没见过这样的小脚，只听老人说过三寸金莲，今天他们才见识到这封建毒害的样本。王子凡看着奶奶站都站不稳的姿态，笑出了声。

“你笑什么？这有什么好笑的？”志林用不解的话语对王子凡说道。

“你不觉得这个老太太走路很滑稽吗？很像一只大鹅，一只老年鹅。”

“等你老了，恐怕就是一只摇摆的公鸡，废旧的破铁。”志林说。

两个人正说着，老奶奶踉踉跄跄地向他们走来，她笑着对志林说：“你们是考试的学生哇，咱家便宜，一天四十块！”她用期待的眼神等待志林回复。

“四十块太贵了，其他家才二十块。”王子凡说。

“二十块？没那个价钱，我老了，不跟你们多要，一天还包三顿饭。”

听到包三顿饭，志林与王子凡心动了。他们不是有钱人，眼下有个住处已满足，一路舟车劳顿，需要个地方休息一下。在老人带领下，他们走过几条歪歪扭扭的小路，进入一个四合院当中。志林一直以为县城该像电视里的那样，有楼房、漂亮的饭店、繁华热闹的广场，他怎么都没想到县城还有如此破旧的房子，乌漆麻黑像遭过火灾。不过眼下开弓没有回头箭，只好跟着走进去。王子凡并不嫌弃，志林困惑，他悄声对王子凡嘀咕道：“没想到城里的房子这么破，你没闻到臭味吗？就像拉稀一样的味道。”他用渴望得到认同的眼神盯着王子凡。

“有住的地方就不错了，我觉得还不错，至少干净整洁，你看这桌子还有灶台，一点儿都不像老人住的房子。”王子凡说道。

“你太容易满足了！”志林不解地说道。

“那是，你平时在家住，饱汉不知饿汉饥，让你在我平时住的地方待着，还不得哭天喊地。”王子凡说着便把包放在了炕上。

“你们就睡这个炕，灶台上我会烧热水，你们渴了或者想洗涮都行，脸盆在架子上。”老人指向靠着墙壁的脸盆架。志林看到铜脸盆架上放着白色印花洗脸盆，盆底印有红色“囍”字。肥皂盒上还有一块白色的香皂，在散发淡淡的清香。架子下放着一袋已经开口的洗衣粉，这种洗衣粉志林妈妈经常使用。

志林环顾这房子，墙壁老旧变得灰黄，柜子中的杂物摆放整齐，柜台上的镜子被擦得很干净。镜子旁边的大相框吸引了他的注意力。王子凡一路奔波，早已憋了一肚子尿，他在老人的带领下去厕所。志林看着相框，最大那张照片最显眼，人最多，中间坐着两位老人，旁边从左到右总共七个中年人，他们都略带笑意和温情看着镜头。志林猜测这是老人的七个儿女。他把目光转移到周边的小照片，其中有一张是结婚照，新娘穿着白色婚纱，前额头发烫卷，显得发型奇怪夸张，不过头纱还是让新娘显得洋气。旁边新郎穿灰色西装，打着时髦领带，发型梳得像电视剧中的男演员那样油光锃亮，总而言之，就是洋气，有时代感。

“这是我大儿子和他媳妇，他们在北京工作。”

正当志林端详照片时，老奶奶不知啥时候已在他身后。听到北京这个字眼儿，志林觉得厉害，看来这个家庭大有文章呢！

“您的儿子很厉害，我也想去北京读书，见见世面，可是我父母是农民，我哪里也去不了。”他寄人篱下，必然要对东道主夸赞一番了。

“他从小学习就好，从时英中学考上航天学院，毕业后留在国家单位。他老婆是燕京大学毕业的，在一个单位上班。”说起自己的子女，奶奶舒展出骄傲的神情。

志林听起来觉得确实感觉厉害呢！这位其貌不扬的老人，大概就是传说中的扫地僧。

“您的大儿子回来看您吗？”志林问。

“过年回来。”老人说。

“平时回来吗？”

“少了。”老人语调哀怨。

“为啥不回来呢？”

“他们在北京有房子，工作走不开，很少回来。”

“那您多久没看到他们了？”

“得有一年多了。”老人说。

在皇城根儿生活，那是多少人都不敢想的好命，志林在心里感叹。此番介绍，使得他对照片中剩下的那几个中年人也兴致盎然，他随便指着个中年妇女，长相与老奶奶有几分神似，说：“这个是您的女儿吧！长得很像您。”

“这是我三女儿，她从时英中学考上江城大学，后来嫁给南方人，两年回来看我一次。她现在过得不如活[1]，南方没有亲人，受了委屈也没啥人可说，哎。”老奶奶说起闺女，不住叹气。

“她那么优秀，公公家一定对她好呢！”志林猜测。

“好啥？坐月子都没人伺候她。大老远电话也不好联系，我没出过远门，想伺候她都没办法。她生第一个孩子就落下了腰疼的毛病。”

志林不懂这些家长里短，却能感受到老人爱子心切。

“三女儿旁边的是二儿子，30 岁得坏病没了，只有他生前经常来看我，他是个电工……”这时，老人的眼睛变得湿润。志林不知道说什么好，他并不擅长安慰别人，幸亏这个时候王子凡回来了，帮助他解了围。“志林，咱们去吃中午饭吧！肚子饿了。”

“行，我也想吃一下城里吃的，顺便去逛一逛。”志林应答。

他们不顾老人的挽留，出门沿着东绕西绕的路，重回了大街。马上要考

1　如活：雁北农村方言，指“活的顺心如意”。

试了，三中的校门已经封锁，除了工作人员，只能飞进苍蝇了，要等到下午三点才能开放，让学生进去认考场，以免正式考试时发生意外。

现在一点，距离看考场还有两小时，刚好可以饱餐一顿。王子凡资金并不充裕，志林决定请这位伙伴。掏钞票的瞬间，志林想起了两个父亲，眼泪几近滴落。他不愿这悲伤情绪被王子凡发现，眼中强忍着泪水。

他们来到大街上，街面情况好转，至少楼房数量多了起来，有的外部装潢还颇为洋气。小汽车来来往往，喷发出难闻的尾气。商店的大喇叭播放打折信息，招徕潜在的顾客，有服装店、两元饰品店、女士内衣店还有水果店，当然少不了婚纱摄影店和金店。此刻饭点尚未过去，饭店散发着诱人的味道。过去在自己家，志林从未吃过这些食物，于是他拉着王子凡进了一家米线店。农村人初次到县城，都显得十分拘谨，担心城里人笑话他们没见过世面。店家看到两个小男孩儿进来了，知道他们要吃饭，便露出他的招牌笑容说道：

“你们吃啥呀？咱们这里有米线还有刀削面。”说着递上一张菜单。

“吃那个吧！”志林指向旁边桌子客人点的餐，在初次进店的情况下，大概这么说肯定不会出错。

“好嘞，米线两碗。”

十五分钟后，他们点的餐被端上来了，配菜丰富，有豆腐丝、海带丝、鹌鹑蛋、花生米，加上麻酱、辣椒油，倒上陈醋些许，堪称人间美味。他们看得口水直流，一会儿时间就“光盘”了。

“确实比村里粉条好吃多了，那玩意儿寡淡无味，不知为啥那么多人会在秋后打好粉面，冬天压粉条做调粉，难以与麻辣烫相提并论。”王子凡一边打饱嗝一边赞叹。

“是呀，都是粉条，一个在天，一个在地。”志林附和道。

吃完饭后，志林与王子凡满头热气，汗水直流，他们用饭馆提供的卫生纸擦了一下额头，返回大街。嘈杂声再次不绝于耳，这份热闹对于两个农村乡野小子而言还是有趣的。他们想在这里读书，不过他们可瞧不上这个小县城，他们有远大志向，是北京，或者是南方的某个城市，至少要比太原厉害。

志林与王子凡在路边摊买完雪糕，往住处返回。再次经过三中门口，前来等候看考场的家长与学生已密密麻麻，他们神情焦虑。志林这会儿想起要拿准考证，进门需要呈交个人证件。走过歪歪扭扭几条小巷，他们回到四合院。老人掀开渔网门帘迎来，原来她一直在等志林他们回来，她早已热好了水，志林舟车劳顿需要洗漱一下。他们欣然接受老人的好意，向屋子里走去。他们发现，炕上多出一个人。

看年龄和正在背书的架势，同为考生无疑。志林向新来的同学道声"你好"。王子凡问对方是否为考生，得到肯定的答复。

志林观察，这个男生面皮枯黄，麻秆一样瘦长的腿显得裤子十分肥大，脸上有被雁北寒风常年吹出的干皮，即使现在是夏季，依旧没有得到改善。端着课本的手粗糙黝黑，可见又是个苦命的孩子。这时，男生对志林做自我介绍："我是贾家庄中学的，我叫李浩，你们是哪个学校的？"男生露出略带窘迫的笑容。

"磨村中学。"志林礼貌地回答。

然后，志林跟王子凡就上炕坐着，他们一人一个床铺，李浩的在最里面。他已经在枕头边堆满课本，还有知识点突击小册子。

晚上，志林不想复习，王子凡心不在焉，两人闲聊起来。这一聊，李浩也加入其中，三个人说起读书生活。一来二去，志林了解到这个考伴的来历。

他是贾家庄人，也在村里学校读书。贾姓是村里大姓氏，而李姓是外来的，几代以来人丁寥落，遭欺负是家常便饭。李浩父亲继承家族宿命，自家分得田地以来，发现隔壁贾仕军时常用铁锹移动地界蚕食自家田地，每次找村长告状均无济于事。李浩父亲李泽仁老实本分，让邻居视作好欺负，在他家门口倒泔水，冬天冻结成冰，李浩滑倒过好几次；夏天臭气哄哄，苍蝇乱飞。穷苦的孩子早当家，李浩很小就会干农活儿，犁地、撒种、浇地、收割。他挥得一手好镰刀，早上进玉茭子地，一会儿工夫就割倒一片，在空中看，一定是齐整的方形，李浩仿佛在方形的边上开疆拓土。他没有同龄人皮肤光滑。好在李浩读书好，各科成绩都顶呱呱，乃学校重点培养对象，学校对外张贴光荣榜，次次榜上有名。这让李泽仁倍感欣慰，当别人欺负他窝囊时，他总会说:“你有好儿子吗？”

每睹此景，儿子不争气学习不好的村民，也只好不说话了。

三个人聊天聊到晚上十点钟，一点不瞌睡，老奶奶敲门让他们早点睡，三人这才钻进被窝儿。一想到明天的考试，志林心神亢奋，更加难以入眠，开始回想平时学的知识点，在脑海中像电影一样一个镜头一个镜头地过，慢慢信心就增多了，慢慢地就睡着了。

漫漫长夜，多少学生彻夜难眠，又有多少农村娃头一回在城里过夜。虽然县城并不像电视里那样繁华，可大饭店还有霓虹灯确实是志林初见。他还是第一次下饭馆，体验还是不错的，不知道遥远的广东比这里好多少呢？总而言之，志林也想去南方看看，瞧瞧是什么让父亲放弃家庭幸福，搏命去流浪。无论如何，父亲失败了，输得彻彻底底，他输的原因是什么？志林能否走出一条光明大路，一切拭目以待。

14

再次来到三中门口，大门已完全敞开，学生们挤着向里面走，他们正式经历人生第一场大考。家长面色凝重，学生的心狂跳不止，有的学生激动到眼中含泪，走路都有些不协调。志林同样如此，因为这将决定他能不能考上时英中学，意味着地位，意味着新世界的到来。

第一门考语文，共两个半小时。志林虽然平时课文背得不错，这会儿心也顶到嗓子眼儿。终于，试卷在监考老师慢悠悠的传递之后来到了志林面前。他拿到试卷之后，赶紧看看题目，粗略看了几眼，发现很多自己会做，总算心情平复下来。

老师离开后，志林启动疾书模式，前面的古诗词填空，他最擅长，很快笔法工整地写好了答案。后面的阅读理解题目，平日里老师教的技巧经过反复练习早已应用自如，他还在答题的过程中注入自己独到的见解。作文题目是“孤独也是人生的高度”，志林用老气横秋的语调在内心默念道：我的人生难道不是一直孤独吗？

孤独是什么？孤独是独自一人，形单影只吗？母亲的丑闻仿佛贴在自己的额头上的红字，多年来没有朋友，无论在哪个圈子他都像边缘人物。圈子里的人不向他招手，而他也和那伙人没有共同语言。如果可以习惯孤独，与自己做朋友反而是难得的自在时光：不会因为失去朋友而悲伤，不用担心恋人离开而忧愁。因此才能有大量时间去阅读喜欢的书籍，获取精神上的富足；因此今天在语文答卷上才能挥洒自如。如果此次能一举考入时英中学，那么前途是光明的，他也将迈步进入新阶段。

下午考数学，数学对他来说是最难的科目，说实话，没有把握。但是眼下，战士在战场上，岂有退却之理？加油吧，拿下下一场战役。

志林和王子凡不在一个考场，所以中午独自解决吃饭问题。由于情绪绷紧，他没有心情再去拥挤的饭铺排队等待，因此他在校门口附近的小摊买了三个烧饼就往住处走去。

刚进四合院大门，志林就听到王子凡的声音。他吸了吸鼻子，除了饭菜香味以外，还有一股焚香味，看来老奶奶信佛。他小跑进了屋子里面，王子凡招呼他上炕坐下。面前摆着一个炕桌，桌子上有三盘菜，还有一盆馒头。王子凡的碗里残留着吃剩的饭菜，手里捏着半个馒头。

“苏志林，赶紧吃吧，这是奶奶给我们专门做的饭，怕我们在饭铺吃不好，影响下午考试。这是你的碗。”王子凡指了指后炕方位的碗筷，筷子整整齐齐地搭在碗口上。

“对呀，小苏，赶紧趁热吃吧，还能再睡一会儿。”奶奶热情地招呼他。

志林捏了捏手里的烧饼，放进书包里面，脱鞋上炕。他生怕自己的脚有气味，不过好在没有怪味儿散发出来。他饿了，闻到饭菜香味，肚子咕噜咕噜作响，他咽了一口唾沫。刚好奶奶已经帮他盛好，他就拿起筷子往嘴里送。好吃，他一口菜一口馒头地吃起来。王子凡这会儿已七分饱，就问志林：“今天上午你考得怎么样？我糟糕透了。”

“一般般，作文不知道题目啥意思，胡写一通。”

“哦哦，我也感觉一般，下午考数学更是紧张得要死。”王子凡像得到了满意的答案一般，然后顺带自谦一番。

房东奶奶嘱咐他们早点儿睡觉，她一整个上午都在给神明敬香祈祷，希望保佑他们考出好的成绩。

“以前孩子中高考的时候，我会为各路神仙敬香，几天吃素。只要足够虔诚，孩子都能考上好学校。小儿子高考那几天，我没有给门前外地来的要饭的舀一碗米，后来他没有考上大学，只读了太原的一个技校，没有体面的工作。他总怕兄弟姐妹瞧不起自己，一家人一年难得聚在一起，他也不说话，后来得了坏病，年纪轻轻就走了。就他一个心疼我。”说到这里，奶奶就满脸泪水，呜咽起来。

酒足饭饱之后的志林与王子凡只想休息一会儿，对眼前家庭悲剧史的描述显得不知所措。他们正要去安慰一下，以感谢老人的款待。老人却自行抹掉眼泪，推着志林向他们休息的房子走去。她说：“孩子们，休息去吧，你们一定能考出好成绩。”

15

李浩中午未回，不知去了哪里。数学是志林最差劲的学科，不过，接过试卷，他发现题型之前都做过，知识点还算熟悉，这实在意外。是奶奶的祷告发挥了作用，还是老天可怜他这个苦命人，给他的生命赐予一缕曙光。他顺利完成答卷，还给隔壁同学借出了尺子，他对这个试卷的作答志在必得。

志林连日的苦闷，在这一刻得到舒缓。结束考试，他踩着轻飘飘的步伐向学校外面走去，刚好碰到了王子凡。王子凡愁容满面，是因为没考好，还是发生啥事儿了？他出于对革命伙伴的关心，问王子凡怎么回事儿。

“我的数学没做好，明明平时都擅长的，怎么考试就一片空白。我完了，考不上时英中学，我可怎么办？我不想回去种地。”说完，王子凡流下泪水。

志林头回看到王子凡哭。他多么要强，起早贪黑，明明他的数学更好，是自己的老师，怎么就发生这种事？那时候，志林比一般孩子早熟，尚不明白命运无常，他太小了。

之后的科目，志林没想到如此顺利，他也从未如此自信。纵然已失去两个父亲，可人生还得继续下去，不是吗？亲生父亲苏卫东从始至终没有给过他父爱，早前就听说他在广东又跟别的女人一起生活。在他落魄之后，女人离开了他。他还在那边欠下一笔数目不小的债务，这才迫使他回到家里，表面上修补亲情，实际上是回来躲债。如果真是这样，这样的父亲与从未拥有并无区别，并不值得想念。至于郭二，人们都说可能不会判处死刑，大概得十年八载才能出来，在政治课本上也讲过，这应该是正当防卫。但也可能是防卫过当呢。志林对法律知识一无所知，郭二又有什么错呢？尽心费力照应他们母子生活，长期以来忍受志林的排斥与敌意，已经够难过的了。也许志林早就应该开始接受郭二这个外来父亲，只是这种并不光彩的父子关系为他带来太多耻辱。

结束最后一科英语考试，志林心里有了数：时英中学稳了，他将成为磨村初中少有的应届生考上时英中学的学生。此时他还关心王子凡和刚认识的李浩的情况，尤其是王子凡数学发挥不佳，志林与他虽然一直以来亦敌亦友，都想在学习上压对方一头，但是如果王子凡真的发挥失常，志林一定痛心，因为他太不幸了。

现在他要回到黑旧的四合院，找王子凡一起走，等会儿他们将分别坐车回各自的村子，然后经过长达一个月的焦急等待，最后查询成绩，三年努力迎来最终结果。

志林回到老奶奶家，只见王子凡面无表情，不喜不怒。志林本想问问对方情况，但是看到这个架势，也不好多说什么。两个人是敌人，但也都是苦命人，对方倒霉，自己也无法喜悦。

“咱们收拾东西回家吧！考试结果还没出来，谁也不知道未来如何。”志林试图安慰道。

王子凡收拾东西，跟着志林向老奶奶告别。这时李浩从外面进来，脸色看起来颇为得意，麻秆瘦腿走出疾步如飞的气势，“人逢喜事精神爽”，看来他考得不赖。志林尚能保持风度，因为他考得也不错。但王子凡却有些失落，眼珠子似乎蒙上了一层水雾，就差泪珠流出来。

“昨天没见到你，你去哪里住了？”志林带着疑惑问道。

“去我亲戚家了，在这边睡不踏实，怕影响发挥。你们考得怎么样呀？”李浩神采飞扬地回复，他根本没有注意到对面神色颓废的王子凡。

“我们一般般，把握不准情况，一切等考试成绩出来再说吧！祝福你考取高分。”志林保持风度，给予对方最好的祝福，然后拉着王子凡从老奶奶房间走出。

老奶奶知道考试已经结束了，为他们送别。

“孩子们考得怎么样？”她迎面关切地问候，然后观察三个孩子的表情，已大概知道怎么回事。

“各自回家好好休息吧，祝你们有好的分数。”老奶奶送出临别祝福。

三人向老奶奶道谢，李浩回去拿东西，志林与王子凡背上背包走出四合院，走过歪歪扭扭臭气难闻的小路，走上了大街，向刚来几天的县城告别，各自坐上回村的车。

16

王子凡像电线杆上张贴的寻人广告的主人公，人间蒸发，谁也不知他的消息，他一定在无人角落独自疗伤。志林作为村里奇怪分子，他闭门不出，过着隐居生活，躺在床上读书。郭二在时，知道志林喜欢读书，外出做工，有空便去书店买书。他没啥文化，好像小学毕业就不读书了，他并不知道买的书志林喜欢与否。大概和书店老板询问中学生看哪些书，老板自然热情为他推介，大多是小说名著。看着厚厚一摞书，志林对郭二心存感激。志林喜欢《苦儿流浪记》，外国人写的，书来自同学马晓强之手，不知此书他是如何得来，他对看书是真不开窍。志林既然看到，就借来一读，光看书名，有强烈吸引力。初二寒假前一天，不上课，自由活动，志林一上午便看完了，也许是被“苦儿”

与“流浪”这两个词汇吸引。志林对苦难故事总是兴趣浓厚，比如小时候喜欢看漫画《三毛流浪记》，经常被三毛的悲惨遭遇感动，流出眼泪，心头阵痛。《苦儿流浪记》最让志林印象深刻的是马戏团班主对雷米说过的一句话：“孩子，你要用心，听话。你该做的，要力争做好。生活的成败，全在这上面！”

用心、听话就能把生活过好？可怜的雷米难道不是乖巧懂事的孩子吗？他做错了什么？为什么要遭遇苦难？看着雷米的流浪生活，志林又想起王子凡，想起李浩，想起千千万万生活不如意的孩子，突然感到前途迷茫，自己的未来又在哪里？

志林还喜欢看《故事奇谈》杂志，同是郭二所买，里面很多离奇故事发生的背景正是南方某个地方。故事中的主人公，不少是开办厂子发家致富的传奇人物，当然也有一夜落魄的有钱人。志林记得最清的是一个开办企业的老板，风光时呼风唤雨，经常打骂身边人。他不积善缘，到处坑蒙拐骗，违法敛财，让打工者分文无收，是当地不折不扣的恶霸。他对任何人都充满轻蔑与歧视，唯独对斥重金买的外国品种犬关怀备至，吃饭永远不忘记先把狗喂饱。后来经营不善企业倒闭，他流落大街，食不果腹。他恶名在外，致使经常遭遇毒打，只有忠犬时刻陪伴左右。一天，他在天桥下睡了整晚，醒来却不见他的狗，一瘸一拐去找，却见忠犬叼着鸡腿向他走来。他原以为狗会吃掉，没想到，狗走到他身边，把鸡腿放在地上，摇着尾巴，暗示主人把鸡腿吃掉。他正拿起要吃，周围已经围了不少路人。他从人群中看到仇敌，此时正用大仇得报的眼神看着他。他知道大事不妙，正要逃走，对方已经冲上前来揍他，他身体虚弱招架不住倒在地上，仇敌继续扑过来。富豪以为这下完了，可是忠犬用嘴叼住仇敌的裤脚拼命向后拉。忠犬被打死，落魄的富豪眼泪止不住流出来。志林想这么个坏到顶点的人为什么对狗仁慈？而狗为什么向一个恶棍报恩？过往看到的故事，恶人都没有好下场，即使狗也会惩治他，可见这个故事的确与众不同。

《故事奇谈》常出现时髦性感的女人，她们总被有钱的男人追逐，坐着小轿车，穿着紧身的裙子，出入饭店，她们大多是秘书角色。故事离奇有趣又有情欲色彩，这两点都让志林着迷，志林一天就看完一小本。志林喜欢读故事，看到抓人心魄的紧张情节便会忘记吃饭。这天，志林正躺在床上，架着二郎腿看书。

“起来了，你的床单要换了，看看邋遢成啥样了。”秋桦正抱着新的床单进来。

志林瞅着新床单，心里咯噔一下。

“这不是刚换完的吗？”这床单，大概才换了一周，以前妈妈对他的卫生问题可没这么矫情，今天这是怎么了？志林心里嘀咕。

“这是新买的，给你换上，吉利。”秋桦说。

“行，那换上吧！”志林放下二郎腿，拿起正看的小说，爬起来，下地。

“你考试……”就知道她要打听这个。

“等分吧！我也不知道。换完我要看书呢！正到关键部分。”志林干脆打断母亲的问话。

“你看那书有啥用？能考上大学？”妈妈问。

看来秋桦并不懂得儿子的乐趣所在，志林十分无奈。

“读书可别读成古代笨秀才那样。”妈妈又打趣他。

她原本只是问问考试情况，已有几次欲言又止。志林对此并不敢做出积极回应，怕万一没考上时英，妈妈的情绪再度失控。这个原本就风雨飘摇的家再也经受不起打击，需要一点令人幸福的好事发生，否则太不幸了。志林把自己泡在书里，不见得有助于他升学，只为了让无助空虚的少年时光不空虚。如果无事可做，那不幸的家庭生活会随时吞没他的脑袋。人不能为改变不了的事实束缚手脚，自从家庭悲剧发生后，志林很快明白了这个道理，毕竟生活的车轮大多数时候向着前方，时光不能倒流。

志林赋闲在家，反倒有更多机会重新认识街坊。他是好学生，清高自傲，加上运动细胞不发达，他总是以离群索居的姿态示人。其他人出去玩很少叫上他，他觉得玩那些游戏纯属浪费时间，打心眼儿里瞧不起不学无术的人。可他还是能遇到聊得来的人，也算慰藉他孤寂的时光。

志林帮助妈妈浇地，他带上《三国演义》还有铁锹向地里走去。他头戴草帽，别起裤脚，有模有样地把铁锹扛在肩上，走在田间小路上。现在玉茭子长到齐腰高，村北大路两边的杨树枝叶繁茂，树荫让来往的磨村人得以躲避太阳暴晒。有人坐在树下石头上倒鞋里的黄土，不时在石头上磕几下。沟渠里的水哗哗地流着，一阵风吹来，湿润的空气扑在志林脸上，太舒服了。也只有夏天，这个塞北村子才有一丝水乡温情。做农活的磨村人，看到志林走过，直起弯下的腰，用瞩目神态齐刷刷地望着他。志林有些不适，不过很快就放松下来，毕竟他是今年的“种子选手”。偶尔有认识的大人问他考得如何，他用带有一丝羞怯的语调说：“等分吧！”

志林不喜在人前讲话，他以浇地为由抽身离开。当然，志林走后，他们依旧在议论着，议论的内容无非是父辈堪比电视剧人物复杂的悲苦离奇命运，但是他们会祝福志林，毕竟是个苦命孩子。考上时英中学，在磨村是所有人的喜事，寒窝飞出凤凰，谁知会不会一人得道鸡犬升天。韩庄就有个读书人衣锦还乡，为每家每户送米送面，指不准志林将来会给他们啥好处。

逃离众人的围堵，志林向自家田地走去，到了地头儿，水快轮到自家了，运气不错，省得干等。他先找到灌溉水的负责人，登记好开始时间，然后用铁锹铲出一个豁口，水渠里的水就哗哗流进玉茭地。接下来两个小时，志林看《三国演义》打发时间。等到中午，秋桦把饭包好送来，然后再坚持一段时间，地便浇完。

志林坐在石头上看书，历史人物间的攻打征伐让他心潮澎湃，仿佛他的谋划能力也在不断精进，未来也能成为影响历史的大人物。正当他沉浸在跌宕起伏的三国英雄史诗中时，一个人在书上投下影子，他抬起头来，认出是木匠麻迎凤。说实话，他没想到这个人会与自己打招呼，虽住得不远，但生活中并无太多交集，只知道这人是个木匠，也许母亲与他有来往。也就是说，从小到大，他与麻迎凤并没说过话。

现在木匠站在面前，志林感到窘迫，不知道说啥好，只能硬着头皮说道：“您也来浇地？”

“是的，苏志林，你是好学生，考得如何？”麻迎凤直截了当地问道。

“我感觉就那样，希望可以考上，但成绩这事儿说不准。”志林挤出礼貌的笑容。

“这样呀！你看的啥书，这么认真。大老远就瞅到你在看书，给我看看。”说着从志林的手里抽出《三国演义》。

“不错嘛，这是本男人该看的书。”他随意翻看着书页。志林面对陌生人，不知如何讨论看书门道，没法接话茬，然而这位木匠，却饶有兴致地要与志林好好讨论一番学问。

“我年轻那会儿也看‘三国’，喜欢琢磨古人征伐。”他试图与志林继续搭话。他自然看出了眼前这个少年眼神中的不屑与傲气，不过没生气，脸上反而舒展出笑容。

“我觉得刘备这个人没有帝王能耐，这是蜀国不能成就大业的原因所在。你觉得呢？苏志林。”麻迎凤找个深入切入点，希望可以吸引这个看起来有点儿书呆子气、实际颇有才识的少年。

“刘备仁慈宽厚，收拢到那么多能人，怎么没有帝王才能？”志林反问。

“嗯，你还是个小孩子，不能明白这深奥的帝王之术，也许将来你能懂更多。仁慈是帝王最怕的性格。”麻迎凤这番故弄玄虚，比村里其他长辈多了文气。他难道也喜欢看书？志林心中困惑。

“那狠毒就是帝王应该有的性格？”志林实在不解。

“我像你这么大时，也爱琢磨闲书，要是你那会儿生出来，也许咱们还是好兄弟。”麻迎凤继续说道。

“我也只是看书打发时间。”这倒确实是他看书的目的，志林觉得麻迎凤似乎在看待《三国演义》这本书的态度上过度庄重，仿佛是了不起的大事儿，志林感到不适。他不想再和麻迎凤继续这不着边际的深度话题探讨，他开始胡乱翻书，然后进地里看看水进入的情况。

麻迎凤看到忙碌的志林，也只好背起手，打住话题，到自家地里去了。

17

志林终于拿到了录取通知书，在妈妈的陪伴下来到时英中学报到。听别人说，王子凡考上了县城稍差一点儿的学校。志林明白，以王子凡的性格，高考不能超过他，两人是无缘再见了。公交车停在时英中学门口，一排排楼房进入视野。为了让志林更好地自理生活，妈妈这次陪伴左右。这是她一生罕见的荣耀体验，脸上始终挂着笑容，直到转身离开的瞬间，眼泪才如雨下。这些，志林看在眼里，他又想起初次踏入磨村小学的往事。

志林长大了，人生的风雨这才真正向他袭来，他瘦弱的肩膀能不能顶住，他能不能扭转不幸的命运，一切都将在这三年时间里被决定。秋桦什么都做不了，她永远是无能为力的女人，而眼下唯一能做的是攒钱，祈福儿子飞向远方，美好的远方。

第二章

苦涩人生初体验

1

志林怎么都不曾料到，在时英中学的首场考试就差到离谱，极大地挫伤了他的信心，从磨村的天之骄子变成人人瞧不起的差等生，志林仿佛被五雷轰顶。拿到试卷后，他十分不安，整天沉默寡言。等到晚上，他回到宿舍，眼泪早已不能控制，滴落在水泥地面，溅起一朵朵小花。其他室友均考出不错的成绩，互相庆祝，尤其是李贺晓，成绩排名挤进前三，更让志林自尊扫地。明明入学时志林成绩更高一筹，寥寥数月，两人处境悬殊。班主任当众夸李贺晓分数从入学垫底到今天挤进班级前三，是班级黑马，众人学习的对象。

三天后，志林自我宽慰，相信以他的学习能力，窘境会在期末得到改善，他的成绩能回到该有的水平，继续享受作为好学生的尊荣。不幸的是，他的愿望再次落空，期末考试成绩出来，他依旧排在倒数，这次打击更加沉重。志林开始怀疑他的命运无法改变，也许他无法飞向外面的世界，一辈子就这样了。只是这消极情绪并未让他失眠，他终究还小，等到次日天晴，心情很快修复。他想这一定是上天的某种暗示，一切都会好起来的。

志林变得敏感，天气变化、小虫子蠕动，他都能和命运际遇联系起来。如果看到头顶有苍蝇困在蜘蛛网，他觉得自己是被命运之网困住的失败者，静待宰割。如果刀片割破手，他便觉得将有不好的事情发生，开始变得神经质。神经质让志林苦不堪言，独处使得他总是胡思乱想，想东想西，没办法集中注意力去听老师讲课。

“你来说一说，什么是加速度？”一个粉笔头经过平抛运动抵达志林头上，然后落在物理课本上。

“啊！什么？”志林从胡思乱想中清醒过来。

“我的课这么容易让你走神？”物理老师是个中年小老头儿，对志林上课走神儿显然很不满。

“说一说加速度是什么？”物理老师重复着刚才的问题，眼中闪着不满的怒光。

“加速度是……”志林还真没搞懂。

“我……”志林向四周看去，同学无人助他，他只好挠头沉默。

“滚出去。”物理老师用手指向大门，志林低头出门，一开门看到班主任正盯着他。

“加速度是一段时间内，物体速度变化量和……”志林关门，里面的声音渐渐微弱。

“你讨吃了？上课做啥？磨洋工？”班主任操着土话，压低嗓门骂道。

“我……”志林依旧沉默，实在不知该说啥。

班主任王老师一巴掌打在志林身上，然后趴在门玻璃上看看里面的学生，最后一扭一扭消失在走廊尽头。

志林答不出半句话，心中甚是绝望。他不想当差学生，可实在是心余力微。志林对自己学习不行感到意外，曾经的辉煌难道是一场梦？现在梦醒了。他想起淳于棼的故事，大概是刚从美妙的枕头上醒来。

2

入读时英中学半个学期，他便发现，城里学生和城里的一起玩，来自八方村里的住校生常在一起。平日上课，大家作为同桌客客气气，一到户外活动，大家就形成小团伙，仿佛有一堵难以逾越的围墙，墙的两边没啥交集。这对于志林而言，起初并无大碍，他并不需要朋友，少朋友，少麻烦。这是他自小以来养成的习惯，这种习惯好还是不好，还难下结论。至少在他所住的宿舍，好说话、受欢迎的那个，需要在周末起大早去食堂带饭，晚上帮不想下床的室友打热水，这种好人缘志林不要。

他独来独往，当然并非好事。很快他就发现，同学周末逛街都不带他，平时吵闹说笑，他插不进去话。好不容易有了感兴趣的话题，想谈论一番，可其他人总是在他开口说话时声音盖过了他，所以他只能把话憋回肚子里面，然后闭上嘴巴，独自尴尬。

班级准备元旦晚会节目，好的分工轮不到他，出风头的事情肯定沾不上边，其他人讨论的时候，也不会过问他的看法。渐渐寂寞、孤独的感觉涌上心头，他的悲伤无人可说，喜悦也无人分享。时间久了，他在班级里的存在感越来越低，如同空气一般。

3

高一下学期，这是志林在城里度过的第一个春天，学校没啥变化。时英中学的绿化工作做得并不到位，稀稀拉拉立着几棵树，柳树慢慢变绿，杨树的飞絮满天飘。一些学生天天打喷嚏，就连物理老师那个小眼睛阔鼻子老头，也在上课的时候甩出了几条鼻涕，其中一条在黑板下的墙上挂了起码三天。

可是春天来了，对于学生来说，这是美好时节，心中盛放的火，在经过半年的沉淀之后开始燃烧。原来只是对对眼儿，眼神交流，现在迈出实际一步，成了众人的谈资，一说到某某，就集体挤眉弄眼。

周三下午后两节课，原本是英语课，可王老师压根儿没有打开英语课本。这天他穿着白底浅灰色条纹的衬衫，黑色西装裤，黑色皮鞋，怒气冲冲进来。春困秋乏冬瞌睡，这大下午时间，学生们都正打瞌睡呢！踹门而入这一动作发生的速度之快，连平日放风报信的人都没反应过来。

他用手猛地拍击刚换上的教学自动化桌面，所有学生不敢出声。这可是学校花大价钱刚换的设备，“啪”的声音让志林心疼。

“小崽子们，还想搞对象，还想不想考大学了，想讨吃了？”他操着方言，用方言骂学生一点不奇怪。时英不少教师非讲课时间均讲土话，尤其是老教师们，他们并不能熟练掌握普通话。有的努力尝试改善，结果不伦不类闹笑话；有的干脆不伦不类勉强讲着，并不当回事儿，学生偷偷模仿，他们装作不知道。班主任是刚大学毕业的英语系高材生，走路一扭一扭，尤其是爬楼梯的时候，胯部摆动的幅度更大，姿态有些娘气，可眼神凌厉，不怒自威，气势不输任何壮汉。大家私底下叫他“王书记”，寓意比纪管处处长都厉害。他大概觉得既然在老家教书，平时讲不讲普通话无所谓，乡音近人。

“今天，我在一教看到咱们班两个学生！我就不点名了，给你们留点儿脸面。”他的面目涨得火红，嘴角抽动着，看来是真的生气。

“我说的是谁，二位心里有数，晚上到我的办公室写保证书，以后再搞对象，就进行全校公告，叫家长过来。”他脸色又变得铁青，众人在下面相互瞪眼，都在想谁干了缺德事，尤其是坐在后排的几个男生，他们偷换着眼神儿。

志林坐在教室倒数第三排，他对当事人究竟是谁兴趣颇浓，不过宿舍几个男生经常畅聊不对劲的几个人，大概就是其中两个吧！主要有几个候选对象：

赵倩，她平时喜欢打扮，其他人校服不离身，她已开始穿漂亮时装，有的上衣肩膀上的布料被剪掉了，露出雪白的肩膀。最让志林感到窒息的是，每次和她擦肩而过时，能闻到她身上有淡淡的香水味。志林来自农村，还没闻过香水味，真是如痴如醉。赵倩是他们口中的校花。

她的男候选者是副班长刘庭，长得很帅。志林不得不承认他的魅力远远超过自己，上个学期末，班级篮球联谊赛，他在全校女生面前出尽风头。而志林不会任何球类，又不爱运动。更让人羡慕的是他的成绩，平时摸底考试均名列前茅。说实话，在时英中学，没有女生不喜欢他。

女生二号是魏小妮，她的美丽是众人共识。志林舍友高小辉就是她的魅力信徒，每天下午课间跑去学校便利店买零食，只为博得美人一笑。魏小妮与其他女生相比，优点是个子高，起码一米六八，这在还在长身体的同学里面，可以称得上鹤立鸡群。她的胸部开始丰满起来，细腰长发，发黑浓密。时英中学不允许学生披头散发，得扎起来。可是女生们只恪守规则一个学期，这个学期刚进教室就都散下来。魏小妮厉害就在于，这些女性之美均备。

魏小妮的绯闻男友是贺刚，据说贺刚家在县城里颇有背景，不说别的，他穿的、用的均价格不菲。志林虽然看不出那些衣服有什么不同，可对于从市区来的学生来说，他们见过些世面，在穿着上能说出个一二，还会说出怎么个厉害法。比如贺刚戴的手表是一个法国的名贵品牌，这是从市区来的学生戴敏敏说的。她给别人比画出四个手指，好事者追问是不是四百块，她摇摇头——“四千块”。周围学生立马瞪大眼睛，啧啧称奇。

“一块手表值那么多钱？在县城大商场最贵的表也顶多两百块，哼。”这是胖女生赵蕾的说辞。

志林在班里没啥优点，就是眼神儿看得远，平时不说话但爱听。

回归正题，贺刚在时英中学是知名的花花公子，不知真假。上初中的时候，关于贺刚的风流韵事便传闻不断，可他毕竟才十六岁，传得未免离谱，志林认为这是嫉妒者对他的诽谤，看来不喜欢贺刚的同学也为数不少。奇怪在于，贺刚在班里面呼风唤雨，朋友一点儿不缺，下课铃响，他的身边便众人围绕，尤其是李晓东，俨然一小跟班儿，两人一个鼻孔出气，贺刚说东他不敢说西。下课他跑去超市帮贺刚买东西，体育课帮从书桌里掏出校服，然后递给贺刚换上，最离谱的是，志林看到李晓东帮贺刚擦被路面积水溅污的帆布鞋。李晓东并非无利可图，起码周末能跟着贺刚在饭店胡吃海塞。

两对“情侣”的好事在班里早已经传播开来，但是以贺刚的背景，估计王书记不敢针锋相对，只能是可怜的副班长刘庭代劳。正当志林脑海中无限揣测的时候，王书记又发表言论：

“你们别看现在才高一，学习压力没那么大，但是高中三年说过就过，你们要是不把精力集中到学习上，三年后考不上大学全部玩儿完。看到对面的高三班了吧，他们不少已经开始熬夜了。”他铁青的脸色逐渐恢复正常。

说到高考，大家心脏跳得砰砰的，尤其是志林，他指望高考能改变命运。

他不想在穷地方继续待下去，他想去南方看看。

“想搞对象也可以，但不是现在。你们才多大，哎，真是……”王书记咬牙切齿地说。

同学已经知道王书记卡在嘴里的几个字是啥，不少人开始憋笑，尤其是斜对面满脸粉刺的瘦高个子女生王敏。她笑点低，天生乐观，给志林孤寂的高中生活带来不少快乐。其他人也嘿嘿地笑着。王敏不仅笑点低，还害怕严肃场合，其他人越严肃，她越是想笑，这让她在军训时候没少被教官拉出来单练。

说起这个，志林回想起在磨村听老人说起的年轻往事。那会儿，相亲成功，约好出去走走，在路上都一前一后，不敢并排走。可见现在时代变了，志林琢磨。

“笑什么笑？再笑撕烂你们的嘴。”王书记又进入暴躁模式。

“你们现在混吃等死，还有兴致找对象？心安理得花你们父母的钱。等你们高考分数出来，哭都来不及。考不上大学，就找不到工作。你们知道为啥来时英读书吗？你们家长没有告诉你们吗？考不上大学，找工作不占优势。村里来的回去种地，看老天爷脸色吃饭，不下雨粮食种进去都打水漂。城里的要做粗重的营生。平时没事做多想想为啥来时英，别想没用的。”

班主任讲这通话，对农村来的学生倒是触动颇大。有几个男生眼睛红红的，其中与志林关系还算近一些的王全眼泪打转。志林亲耳听到王全与家人打电话，春天豆子种下去没下雨，白种了，过几天改种粟子，耐旱一些。这种看老天眼色吃饭的生活实在太让人绝望。志林读高中以来第一次想起了家，想起磨村，想起去早自习路上遇到的做农活儿的农人，他们皮肤酱黑，超乎年龄的老态，不像城里女人那么显年轻。秋桦的眼角出现了纹路，手臂布满了裂纹。如果岁月不败美人儿，那村里女人的花期显然更短，志林对磨村那些面朝黄土背朝天的人总是心生怜悯。

“我希望你们心里有一杆秤，做好眼下最应该做的事。如果家里面没有煤矿可以继承，还是把学习搞好了。”王书记的劝告终于回归正题，班会也基本上进入了尾声。

班主任王老师的这场班会，志林只看到村里的学生有所反应，城里学生有的憋笑，有的女生在照镜子，偷偷调整时髦的发型，这点儿让志林匪夷所思，难道他们不想读大学吗？这和志林过去想象的高中生活相去甚远。可他还是想努力一次，他要做花期长的男人，做有价值的人。

4

在时英中学读书的岁月里，孤独是志林最亲近的伴侣，可他还是找到了能一起玩玩逛逛的伙伴——田帅。这是一个小眼睛男孩子，虽个子高，可腿短，五官和帅字毫不沾边。取“帅”作为名字，大概是父母觉得家族外形基因欠佳，期望儿子有所改变。论长相，志林肯定自信很多，可论出身就逊色多了。田帅是夏家庄人，那个村子在当地有些名气，因为出了一个牛津大学留学生。留学生在城市并不稀罕，可在雁北农村是极其罕见的，夏家庄由此名满雁北。初次进入宿舍那天，志林一听到夏家庄这个名字，他赶紧用牛津大学这一名人与对方攀谈，拉近彼此距离，果然他们在说笑中成为相互依靠的伴。田帅比志林性格活泼，他的父亲是会计，吃国家饭，比志林更见过世面。他很快适应了县城生活，早把各种消费场所摸了个遍。和田帅在一起，志林找到了乐趣。

学校两周休息两天，这样既能保证有充裕的时间上课，又能让村里的学生回家。可是磨村距离县城很远，舟车劳顿，有时候志林干脆就不回去了。事实上，他对家的思念不如其他同学那样强烈，他恨母亲给他带来的痛苦。

田帅也没回去，他想逛街买衣服。马上就到夏天了，穿点儿好衣服还能吸引女生的目光，这是田帅对志林亲口说起的。说的时候，田帅故意用怪异的语调，志林直言数落他不道德。可就是这么个爱美的田帅，逛街当天专门换上时英中学肥大的火腿肠校服，要知道，平时他巴不得学校取消穿校服的清规戒律。等来到大街上，众人对他的校服频繁注目时，志林这才明白，所谓的校服表面上是衣服，实际上是荣耀的象征。

头一回逛商场，田帅领着志林。他一个乡下人，不敢独自去消费场所，尤其是田帅带他来的这家名字叫做“亿客”的商场，是整个县城最贵的场所。

贺刚就是这家商场的常客，平时还会带他的跟班来这里大快朵颐。

志林跟在田帅后面，推开旋转玻璃门，进入商场一楼大厅。大厅宽敞大气，一股香气扑鼻而来。田帅物色鞋子，问起来价格都是几百块，这是志林几个星期的伙食费，志林啥也说不出来。他低头瞬间，发现他的布鞋鞋面大脚趾部位开始起毛，大概要顶秃了，鞋帮还沾有泥污，站立在装潢讲究的商场地面上，简直格格不入。他们在一家运动鞋店铺前驻足。

田帅指着店里陈列整齐的鞋子说："这牌子的鞋我特别喜欢，尤其是MD247型号的，吸汗、防臭、透气、防震性能都很不错，过几天可以穿来打篮球。"他一边用手指着，一边强调："看到了吗？"

"哪双呀？我不知道你说的是哪一双。"志林如实回答。

"走，我带你仔细看看。"

田帅拖着志林的胳膊，像拖着一只不愿前行的宠物狗一样进去了。

"时英中学的好学生，你们这个礼拜天不用上课吗？"店员用热情客气的语调与二人打招呼。

志林听到店员的赞美，自卑感减轻不少，稍微挺起胸脯。接下来，他听田帅跟店员小姐姐交流球鞋的行业术语。志林平时不喜欢运动，鞋子都是随便买来穿穿，他压根听不懂他们在叽里呱啦说什么。志林感觉无聊就走动走动，拿起鞋子看了看，价格都是三百元往上的，这让志林心脏怦怦地狂跳。

"你不给自己买一双吗？马上换季，夏天了。"店员终于照顾到无聊的志林。

"谢谢姐姐……我不买了……我妈到时候会给我买。"志林被问到后感到面红耳赤，说话有一丝打结。说实话，真的买不起这么贵的鞋子，面子还得撑住，志林说不出他买不起这样的话。

"美女姐姐，你快别说他了，他不懂，今天我带他出来逛逛。"田帅知道志林的尴尬，施加援手助志林解围。

"是的，你跟田帅介绍就行了，我看看。"志林气虚底弱，顺势转移店员的注意力，他并不想被人小瞧。

田帅终于决定买鞋，他掏出钞票给导购姐姐，成交，眼神不漏一丝犹豫。志林看到田帅出手阔绰，着实有些羡慕。其实不少衣服他打心里觉得好，可他的生活费一个星期才一百块，仅能维持吃饭，再想有点儿什么消遣那是痴人说梦，只是志林此时并不在意。初中开始，志林渐渐明白了一个道理：当人拥有高远的志向时，一餐食、一衣裤、一纸笔，就不再让他感到沮丧。人应该看得更远一些，看得远，脚下的羁绊便释然。

“你在想啥呢？”田帅推了一下志林的肩膀。

“没想啥！”志林说。

“我的鞋怎么样？”田帅用期待的眼神儿盯着志林。

“我没见过世面，不过看起来很棒。”志林说。

“滚！”田帅一定觉得志林在敷衍。

“我说的是真话，说真话你都不信，那没办法。”志林耸耸肩。

“看在你有眼光的份上，请你吃好吃的，你想吃啥？”田帅问。

“不用。”

志林拒绝田帅的款待：对方这就是财大气粗的表现，根本不顾及别人感受，实在是让人讨厌。田帅想当太子爷，志林可不愿当跟班儿。

5

在时英中学，志林还没享受重点中学所带来的荣誉，焦虑与绝望就涌上心头。这次高考成绩公布后，和志林同一初中校考来的哥哥姐姐逐个折戟，落榜不说，分数还差得远。志林意识到，这所高中也许并非预想的那么好，要知道这些哥哥姐姐曾经都是风云人物。静下心琢磨，这所学校的老师在平时教学上已经暴露出问题，而这些问题却很少有人去思考。当考学不佳的罪责全部由学生来承担时，改变命运就真成了奢望。志林想，依靠考取时英中学平步青云，也许只是传统观念的刻板印象而已。

高一临近结束，按惯例要文理分班，擅长文科的学习文科，擅长理科的学习理科。志林不解的是，按喜好选择文理最终变成学习差的学生去学习文科、学习好的留在理科班。在多年后进入城市生活的志林看来，这着实荒诞。志林认为重理轻文观念已让学习理科成为聪明的象征。在理科班的文科课堂上，鲜少有人认真听课，他们都拿出物理化学课本认真钻研。在几次模拟考中，文科科目考九十分根本不会得到赞美，可理科科目考了七十就被惊呼天才。有几个男同学轮流被推为小牛顿、小莱布尼茨。

有的学生即使擅长文科，也不敢踏足人文世界。比如，与志林关系较好的女同桌陈莉莉，她的语文成绩在全班绝对称得上拔尖，英语成绩可圈可点，政治即使不如语文那么突出，但比起数理化肯定厉害不少。志林与她同桌一年，认为她应当学习文科，这样考上大学的可能性更大，可陈莉莉还是留下成为理科生。让志林更加不解的是，这个女生无论如何也不愿意承认自己文科比理科学得好。一年时间，志林在文科理科两方面学习均无多大起色，犹豫不决之下，还是先回家与母亲商量一番吧！

终于到了周末，志林少见地踏上回磨村的路。自打来到初见霓虹的县城，他回家还没超过五次，只有生活费不足时才极不情愿地回家。他不想看到秋桦的落魄与卑微，她就仿佛一个苟且存活的人，与命运抗争，在夹缝中拿到活下去的机会与尊严。

周五下午只有两节课，这样才能赶在夜幕降临前保证村里的学生安全到家。志林的家很远，他一下课就马不停蹄向回村的公交车站奔去，腿跑起来像风车一样。天上阴云滚滚，风中夹着细雨丝，空气湿润，风吹得脸很舒服。他没有时间去观察路上熙熙攘攘涌向校外的学生人潮，直奔公交站而去，可还是慢了半拍。

在公交总站，回家的那班车已发动引擎，车尾有节奏地喷着浓烟，起步离开。志林心生绝望：错过了这趟车，今天晚上回到家可以说是痴人说梦，回家的班车一个下午只有两趟，这就是最后一辆。志林在公交车后面追着跑，可公交车就像一个飞速前进的盒子，很快不见了踪影。志林弯着腰，气喘吁吁只好放弃。他回到公交总站，垂头丧气，不知怎么办。这时候，总站滞留的时英中学学生已不多，稀稀落落的学生打算一个村的一起租面包车回去。志林因为性格孤僻，且他这一届仅他一人来到时英中学上学，他也只能无可奈何。这时一个穿着制服满脸胡子的大脸盘大爷对志林问道："小家伙儿，怎么还不走，天快黑了。"

"大爷，我错过回我们村的公交车了。"志林的语调中掺杂着无助。

"你能坐途经你们村不远的公交，然后走回去呀！"大爷拍着志林的肩膀，这个时候志林才发现他的肩膀上写着"公交总站"的字样，他原来是这里的工作人员。

"你是哪个村的？"大爷继续问道。

"磨村。"志林如实告知。

"你从这里坐 8 路公交，到刘庄下车，然后走回去，就是有点儿远……"大爷用专业老练的语气指导志林。

"您知道我们村子？"志林为眼前这个大爷知道偏远的村落感到神奇。

"当然知道，我小时候下乡就在你们村，大概待了不到半年就回到城里了。"大爷看了一眼远方，仿佛回到过去的岁月一般。

"你们村是不是有一个叫麻迎凤的人？"大爷继续问道，仿佛要与志林对暗号似的。

"是的，就住在我们家前面不远的一排。"找到了共同的话题，两个人就熟络起来。

"他现在在你们村做啥营生？"他继续问道。

"他是我们村的木匠，平时帮村里人打家具。我们小时候读书的课桌坏了，都是他负责修理。"志林如实告知。

"没想到他沦落为木匠……哎！"大爷叹了一口气，然后看了一眼手表。

"小孩儿，恐怕你需要上车了。"他用手指了指不远处的 8 路公交车。

"赶紧上去吧！要不然今天回不了家。"他拍了拍志林的肩膀。

"嗯，我现在就去。"志林撒腿就奔向 8 路公交车。

他交给公交车乘务员两元钱，然后找了一个靠窗户的位置坐下。现在这个点，从县城回村的人已然不多，车厢空荡荡的。座椅布套每天被各色乘客轮番坐在上面，脏兮兮的，被磨得油光蹭亮，有的线头都被拉断了。布套被拉扯得扭扭歪歪凌乱起皱，不成样子。换做有洁癖的人，想必这趟旅行真是折磨，志林心想。

天空依旧阴云密布，凉风夹杂着雨滴从玻璃窗外飘进来，实在是舒服极了。志林喜欢小雨天，小雨天让人安静，脑海中的杂念会消散很多，仿佛人世间的烦恼被风吹散，被雨洗净。

公交车像盒子一样行驶在通往各个村镇的路上。过去尘土飞扬的路面今天被雨水淋成褐色，路旁的树经过几个月暖意的感召，此时树叶已经完全舒展开来。路的两旁都是大树，有的枝丫伸展到了路中央，两边的树相遇就像一个天然的大棚，景色颇为静美，真像在图画书中看到的南方密林。

车上的人们来自各个村子，似乎也没啥话说，只有一个看起来脑袋有些不灵光的傻子结巴着与司机聊天。司机知道对方是傻子，有一搭没一搭地逗他，傻子却一本正经地努力交流着。一个与志林年纪相仿的女生戴着耳机听MP3，大概听的是最近流行的音乐，说不定是周杰伦的歌。最近，时英中学里的大喇叭，只要放音乐必有他的作品，可志林只觉得《夜曲》好听。一个中年男人在吧嗒吧嗒抽烟，喷云吐雾，味道难闻。

在志林后面的位置上坐着一个中年妇女，在她座位下放着一个塑料袋，里面装着在县城大街经常看到的馅饼，炸得金黄酥脆，外面涂抹五香调料，是当地绝佳的美味。也许雨天总是让人感到安静，人们的话题并不多，况且马上就天黑了。

司机很有眼色地调节氛围，他看着面前的后视镜对后面的人说道："李全叔，您这次进城做啥了？"

志林这才注意到，原来司机是一个比自己大不了几岁的年轻人，长相清秀，脸色嫩白，一点儿都不像经常跑车的司机。他像武侠剧里的执剑武林高手，剑人合一，熟练地打方向盘，丝毫不耽误拉呱聊天。

"我看看清辉在城里的房装修得咋样。"这个抽烟的大叔看来和司机认识。

“最近给清辉哥介绍的女朋友谈成了没？”司机看着后视镜继续问道。

“就那样，眼下还行，成不成还得继续观察，人家除了房还要十万彩礼，你叔的光景就那一套楼房了。”大叔把烟头熄灭了。

“哦哦，实在拿不出来，找人借一下，那没办法，就是这个行情，娶谁都是给爹妈找罪受。”司机说道。

“那还不是想抱孙子，舍不得孩子套不住狼。”这突然冒出的声音让志林感到惊讶，他回头发现是中年妇女在搭话。

“哦，这是真话，您回哪里？”司机礼貌地回应妇女。

“我回刘庄，等会儿前面的路口就放我下去。”她说道。

“哦，知道啦，到了路口提醒我一下。”司机说。

“行！”妇女说。

“实在不行，就再物色一个，这个女的一家要求太高。”中年男人继续刚才的话题。

“再物色也差不了哪，我今年相亲那个满打满算要四十万，不过不要房。”司机继续与叫李全的男人说话。

“你感觉咋样？”男人说。

“人模样还行，腿细溜溜的。”司机回答。

“要模样做啥，能当饭吃？能给你照管家生孩子才是大事。”女人再次加入话题。

“年轻人都想要漂亮的，咱们老古董没那讲究，能娶到就不容易。”男人说道。

“想要电影明星那样的，你还看不住，过几天就跟人跑了。”女人说道。

司机和中年男人都哈哈大笑起来。

志林发现，这个装扮像农妇的短发中年女人，虽然常年风吹日晒，皮肤酱红，脸蛋和手都沟壑纵横，与其他妇女比起来没啥特殊之处，但是不说话则已，一说话便语出惊人，且颇为幽默，很有哲理。这让志林多观察了几眼。

“学生要好好学习，要不然就跟我这个老太婆一样的下场。”她盯着志林继续发表具有警示价值的观点。

志林想知道这么个中年妇女何出此言，想与她继续聊几句，看看她经历了啥变故才顿悟人生，可是她已经到站。

“婶儿，刘庄到了！”司机提醒中年妇女下车。

“刘庄”，这不是自己要下的站点吗？志林头一回另辟蹊径回家，差点儿忘了要在陌生的刘庄下车。

“师傅，我也要下车。”志林赶紧对司机脱口而出他的请求。

“好嘞！”司机热情回应，然后车子慢慢在前面的小路口停下来。车门被打开，志林让妇女先下车，然后他从车上一个箭步跨到路沿。

“还是年轻人有力气，我成了老太婆。”妇女带着岁月不饶人的语气说道。

“婶婶，我回家路过刘庄，可我是第一次去，不认识路，您可以带我走走吗？”志林着实头一遭来这个村，上次也仅仅是中考车子路过。

“你是附近村子的人吗？”妇女感到不解。

“是的……”志林支支吾吾，就连他都意识到自己的无知有些荒唐滑稽。作为一个农村人，竟然不知道附近村子的位置，这太不可思议了。

“你回哪个村？”

“磨村。”志林如实告知。

“哦！那要走三公里路。”妇女带着狐疑的眼神盯着志林。

“没事，我走回去就行。”志林回答。

“那行，那你跟着我走吧！”妇女说。

在中年妇女的引导下，他们穿越了一个小土丘，向目的地进发。刘庄距离路口大约一公里。

“真羡慕你们读书的学生，我当年要是参加高考，一定不是今天爬地陇的下场。”妇女言语间颇为激动。

“您读过高中？”志林好奇地问道。在附近地区农民读过高中的已经少见，大多初中都没有读完，有的妇女大字都不认识几个。

“那是，我读高中那会儿，成绩可不赖，还是我们班的班长。”说起她的辉煌历史，她的声音更加响亮，沟壑丛生的脸庞变得更有活力，眼神更为闪亮。

“那您为啥不参加高考？既然您的成绩那么好。”志林更加好奇，要知道在他们村为了供孩子考学，家长愿意付出一切。

“我兄弟要娶老婆，家里没钱，供不起我。那时候粮食短缺，能吃饱都很难，哪儿像你们现在。”妇女说道。

“当时有那么苦吗？”纵然平时生活不至于饿死，可粮食倒还是够吃。

“我们那会儿读高中，食堂打的饭不能掺水的。”女人说。

“为啥不能掺水？”志林更加好奇。

“掺水会浮上一层虫子，眼不见心不烦，睁一只眼闭一只眼，吃到肚子里就行了。不吃，一整天眼花心慌。”老婶婶的眼神变得哀怨起来，过去的那段岁月听长辈说起确实艰苦。

“当年我兄弟娶老婆，盖房子，我爸爸有痨病，我一个女的，读啥书？赶紧嫁人，用彩礼给兄弟娶老婆，这是我爸爸的原话。”

“那太可惜了，女儿就没有读书的权利吗？”志林问。

“穷，能读到高中已经很厉害，我的姐妹小学都没读完。”

志林一时不知道说什么好，好在前面就是一个村子。

“这就是刘庄，孩子，你沿着这条路一直向前，走大路就能到，千万不要绕弯走小路。”妇女一路闲聊，但没有忘记她向导的角色。

她为志林指完路就向村里一个小巷走去，头也没回。

天色渐晚，阴雨天的夜晚总是来得更早一些，还未入夏，气温开始下降，加上凉风一直吹，志林感觉全身发冷。雨点滴落在他的头发间，头发变得潮湿。前面是一条大路，路的两边依旧是两排高高的大树，树叶浓密，让路显得更加昏暗。志林有些恐惧，可他是男子汉，他不能被吓到畏缩不前。路的两边是玉米地，此时已经齐膝。好在身边路过了几辆马车，车上拉着出地归来的农民。马儿一边赶路，嘴上一边发出呼哧呼哧的声音。老马识途，现在不需要赶车人拉绳，也能在走过数不清次数的路上麻木地走着。志林在大路上紧赶慢赶，前面看到岔路口，他不知道该怎么办，找一个人问问路吧。

“大爷，到磨村怎么走？”

“往右边这条路走，大概还有三公里路。”赶车的大爷悠然地告诉志林，马车晃悠着，在志林的前面越来越远。

“好的，谢谢大爷。”志林道声感谢。

志林向右边这条大路继续走着，这个时候，天色几乎黑了下来，大路变成了朦胧的影子。不知道为何，绝望与孤寂的感觉彻底笼罩在心间。志林想必须加快步伐。

几个小时后，小雨变大雨，志林就这样又走过一个村子。志林知道村子叫啥名字，以前班里很多同学都来自这个村子。村里的房子的玻璃窗透出光亮，这让志林的孤独感减少了些，志林知道已离家不远。

下过雨，路上的泥水让志林这次孤独的旅行变得充满阻碍，布鞋湿透了，泥沙钻进鞋里，脚趾被沙子硌得难受。志林脑子里一片空白，眼神渐渐茫然，机械地向前走着。雨变大了，他开始奔跑，连肚子里的饥饿也感觉不到。他终于看到了磨村的符号——塔楼。

志林到家时，双腿几乎瘫软在地，他努力拍打家门……

6

第二天，志林睡到十点钟，秋桦到志林的房间把他叫醒。他睁开眼睛，看到出生以来钟摆就一直摆着的老式座钟，摇摇摆摆发出时间流逝的哒哒声。志林确认是自己家，昨天晚上倒头就睡，疲惫到忘记母亲喂他喝姜汤。

现在她为志林端上一碗面皮，面皮清透，暗红色的辣椒油冒着香气，蒜香牵动着志林的胃口咕噜作响。这是雁北地区的地方美食，志林最喜欢吃面皮里的佐料面筋。面皮的工序十分复杂，稍有不慎面糊就稠了或稀了。在蒸笼蒸皮的过程中太薄不均匀难以成形，太厚太硬都影响口感，就那么薄薄一层，足以难倒粗心女人。洗面筋也是一门技术活儿，村里会洗面筋的妇女没几个，况且需要花费起码三到四个小时，每天早出晚归干农活儿已经让她们不想动弹，再折腾半天淘洗白面，愿意的人更少。

志林回想年幼时的往事，那会儿人们都穷得叮当响，可要是谁家做了面皮这稀罕玩意儿，总会拿出一两张送给关系好的邻居，要么直接叫到家里一起吃。英子虽是南方来的侉子媳妇，可身上有南方人讲究吃、会吃的习性，她很快就掌握了面皮儿的地道做法，她做好总给秋桦带几张。

“这面皮哪儿来的？”志林看到眼前的美食欣喜地问道。

“我早上骑车到韩城镇王三庆家买的。”

王三庆老婆做的面皮可是当地一大特色，面皮轻薄有弹性，对调料汁的吸收充分。

“简直太好了，谢谢妈，我最喜欢他们家做的了。”志林很少对母亲表达他的谢意，也许在时英中学的一年时间里，他尝尽酸涩，突然间明白了秋桦纵然不是个完美的母亲，可对他的爱在这个世界上最深厚。

听到他的感谢，妈妈显得很意外，这是他们剑拔弩张的母子关系十多年来罕见的温情时刻，志林能感觉到。

“你在县城那么多好地方，没吃到更好的？”妈妈疑惑地问。

“还行吧，但王三庆家的味道恐怕目前尚未被超越，尤其是辣椒油。”志林说。

“王三庆老婆以前经常来咱们村摆摊，最近没来？”志林问。

“最近不来了，你可能不知道。”妈妈说。

“为啥不来了？”志林疑惑地问。

“跟人跑了，听说跟一个外地男人出去打工了。”妈妈回答。

“为啥跑了？真是不可思议，一直觉得他们家挣了些钱呢！您说是吧？”女人跑了在当地不稀罕，可要说王三庆老婆跑了，志林还是难以相信：他们家去年还盖了二层楼。

“那这面皮是谁做的？”王三庆女人的手艺是真厉害，至于王三庆，志林可要打个问号。

“三庆呗！”秋桦回答。

“他能做好？”

“天天打下手，耳濡目染也学会了。”秋桦解释道。

“嗯！”志林一筷子一筷子夹着面皮。

“你寒假过了就没回过家，这次回来有啥着急办的事情吗？”秋桦问。

秋桦事先并不知道志林会回来。

“没事难道我就不能回来吗？”志林为秋桦这个问题感到困惑。

“啊，当然能回来，金窝银窝不如自家的狗窝。”秋桦似乎意识到面对摸黑赶路回来的儿子说错话了。

“妈，这个面皮做得太好吃了，比县城里的好吃多了。”志林用筷子没完没了地往嘴里送。

“和我说说你在时英中学的情况吧，学习难吗？生活费够用吗？”

“学习还行。”志林不敢说他成绩排名倒数的实际情况，更不敢说开家长会的事没有告知秋桦。

家长会那天，王书记提前五天告知学生必须请家长来。四校联考成绩出来后，要在家长会上对一年来学生的学习状态进行总结。明眼人都知道这次家长会意味着什么，无非是成绩好的满面春风，成绩不好的原形毕露。带着全村荣耀的孩子进入时英中学，原来这么不堪一击。考好的巴不得赶紧带父母来，对于志林这样的垫底生，让秋桦来真是如坐针毡。他努力编理由告诉王书记自己妈妈不来的原因，他说他是单亲家庭，母亲瘫痪坐轮椅。王书记听到这个理由，只好作罢。家长会那天，家长面前放着一杯水，县城学生的家长与村里来的“欢”聚一堂，最终也是村里来的家长不善交际，而县城学生的家长则高谈阔论，尤其是贺刚当官的父亲，在王书记的邀请下，发表他对子女教育的看法。班里面考前五名的学生在家长会上分享平时的学习经验，成绩排名跃进幅度最大的三个学生也被王书记点名发表感言，其中就包括李贺晓。李贺晓这是头一遭登台亮相，有些紧张，不过他的方框眼镜让他增加了几分学霸气质。

“生活费呢，学校食堂的饭涨价了没？”秋桦把志林飞到九霄云外的思想拉回当下。

“食堂的饭没怎么涨价，不过新开了一个食堂，没有原来吃饭那么挤了。原来一下课就得飞奔到食堂，晚一步就是长长的队伍，现在晚一点儿去也没关系。”志林如实告知。

“这样呀！一定要吃得饱饱的，吃饱了就不想家。”秋桦用关切又温柔的神情打量着这个已经比自己高一头的儿子。

闻及此言，志林难过极了。他的眼睛变得湿润，努力掩饰悲伤的情绪。在时英中学，他的成绩糟糕透了，头一回对妈妈生出愧疚之感。

“我需要一星期多五十块，最近总是感觉饿。”可话到嘴边，志林憋了回去。一年时间，同学对花样消费很快展露天赋，谁不喜欢享受呢？这是人类的本能。刚入学时，女生大多还是短发，仅仅一年，不少留起了长发，扎起花样包子头，有的烫出奇形怪状的卷儿。学校律管处三令五申，在校门口逮人，也阻止不了男男女女在潮流与时尚方面的“进取之心”。最初剑指本科、踌躇满志的同学们初心已改，高考在不少同学心目中已渐失分量。能在异性眼中拔得头筹、获得赞美的心理逐渐占据上风。

志林需要增加生活费，仅是因为肚子饿，他对物质生活没有太多奢求。同学们在尝试各种美食，有的价格还不便宜，志林只在平价区徘徊。他的朴实从 15 岁就暴露出来，可饥肠辘辘的感觉，实在让他上课没法集中精力，这点着实难熬。

“每个星期妈多给你六十块，你看够吗？”秋桦关切地问道。

“您哪儿来的钱？天天守着三分地。”

“你郭二叔给你存了读书钱。”秋桦用试探的神色看着孩子，面容悲伤起来。她带着几分谨慎，仿佛说错话似的。

听到郭二这个名字，过去人生中所有的不堪与苦难都在脑海里重现。这是志林多年来都在努力忽视、努力忘记的梦魇。他突然想起亲生父亲苏卫东，想起那个遥远又虚幻的远方梦。

“他在监狱里面过得怎么样？”志林冷冷地问道。

“他被判 18 年，能不能活着出来还是个问题。”秋桦流着泪水，她觉得这是志林希望看到的结局，也许儿子早就巴不得郭二被判死刑。

“您最近去看他了？”志林问。

“一个月前去看的。”秋桦说。

“他在里面怎么样？”此时的志林打心里关心郭二。

“身体还行，就是……”秋桦暂停了话头儿。

“就是什么？”志林急切地问。

“他很挂念你。”秋桦此言一出，却带着试探的眼神。

“挂念我，挂念我做啥？”志林问。

“他希望你能好好学习，将来做个体面人。”秋桦回答。

“体面人？”志林不知这所谓的“体面人”是什么人，怎么个体面法？什么样的人又不体面？

秋桦从家里的陈年箱子里掏出一个布包。这个箱子有些年头，志林从有记忆开始就记得这个箱子。布包里裹着一卷钱币，秋桦拿出四百块递到志林的手里。

7

郭二被捕，志林意识到后爸的重要。在磨村，志林的家境非但不穷，还走在时尚前端，儿时就有小孩子在门外偷偷看着，一睹这村子里最特殊的房子的全貌。志林看到他们总想办法驱赶，大多数时候扔石头出去。只有在苏卫东消失、郭二尚未到来那段间隙，志林和妈妈过得寒苦。苏卫东天生赶时髦，时兴啥物件儿，他倾尽所有也要得到。录音机、收音机是他的最爱。收音机播放的新闻、音乐让他成为朋友中的灵魂人物，年轻男女谁不想知道外界发生啥大事？新闻说的改革与南方让人向往。苏卫东在村里并非善类，打架的场合少不了他，又天生一张帅脸，让他在村里追求者从不断绝。那时他就吩咐理发店的胖女人给他照着电视里的男明星费翔修剪发型。他是村里最早去广东打工的年轻男人，村里大多是农民，一脱离学校就面朝黄土背朝天，一辈子与黄土地相伴。苏卫东从收音机里听到一则广东的招工信息，就带着几十块钱只身南下。

后来苏卫东从南方回来，全身换了一身行头，谁也不知道他在南方做什么营生。他说着新奇的世界，描述着经济蒸蒸日上的地方。他的身边整天围绕着男男女女，对他许下芳心的姑娘排成队。可姑娘们大多不敢直面苏卫东吐露心声，只有秋桦勇敢付诸行动，她甚至不顾苏卫东传闻中已有对象。

那年，雁北春天罕见的雨水充沛，农人的心情乐观不少。秋桦与姐妹们纷纷剪了时兴的短头发，还烫了卷儿。人们从黑白灰蓝世界中解脱出来的时间还不长，老一辈都素衣加身，可年轻姑娘在时代的感召下已穿上红粉色衣服。秋桦亦时髦得很，她在脖子上围了鲜红色的丝巾，穿上黄裙子，领口被她改得跟挂历上的女明星一样低，显得时髦漂亮。秋桦这个名字是她要求父亲给她改的，她原来叫秋菊。她觉得这个名字被很多人叫，有人叫“秋菊”，能得到一箩筐女人应答。她从村里露天放映的苏联电影里看到白桦树，回家就把菊字改成了桦。人口登记时，陈麻子顺了女儿的意志。村里其他人一时半会儿不能称呼她的新名字，她就给对方甩白眼儿。

秋桦的这身装扮让他的父母、邻居颇为不满。她要外出，陈麻子背后“呸”的一声，骂她“丢人败兴”。邻居笑话她“招摇过市”，可她认为只要吸引到苏卫东的注意，再挨骂也是值得的。

端午时节，按照乡俗要唱戏，邀请县城剧团来到村里表演，这是磨村一年里最热闹的时候。县晋剧团表演并非下乡义演，村委会要支付一笔演出费用，这笔钱在每年农历四月下旬进行统一集资，每家每户上交三元。周边村子的农民慕名而来看大戏，小摊贩售卖农民生活与农耕需要的商品。唱戏不单单是农民休闲娱乐欣赏艺术的方式，也为当地人赶集交易提供了场合。与中国其他地区相同，电视机收音机出现前，听戏是雁北地区农民唯一的精神享受，大多数的农民都能说出几出戏的名字，很多还能哼唱几句。戏曲的题材主要围绕唐宋时期的历史典故，杨家将、郭子仪、赵匡胤都是戏曲呈现的主要人物。

端午节来临前，秋桦爹妈老陈头儿夫妇在炕上包粽子，她自己对这些乡俗不感兴趣，不想学习这门手艺，偷偷溜出去与姐妹兰兰溜大街。她们知道苏卫东现在一定与一众好兄弟聚在一起抽烟聊天。外面的小孩子胳膊上拴着五色绳，胸脯前挂着五色毛线勾的苹果落，里面荡着一个苹果。孩子们玩儿得闹闹嚷嚷。他们向秋桦打招呼："秋桦姐，打扮这么好看是去找对象吗？"

孩子们大声笑着，秋桦脸色发红，只说了句"少扯闲话"，就向大街上走去了。兰兰早已在旧供销社门口等她。她们挽着胳膊有说有笑地朝苏卫东等人经常活动的地方逼近。在离戏台不远的路边，有一堆别人盖房子剩下的石头，苏卫东他们一帮人正在石头上坐着。他们有的跷着二郎腿闲聊，有的抽烟，有的站着把一条腿放在石头上，脚尖上下晃悠着，悠闲极了。苏卫东在中心位置待着，几个年轻人中间最显眼的就是他，一眼就能望见他的费翔头。

秋桦跟兰兰走近后，里面一个叫强子的小伙子跟兰兰打招呼。兰兰看样子与他们很是熟络。她知道好姐妹秋桦想认识苏卫东。

"苏卫东，你看这是谁？"兰兰使着眼神向苏卫东介绍脸已经红透的陈秋桦。

"这不是陈麻子的女儿吗？哈哈。"旁边一个男同伴抢答。

"去你的，你才是麻子。"兰兰回呛道。

"陈麻子的女儿陈秋桦嘛！谁还不知道芳心早已暗许我们苏卫东了。"哈哈哈，男伴继续奚落。秋桦脸色变得滚烫，她想走开，可兰兰死死地拉住她。

"这又是从哪里说起，秋桦跟你说的？"兰兰问。

"苏卫东家门缝前几天塞进一封情书，落款是……"男伴继续揭发秋桦暗恋苏卫东这件事。

"我有对象了，你不知道这个事？"苏卫东突然发话，他的表情冷峻。

众人不知是否该对秋桦吱声，不过都齐刷刷地看着秋桦。兰兰也没想到这姐妹这么时髦胆大。要知道，在那个时候，写情书会遭到众人的羞辱，是不正经不被认可的出格行为。

"是……我，咋的了？"刚才面部涨红的秋桦竟然直接认了这事。

苏卫东的对象是村长女儿小雅，这样的爸爸怎么可能瞧得上苏卫东这个名声欠佳的小白脸儿呢？没过多久，苏卫东与小雅的浪漫爱情被村长知晓了，他迅速出击，棒打鸳鸯，年轻情侣错失彼此。小雅在家哭闹一个月，半年后嫁给了一个大学生。那大学社毕业于省重点大学，在县城法院上班。村长女儿高中都没读完便回到磨村，等待时机享受父亲的庇荫。面对在法院上班的高材生，小雅很快忘记了苏卫东，心甘情愿投入新婚丈夫的怀抱。村长给小夫妻在县城置办了一套独栋楼房。村里人都眼馋这门亲事，姑娘羡慕小雅嫁给大学生，小伙子羡慕县城有楼房住。

得知苏卫东和对象被拆散后，秋桦意识到机会来临。度过尴尬的相识场面，苏卫东和狐朋狗友接纳秋桦一起玩。相处多了，二人关系熟络起来。秋桦并不提起两个人结婚的想法，只在苏卫东难过时展示她的善良温柔，适时安慰。事实上，秋桦五官并不突出，可她拥有玲珑的身姿。在秋收后，夜深人静的稻草垛里，他们关系飞跃。

那天，秋桦感受到人生中难忘的快乐，这快乐中有一丝疼痛，可疼痛却升华她的快乐。这是她芳心整整惦念一年的男人，她笃定苏卫东是最理想的丈夫。苏卫东抽着一根儿迎宾烟，眼神中满是疲惫与哀伤，满是迷茫与无助。

两人之间的事很快被村里人知晓，陈麻子骂女儿不要脸，看上不务正业的小白脸还丢了清白。村长讽刺说，他家女儿不要的烂萝卜，陈麻子家捡回去视作珍宝。陈麻子不敢与村长起冲突，只好哑巴吃黄连，回家狠狠揍女儿。生米既已煮成熟饭，陈麻子带着女儿上苏卫东家说理。苏卫东爹苏胜利本人就是当地知名的泼皮无赖，眼看找上门来，只骂陈麻子女儿扣不紧扣眼儿，还反怨他家儿子，卫东那么好的孩子，要不是秋桦引诱会犯错吗？苏胜利一番狡辩，黑白颠倒，陈麻子再次吃了个哑巴亏。

大家互骂间隙，苏卫东却要求娶陈秋桦，这个人们可都没想到。苏胜利拒绝给陈麻子家彩礼，苏卫东偷偷把打工攒下的一点儿小钱送到陈麻子家，一个月后两个人成为夫妻。他们的婚姻没有仪式，没有亲人祝福，房子是苏胜利家的一处旧院。苏卫东婚后再次南下，他一改追潮逐流的生活方式，转而对财富野心勃勃。很快，苏卫东重新盖了一处房子，家具是时兴的组合柜，欧式海绵床。苏卫东很快还搬回一套漂亮的弹簧沙发，这在磨村激起不小的骚动，只有那座钟是陈麻子给女儿的陪嫁。小孩子们想去感受一下坐在沙发上被弹上弹下的感觉，仿佛是城里人一般。就连村长都开始眼红，思量着是不是错过优质快婿。

这些陈年往事，在磨村传播多年，志林道听途说，版本不少，不管真假，志林还是拼凑出了父母的年轻岁月。爸爸苏卫东始终在磨村待不住，他想要什么？是对外面世界的向往，是对金钱的渴望，还是对故乡的逃离。志林需要亲自去广阔的世界历练一番，才能感受到父亲一生的“传奇”。

8

烦恼只是暂时的，一场结果糟糕的考试顶多沮丧七天，一周过去，似乎啥也没有发生。王书记似乎见不得学生心情大好的场面，他总会泼冷水，用高考教育学生要消停，要他们赶紧归位，要不然考不上大学。这天，志林正在做数学题，数学课让大多数同学瞌睡，他也只是强撑。背后的李倩扑哧低笑着，把桌椅都震出动静，声音很快变成咯咯的笑。她一定是怕老师听到，刻意压着。志林心想：憋笑太痛苦，谁让她看的是《乌龙院》呢？

志林拼命学习，成绩终于有所改善排到中间，只是这高中生涯已过大半。他的收获自然被王书记看到，在进步最大的学生名单中，志林现身榜首。这大概是志林在班级里面最有存在感的一次，王书记用他温柔又豪气的腔调宣读：“咱们班这次进步最大的是苏志林，从倒数第五名上升到第二十名，他的努力有目共睹，只要好好学，就有冲到前面的希望。”

志林被这不敢奢望的表扬震惊到，平日的小透明，现在突然被公开点名，着实尴尬，脸从耳前红到耳后。这次名次攀升无论如何并不光彩，“倒数第五”和“二十名”两个词儿，使他真想找个地缝钻进去，原地灰飞烟灭也可。可这终究是他努力的成果，纵然离考上本科相去甚远，也是努力见到成果的证明。他试图斜眼瞅瞅周围人的反应。

“苏志林就是咱们班的好苗子。”王书记似乎并未停止对他的夸奖，他这番描述和娱乐圈星探有一拼。这是最有潜力的演员，将来可以拿影帝，志林心想。

同学眼神各异地盯着这个毫无存在感的农村小子，大多表情麻木，仅平时爱学习的几个学生将羡慕或赞美的目光投向苏志林。能得到这个群体的认可，他脸上顿觉荣光。

被宣读到的有进步的其他同学，互送目光庆祝。正当大家以为这场表扬盛会要进入尾声时，班主任又用尖锐的声音念出转折连词:“但是……”，学生们立马意识到大事不妙。果不其然，王书记宣读退步名单。学校多年来推行鼓励教育，只表扬进步的学生，原则上是不进行倒数排名的。这个时候，简直就是丢人败兴的现场观摩会。

这份名单出现一个名字——刘庭。他可是副班长，班里的风云人物，体育与学习成绩均拔尖的完美男生。他从第二名成绩下滑到第十五名，这真是一次巨大滑坡，他的学习能力与考学前景受到进入高中以来的重大质疑。王书记面对他成绩下滑这个现实，并没有痛心疾首恨铁不成钢，而是用“不思进取，必有灾殃”的心态来看待他的滑坡。王书记内心的声音一定是:“看吧！不听我的劝告，这就是你的下场。”志林从王书记的神情猜测出他的想法。

王书记似乎不喜欢赵倩。赵倩也并不在乎学习成绩，描眉画鬓才是她的头等大事，不把脸蛋抹得刮层腻子似的不会出门看看温暖的太阳。可男生刘庭是高考出成绩的“种子选手”，是三年学习结束之后能不能让王书记在这所中学站稳脚跟的重要筹码。要知道普通班能够考出三个本科，足以让班主任脸上抹油亮堂堂。如果因为赵倩让刘庭高考失利，他简直不敢想象结局，为此他专门盯紧了赵倩，提醒她重视学习，不要本末倒置。

一个学年后，升学成为王书记心中的头等大事，班级升学率高，学校给班主任待遇好。考上本科人数最多的老师，在各个大会上被褒奖，就差脖子上挂朵大红花。普通班有学生考上重点本科学校，班主任有机会成为年级学科主任。班级升学率为零的老师，只好忍受被忽视的滋味。产出本科生的班主任，走路脖子挺得直直的，头颅顶得高高的，满面红光。没产出的班主任，走路面色凝重，生怕同事打招呼问好。尤其是曾大放厥词自家种子选手必上名牌大学的老师，在成绩出来后，走路尽量挑选小路，生怕同事揶揄。

也许见识到了差距，王书记心惊肉跳。原本他偶尔关心学生生活，尤其是入职时英中学的第一学期，他对教育事业充满激情，读书期间学习的先进教育理念终有施展拳脚的平台。在教育教学研究领域，他与大学老师合作发表了一篇论文。这篇论文让他成为这所高中的英语老师。现在，随着年岁变迁，升学越发成为重中之重，娱乐时间被蚕食。

刘庭不思进取，王书记开始担忧他的学业前途。他把剩下几个退步学生的名字一一叫出，志林听到李依依名字正在其中。听到老师点名，这个长头发女孩儿眼睛红红的，眼泪几乎要流出来。她的入校成绩在前五，现在跌落到二十一名，与志林站个前后脚。这对她来说是可怕信号，意味着考上本科可能性降低。志林看到她落泪的样子有些可怜，想去安慰她，可又不知怎么找她说话。

志林注意到，李依依是班里唯一一个长得好看却不施粉黛的女生，从不捣鼓发型。她每天长发披肩，学习时绑成马尾，不干扰她读书。在课堂上，她又是班里少有的能和物理老师互动的学生。她能按照物理老师的指令学习各种定则法则，算出复杂公式套入数字条件得出正确结果，这是她聪明的表现。她没考好实在意外，志林有些疑惑，好几个不专注学习把课堂当成时装秀的女孩子反而跻身前十，真是不可思议。

表彰班会结束，到饭点儿时，王书记大概肚子饿了，他不再继续啰嗦，看看手表，表盘反射出刺眼白光。他宣布散会，一扭一摆走出门外。他走后，众人瞬间情绪高涨起来，各自讨论晚饭在哪里解决。一般而言，只有住校生才吃食堂，城里学生在外面的小餐馆吃饭。

这次班会，志林注意到李依依，平时她坐在北面中间，志林在中间后排，能够看到她的侧脸和身影。她长着一张鹅蛋脸，眉毛淡淡的，却显得很可爱，头发披在背后。志林很少看到像她这样头发浓密的女孩儿。李依依似乎并未觉察到自己的美，一门心思学习。志林每到教室，不管迟早，她早已坐定，超出头顶的课本被堆得像不透风的围墙，把她保护在里面。看到这么努力的女孩儿，志林长久以来的孤寂感被冲淡。

认识李依依的机会来了。那天李依依累了，趴在桌子上休息，贺刚用他的大手抓起李依依的头发，情绪激动，大声嚷嚷着。看到贺刚朝李依依下手，其他学生聚拢过来。李依依被突然降临的暴行惊吓到，她迅速站起来，像只痛苦的兔子试图挣脱贺刚的魔爪。她努力回过头来，眼睛喷发怒火盯着贺刚。

“贺刚，这是咋啦，你快放开她！”两个男生赶紧上前拉住贺刚。

志林看到此场景，心中的怒火难以抑制，可他天生不爱动手，他缺乏勇气和胆量。他紧握着拳头，紧紧地咬着嘴唇，双腿却待在原地。李依依不想坐以待毙，她抓起铅笔盒朝对方脸上扔去，却被对方用灵敏的手接住。贺刚似乎被反击震惊到，再次抓住她的头发，情绪更加亢奋。众人提醒语文老师来了，贺刚才放手，然后回到座位上。

进来的女语文老师，她似乎对刚才的情况一无所知。她说：“大家坐好了，今天我们开始讲《留侯论》，赶紧打开书预习。”然后用粉笔在黑板上写下“留侯论”三个端正雅洁的楷体字。

志林心脏跳得砰砰的，始终难以静下来。他斜着眼睛密切观察李依依的行为动作。他看到颤抖的双肩：她哭了。真是一个可怜的女孩儿，看着李依依的无助，他的眼睛竟有些红了。

事后，贺刚被调查问话，调查结果是父母闹离婚，导致他患上狂躁症；平时没事，一受周围刺激就发病。既然精神状态不佳，众人达成一致意见，让贺刚休学。一周后，这个男生便消失得了无音讯。

这次事件，让志林与李依依产生联系。那天志林脑子方寸大乱，什么都没听进去，他想物色机会和李依依搭上话，她一定是陪伴自己熬过孤寂时光的最好伙伴。下午，志林传出人生中的第一张纸条。他选择王敏帮忙传递，这个大大咧咧的女孩儿不会拒绝帮他这个忙。王敏看到志林要给李依依传纸条，她停止挤粉刺，打趣说：“苏志林，你看上她了？你以前可从不写这个。”

“传纸条就看上了，你跟马东天天传，你们在一起了？”志林用同样打趣的口吻回击她。

“哼，平时一声不吭，今天口才咋这么好？”王敏继续开他玩笑。

“呦呵，你管我，你赶紧传，问题咋那么多！再啰嗦，以后马东看不到你的纸条。”志林使出威胁的口吻。

“传就传嘛，我跟马东是哥们儿，衣服擦破了也擦不出火花。”王敏怕被误会，赶紧否认，她从志林手里接过纸条。

纸条到李依依那里，志林心脏狂跳。他想知道李依依的反应，毕竟之前除了几次班级活动必须交流，两个人几乎没说过话，互动仅限于传扫把、倒垃圾。他偷偷看着李依依，正巧她也转过头来侦查纸条主人，四目相对，志林从李依依的眼神中读到温柔，感受到友好，她对自己笑了。

到此，志林身边添了一个朋友，他们相伴去食堂吃饭，饭后在操场散步几圈，晚自习学习的思路更加清晰。李依依鉴定这层关系是吃伴，志林说是走伴。他们惊讶于两人有共同爱好——看小说，周末结伴去书店成为必不可少的打发时间的法子。从中外名著到杂志，他们乐于花上整个下午，如若囊中充足便买上一本。书店摆有一摞《乌龙院》连载本，他们在书店看完，等到其他同学争抢最新本时，他们无需加入战斗。多年后，志林重返这座孤寂的雁北县城，重走当年的书店，在大街上，服装店、理发店、饭店的名字换了一批又一批，唯独书店风雨不倒还是那几家。也只有这几家书店，让志林浪迹漂泊的心有些许慰藉。多年后，志林还是习惯进入书店，买几本名著。他买这些书做啥呢？他也不明白。

有李依依陪着，志林孤寂的高中生活增添了一点儿亮色。虽然学校严令禁止男女生来往密切，志林还是和李依依经常在一起活动。他们又不是情侣，怕什么呢？

周末，志林原本给秋桦打电话说要回去，之后得知李依依不想回家，他周五果断给母亲又打了一通电话，告诉妈妈：“学校突然摸底考试，不能回去，下下周必定回去看您。”打完电话后，他有些好奇，难得的长假，为啥李依依不回家呢？

9

周六，县城新开放的石山公园是绝佳去处。这是县政府投入巨资为丰富当地休闲生活而建，整整盖了一年，前两周首次开园，不少人去凑热闹看新鲜。志林与李依依决定趁着周末有时间好好玩一天。

这天李依依罕见脱掉肥大的校服，换上自己的衣服。下身黑白格子裤，上身穿着蓝色 T 恤，平时披着的头发今天扎高高的马尾，留出瘦小的脸颊。

“李依依，我觉得你比赵倩他们漂亮多了。”志林打量女伴儿，由衷赞美。

“不是吧，我这长相哪能跟赵倩比，她可是咱们班长得最漂亮的。”李依依赶紧否认。

“你就是平时被那些城里学生欺负惯了，缺乏自信。”志林试图说服对方。

“人家赵倩，咱们班所有男生都喜欢她，你没看出来吗？”李依依试探着问志林。

“赵倩，我可一点儿都没发现她多好看。”看到志林如此肯定地回答，李依依的脸色变得兴奋很多。

“那你觉得谁最好看？”李依依继续追问。

“我倒是觉得林美娜长得挺好看。”志林含笑看着李依依回答道。

“林美娜好看？”李依依噘起了小嘴，不开心了，身子扭向志林相反的方向。

“不逗你了，你最好看，好吧？”志林看到他的诡计得逞，一边笑一边矫正答案。他严肃的矫正让李依依脸上立刻浮现出笑容。他们说说笑笑走过几条街，来到新开放的石山公园。

他们到来时，已经人头密集，男女老少欢聚一堂，不知哪的喇叭正播放流行音乐。公园前卧着一块大石头，用类似草书的字体刻着“石山公园”四个红色大字。大门外面有卖烤肠、玉米还有茶叶蛋的小摊贩，看年龄长相想必是夫妻，在招呼着年轻顾客。老人太极拳队正在享受中国拳法以柔克刚打造的宁静世界，志林看到学校一位老体育老师也在其中。平日里他经常在学校操场打太极拳，气定神闲，颇有仙风道骨的感觉，没想到他老人家也喜欢凑热闹。

公园正门口大敞着，任由人们进出，志林和李依依并肩向里面走去。他们吃着从摊点买的烤肠，味道很不错，李依依心情更加明悦，一边走一边跳，志林觉得李依依也不完全是书呆子嘛！

公园里种植有松树和柳树，环绕中央人工湖，湖上种着志林从未见过的水生植物，大概从南方移栽而来。一群鸭子在戏水，嘎嘎叫着。人工湖让空气湿湿的，志林感到舒爽畅快。好久没这么痛快过了，他心想。

“这个湖修建得真不错，风吹起来舒服极了。”志林对着湖面赞美道。

“是呀，苏志林，我也觉得这个湖凉快。要是学校里也有个小湖泊该有多好。”李依依深深吸了一口气，风吹着她的刘海。

“湖泊让我有去南方旅游的感觉，那边应该有很多湖泊跟河流吧？”志林说。

“我又没去过南方，我想肯定比咱们这里美多了，不会一到冬天就灰头土脸的。”李依依说。

“将来考大学一起去南方吧，我们去一个地方。”志林说。

“有机会吗？我看考上大学很难。”李依依的语气没有信心。

“是呀！我的成绩更没可能，小时候的理想真的变得渺茫了。”志林说。

“你有啥理想？”李依依问。

“我的理想是去南方看看。”志林回答。

“为什么想去南方？离家那么远。”李依依问。

“我想看看我爸爸心驰神往的地方是什么样子的。”志林回答。

“你爸爸，他在南方？”李依依问道。

“他曾经在南方。”

“现在呢？”

“现在……”志林不知该如何说起那段不堪回首的往事。

“我爸爸去世了，他在南方……”志林想编造一个理由搪塞。苏卫东离世这段历史，志林总得编个理由，否则任谁听来，都荒唐至极，也许会牵连自己在时英中学本就不堪的处境。他们一定会认为那么糟糕的父亲，儿子也不是个好东西。如果说在南方死于一次台风或者一场疾病，总能得到些许包容吧？

“没事的，苏志林你别说了，这太让人难过了。”李依依要终止这个话题。

“嗯嗯，这个确实，我确实说不出口，抱歉。”志林沉沉地低着头，沉默起来。

“也许每个人都有不愿意说起的往事。”李依依说。

“你也有吗？”志林好奇地问。

“我当然有……我又不是上帝的宠儿。”李依依说。

“其实我倒是奇怪，好不容易到周末，你怎么不回家看望父母？”志林终于说出他的疑惑。

“我回去干嘛？回去也没人管我死活。”李依依低着头说。

“父母怎么可能不管你的死活？”志林疑惑。

“我爸妈离婚了，我爸给我找了一个后妈，我不想看到她的嘴脸。”李依依咬牙切齿地说着。

“同为天涯沦落人，李依依。”志林突然拍了一下李依依的肩膀。

“以后我来照顾你。”他试探着说道。

眼前的女孩儿显然被志林震惊到，志林这是表白吗？她一时有些不知所措，呆在那里，脸红扑扑的。

“李依依你这是咋啦？哈哈哈，我可是把你当妹妹看的呦！”志林为她解围，这女生太紧张，一点儿不像赵倩他们活泼，志林心想。

“好哥哥呀！我真的谢谢你！”李依依显然对志林的这认亲语气并不接受。

李依依有些愠怒，她起身向前面走去。依旧是沿湖小路，几个小孩子拿着泡泡枪跑前跑后，泡泡满天飞，让走在前面的李依依更加动人。天上的太阳变得毒辣，虽然现在是初秋时节，太阳暴晒的感觉并不舒服。志林决定带她找一个阴凉的地方坐一会儿。他很快就追了上去。

志林加速向前追去，很快就跑到了李依依左边，他们继续并肩走着。志林想该找个话题才是，让此刻的游玩更有趣。

“李依依，你最近有没有读《挪威的森林》这本书？”志林问道。

“看了呀！你推荐的我就翻看几眼。”李依依用并不严肃的语调应承着。

“你觉得怎么样？”志林问。

“谁怎么样？”李依依反问。

“你觉得我们这么走着，像不像渡边彻跟直子第一次在东京街头漫游的情景？”志林问。

“不像，这个小公园哪儿能跟东京比。”李依依表示质疑。

“小公园也是风景呀！景色好不好不重要，跟谁一起走才最重要，你觉得呢？”志林问。

“苏志林，你的文采，哦，应该是口才，不错嘛，一套一套的。”李依依奚落眼前的男孩儿。

“当然，这只是我读这本小说的个人感受罢了，难道你不觉得他们那么走着很有意思吗？”志林问。

“也许有意思吧，只不过有点儿浪费时间。”李依依顽皮地回答。

“你觉得渡边彻这个人物怎么样？”志林问。

“渡边彻的人生让我感到难过，接连失去喜欢的人和朋友，反正我不想遇到这些事。”李依依发表自己的看法。

“我不这么认为，我觉得他是生活的勇士，失去至亲朋友，他还能坚强生活，面对苦难。”志林发表了一个截然相反的观点。

“你倒是强大嘛！要是我遭遇渡边彻那样的人生，我想我会像斗草芽一样崩断最后一丝草线。”李依依说。

“我会像渡边彻一样排除万难，在逆境中乘风破浪。”志林抒发着自己的豪情壮志，可事实上，他对未来的迷茫之感丝毫不亚于李依依。

“志林，将来我们一起去外地读书，到时候一定会开心很多。”李依依用温柔的眼睛看着苏志林。

“可以呀！这正是我求之不得的事情。”志林回答。

他们继续向前溜达，迎面走来一对中年夫妻，他们挽着胳膊有说有笑。志林与李依依对视，温暖地笑着。看到李依依的笑容，志林如沐春风，他感到生活的光彩并非与他绝缘，他还能在悲伤之余分得一份喜悦。

志林带李依依在公园的一个六角凉亭里歇凉，他跑到不远的小卖铺买水和雪糕，然后回到李依依身边递给她。李依依依旧幸福地微笑，看着志林。这时身边的一个中年叔叔与身边的人说起凉亭的样子是一比一仿建附近山上的知名景点——独对亭。传闻独对亭是宋代知名将军李知远在与辽国打仗路过本地时，在山上修建的一个亭子，取名独对亭，不知真假。仿造的亭子纯木质，虽为仿古建筑，倒是把古朴的神韵迁移下来。坐在亭子里，凉风习习，志林跟李依依吃着雪糕，看着湖水。

“等我们到了南方，这种景色肯定习以为常。”志林嘟囔着。

“志林，还有不到一年半的时间，我们加把劲儿，一定要考上大学。我们不能被困在这里，我们应该看看外面的世界。”李依依说。

志林点点头。

10

冬天来了，又到了不想出门的时节。经过半年学习，志林与李依依的成绩有了明显进步。李依依更优秀，她重回前十，在高考时有希望进入大学。志林进入前二十名。冬天，散落四处的烧暖气的大炉子让空气污染成为常态。满世界都是烟蓬子，早上洗漱得干干净净，出去一趟回来，脸上可以搓出一层泥。似乎这里的煤炭永远都烧不完。志林看着空气中的煤尘，陷入沉思。这是在县城度过的第二个冬天，与上一个没有丝毫差别，从教室到食堂，两点一线，只不过周末与李依依去书店打发时间的乐趣已经被高考重压消磨掉了，数学、化学、物理、英语课本翻来覆去地看。在这一年中，一些学生买了手机，家庭条件不好的学生也有价格便宜的二手手机带在身上。志林也想拥有手机，可妈妈没有余钱为他买，他感到沮丧。有手机的同学下载聊天软件，认识天南地北的朋友。他们大多从未离开过这个县，去过的最繁华的地方就是县城，现在有不知具体在中国哪个地方的朋友与他们聊天，帮解闷儿，这体验很新奇。

只是对于他们的新奇体验，志林只有羡慕的份儿，李依依在食堂吃饭的时候说：“眼下是高考的关键时刻，他们是玩物丧志，你要立场坚定。”说着用筷子敲了敲志林的头。

这年的冬天终究有些难熬，一场大暴雪让学校的正常生活几近瘫痪。大片雪片像天上空投的鹅毛堆积到膝盖。窗外杨树树枝上挂着雪，厚重的积雪把枝条压弯。楼房屋顶堆着厚厚的雪，学生们在宿舍根本出不去，高考越发逼近，这让爱学习的学生愁眉不展。这时，志林羡慕起那些有手机的同学，自己有的话可以跟李依依报平安。大暴雪的降临，让志林想起磨村的母亲，她该怎么办呢？她是一个苦命的女人，志林想起了郭二，要是他没有进监狱该有多好，母亲也好有人照顾。

学校的积雪需要动用铲土机铲出一条路，尽快解决通行问题，否则物资不能正常运转，学生忍饥挨饿，后果难料。志林听到宿舍楼下面铲土机轮番作业的声音，几个中年男人在感叹这场几十年难得一遇的大雪。志林与同宿舍几个男孩子坐在各自的床位上，肚子饿得咕咕叫。高晓辉趴在枕头上看着物理书，高中生涯都快结束了，他对物理的无力感和热爱还是如此强烈。男生不能征服物理，仿佛智商被打折扣。王东用手机跟不知道在哪儿的女网友甜蜜聊天，看来他对积雪并无太多恐惧。剩下几个躺在被窝里面睡觉，这是一个千载难逢的睡觉良机，不会有任何人、任何事打搅美梦。

志林站在窗前，眼睛俯视着外面白茫茫的世界，思绪却飘荡着。高中只剩下不到半年时间，成绩一直不死不活，已然看不到考上大学的希望。未来又何去何从，曾经美好的幻想，在这一刻彻底变得渺茫。也许苏志林的一生注定平庸，他只是这个世界最不足挂齿的小蚂蚁。蚂蚁小的时候伸出两只触角以为看到大大的世界。有一天它出去冒险，才发现原来一阵风一片树叶就能让它陷入险境。该怎么办呢？志林不想成为一个平庸的人，至少也要在这个世界上能够留下印记，哪怕印记十分微小。

中午十一点，铲车终于铲通学校几条主路，路两旁的操场都堆着厚厚的积雪，仿佛置身北极，真是难得一见的景象。学生们陆续出去觅食。现在学校外面的交通情况十分糟糕，能在食堂吃上一顿热饭也是奇迹。为避免出现学生人潮拥挤的情况，学校纪管部的所有工作人员倾巢出动维护秩序，就连班主任王书记也去学生宿舍了解情况。在学校的统一指挥下，学生们终于吃上了这顿让他们难忘的午饭。因错峰去食堂，志林没能第一时间见到李依依。暴雪让走读的城里学生无法返校，教学楼出现水电线路故障，断电断水问题尚未解决，情况不明，可能影响上课质量，因此下午全校果断放假。这个放假消息让学生们情绪高涨，暴雪带来的恐惧感一扫而空。吃饱午饭，大家各自回到宿舍，爱学习的依旧看书，不爱看书的开始休闲娱乐。隔壁宿舍男生来到志林宿舍打牌，他们带来两副扑克牌。志林不喜欢打扑克牌，他想看书学习。对于未来的高考，他慢慢心态不再急躁，希望渺茫也不能放弃学习的决心。他突然想起麻迎凤那天浇地时对他说过的一句话：知识学习得越多越好，保不齐哪天就派上用场。现在多积累、多学习，天道酬勤，也许哪天会发挥大用途呢！志林决心坚定这个信念度过最后的半年。

“苏志林，你不跟我们打牌吗？”这是隔壁宿舍也是隔壁班的王晓庆问。

“不了，你们玩儿吧，我看会儿书。”志林拒绝了对方的邀请。

“呦呵，苏志林啥时候这么爱学习了？”王晓庆用带着挖苦的语调问道。

“苏志林一直是学霸，你还不知道吗？之前王书记还公开表扬过。”对面床的王东同样用带着讥讽的腔调与王晓庆说话。

志林心里明白，已经到了高三阶段，谁能考上大学大家已经心里有数，像志林这样的分数，基本上不在考取名单里面，除非最后半年有神助攻。他现在说学习看书，大家听起来着实有些不自量力，所以志林对于他们的讽刺并没有生气，发脾气摔东西甚至动手不是志林能做出来的事情。

“王东，你不跟网友聊天吗？你不怕对方生气？”志林用这个话头攻击对方，网聊可并不是一桩真正光彩的事情。

“哪儿像你，都没个聊的机会。”王东反击道，他知道苏志林没有手机。

“没事儿，我也不需要女网友。”志林继续反唇相讥。

“那是，你的女朋友李依依能让你快乐嘛！哈哈哈哈。”王东丝毫不打算停止斗嘴。

“闭上你的臭嘴吧！我跟李依依没啥。”志林如实反驳。

“大伙儿都传开了，你又何必否认？李依依的嘴巴啥味道？跟她约会前用不用刷牙？”王东继续嘴不饶人。

“去你妈的。”志林把自己的化学课本扔在王东身上。

王东跳下床，爬上志林的床位一把把志林衣服拽住将其拖到地上，两个人厮打起来。这是志林人生中第一次与人动手，他十分害怕，可他是个男人，必须战斗，他似乎没有感受到被拽下来后，身体与冰冷地面撞击的疼痛感，只顾着把拳头挥向对方的脑袋。同宿舍其他人赶紧把两个人拉开。志林没想到王东外强中干，竟然被打得鼻青脸肿，自己也被王东的手抓破好几个口子。不到半个小时，王书记带着纪管部的几个中年老师浩浩荡荡杀进宿舍，此时志林的怒气早已平息，全身疼痛。

二人被带去校医务室上药处理伤口，之后又被带进纪管部办公室问话。面对学生时代的绝对权威，志林感到害怕，他有一些不知所措。王东直接把脏水泼到志林的身上，说苏志林最先动手，志林如实说出真相。室友被叫去问话，他们众口一词咬定是志林先动手。面对这样的局势，志林眼泪瞬间流出来，临近高中毕业，他知道三年时间大家没有培养出同窗情谊，反倒是室友颠倒黑白的功夫让他心灵受到创伤。他不明白从小老师告诉的诚实守信这些美德，怎么会从他们身上消失殆尽。志林知道百口莫辩，他选择了沉默，让这个象征着暴力的房子决定自己的命运吧！

志林被记过，其他几个学生结伴回去，志林独自走出纪管处办公室，推开玻璃门，一阵寒风瞬间灌进来，肥大的校服被吹得鼓鼓囊囊就像香肠一般，走起来有些艰难。大暴雪过后，雪停了，风却狂吼着，仿佛要把这个世界掀个底朝天。在大风的肆虐下，房顶与树梢上的积雪被吹得满世界狂舞，这个时候不再是鹅毛样子而是一丝丝的雪粒击打在志林的脸庞上。雪粒在狂风的驱逐下灌进志林的衣服里，脖颈变得冰凉，志林不禁一个又一个地打着寒颤。此刻他不想回宿舍，不想再面对那个不再诚实的格子间。他想在满地积雪的校园里面走走，也许脑子会清醒一些。身体的疼痛依然在发作，可真正让他恐惧的并不是身体的疼痛，而是一种不可名状的心痛。志林在铲土机铲出的路上走着，只要有路就随便走，别管通往什么地方。这个时候，他看到一个熟悉的身影出现在他的面前，他很快认出是李依依。她的眼睛满是泪水，志林知道事情已经在班里面传开，李依依是专门跑出来找他的。

李依依跑到他的身边，鼻子被冻得通红，眼泪几乎要结冰。志林看着这个可怜的女孩子，温暖蔓延全身，在全世界都抛弃他时，突然有朋友陪伴左右，让冷雪与寒风肆虐的冬天不再冰凉，这是志林从未感受到过的幸福。

这样的极端天气，校园里空无一人，他们并排走着。他们要寻找一个避风的地方说说话，现在他们都思绪万千，高考临近，未知的命运需要他们直面。

“苏志林，我听室友于敏说你出事了，到底怎么回事？”李依依焦急地问他。

“没啥，就是不想打牌，他们起哄，就打起来了。”志林说。

“不要再问原因，因为我也不知道怎么就打起来了。”志林补充道。

“给你的处分是什么？”李依依继续追问。

“没啥处分，下周我公开读一篇忏悔书。”志林带着戏谑的口吻说。他想起学校图书室里的一本书——卢梭写的《忏悔录》。那是一本晦涩的书，也是一本枯燥的书，志林花费大概半个月才陆陆续续看完。直到整本书结束，志林也不明白为什么要把自己做过的错事写出来公之于众呢？志林想不明白。

“这个时候你还开玩笑！你知道接下来是冲刺的关键时候，你把宿舍关系搞成这样，还怎么安心备考？”李依依说话的语气依旧焦虑。

“没事，男生宿舍打打闹闹多正常呀！今天打完，明天就没事了。”志林继续安慰他眼前的女同学。

“反正，你心里得有杆秤，我们还有很多事情要做。他们无所事事，我们不能。”李依依严肃地教育着苏志林。

“我明白。”

那天，在学校最边上的教学楼下，在漫天风雪中，苏志林和李依依并肩站在一起。志林感受到久违的温暖，这种温暖是他出生以来从未有过的感受。他从未被人如此在意过，踏实、心安、悸动，志林无法准确描述。

11

就这样糊涂地度过高中生涯，没有丝毫意外，志林最终没有书写传奇，高考落榜了，与磨村中学走出来的哥哥姐姐一样，重走他们三年前的幻灭之路。没有想象中的沮丧，他已经尽力，也许是智商真的不足以搏击赛场，他不是读书的料。志林开始思考读书这条路究竟是否适合自己。明明已经那么努力，却被冰冷的分数逼到绝境。志林知道成绩的那几天，郭二病死狱中的消息传来。得知成绩那天，志林在磨村，他眼中的泪水止不住地流。充满苦难的前半生，志林鲜少落泪，再不幸的人生总有一份还算光彩的荣耀在支撑尊严。过去志林能像个人样儿在人群里面大摇大摆，现在一切荣耀都被残忍剥夺。未来该何去何从，志林感到迷茫。

那天，秋桦看着孩子无助的神情，她知道多年来与儿子一起苦心经营的花朵最终没有收获硕果，对这个女人来说同样是致命打击。可她没有怪儿子，慢慢走到志林身边，这次她没有畏惧儿子存在已久的抗拒心理。她勇敢地抱着儿子，眼泪滴落在志林的头顶，还是温热的。有了母亲的爱，志林的挫败感消失了些。如果母亲对他大加埋怨，志林的绝望感一定会弥散开来。

志林与母亲坐在一起沉默了些时间，他和母亲说想出去玩一下，东子从太原回来了。母亲知道他需要一个人静静，就随他去了，临别时告诉他早点儿回来。

志林推门出去，这时，他发现原来又到夏天了。曾几何时，志林最喜欢看风景，感受四季变化，能闻出四季独特的味道。春天辣辣草冒出芽儿，农村孩子喜欢拔出来后，把泥用手抹掉，像吃白萝卜一样嚼草根儿，味道辣辣的。对于志林而言，这就是童年。小时候，孩子们经常用手抓一种外形丑陋的虫子叫“倒退子”，倒退爬行。他们喜欢在沙土里生活，在土层表面留下一个小坑，用手掏下去，慢慢拂掉沙土，就能看到一只小小的虫子。掏倒退子是春天的乐趣。夏天的乐趣是到水渠玩水，一群孩子在浇地残留的水渠里能待好几个小时。现在正是夏季，天气热乎乎的，外面一年一年轮回，从小到大没有明显变化，唯一变的只有人心。志林突然发现，自读高中以来，童年一同玩乐的伙伴竟已多年没有真正说话，明明是邻居，却像陌生人陆续退出彼此的人生舞台，志林的孤寂感再次袭来。

志林走出小巷来到大街上，他避过人多的地方，他的落榜会让村里人对他失望。还有看他笑话的人，随时准备像对待猎物一般扑到他的跟前，对他羞辱一番："苏志林，你考了多少分？"这关切的问候才是真正的利剑，穿透他本就脆弱的心。志林果断改去野地，不知从何时开始，志林喜欢自然风光。也许是被烟尘笼罩的灰蒙蒙的县城给他的心灵留下阴霾，现在野地的夏季风景格外怡人。他的悲伤和迷茫之感稍微平息。所谓分数只是个数字，志林考完所有科目已然知道这个注定的结局，也许这个结局从他看到同村哥哥姐姐纷纷败北，在复读班鏖战时就已明白，他悲伤的是未来该怎么办？他不适合读书，他能做什么事情呢？他又该如何改变自己的命运呢？志林作出一个大胆的决定，放弃复读，去南方打工。

磨村有一条宽阔的大路笔直地通往野地，路两边是粗壮的大树，正是这些大树让出地的农民感到几分凉意。炎热的夏季，整天待在室内的学生尚且感觉难熬得很，接受太阳暴晒的农民，他们的痛苦可想而知。志林沿着大路向地里走着，路过的几个村里人都不在志林家附近住，这些人对志林顶多就是面熟，基本上没有说过话。夏天，种地人皮肤被晒成黑红色，有的皱纹爬满脸颊。他们知道这是传奇人物苏卫东的儿子，是改嫁外来男人的秋桦的儿子，是杀人犯郭二的继子，那又如何，没说过话，他们就不能开口了解苏志林的奋斗成果，对志林来说这求之不得。他一路向北走着，曾经的玉茭子地与山药地已被一片片的豆角地取代，远处的收豆角商人正扮演中介者的角色，把庄稼人辛苦种出来的豆角贩卖到其他省份，也许现在很多南方家庭都吃着磨村豆角呢！

"苏志林，高考考了多少分？"志林被这关切声吓到，终于还是不能逃过，志林一回头，看到小学同学李伟。李伟的皮肤也被晒成黑红黑红的，与志林白净的脸蛋儿形成反差。不用细问，志林知道他经历了什么。从前李伟学习成绩一般，可是他绘画天赋异于常人，没人教过他作画，也许是上过几节美术课，用水彩笔画过几只蝴蝶，勾勒过马的马蹄。

读书那会儿，李伟这特长在学校让众人震惊，他能把贴纸上的女明星用铅笔画在作业本纸上，五官神情颇具真人精髓，一眼便能认出是哪个明星。大家乐于让他当众露一手儿，他的画作被磨村人传看。学校更新墙壁宣传画，老师第一个想到他。志林小时候羡慕李伟，他能站在高高的木板凳上作画，被全校师生围观。李伟的绘画天赋在磨村小有名气这件事，志林早有耳闻，有次周末，他去村南散步闲逛，巷子口有人正说起李伟，其中有一人是李伟的同班同学王新。他拿出李伟画的观音给别人看，众人看后直夸厉害，说过年挂在墙上拜拜都行。只是谁也没往李伟会成为画家方向想，这是农村孩子的悲哀所在。志林心想，他们不能像城里学生那样发掘读书以外的才华。此时，志林才觉悟到何为“耕读”文化，耕地和读书，就这两条路，要么读书要么种地。这就是磨村人的命运，祖祖辈辈难以更改。

眼前的李伟，头发蓬乱，面带土色，衣服上还粘着几片豆角苗叶子，晒得发红的脸庞毫无生机。他站在志林面前，问对方高考成绩，志林不知该怎么回答，他不想让曾经的同学看到他当下的狼狈。但做人要诚实，况且纸也包不住火，于是志林如实告知。

“这个分数能考上本科吗？”李伟继续问道。

志林想，这个问题实在是让人窝火，可他并没有权利去终止对方无礼又或许并无恶意的问题。

“不能。”

“哎，你原来不是好学生吗？咋还退步了？”李伟不能意识到志林的尴尬。

“李伟，我本来学习就一般。”志林选择以退为进策略脱困。

“走吧，如果你不着急做事儿的话，到桥上面坐一会儿吧！”志林邀请李伟到桥上面坐着。这座桥原为一条叫留河的溪流而搭，随着溪水枯竭，只有暴雨过后，才有小水流淌着。现如今，平日里几近干涸，零星几个水洼边长着芦苇。

“看来这几年你学习退步了，当时咱们班你的学习成绩最好了。”李伟用狐疑的目光看着苏志林。

志林不知该如何再继续说下去，他不知所措。慌乱之下，他决定转移话题到李伟身上。

“李伟，这几年你过得怎么样？你还画画吗？”志林问道。

“画画？”李伟对志林的反问感到惊奇。

“是的，我记得我们读书那会儿你画画可好呢。”志林试图唤起他的记忆。

“谢谢你苏志林还能记住我画画这件事，我不像你们有机会读高中考大学，我毕业后就回家种架豆了。”李伟哀伤地说起近况。

“读书那会儿，我觉得你画画超级有天分，真是可惜。时英中学有美术特长生，能靠画画考上大学。”志林给李伟分享外面的世界。

“画画也能考大学？”李伟继续问道。

“当然，每年靠画画、唱歌考上大学的大有人在。”

“所有人都觉得你画的明星像还有各种花草动物最好，我却记得你画的另外几幅作品更加有意思。”志林继续唤醒李伟过去的记忆。

“称不上作品啦！啥画？哪几幅？”李伟想知道在好学生眼里他哪些画会得到认可。

志林在李伟耳边嘀咕了一阵儿。

“哈哈，好学生还喜欢这个，我也喜欢那几幅。”李伟也笑起来。

“你画了一个女人放屁的样子，屁股后面的那团气我想我一辈子印象深刻。”志林继续唤醒李伟的记忆。

被志林赞美了一番，李伟显得得意洋洋。

“这就是兄弟我厉害的地方，你苏志林只会读书。”李伟很是得意。

“是呀，我倒并不认为你画的题材多好，只是细节还有画法堪称一绝，被老师点拨一番，也许将来你就是画家。”志林语气笃定。

“种地的命，画家不敢想。”李伟这时才发现身上挂着豆角叶，他将叶子摘下来，叶子随风落地。

志林似乎明白了李伟的奇怪想法从何而来，他不知道该同情老同学，还是顾影自怜。

“李伟，你接下来有啥打算？继续种地吗？”志林问。

“是呀！我又不会学习，没文化，不种地做啥？我过几天要娶老婆。”李伟麻木又无奈地说着他的打算。

“你才多大就娶老婆？”志林问。

“种地人不娶老婆还能做啥？”李伟反问。

“你不打算出去打工吗？”志林身上初现苏卫东的影子。

“不了，我什么都做不了。苏志林，我不能跟你说话了，地里的架豆等不了的，得赶紧去摘。”李伟不能继续聊天。

“不能下午去摘豆角吗？”志林问。

“一看就是读书人，架豆必须得上午摘完，要不长太快，下午就变得又老又粗，样子不好看卖不出去。”李伟一边解释一边挥手离开。

“苏志林，祝你好运。”李伟走了几十步，突然回头对苏志林说出祝福语。

志林苦涩地笑着，什么也说不出口。

离开李伟，志林继续向北面走着。在县城生活了三年，再次长时间在村里待着，竟然发现村里风光无限好。远处的山脉从冬天的藏青色变成绿色，似乎还能看到山上的一棵棵大树。记得小时候，他最喜欢观察山脉，总想从细小处看到人影，看看山上的人在做什么，山的另一边住着什么人。这些都是小时候的幻想，现如今，他对山那边的好奇心早已消失。他关心的是，接下来要怎么办。

志林在乡野小路上游荡，一辆辆机动三轮车发出哒哒巨响，车尾喷发着刺鼻难闻的气味。志林感到烦躁，他开始怀念小时候慢悠悠的牛车和马车，那时候牛车拉着满车的玉茭棒子从地里往村子里赶。志林看到有小孩子坐在牛身上，嘚儿嘚儿地喊着，慢悠悠地回村，车夫手中的鞭子只是偶尔在牛屁股上挥打一下。牛马都认识回家的路，有时候会停下来拉下粪便。第二天粪便干燥，其他农人拿一个粪筐捡走凝固干燥的牛粪、马粪。没被捡走的粪便要么被外形丑陋的黑色虫子瓜分干净，要么被大雨冲刷，行人走过，凉鞋里面都是粪水。志林小时候不喜欢粪水灌进鞋子里的感觉。

如今这样的景象再也看不到了，孤寂、失落感蔓延心头。没有三轮车的农民，背后都扛着一大麻袋豆角从自家田地赶往收菜点，称斤论两，挑肥拣瘦，一根一根把卖相不好的豆角扔了出来。志林野外散心的兴致被冲淡，可他依旧向北走着。他回想起刚到时英中学时，错过公交车步行回家的那个晚上，大概是从那个时候起，志林开始形成胡思乱想的性格。无论如何都不能留在这里，不能像这些人一样连抬头看看天空的颜色都不能带有感受自然美的眼光。

12

现在，志林脑子里新的矛盾是——复读，要不要去复读呢？看看同村的哥哥姐姐们，需要复读才能考取并不好的大学，更多的是复读多年都考不上大学。要不要把珍贵的时光耗费在希望渺茫的复读班呢？也许命运会帮他找到一条路。郭二在狱中去世，消息传回磨村，陈年旧闻再次成为街头巷尾的谈资。连带苏卫东、陈秋桦、志林的人生都像破被子里的棉絮被外翻出来，村人要把棉絮放在太阳底下晒一晒。

母亲不再哭哭啼啼，她呆坐在床上。这个家有磨村最时髦的房子，即使今天看来风采依旧不减当年。可是房子里的女人尝尽人生苦难，儿子志林是她唯一的希望。如今看来，志林也不能改变她的人生。志林陪伴母亲打点完郭二的后事，告诉母亲：“我要去南方打工。”

“你到底是苏卫东的儿子，和你爸一个德行。”秋桦叹着气说。

秋桦恍惚看到苏卫东的影子，那个给她带来一生不幸的男人。她多年没有认真审视过眼前站着的她生出来的孩子，这是从她身上掉下的肉。曾以为志林是拴住苏卫东的依仗，他不会不管孩子死活，会一辈子做她的丈夫，可终究高估了自己在丈夫心里的地位。她发现眼前的孩子已经长高了，皮肤白白净净的真像当年的苏卫东，多么漂亮的孩子！愿老天能对他仁慈一点儿，生活太苦，给孩子一点儿甜头吧！秋桦同意志林南下打工，把家里郭二留下给他读大学的存折取了出来。

志林带上母亲给他的钱，踏上南下的列车。

第三章 外面的世界

1

志林此行目的地是大城市江城，带路者是村里高他几届的刘晓军。当年刘晓军高考接连折戟，是他母亲用鸡毛掸子把他赶上复读的列车。现如今，历经三年，他才考取江城财经大学，学习金融专业。其实他并不明白这个专业学啥做啥，只是打开志愿填报书，感觉毕业后能有体面的地位。他考上大学的那年，春风得意，喜讯在磨村被传得人尽皆知。那几天，他的父母刘三水儿夫妻就喜欢往人多的地方钻，家里没考生的赞不绝口，有考生落榜的，面色凝重，仿佛喝了变质的陈醋。

志林初次离开生活十八年的北方小县，离开这个历史悠久、文化积淀深厚的省份，他将迈向更加广阔的天地，重走当年苏卫东走过的路。这次离别，志林尚未来得及跟李依依告别，只是听说她打算复读。在这个岔路口，志林无法再守护她，他勇敢地像中世纪的骑士，单枪匹马冲向敌人的阵营，向命运发起挑战。

志林像初次出窝的小狗崽，用好奇的眼睛打量着外面的世界。他怯生生地跟着刘晓军，生怕行为有何不妥让城里人笑话。刘晓军肩负起大哥哥的责任，喝水吃饭费用尽力主动承担，让志林感觉不那么茫然无助。他发现刘晓军并非村里人说的那样傲慢，大家说他考上大学后回村，不愿与庄稼人说话，操着普通话怪腔忘记土话。可眼前的刘晓军热情周到，带着志林坐上去往南方的列车。志林还是第一次与那么多陌生人挤在一个密闭空间里。志林听到各种奇怪发音的方言与普通话，他努力理解陌生人说的话，揣摩着他们的意图与打算。如果有人问他问题，就用不标准的普通话回答。志林读书时，明明是个侃侃而谈甚至可以说口才不错的人，怎么在陌生人面前却变得局促不安？

很快，火车上的人变得沉默，各自忙活，听音乐、看视频、玩手机，还有结伴同行的乘客玩儿纸牌，志林这才有时间观察窗外的风景。这是他第一次南下，迫切想瞧瞧窗外风景的变化，仔细感受南北自然景色的差异。现在是开学季，正是秋天，这个秋天对志林而言是一生中难忘的回忆。南方对于磨村很多人来说是一辈子都到不了的远方，父亲南下的境遇他会不会同样遇到呢？志林看着窗外沉思着。不知不觉到了晚上，长途火车的新鲜感全然消退，返校学生把车厢挤得满满当当，来回路过的人多次引发骚动，站着的乘客翻白眼、咧着嘴、挑着眉，过路的跌跌撞撞，仿佛快要失去平衡。旅客各自带了零食，气味蒸发开来让志林的胃口有些不舒服。他想出去透透气，可玻璃窗全部封死，志林好奇：难道不怕乘客缺氧吗？几个小时后，旅途新鲜感就全部消失了，列车提醒已到达本省最南边的一个市。他想起初中地理老师讲述他去南边学校学习的经历，磨村还在天寒地冻，这边的小麦苗已掩没脚踝。志林不喜欢冬天。晚上无法看清外面的景色，一路下来，初秋时节看不出南北有何明显差异。

刘晓军所在车厢的位置和志林隔了四节，他告诉志林火车到达江城的时间是第二天上午十一点，晚上要在桌子上将就趴着休息。志林听从同村哥哥的指示在桌子上趴着，他的位置靠窗户，能安心趴着。明明打瞌睡眼睛都睁不开了，可怎么都睡不着，脖子和胳膊疼，浑身不舒服。他干脆不睡了，睁开眼睛，腿不小心踢到了什么东西。他弯下腰往椅子下面看，那里竟然躺着一个人。那人浑身并不整洁，看起来十分疲惫，睡得很沉，还打着呼噜。志林受到震撼，他环顾四周，发现根本没有人关注这个躺在桌椅下面的男人。他的内心感到沉重，把脚往前挪动，生怕再次碰到桌椅下面的男人。他往前挪腿，又不小心碰到对面的女孩子。她穿着清凉的短裤，志林感到有些不好意思，生怕女孩子骂他流氓。可意想不到的是，女孩子竟然毫无反应，仿佛志林没有碰到她的膝盖似的。

就这么搭着火车煎熬地迎接白天的到来，窗外渐渐变亮，鲜红的太阳在远处山脉露出半边脸，在树枝缝隙间奔跑着。志林想着煎熬终于要告一段落，传闻中的江城即将出现在视野当中。这个时候，窗外树林明显茂盛起来，两排粗壮的白杨树被数不清树的树林所取代。火车走几分钟就能看到大大小小的湖泊，志林越发地兴奋起来，这正是理想的天堂。志林迫不及待地想要呼吸新鲜空气。早上，刘晓军从他的车厢艰难地挪动到志林身边，打开面包接了白开水给志林吃早饭。志林想，这位哥哥人真的不错。在这之前，只在磨村学校的春节联欢会上和他打过照面，他当时是主持人，志林参加诗歌朗诵。如今他已是一所好大学的大二学生，那江城为志林呈现的人生又如何呢？志林对未知的人生怀有期待。

现在，志林迫不及待想要看到长江。他从小幻想的大江大河，一定让他的内心无比震撼，有江水、有小河就是志林的理想生活，至于其他的境遇，志林可什么都不明白，他还只是一张简单的白纸。他纵然经历过难以言说的家庭悲剧，可在母亲的保护下，在他曾经是好学生光环的照耀下，人心险恶尚未见识到，他对未知的动荡尚不明白。

白天，列车里的旅客经过一个晚上的东倒西歪，大多数都恢复了精气神儿，只有一个女人继续躺在丈夫（也许是男朋友）的腿上酣睡。志林觉得这种夫妻之间的亲密举止在列车这种公共场合上演实在是有失体统。他环顾四周，人们的眼神依旧是那么空洞麻木，对此视而不见。志林觉得外面的人真奇怪，要是在磨村早就被人笑话了。

外面树林越发的浓密，很多房舍都被树林掩映着。志林发现南方的房子都是几层楼房，比起磨村的土坯平房实在是漂亮不少。志林把这种物质优渥归结到经济发达。别说磨村，就连县城都是一排排乌漆麻黑的平房，县城真正的小区都没有几处，也可能是志林三年时间中没有到处逛逛，尚未见识到县城里真正繁华之处。也许这就是让父亲苏卫东对外面的世界心驰神往的原因所在。

火车终于要穿越长江大桥，初中就听历史和地理老师说起过这座大桥，长江壮阔浩渺的气势现在终于得以亲临现场感受。乘客开始骚动，这节车厢不少人与志林一样第一次南下，有的老人看望外出打工的儿子和儿媳，帮助照看孩子。他们也是第一次看到长江和长江大桥，纷纷拿出手机拍照。志林发现江面远比想象的宽阔，远处一眼望不到边际。志林在回想学过的古诗词，是否有哪一句能十分贴近形容眼前的美景，可怎么都想不出合适的句子。江面上漂着一艘艘船舶，志林用新买的手机拍下美丽的画面，等回家时给母亲看看。乘客不少都发出对长江的赞美声音，果然是母亲河，真是视觉震撼，特别是志林这样在水资源匮乏的地方长大的孩子，看到眼前远远望不到尽头的大江大河，心中的愉快难以形容。志林想计算列车通过长江的时间，以此度量长江的宽度，可列车还是很快跨过长江大桥，志林来到了江城。

2

在刘晓军的照顾下，志林顺利找到住处，这是专门容纳流动年轻打工者的出租屋。房子并不在市里，也不在常规居民小区，倒像是在隐秘的堡垒里，或者说更像防御工事。在大门口，虽配备有保安室，可一堵石头、水泥与土混杂夯筑的墙挡住房子墙体，只能露出一个红色西式屋顶让过路人遐想连篇。这可真是奇怪的构造，志林瞬间联想到谍战影视剧中特务的秘密联络点。不过被遮挡的墙挂满绿植，开着红色艳丽的花朵，是漂亮的花墙，墙体自身毫无章法的原材料构造反而增添了几分神秘感与艺术氛围。也好，志林喜欢安静的地方，那堵花墙让他见识到自然之美。

初次踏进出租屋，时间已是傍晚。刘晓军说这是他大学同学接待外地来玩的朋友住过的地方，价格实惠。从磨村出来，志林身上并没有带多少钱，能有一个住处已感到满足。刘晓军把志林安顿好便坐公交车返回学校，志林目送他离开，空虚与失落感弥散心头，他想起第一次在小学教室目送母亲离开的情形。他独自找了家饭馆，随便吃了几口，食不知味，遂又返回出租屋。这里共有四个房间，每个房间都摆放着学校宿舍那样的双人床。

晚上七点，外出上班的人陆陆续续回来，排队等待浴室门打开好进去洗澡。

南方人大概与北方人最大的区别之一就是对洗澡的钟爱，这点志林很快就意识到。看着一副副陌生面孔，五官与老家的人有些不同，志林不知所措。这时一个大姐姐主动招呼他过来，缓解了他的尴尬。

“你看起来好小，今年多大了？”

“18。”志林的脸瞬间变红。

“好小呀！怎么这么小就出来打工了？”这是大姐姐身旁与她年龄相仿男子的问话。

志林这才抬起头来观察眼前这两位成年男女。姐姐穿着淡粉色短袖运动衫，胸前印着几个英文字母，裤子是超短牛仔裤，一双褐色拖鞋让她看来悠闲自在，显然她对这里相当熟悉。姐姐并不美丽，眼睛大大的，可脸盘偏大甚至有些肥胖，身材偏胖，一束自信之光从她的眼睛直射出来。旁边的男子肤色偏黑，鼻子高耸却大鼻头儿，眼神不如姐姐自信逼人，看起来更有亲和力，让志林感觉很好相处。

“小啥呢，我出来工作的时间更早呢。”姐姐回应男子疑惑。

“18 岁还不小？你是高中毕业吗？”他继续问志林。

“是的。”志林普通话不熟练，不敢说长句，生怕被笑话。

“我 16 就去北京上班了。”姐姐继续接话。

“16 岁确实有点儿小。”男子附和着。

“姐姐，你那么小出来能做啥工作？”

“我高中退学，跟村里的人去北京。开始在服装厂上班，手指差点儿被缝纫机的针扎穿，后来又到旅行社上班。”

“旅行社工作挺好的呀！”志林说。

“刚去那会儿，我是年龄最小的，还总被别人欺负。我每天工作到最晚，后来拿到业绩冠军，他们再也不敢欺负我了。”姐姐语气沉着有力，让志林感到一股极具压迫的气势。

“厉害呀，王璐，没想到你还有这辉煌历史。”男子说。

“庄强，你把剩下的橘子吃了吧。”她指着桌子上的半个橘子，旁边摆放着一堆橘子皮与橘子籽，看来他们刚结束一场橘子盛宴。

这时候，姐姐开始照着镜子涂口红。志林不明白大晚上的为何要涂口红。正当他疑惑间，屋里的其他人都出来聊天。志林注意到一个女子穿着十分性感的睡衣从浴室走出来，胳膊上挂着一个篮子，里面放着洗漱用品。她用毛巾把头发包了起来，露出细长的脖子。男租客们的目光瞬间被牢牢捕获，他们招呼女子坐下来聊天，可女子只说明天还要上班，啪地一声关门回到她的屋子。剩下几个男生，很快恢复随意的样子，慵懒地坐在沙发或椅子上。他们都注意到了志林这个陌生的孩子，像审视笼子中的小狗，有意无意地看着他。

“你是刚来的吗，小同学？”另一个大哥在问话。志林注意到了他，年龄大概二十六七岁的样子

“是的。”志林回答。

叫王璐的姐姐再次抢过话头，把志林的个人情况都说了一遍。志林不排斥她的帮助。在这么多年长室友的围绕下，他并不想说太多话，尤其他还是外省来的，在不知道情势的情况下还是不要说话为妙。

“你也住这间屋子吗？”他指着紧挨门口的那间房子。问话男子长得浓眉大眼，薄薄的嘴唇说话时像击镲，嚓嚓作响，一张嘴露出白白的牙齿。

志林点点头。

“那咱们就是室友了，欢迎你的到来。”大眼睛哥哥说。

志林感觉寒暄差不多该结束了，他赶紧回到床位。时间已经到了晚上九点，志林全身是汗，他拿着下午买好的洗漱用品去浴室洗澡。摆脱老家的大澡堂子，他打心里感到满意。洗好澡后，他躺在床上，一动不动。接下来该想找工作的事情了。

房间并非木质门，仅摆放着一扇折叠屏风遮挡外面人的视线，外面沙发上人们聊天的话题志林听得一清二楚。临近深夜，王璐依旧滔滔不绝地讲述她的辉煌履历，周围人倒是有人插话附和，只不过发表任何观点都会被王璐的发言沉沉压下去。她的气势与口才，志林之前从未遇到过更厉害的，绝对有说书人的潜质，搁宋代，勾栏瓦舍她也能讨一口饭吃，饿着谁都不会饿着王璐。深

夜激情演讲传递出她的重磅信息，在北京，王璐的月收入有一万多元，她在公司任销售总监。志林并不明白销售总监是什么岗位，从电视剧剧情揣测姐姐卖东西的能力很强，总监是个不错的工作。之前她不就说她在旅行社是销售冠军吗？

“王璐，你今天还没有找到满意的工作吗？”庄强哥问。

“工资太少了。”

“你要多高才满意？”一个女声说。

“月薪过万我才考虑。”

“你要求也太高了吧！江城哪儿有那么多高薪工作？”客厅里有好几个人在闲聊，志林不知这是谁的声音。

“是呀，现在房价年年涨，可工资涨得跟蜗牛爬行似的。”这是又一位女性的声音，有些沙哑，不动听，是其他室友回来了。

“我在北京的时候，月薪一万是基本工资。”王璐继续说着她的辉煌工作经历，这个收入对志林来说是无法想象的数字。他对所谓的职场还有事业规划目前脑子里还是一片空白，甚至不知如何下手。

之后，王璐高谈阔论各行各业的内幕还有她的看法，志林发现这个姐姐虽然高中还没毕业，可上知天文下知地理，发表的观点能让客厅里的其他人认真聆听，真有几把刷子。她对广告、股票都发表了具有诱惑性的言论，听她说完真想买点儿股票。将这个姐姐视作接下来生活的依靠准没错，偶尔可以帮他指点迷津，让自己顺利在江城站稳脚跟。志林仿佛在江城看到了希望，他认识了朋友，就不会那么孤单。王璐旁边那个大哥好像叫庄强，看起来更好相处，与他们处好关系，这里才有家的感觉。志林累了，他昏昏沉沉地睡了过去，浑然不知外面聊天到几点。

3

天亮了，这是志林在江城迎来的第一个早晨。他没有睡懒觉，作为一个新来的人，志林害怕睡懒觉影响他人对自己的看法。他早早起来，把被子叠好，出去洗漱。上班族陆陆续续起来了，为了赶时间，厨房洗碗池也被利用了起来，志林看到的都是昨天仅打过照面的人，一句话都没说过。女孩子们还穿着颇为暴露的睡衣，一边打呵欠一边排队洗漱。年龄比他大不了几岁的姑娘还朝志林露出笑容，像天使，让在外地漂泊的志林感到温暖。也许城市就是这样的生活方式，不必大惊小怪，那就入乡随俗吧！

早上，昨天那个性感美艳的女子从她的房间走出，坐在沙发上拿出小箱子，打开一看，层层堆叠的化妆品，散发出奇怪魅惑的混杂香味。她熟练地化着妆，手法比高中女生高明多了，各种志林没见过的工具轮番登场。很快，漂亮到让人不敢直视的脸出现在镜子里。美女点亮一根火柴，然后吹灭在睫毛上下卷着，她眨眼睛的时候，睫毛似乎碰撞出声响，声音细微地敲打着志林的心脏。姐姐实在是太漂亮了，身材也是电视剧里面女明星才有的那种。志林相信她在出租屋里面一定很受欢迎，说不定其他哥哥都拜倒在她的石榴裙下。美女显然知道她的美丽是逼人的，是摄人心魄的，她显得高冷许多，其他男人的招呼，她仿若视而不见，拿着精致的包包甩门出去，留下“嘭”的一声。志林从对她的观察中清醒过来。其他男生并不在乎她的高冷，他们各顾各的，很快都出门谋生去了。

直到上午九点，王璐才醒来，出现在客厅里。从面相看她应当是这个出租屋里面年龄最大的，纵然她自信满满，傲视他人，脸上的疲态与老气还是显露出来。她像昨天晚上那样坐在沙发上，相同的位置。她似乎并非爱干净的女性，醒来后第一件事不是走向梳洗室，而是坐在沙发上玩儿手机，眼睛盯着手机屏幕面露笑容，兴许在跟谁聊天吧！志林选择茶几另一边的板凳坐下，与王璐面对面聊天更方便一些。毕竟志林初来乍到，与谁都只是刚打过照面的陌生人而已，距离太近难免让他人不适。

“你醒来得挺早嘛！”王璐再次主动问候志林。

“我平时在学校习惯早起。”志林有些害羞地回答。

“刚来江城吗？”

“是的。”

“打算找什么工作？”

“我不知道可以做啥！”

“这么小不读书，大老远跑来南方，是学习成绩不好吗？”王璐问。

“我的成绩……”这是志林的痛处，他实在张不开嘴。

“没事儿，能挣钱才是王道。”王璐中气十足地说道。

这句话语在志林的观念里打开一个豁口。在磨村，在县城高中，他从未听人说起过这样的观点，简短却富有震撼力。志林想了解王璐，她是如何产生这样的观点的呢？

眨眼工夫到十一点了，王璐邀请志林一起去外面买饭吃。他欣然接受，这正是他期待的。在王璐的带领下，他们走出出租屋，来到外面小巷子里。路的两边密集挨着各种小店铺，服装店的装修最为洋气。有的门面宽度只有大概他的四步，刚容纳两个人并行通过，卖的是包子豆浆类的早餐。志林想：难道大城市也有这么寒酸的小店铺？这点让他颇为好奇。小巷的尽头是繁华的大街，能看到高楼大厦。这才是城市该有的样子，志林这样想。志林还注意到，在这条小街上，小龙虾店特别显眼。他只在农村红白事流水席上吃过青虾，小龙虾真没尝过。旁边的王璐滔滔不绝地讲着各种社会经验，志林有的洗耳恭听，有些话题却让他有些头大，这是志林看到的最能讲话的女性。

“我男朋友是燕京大学的毕业生。”志林听到这句颇为震惊，他从观察城市风景回到王璐的话题上。

“王璐姐姐，你好厉害，你的男朋友是燕京大学毕业生？”

“我的前任男友。”王璐补充道。

“前任男友？”志林感到新奇，再次确认一下。

“我在北京工作时认识的。”王璐得意满足的神情已然遮掩不住。

“姐姐怎么认识燕京大学毕业生的呢？”志林问。

“我们在一个驴友群，经常节假日去一些人迹罕至、未开发的深山老林，嗯，还有戈壁滩，探险。”

“那真的有趣极了。”志林由衷称赞道。

王璐拿出手机给志林翻看她在北京当驴友时拍的照片。那是在一座荒凉的山脊上，一群人身着登山装，对着镜头展示出奔放热情的笑容。照片中王璐的面孔还很年轻，装扮颇为素净，眼神中透露着自信。身边那个看起来很文雅的男士应该就是她当时的男友了吧！

“旁边那个就是我的男友。”王璐适时地回应志林的猜测。

“你真幸运，能拥有那么优秀的对象。”志林继续赞美着。

“可惜他后来要出国，我们分手了。”强势的王璐语气少见低沉下来。志林明白触及了令她难过的往事，也许该另寻一个话题才对。

“姐姐……”志林不知该说啥。

“别人都说学历差距大没有共同语言，可我与他平日相处没有隔阂，我们相处得很愉快。”王璐似乎没有转移话题的意思。

“我们……距离吃饭的地方……”志林不敢打断王璐的回忆。

“他还带我去见他的研究生导师，我们一起吃过午饭，聊得很愉快。”

“……还有多远呢？”志林语气微弱，不知该不该打断她的话题。

“什么还有多远？”王璐似乎被问懵了。

“我们买饭的地方呀！”志林赶紧提醒。

“不远了，看到了没，那个排着长队的摊点。”王璐手指向前方不远的地方。

“好长的队，比我高中食堂的队都长。”志林嘟囔着。

“他要去美国，美国多好的地方，你说是吧！”

“姐姐，我们跟着他们排队吗？”志林问。

王璐的思绪被扳回现实，带着志林加入队伍当中。酒香不怕巷子深，这家位于街道拐角的面店，门面看起来破旧寒酸，没有精致的装修，两面墙分别开着大大的窗口，一面窗口用来收银，一面呈递面碗，生意很好。里面大师傅在大汗淋漓地和面擀面下锅，排队的人丝毫没有断绝的迹象。店员分工明确，收银结账给纸条，买饭人拿着纸条到面锅那边领取面碗，大多数买十二元一碗的牛肉面，有的加了鸡蛋香肠。王璐当仁不让把所有的佐料都加了个遍，志林不想打肿脸充胖子，只要了一碗面，师傅用大铁勺从肉汤桶里熟练地捞出几块牛肉。王璐倒是没有在这方面给志林难堪，他们要返回出租屋。志林看到好几个人蹲在马路边就把面给端着吃了，就地解决，这点让志林出乎意料。他想起小时候磨村夏天的傍晚，家里闷热无聊，磨村人拖家带口端着饭碗在外面边乘凉边吃饭。这种情形在大城市难道不是不雅行为吗？志林有些惊奇，可他不敢向王璐讨教，他是外乡人，不敢对地方文化特色评头论足。

他们原路返回，王璐落坐老位置，志林坐在茶几另一端的小板凳上。他们用筷子夹着面条往嘴里送，嘴里发出哧溜哧溜的声音。突然王璐把她碗里的鸡蛋夹起来放进志林的纸碗里，志林吃惊地抬头看着对面的姐姐。

“看啥看，你还在长身体，多吃点儿。”王璐说。

志林一时不知说什么，鼻子有一些酸涩，他把鸡蛋牛肉面一点儿不剩地吃光，志林觉得这碗面是吃得最香的一碗。

王璐下午接到很多面试邀请电话，她的开篇招呼永远是月薪是否过万，志林不明白她为何对这个数字如此执着。

4

日子如能一直这样，对志林来说是美好的。可局面还是被打破，沈夕夕就是搅乱湖面的石子。沈夕夕更加美艳，她披着长长的卷发，一直到腰间，身着酒红色连衣裙，裙摆刚好遮住她的膝盖，露出纤细苗条的小腿。她大大的眼睛，洁白无瑕的鹅蛋脸，真是美若天仙，唯一不足的是个子不高，可以说有些矮。她穿着玫瑰金色高跟凉鞋，她与王璐一样喜欢到客厅打转，向其他人诉说她的兴趣爱好。从她的口中知道她叫沈夕夕，毕业于距离江城不远的一所地方学院，在音乐系学习。

“你们喜欢看那种考古类的节目吗？”沈夕夕向客厅其他室友问道，说着打开自己的电脑，调出一档考古纪实节目，志林也喜欢看，盯着屏幕。

“我不喜欢，我最近在看一档电视相亲节目。”王璐对新来的美女依旧热情主动。

“我觉得考古节目很有文化氛围，充满神秘感，在探索未知的世界，谁也不知道那里有什么宝藏。”沈夕夕兴致浓厚。

“她懂啥文化，跟我聊吧！”志林没想到这个庄强倒戈的速度这么快，一看到美女就不顾与王璐相处多天的情谊。

“你可拉倒吧，好像你有文化似的。”王璐朝庄强翻了个白眼。

“人家沈夕夕读过大学，将来找的男朋友肯定比你好，你就是长一张好嘴。”庄强不满地说道。

“你闭嘴，我前男友还是燕京大学毕业的，留校当老师呢。”王璐有些生气，志林也被庄强的言语刺激到脸红。

“你大学是学啥专业的？”庄强问。

“要不是他要去美国深造怎么可能会离开我？”王璐惋惜地说。

“我大学是学音乐的，主修钢琴。”沈夕夕面色自信，这种自信与王璐有所不同，可志林琢磨不出区别的来源。

“我在北京月薪过万，大学生都在我手下做事。”

这天晚上，志林被排挤出了聊天圈，他静静地坐在角落一个小板凳上面，静静地听着他们谈天说地。志林注意到这个新来的美女已经在慢慢削弱王璐的气场，她才是出租屋真正的女王。

次日晚上，志林发现，他来到出租屋起初几天从不滞留客厅说话的男生，现在几乎倾巢出动，他们拿出零食，给别人分享，互相传着薯片豆干，主要放到沈夕夕的面前。志林偶尔插嘴问哥哥们一些问题，几乎得不到任何回应。志林对这些人的傲慢有些不解。令志林更感到困惑的是，自从他来到这里，这几位男生几乎从不与他说话，其中两个还与他共住一屋。志林把他们的冷漠归结到性格使然，内向孤僻的性格使得他们不愿与新来的人说话，不愿意加入王璐的饭后茶话会。他们白天工作一整天，晚上不想与任何人说话，只想休息。可今天的他们十分健谈，兴致高昂，用铿锵有力的声音讲述他们在工作中取得的得意成就。沈夕夕听得兴致高昂却并不表现出偏向某个男生，她大多数时候报嘴笑着，看起来娴静美艳。

“你是学音乐的吗？”这是一位个头儿比志林高一些的男生，眼睛大大的，眉毛粗黑浓厚，唯一不足的是有些许高低肩，天生的还是后天不良习惯导致，志林猜测着。

“是的，我是艺术系毕业的。”沈夕夕说。

“嗯，很好，我是计算机专业毕业的，我读的大学是江城大学。”他的眼睛死死地盯着沈夕夕。

“好厉害，那是一本大学吧！”此时女生房间的另一位女生走出来，她也加入到聊天阵营中。这个女生的眼睛很小，工作一天现在满脸油光。

“是的，我高考成绩大概比一本线多七分。”高个子男生满脸骄傲地说着。

“你在斜对面的 307 大厦上班吧？”小眼睛女生问。

男生点点头。

“我猜就是。”小眼睛女生满脸堆笑。

“307 大厦上班怎么了？”志林被他们的暗语搞得有些晕头转向。

“小朋友，只有人家的学历才能到那里上班。”小眼睛女生对志林露出不屑的眼神。

志林从她冷漠的眼神里意识到客厅饭后睡前闲聊的氛围已经变质，在接下来的时间里，多聆听是最好的选择。

“美女你有什么需要帮助的地方尽管告诉我。”这是另外一个身材矮瘦戴着银丝边眼镜的男生发出的声音。

“谢谢大哥，这几天找工作遇到麻烦，一定要请教你。”沈夕夕回应道，她依旧保持娴静又有些怪异的笑容。

银丝边眼镜男生用手扶了一下眼镜，几日来只见其人却罕见发声的他，今天兴致高昂，像喝了几杯酒般讲述起他最近春风得意的经历，眼神不时瞟向沈夕夕，看到沈夕夕抿嘴笑，他的神情更加暧昧迷离。

“我们公司别看只有五十个人，他们根本没给公司带来实质发展，都是我经过两年跑遍江城，拉到三十家旅行社才有今天的规模。”眼镜男嗓音洪亮。

“我原来在北京就是在旅行社工作，连续两年销售冠军，公司业绩都靠我拿下。”王璐渴望再次主导茶话会。

“哦，那很不错。”眼镜男停顿了一下。

“我们公司是旅行网站，知道互联网公司吧？把旅行业务通过互联网销售。”眼镜男继续介绍他的工作。

“我要睡了，先回屋去了。”王璐打着呵欠，右手叉腰，从她占据的沙发站起来，头也不回向屋子走去。

“今天，销售大王这么早就睡了？”庄强在厨房煮夜宵，打趣地问。

王璐没有理会他。

“美女，你打算在江城做啥工作？”眼镜男问。

“我打算做行政或文案类的工作。”沈夕夕答。

“学音乐的为什么要换做行政工作？”眼镜男问。

“我……”这问题似乎让沈夕夕没法回答。

“现在转行不正常吗？谁毕业能保证做本专业工作，是吧？美女。”高个子男生抢着替沈夕夕回答。

志林发现，原来沈夕夕有些不知所措的神情瞬间恢复正常，她依旧抿着嘴笑。

“行，你工作遇到啥难题一定要问我哦！千万不要害羞。”眼镜男说。

很快，王璐从话语的中心地位被拉下来，她尝试恢复话语权，几番努力无济于事，她起身回到屋子。沈夕夕与她是室友，住同一间屋子。她回屋的背影，志林瞧出几分落寞。现在沈夕夕是出租屋当仁不让的主角，她魅力四射，其他房子男生也出来，个个环绕在她的四周，他们诉说着各自辉煌的历史。志林注意到，这些人有一个共同特征，那就是本科毕业。志林明白，过去他们一回到这里就洗脸刷牙然后不再出来，从不与王璐、庄强说话的原因是毕业证的等级不在一个层次。他想与这些哥哥成为朋友，所以主动与他们打招呼，换来的不是象征性的笑就是沉默不理，他起初以为这是在社会上摸爬滚打后的冷漠，现在看来，他们眼里根本没有苏志林这个人，他们只与读过大学的人说话。

5

出租屋的生活，重复着，单调着，志林对它的归属感与信赖感一周后土崩瓦解。这一周，在王璐的帮助下，志林学会了使用招聘软件，庄强带他去人才市场。志林发现凭他的学历没法找到好工作，简历仿佛被吸入黑洞。父亲苏卫东当年南下打工是怎样的境遇呢？难道也到处碰壁？他回忆起爸爸第一次回家的情形，那时他虽是儿童，可已有模糊的记忆，那是他一生中仅有的幸福时光。

庄强告诉他，想要活下去，就得忍受拒绝，这才是常态。庄强初中辍学出来打工，做过汽车修理厂学徒，在理发店当过洗头小弟，无论什么活计，要他干他就去，遭受别人白眼是家常便饭，最初他也会有脾气。有一回，他朝一位趾高气昂的有钱妇女发火，明明是妇女对他调戏羞辱，最后滚蛋的却是他，当场被店长赶出去。庄强推开玻璃门，离开前回头看了一眼工作三个月的理发店，店长在鞠躬赔不是，脸上满是愧疚，那会儿庄强只有 16 岁。紧接着面对三个月没有工作的窘境，他整日吃馒头度日，偶尔买一点儿咸菜，后来在汽车修理厂找到一份学徒的工作。庄强明白把尊严和面子看得太重要，肚子就会空空难熬。经过十多年摸爬滚打才熬到今天这份冻品仓库片区主管的位置，也算有些体面，管理十来个人。志林认真听着庄强讲述他初出茅庐时的遭遇，心疼眼前的哥哥，对他未知的未来更加恐惧。

“你知道吗？长期在冷库工作，体格再好坚持久了也会得冰冻引发的病。”庄强告诉志林。

“那为什么不换一份工作呢？”志林不解地问。

“啥工作不是做，坐办公室不也有各种矛盾吗？”庄强说。

“可是冷库的工作对身体不好。”志林说。

“钱难挣，屎难闻，明白吧，小子。在工地上班更危险，你看高空作业，保不齐就掉落下来。脚手架踩不稳，掉下来不摔死也整个瘫痪，可每天工地上的农民工人头数一个不少。”

“为啥？”

“你说为啥呀？要生存，要活着，要吃饭，就得挣钱。”

志林发现王璐不在身边，庄强变得十分健谈，给予他的指引远远比王璐有价值。倒不是说王璐不好，在她身边总有低人一头的感觉，她是绝对的主宰。此刻志林刚从人才市场出来，他们在路上一边走一边闲聊。

“庄强哥，我想一个人走走，这么多天我还没有自己看看江城的样子。”

“行，前面是地铁，我先回去了，你自己知道怎么回去吧？”

“知道，你放心吧，晚上见。”

庄强独自进入地铁，志林看他离去，他发现庄强这个人真好，只盼他能在事业上取得成就，穷人只要善良勤劳应该过上好日子的。在路上，志林一个人漫无目的地走着，他想看看大城市的样子，想看看高楼大厦。他觉得高楼才是城市的风景，否则这趟南下之旅毫无意义。志林看到路两边的大厦被高档饭店、写字楼、休闲场所寸土不空地霸占着，没有一处是给志林这样的穷孩子留着的，他没有勇气进去一览风景。车子像浪花密密麻麻层层向前推进，志林从闲书上认识了一些车牌，他知道这些开着盒子一样汽车的人有的很有钱，也有一些很普通。在磨村开辆面包车都脸上抹了光，这也是城市与农村的区别。

志林拐过一个街角，听到有音乐声，又不像音响外放，是 Beyond 的《灰色轨迹》。志林家里过去有部影碟机，郭二放过影片《天若有情》，志林正是在电影里听到过这首歌，那会儿志林只觉旋律震撼人心，今天听来别有一番滋味。志林拐过一个街角，在商店前面看到一支乐队在红毯上表演。吉他手留着浓密的胡子，头发披肩，还烫了卷，跟随音乐左摇右摆，站在前面唱歌的反而是个干净清爽的小伙子，嗓音沧桑颇有黄家驹的神韵。鼓手踩着节奏，两个木棒在鼓面跳舞，变换各种技法，真带劲儿。路边看乐队表演的不少，大多数路人看会儿就走，志林看到后面才知道是一家饭店的开业典礼。红毯的两边摆放着花篮和气球，几个穿着花里胡哨的男女在旁边站着，志林心想他们定是等会儿登场的舞蹈演员。这时一位穿着制服的年轻女孩儿把广告宣传页递到志林手上，饭店开业优惠，拿宣传页进场所有食品半价，活动只有三天。志林打开广告看，他发现所有的餐食都在一百元以上，志林摆手拒绝。他笨拙的拒绝让女孩儿露出鄙夷的神情，他心跳加速。

乐队表演结束后，志林对其他节目缺乏兴趣，继续向前走去，脑子里那首歌曲的旋律挥之不去。志林用不标准的广东话哼唱：

我已背上一身苦困后悔与唏嘘，你眼里却此刻充满泪。

志林拿出手机，下载歌曲，一路上插着耳机，几次差点儿被后面的车撞上，车向前开去，车主不忘回头骂志林眼瞎，顺便从车窗飞出一口粘稠的分泌物。志林感到震惊，明明自己在前面走着，咋还成过错方？电动车紧贴着志林身体高速通过，志林疑惑，这不怕撞着人？对车技自信的人大概就是如此表现，真撞了人，恐怕就没这么嚣张了。

没有庄强陪同，志林根本想不出有啥地方可去，只好作罢。志林进入最近的地铁站回出租屋。到站后，已是晚饭时间，胃酸开始腐蚀胃粘膜，现在急需加炭添柴，让胃里的消化液继续燃烧，让他年轻精壮的躯壳能够继续运转。志林向小巷走去。傍晚，华灯初上，家家店铺的各色灯光让店里精致的装饰越发显眼。他走着，白天大门紧闭的龙虾店外排起长长的队伍，食客手里拿着白色排号纸条，等待服务员呼唤。志林从玻璃窗向里面瞧，桌子上都堆满龙虾皮，人们剥皮吃虾，动作麻利，满嘴红色油光，志林肚子发出的咕噜声越发响亮。天气太热了，店外排着长队，有的人干脆蹲在地上，满脸是汗，利用手边一切可利用的物件作为扇子，上下左右扇动。志林奇怪的是，排这么长的队伍只为吃一顿饭，这大概是地方文化使然吧。他想起《千与千寻》里白天死寂、夜里灯火长明的汤屋。

志林最终挑选了一家平价菜馆进去，他点了一份最便宜的水饺，安静地等待填饱肚子。店里提供免费的柠檬水，志林拿了一个纸杯，拧开水龙头接一杯解渴，淡淡的柠檬味让这杯水变得更有口感。突然后面有人拍他的肩膀，是沈夕夕。她在志林对面坐下，依旧穿着她的玫瑰金色高跟鞋，招呼服务员点了与志林一样的饭菜。志林心想，学音乐的不都家里有钱吗，何必跟他一起遭罪。吃饭期间，沈夕夕多次说起她大学刚毕业，初来乍到江城，她感到迷茫，找工作也因专业不对口怕不能被接受。与在出租屋时她自信昂扬的风采相比，她此刻显得无助极了。志林不明白，她为何愿意向自己吐露心声，也不知怎么安慰对方，只好说："有大学学历，不会没有出路的。"

"你知道吗，我刚住到那里第一天就发现了你。"沈夕夕说。

"看到了我？我只是高中毕业生。"志林的语调有些沮丧。

"哎呀，没事儿啦，高中毕业做生意成功的一大堆呢！"她十指交叉，托腮，肘部放在桌子上，志林看到玫瑰金色的指甲，长长的指甲贴片上点缀着几颗晶莹剔透的水钻，看起来可爱而又雅致。她大大的眼睛长着长长的睫毛，眼睛眨着，是真的漂亮，难怪屋子里其他哥哥一夜之间都被她牢牢吸引。

"姐姐，这是你今天刚做的指甲吗？"志林识趣地问。

"是的，为明天面试做准备。"沈夕夕喝了一口柠檬水，答道。

工作面试需要这么大费周章吗？志林感到奇怪，王璐不是说面试大方整洁就好吗？志林感觉这位美艳的沈夕夕可不是省油的灯。

"你的指甲真漂亮，明天一定能给你带来好运气。"志林赞美道。

"前几天逛商场，我看到有美甲活动，今天赶紧去做了。"沈夕夕吃饭小心翼翼，生怕抹掉指甲贴片。

这顿饭，志林吃得很不自在。返回住处的路上，他和沈夕夕一前一后走着，不知该说什么，一路沉默。

6

志林越来越意识到，这所谓的出租屋就是外国人称呼的"贫民窟"，是穷人的收容所。住在这里的人，总是说等这个月工资给了就搬走，谁谁买房子真让人羡慕，哪怕是小户型也总比在这里遭罪强。每当听到他们说这样的话，志林便觉得奇怪，既然对这里这么不满意为何不搬走呢？志林初来时见到的精于化妆的美女是真的走了，这期间，她消失了一段时间，也许是回家，也许是去了其他城市。她终究是拉着一个米奇行李箱离开，没有与任何人道别，也没有与任何人说起离开的原因。志林只是偶然听到她打电话提到在一家街舞培训教室工作，可这家培训机构经营不善，她已两个月没有收入，她对着电话那头的人，哭得泪流满面，睫毛似乎黏到了一起。志林没有去安慰她，在这个屋子，他已不敢主动与任何人说话，生怕自己因为冒失与没见过世面而被嫌弃，只有王璐和庄强与他交好。

客厅彻底被大学生们占领，他们围着沈夕夕各出奇招，渴望被她喜欢和认可，志林不知他们是否单身。次日，沈夕夕轻而易举地拿到那份助理的工作，为避免因专业不对口让她碰壁，在客厅原来被王璐牢牢占据的沙发上，她拿出电脑奋力做 PPT，前后整整五个小时，熬到深夜才睡去。连陪伴她一起做 PPT 的眼镜男都熬不住提前睡去了，她的认真让屋子里的其他男性更为之着迷。为在沈夕夕面前树立起可靠而又有能力的形象，眼镜男拿出电脑，展示他汇报工作时受到领导赞扬的 PPT，与客厅里另一个刚毕业做 PPT 颇有心得的新来的姑娘相比，他显然更加老练。

“我会用 PPT 做一些特效，大学时候学过一些，也许可以帮你。”新来的姑娘说。

“光会用技术有啥用，你得能把内容信息合理整合，然后完美呈现上去才是能耐。”眼镜男毫不客气地指出新来姑娘的不足。

“我是中文系的，也打算做这类工作……”新来的姑娘介绍自己，她已经到来两天了，和沈夕夕一个屋子。

“哦，打算找一样的工作，这不是竞争对手吗？”眼镜男咄咄逼人。

新来的姑娘看样子想留在客厅里跟他们一起聊天，可志林怎么都想不到眼镜男会以两个女生是“竞争对手”这个刺耳的词汇驱赶她。这个火药味儿十足的“竞争对手”表面是指职业目标类似，话外音则是两个姑娘在这个出租屋竞争男人的目光。是后者让新来的姑娘有些难堪，她毫不犹豫地离开了战场。新来的姑娘也有些好看，身材苗条性感，还比沈夕夕高将近一头，只不过没有沈夕夕的长卷头发，装扮没有沈夕夕精致。一些男生开始注意到新来的女孩儿，眼镜男显然更喜欢沈夕夕，可对新来的敌意这么大让志林不解。

他几乎独享与沈夕夕的饭后闲聊时光，连工作学历均理想的高个子 IT 男都没有插足机会。拿到毕业后第一份工作，沈夕夕在这个贫民窟的中心位置已然不能撼动。王璐饭后就回到自己住的那间屋子，可只要她在客厅，她依旧不断找话题侃侃而谈，像女王一样。她对沈夕夕倒是没有表现出不欢迎的姿态，还主动接近这个美女，两个人交流护肤心得。新来的小姑娘反倒被他们集体冷落，志林不明白王璐为什么要冷落这新来客，她看起来单纯，没心眼儿。

此刻，沈夕夕正神采飞扬地讲述成功经验。原来面试者和她一个专业，同为音乐专业毕业，只不过对方主要学习流行唱法，沈夕夕主修乐器演奏。初次见到沈夕夕，此人便对她喜欢得不得了。公司的女同事都打扮得很时尚，沈夕夕担心自己从小地方出来拉低公司的时尚水准，让老板失望。此言一出，她往上拉了拉她新买的披肩，眼镜男还有高个男等人赶紧称赞她的美丽与性感。志林看到她依旧穿着高跟凉鞋，小腿很细很白。

正当沈夕夕与出租屋一众男生庆祝拿到新工作，聚在一起吃吃喝喝时，王璐请求志林陪她一起去逛街。志林对她的强势有些害怕，只好硬着头皮答应。她照着镜子涂了一圈儿口红，自信满满地带着志林出门，像带着个小跟班。

他们来到一条商业街，志林并无多少逛街购物经验，穿的衣服都是高中时候买的，用大箱子一并带来。即使他努力节省，来江城的两周时间还是让他几乎弹尽粮绝，恐惧空虚的感受弥散心头，孤独感与漂泊感越发强烈。他断了除吃饭外任何消费的念头。志林想，王璐在北京既然月薪一万以上，现在逛街买东西肯定不会顾忌的，自己权当见见世面吧，陪她逛逛挺好。

他们进入一家女装店，老板娘是个中年妇女，烫着时髦的细卷发，头发蓬松，就像方便面一样，她扎着高高的发髻，倒是显得高贵，纵然不再年轻，风韵却尚存。她似乎并不愿意接待王璐，眼皮抬了一下就继续玩手机，王璐到处摸衣服，看布料款式，与志林发表评价，她显得自信满满，毕竟在大城市工作过，又有丰富的人生阅历。志林只是小跟班，王璐说啥点头便是。可当王璐问老板娘衣服价格的时候，对方的语气看似非常不屑，根本不想搭理王璐。这种情形别说王璐了，志林都尴尬得要死。志林不明白，很小就听说顾客是上帝，怎么这态度反转过来了呢？再说王璐在北京的收入，怎么可能买不起这家店的衣服呢？当然志林知道价格后还是心惊肉跳，买衣服的终究不是他，难道是志林看似寒酸的样子拖累了王璐？

“走吧，我们去其他家看看。”王璐给志林使眼色。

志林赶紧冒冒失失地跟着跑出去。

“我应该穿名牌衣服出来，今天出门太随意了。”王璐有些懊恼。

志林不知说啥好，今天她穿着经常加身的粉色字母短袖与牛仔短裤。比起那些花枝招展靠外貌来博取眼球的女性，志林以为王璐这是自信的表现，不需要复杂隆重的矫饰也能魅力无限。可当面对店家势力的审视时，她还是败下阵来，志林有些心疼她。王璐不愿意再逛街，他们返回出租屋，她一路情绪低落，志林一句话都不敢讲。志林对那家服装店女店主感到失望和愤怒，那种怠慢的态度实在令人发指，只是志林又有什么资格去表达不满呢！

“王璐姐，你为啥不穿高跟鞋，我看你总是穿白色运动鞋。”志林开始好奇与王璐相处一段时间以来她的朴素作风。

“以前上班经常出差见客户，常年穿高跟鞋脚疼，现在很珍惜不穿的时间。”

“姐姐，下次出门要把高跟鞋还有裙子穿上，低调又不能被陌生人知道，只有熟人了解你的实际，你说是吗？”志林都不知怎么说出这句话，这大概是他来到江城以后说得最长的一句。

王璐并没有搭理他，志林不敢再多说什么。回到住处，客厅里的人们相谈甚欢，他们谈东说西，两个三个说着共同的话题。志林注意到有一个陌生的面孔出现在中心位。

从他们的交谈中，志林看出新来的女生其实并非新人，她两个月前曾在出租屋待过。王璐告诉志林这个姑娘是外省来的大学生，正准备出国前的外语考试，考完试便返回学校。她毕业后要前往法国，她有一个法国男朋友，去法国留学与男朋友团聚是她目前的头等大事。准女留学生坐在王璐平时坐的沙发上，眼镜男坐在她的旁边，两个人说着志林听不懂的话题。眼镜男恭维女生要当外国人了，打听对方语言考试的成绩，女生面带笑容一一礼貌地回答。志林看到这个女生虽五官没有沈夕夕漂亮，可干练的黑色齐肩中分短发显得清爽舒服，眼睛不大不小，笑容自信，端坐在那里。沈夕夕这会儿反而有些不自在，她也回到屋子里了。王璐告诉志林这个女学霸上次与她住一屋，每到晚上十二点就打越洋电话，说的全是法语，叽里呱啦，其他人都在睡觉，她毫不在意，几次与她说明打电话去外面，可她才不管别人死活，全不放在心上。志林心想这个看起来知书达理的女生、满面笑容的学霸，怎么能做出这种事。志林仔细观察这个女生，她穿着米黄色休闲西服，裤子是白色的，鞋子是黑色皮质高跟鞋，穿衣搭配与她的齐肩直发共同构成一位富有气质的女学霸形象。志林不知她的名字，她第二天很早便离开了出租屋，也许只是来办事，顺便看看萍水相逢的昔日室友吧！

7

不管其他人如何喜欢沈夕夕，志林总觉得这个女孩儿不简单，他不能像眼镜男和 IT 男一样对她俯首称臣，他更想知道沈夕夕在盘算什么？其他人密切关注沈夕夕漂亮的身姿、天使般的脸蛋、娇羞的神情，志林却更加关注她的内心。

这天是周末，在客厅活动的人比平时更多，尤其是晚上。将近整月相处，这里偶有离开或新来的人，大家还是熟络起来。晚上，沈夕夕煮了些简单的饭菜分享给其他人，像个贤惠的女主人。她天使般照耀着屋子里的人，尤其是男人。志林看得出来，这里的男人已被沈夕夕迷得神魂颠倒。王璐也许意识到她在客厅中的地位不保，现在沙发已属于沈夕夕，这让她对志林的情感依赖越发强烈。屋子里，除志林、庄强，其他男生都对她没有兴趣。即使没有沈夕夕，那个学习中文的女孩儿在这个出租屋也更受欢迎。只是那个女孩儿并不讨王璐喜欢，志林不明白，无论她做什么，总能被王璐找到理由进行贬低。有一次，女孩儿穿了件短款牛仔裤坐在客厅的塑料凳子上，王璐说裤子太短，很暴露。女孩儿穿得休闲可爱，王璐指责她已经工作还穿学生装，是在装嫩。有时她坐在沙发对面墙的电视柜上给手机充电，王璐说她故意不回自己屋子，在外面吸引男生。每遇到这种情况，女孩儿都百口莫辩，志林也不明白王璐的猜测是否准确，可女孩儿的愠怒与无助着实看在眼里。

沈夕夕却像姐姐般帮助女孩儿护肤，提供买衣服思路，不知情的还以为他们原本就认识呢！其他人都觉得他们两个亲如姐妹，出双入对，明明都是刚毕业的大学生。志林觉得事情并不简单，女孩儿从最初被众人喜欢到几乎被孤立，并非女孩儿自身不够好，是沈夕夕在推波助澜。有一天沈夕夕下班回来，面对本就脏乱差的出租屋，提出要打扫一下，女孩儿笑呵呵地说："打扫啥，我们不都习惯这样了吗？没事儿的，我可不会做家务。"她一边笑一边弯着腰看地面情况，用脚搓地板，搓起了一小块儿污渍。

"还是打扫一下吧！咱们住着干净些。"沈夕夕说。

"需要我帮忙吗？"女孩儿问。

"你坐着吧，我一个人就可以。"沈夕夕果断拒绝。

"沈夕夕，你真好。"女孩儿说。

大概半个小时，沈夕夕真的让地板焕然一新。

"你简直太棒了！"女孩儿发出了赞叹的声音。

没有人理会女孩儿的赞美，大家都惊呼沈夕夕那双会创造奇迹的手，只剩女孩儿一个人在角落里孤零零地坐着。

志林回顾两姐妹相处的日常，沈夕夕让志林见识到她独特的斗争智慧。

那天晚上，他们坐在沙发上，女孩儿罕见有机会坐在上面。沈夕夕拿出自己的护肤品，对着女孩儿的脸一阵涂抹。

"你是不是平时都不护肤的？"沈夕夕关切地问。

"我不会护肤。"女孩儿用率真的语调回复。

"没事儿，我教你。"

在沈夕夕打开几个志林不知为何物的瓶瓶罐罐，在女孩儿脸上涂涂抹抹一阵后，女孩儿脸上看起来光滑细嫩了不少。女孩儿对着镜子夸奖沈夕夕有办法，还追着问对方护肤的经验。

沈夕夕对着镜子里的女孩儿说："你的肤质不错，没有痘痘，只是脸型是方脸。"

"方脸是什么脸型，怎么看脸型？"女孩儿仿佛第一次听到这个说法。

"你看我的脸，侧面没有明显的棱角，偏小，圆一些。"沈夕夕抚摸着自己的脸蛋，与女孩儿交谈。

女孩儿的面色突然凝重下来，她有些不开心。志林还注意到，沈夕夕经常走在女孩儿后面，仔细观察对方的身形。直到她在多个场合对女孩儿说："你的腿不够直……你的皮肤不够白……你的衣服不太适合你，你看我……"

志林明白，沈夕夕不喜欢女孩儿的原因很简单，她不允许另一个姑娘影响她在这流浪者收容所里的地位。在这里，志林从未见过沈夕夕穿平底鞋，那双玫瑰金高跟凉鞋即使进浴室也随身携带，这点只有志林看出来了，那个被众人排挤的女孩儿平时与众人穿着一样的普通拖鞋。

几天后，女孩儿终于要走了，那天她穿着碎花裙子，头上别着一个粉色格子发夹，可爱舒爽。在众人注视的目光下，她拉着小皮箱走出屋子。她在厨房看到沈夕夕，与对方点头示意告别，沈夕夕却像看从未见过的陌生人般面无表情，没有理会女孩儿，忙着做饭菜。砰的一声，门被关上了，一阵咕噜咕噜的轮子滚动摩擦地面的声音越来越远、越来越轻。志林知道她走了，她走的时候没有与任何人打招呼，她永远不会再回到这里。

8

志林在超市找到一份收银员的工作，纵然他千般万般不愿意，面对学历壁垒和空白的工作经验，他不得不向现实低头。他永生不会忘记女面试主考官看着简历摇头晃脑的样子，那神情，失望中带着一丝轻蔑，深深刺伤志林的尊严。被刺痛几次之后，志林便接受了现实，他变得麻木。这份麻木，大抵来自于面包的压力，否则他绝不妥协。他相信自己是个有才华、有能力的人，即便不是人中龙凤，也能做出一番事业。只是现在，他必须妥协，必须麻木。

早上六点半，志林就得到达超市，他走过几条街，抵达十字路口旁的超市，店外门上贴着“二十四小时营业”的标牌。他打开热早餐的微波炉和烤箱，为即将到来的早高峰做准备。很多上班族不能早起做饭，需要去超市买早点解决吃饭问题，志林和几个同事要在他们上班之前准备好早餐。志林主要负责收银，之前并未干过这类工作，年龄约30岁的刘姐，带他熟悉机器操作流程，学会顾客购买过程中需要注意的礼仪规范。志林第一次上班就手忙脚乱拿错好几次，把胡萝卜包与梅菜包给拿反了，惹得几个脾气暴躁的顾客差点儿骂娘，志林害怕得背脊出汗，越害怕越手忙脚乱。真正让志林难为情的是，小小超市却让他的身影置于众人视线当中，长久以来习惯小透明的他不知如何面对众目睽睽。如果遇到长得漂亮的同龄人，志林的内心还会掀起狂风巨澜，脸色变得绯红，手足无措，有时候志林感觉桌子对面的姑娘洞悉了他的心理，行动更加紧张无序。这个时候，刘姐会在旁边毫不回避顾客骂他一通，然后以前辈姿态教育志林：“好好学着点儿，学好收银对你以后有的是帮助。”说完后熟练地为志林又演示了一遍。志林像犯错的孩子般不敢吭声儿。

熬过早中晚高峰，志林清闲起来，他可以与同事说说话，偶尔来了客人招呼一下便可。志林觉得这份工作虽然不够体面，可同事因他年龄小并没有为难他，倒是还算舒服，比在那个出租屋开心多了。晚上六七点，志林要理货，缺货的补货，顾客随便放的商品再归位到原处，这样第二天就能保证干净整洁。完成这项工作志林就可以回家了，由上晚班的哥哥姐姐顶替他。同事中还有一位和他同年出生的小伙子，志林永远记得他的名字叫秋林。正好是志林和妈妈名字的组合，每次叫对方名字，志林总想起秋桦，想起万里之外的磨村。其他同事也喜欢拿他们两个打趣，同年出生，身高体型差不多，都浓眉大眼，有高挺的鼻梁，好像失散多年的兄弟。他们干脆一人白班一人晚班，陪伴其他年长的同伴解闷儿。秋林眼睛比志林的还大些，可不如志林神气。他们每周能休息一天，有时候会碰到一起，约好出去玩儿。

秋林来自隔壁省，他因打架斗殴被学校开除，只好外出打工。他不爱学习，名字得来于出生季节，他们家盖的房子在山后一片小树林里。志林觉得秋林这个名字充满诗情画意，其父母必是颇有文化的人士，可秋林却说他父母只是普通农民。他的名字听起来浪漫，其实只是农民朴素的直观感受。秋林想回老家，想在鱼虾旺盛的时节去炸鱼，捞上一筐能吃好几天。还可以到山上挖竹笋、采蘑菇，在河里扑腾一会儿洗个澡，躺在草地上看星星，看萤火虫，那才是他最想过的生活。

“炸鱼？”志林头一次听说这个词汇。

“把炮扔进河里，一个炮下去能炸好多鱼上来。”秋林目光兴奋。

“那你为什么来江城呢？既然你这么喜欢乡下生活。”志林问。

“我想挣大钱。”说到这里，志林点头表示认可，可对方口中的乡村田园生活对志林也有十足吸引力。

这是志林和秋林在一次闲聊中说起的往事，那天他们在小湖边散步。江城七零八落散布着湖泊，就像上帝从天空用手指泼洒的雨滴，落地后变成大大小小形状多样的湖泊，让人们在炎热傍晚有个好去处。秋林说，他来江城打工是为了供哥哥读大学。哥哥是个好学生，考上了大学，不像他不争气只懂得打架惹祸。等哥哥大学毕业找到好工作，他攒够一笔钱就回老家，在后山包下一片地种木梨。老家的木梨可好吃了，皮儿又硬又涩不能吃，可削掉皮露出雪白透亮的梨肉，咬下去很脆，一点都不酸，味道清爽甘甜，只是很少被其他地方的人知晓，秋林想通过他的努力让木梨被更多人吃到。志林在这个同龄人面前心里有说不出的滋味，他从小到大唯一的梦想就是来南方，似乎从未想过家人，他的鼻子有些酸酸的。

那天晚上，志林做了个梦，梦见他在陌生的果园，天上飞着数不清的木梨，萤火虫闪着光芒。醒来后志林一阵落寞，他突然意识到很多年没看到过萤火虫了。小时候的磨村，地里有很多萤火虫，每到夏季，奶奶角[1]丛生的地方就能抓到萤火虫，孩子们把虫子放在玻璃瓶里面，等到晚上就能看到萤火虫闪着光芒。有的孩子抓到后用两只手捧在一只眼睛前，紧紧地闭着另一只眼睛，迫不及待地想看萤火虫的光。读高中以来，志林再也没见过奶奶角。

---

1 雁北地区一种内含乳白色分泌物外形像细长豆角的植物。

几天来，志林脑子里总想起秋林口中的南方乡村，秋林爸爸将狗装在麻袋里往墙上撞，最后狗被活活摔死，这点让志林有些背脊发麻。他从小到大从未吃过狗肉。他忆起上小学的时候，在教室里看到校长与几个男老师在操场上杀狗的情景，给狗的脖子打了死结挂在单杠上，狗扑腾了一会儿被活活勒死，太残忍了。志林脑子里胡思乱想，一会儿南方乡村一会儿磨村，竟不知当下所处何地。

9

王璐接了无数通电话终于找到了满意的工作，她取了新的英文名字——Melody，在幼儿教育机构工作，主打英语教学。她的工作是把课程推销给江城有需要的父母，课程采用浸泡式英语教学，模拟西方国家的语言环境，让幼儿在语言学习的黄金时期接受外语的熏陶，在学习汉语的同时同步培养外语天赋。庄强质问她为何是推销给有需要的父母，难道不是孩子需要吗？王璐嘲笑他不懂销售这门学问，孩子怎么可能喜欢上课，真正喜欢上课的是家长，满足家长的需求才能挣钱。庄强笑话她太精明，她反讥庄强一辈子只能看那个破仓库。

这个出租屋又恢复到志林初来时的光景，沙发再次回到王璐屁股下，她稳稳坐着，仿佛这片狭小的空间从未易主过，庄强又坐在她的旁边拌嘴。志林打听了一下，知道沈夕夕跟随老板去北京出差了，大概得有一段时间才能回来。自进入公司，她打扮得更加妖艳，她给出的理由是公司女同事都打扮得超级时髦漂亮，经理让她多注意装扮，不能拖公司后腿，否则可惜了她的好底子。

王璐重新主导客厅茶话会，她又开始高谈阔论销售心得与人生感悟，只不过增添了她在新公司的新鲜体验。她进入教育机构，工作之余能常看到可爱的孩子，性格强势之余多了几分柔情，这倒是让志林有些不习惯，不知如何面对她的新面目。沈夕夕出差后，其他几个大学生又恢复了过去的样子，仿佛从不认识，他们并不愿意搭理志林。志林有些生气，他不明白自己做错了什么，真想去问问，最终还是选择憋在心里，索性放弃与他们处理人际关系吧！有那个尊严丧失时间还不如看看书呢！志林想起来江城快两个月竟然没看书，这样下去怎么行，这可是他从小养成的习惯！正如郭二爸爸所言，知识总是有用的，只不过发光时机难以预测。志林想起郭二，这个爸爸会在天堂给予自己祝福吗？想到这里，他的眼泪在眼眶里打转，这辈子对不起的人一定有郭二爸爸。如果能重来一次，一定好好报答他的恩情。

沈夕夕不在的日子里，晚上回到住处，志林像初来时那样坐在茶几对面的椅子上听他们聊天，工作中遇到麻烦和不痛快的事，他会主动请教王璐与庄强。比如要怎么应对顾客的无礼要求，怎样引导顾客购买还不会激发对方反感，这可都是工作中的技术活儿。有了年长者的经验分享，志林缠绕心中的很多困惑得到了解答。

难得的周末到来了，志林决定去图书馆，读书能让志林从现实的苦闷中解脱出来，消解不少烦忧。离开磨村时，志林随身带着两本书，可只要拿出来看就被嘲笑装文化人，干脆束之高阁，再也不敢让小说露面。现在既知有图书馆这一理想去处，何不去实地感受呢？说不定能交到真正的朋友。志林不得不承认，来江城的三个月里真是没有朋友。他喜读书，好思考，虽不是大学生，可这种有价值的爱好是公平的，谁都可以培养。

辗转几路地铁，志林来到江城最大的图书馆，打远处看气势恢宏，感觉像一艘白色巨轮，足足好几层，每层都有密密的玻璃窗，志林还没见过这么漂亮的建筑。进入其中，志林看到书海，这是他从未见过的盛景，比高中那个图书室不知大了多少倍。图书馆每层都有电梯供读者上下，一排排书架被书籍挤得满满当当。窗户边是木制大书桌，桌子两边坐着读者，他们看起来很安静，与外面的吵吵闹闹大不相同。志林不喜欢吵闹，在大城市找到安静去处，心中的疲乏与无助顿时少了许多。他按照书籍分类左绕右绕终于找到文学区，他喜欢看小说。从小说中，可以看到其他人命运的起伏变迁，志林能够看到自己和身边人的影子，这让他变得善于观察、洞察他人的内心和精神世界。

志林过往看的大多是中国的作品，在江城图书馆看到很多外国作品，他对国外的文学宇宙同样有强烈的求知欲。名叫萨默塞特·毛姆的英国作家出现在志林的视野当中，有一层摆满了他的书，志林心想这必是很厉害的作家，要不怎么会用这么大空间专门陈列他的著作呢？既是如此，就选择他吧！志林手指在毛姆的书籍上来回划拉着，左右摇摆两分钟，他选择了《情迷佛洛伦萨》。志林对迷情故事有很大的兴趣，佛洛伦萨是意大利文艺复兴的重要发源地，小说中的故事想必有趣极了。志林平日里看书的速度就不错，故事中紧张刺激的情节让他欲罢不能，这可是志林看过的最惊险刺激的爱情故事，比电视上看到的不知有意思多少呢！

志林看了大概两小时，头脑有些昏沉，想必是有些耗脑，需要休息一下。他背靠在椅子上，闭上眼睛，用手指按摩太阳穴。一会儿时间，感觉有所好转，他睁开眼睛环视四周读者，想把这些陌生面孔统称为读友，这大概是志林自己发明的词汇，从前只听过笔友与书友，称呼为读友只因与他们在一个空间却并无实质交流，而阅读是他们的共同行为。

在这里看书的有不少中年人士，甚至不乏老人，过去一直以为图书馆是年轻人的地盘呢！当然年轻人亦为数不少。有的注意力高度集中，仿若在纸张上可以发现不菲的财富。也有的在打瞌睡，兴许是太累了。志林注意到一个装扮精致的长发女子在对着小镜子涂口红，兴许是一次性没涂好，在用纸巾反复修正。志林盯着她，这难道不是读书场所吗？为何她花费这么多的时间修正口红，纵然妆容精致，志林并没有在她的身上发现美感。女孩子似乎发现志林在观察她，突然把圆润的眼球从镜子转向志林，用恶狠狠的眼神儿打量志林。志林赶紧终止他看起来欠妥的荒唐行为，这个姐姐一定是把他当成流氓。志林赶紧打开书，重新沉浸在小说的世界当中。

这个插曲让志林的精气神恢复过来，继续看这部情节奇特的悬疑小说。《情迷佛洛伦萨》是他头次看到对年长女性的容貌大加赞美的作品。别人总是说女性年纪大了就变丑，没人要，这些言论实在是噪音，给女子制造不必要的危机。眼下志林只有 18 岁半，可他在审美这方面却是惊人的早熟，这点连他自己都感到神奇。志林迫切想知道这对患难冤家最后的结局，可已到闭馆时间，工作人员开始催促尚在读书的读友撤离。志林有些不耐烦，现在正看到关键阶段，他想把书带走，询问工作人员，得知需要办理借阅证，可今天早已下班。志林失魂落魄地离开。在地铁里，他意犹未尽，还在脑补小说中的故事情节。如果能有个安稳的地方供他读书，那他一定是这个世界上最幸运的人。

10

在超市工作，志林渐渐发现属于这片狭小天地的震撼。二十四小时营业，志林得以见识到城市上演的夜色里的趣事。

这天，志林值夜班，由于白天休息不足，他正打瞌睡，忽然听到砰砰的敲门声。“这是谁呀？门不都开着吗？”志林心中闪过一丝不悦，可很快职业操守占据上风，他迅速清醒过来，然后脸上浮出笑意。他从收银台走到门口，然后把门打开，放客人进来。志林打量这个夜间来客，他穿着沾满泥灰的军绿色外套，黑色裤子同样沾满泥沙，裤脚还湿哒哒的，布鞋湿透了，狼狈不堪。

“真是太谢谢你们了，这么晚还开着门。”说着，客人从口袋里拿出一张十元纸币，示意志林拿去。

“你看我能吃点儿啥，你卖给我就行。”来者使出恳求的语气。

“好，我给你拿两个面包吧！”志林看到眼前男人的狼狈，打心里不愿意让他饿肚子，更不愿意让他为难。志林用两个面包换到皱巴巴的十元钱，放进收银抽屉里。

“太谢谢你了！”来客说着便撕开包装，大口吃起来。

“您慢点儿吃，可以坐在凳子上。”志林指了指超市里的一把椅子。

“好，太谢谢你了。”来客语气满是诚恳。

看着他狼狈的身影，志林想着他一定是遇到了困难，也许能安慰他几句。

“大叔，您这么晚不睡觉，怎么在外面？”志林关切地问他。

“像我这个情况，睡觉是指望不上了。”来客变得哀伤。

“可以告诉我发生啥事了吗？”志林这次超越服务员和顾客的关系，他坐在来者旁边的座椅上。

“唉，说来话长。”来客欲言又止，长叹着气。

“说出来，说不定我可以帮得上你。”志林说。

无论是谁，只要有一丝怜悯和同情，一定不会对夜间狼狈不堪的陌生人视而不见。志林怀着同样的念头思考着。

“我说我是个乞丐，你会信我吗？”来客反问。

“我觉得您不是，即使您是，我想您如果不是万般无奈，是不会当乞丐的。”是啊，如果是乞丐，那为何不直接要面包呢？何必掏出十元钱？基于此，志林觉得大叔不是乞丐。心想，他一定是遇到天大苦难的人。

“嗯，我是搞艺术的！你信吗？”中年男人又问。

“什么，搞艺术的？”这可把志林问蒙了。

“你这……”志林不知道该说啥。

“梵高生前落魄潦倒，作品不被认可，不就没得饭吃？还不如你生活有保障，肚子饿了，就抓起现成的吃。”来客反而打趣志林。

“大叔，您说笑了，这现成的吃的，我可一口都不能白吃。”志林说。

“嗯嗯，小伙子你是个善良的人，两个面包可不止十块吧！”来客问。

“正好十块。”志林说。

“不管多少钱，反正我多拿不出一分，刚好两个面包进肚。”来客依旧操着打趣的语气，看来是真的吃饱有力气了。

“看来您确实不是乞丐。”这会儿志林相信这个男人全身狼狈是恶作剧。

“我是搞艺术的，将来等我成名，我还你三个面包。”来者说。

“那倒不用，希望您能成功。”

“我一定能扬名于世。”来客自信中带着狂狷。

“您是搞啥艺术的？”志林的好奇心倒是被吊起来。

“行为艺术。”

“啊？”志林只是听说过而已，没想到现在还亲眼见到。

“您这是啥行为艺术？”志林问。

“你看到的就是我的艺术。”来者说。

“我不想跟您兜圈子，直接告诉我就好。”志林说。

“不和你开玩笑了，我是个明天将会成名的画家。”来者说。

“画家怎么会变成您现在这个样子？”志林问。

“你问我，我也不知道，刚才不小心掉进河里去了。”来客说。

“好吧！那您应该洗漱一下了。”志林不想再说无聊的话题。

“小伙子，你是个好人，等我出名，一定还你三个面包。”男人摆摆手就出去了。

“唉！大晚上的遇到疯子。”志林摇摇头，从口袋里拿出五元纸币，放进收银抽屉，熬过漫漫长夜。

半个月后，志林从报纸上看到一则新闻，江城画家吴云之的最新画作《午夜面包小子》拍出一百万的价格。志林想起那天晚上遇到的奇怪客人，难道这幅画与自己有关？志林赶紧搜索新闻，看到画作真容，果然是那天卖出的面包，这面包被一只年轻的手拿着，不见人的全身，只露出一只手。这幅画真实到难以置信，仿佛真实的面包摆在眼前，可见吴云之拥有杰出的绘画技法。

志林等待吴云之的再次光顾，可连个人影都见不着。

11

等待吴云之的间隙，志林在超市过着简单的日子，渐渐无趣，他陷入无边的空虚。秋林依然是志林的好兄弟，可秋林却被刘姐教训了。兄弟被骂，志林觉得不可理解，因为超市最近办理会员卡，秋林的出卡量排名第一，区域主管来巡查，还当众夸了秋林，怎么反倒被骂？志林觉得刘姐实在是不可理喻，两个人约好去散步，倒一倒苦水。

他们找前辈换班，脱掉工作服换上自己的衣服，然后步行去两公里外的燕子湖。燕子湖是江城开发力度最小的湖，周边没有景区，没有大卖场，就连小摊点都一只手数得过来。他们沿着湖边走着，志林打心里喜欢有水的地方，这大概也是南方对他真正的吸引力所在。

“兄弟，你上周被骂到底是为啥？”志林把自己心中憋着的困惑说出来。

“被骂，有什么可奇怪的？”秋林反问。

秋林曾经也是老家实打实的野孩子，此言从他的嘴里说出来，志林反倒愣住。

“这可不像你应该说出的话。”志林说。

“哈哈。”秋林的笑声掩不住眼神的黯然。

“即使刘姐骂我再厉害，我也没觉得有问题。”秋林说。

“要是我，我肯定得问问原因，凭啥骂我，超市会员卡是我卖的量最多，要不然咱们这个店怎么拿到区域第一？”志林忿忿地说。

“兄弟，咱们作为打工人，你不明白这个道理，那可不行。”秋林反而显得冷静。

“明白什么？”志林问。

“我们作为底层工作人员，需要明白工作的动机。”秋林的眼神中透出一丝世故，曾经干净的眼睛变得有穿透力，直到人的心灵深处。

“工作需要什么动机，做好事情不就行了？”志林问。

“你也太单纯了。”秋林摇着头。

“我怎么单纯了？”

“人的位置不同，工作动机可大不相同。”秋林卖着关子。

“有什么不同？”志林问。

“你要是最底层打工的，你的工作动机其实是要服务领导，让领导用着开心顺手。要是用不顺手，那就等被领导骂。”秋林说。

“所以你被骂，是你用着不顺手儿？”志林问。

“我的理解是的，我卖出区域第一的业绩，刘姐多少呢？”秋林问。

“刘姐第五。”志林回答。

“大家不都知道吗？还用问我。”秋林卖关子，让志林感到啰嗦。

“一和五比起来，谁更优秀？”秋林问。

“一……你的意思是你更优秀？”志林试探着问。

“哈哈，在超市可不敢这么说。”秋林往两边看看。

“放心吧，这离超市那么远，他们又没顺风耳。”志林稍微理解怎么回事了。

“是的，她是领导，如果我比领导优秀，我想大多数领导心里会不是滋味的。”秋林说。

“那也太小心眼儿了，要是大家都不如她，那业绩怎么冲第一？”志林问。

“问题是，区域领导当着她的面夸我了。”秋林无奈地说。

“这样显得她无能？”志林问。

“我想是这样的，要不然不至于我打翻一罐可乐就骂死我。”秋林说。

“你说的有道理，我就说呢，不就是一罐可乐吗，至于上纲上线让你在众人面前被羞辱吗？”这会儿，志林算是明白超市那场不该有的冲突是何原因了。

两人都沉默不语起来，他们在燕子湖边走着，凉风吹着，心情没那么沉重了，偶尔有扑通的声响，那是湖里的鱼在扑腾。志林能感觉到秋林的憋屈。会员卡销售数排名第一，秋林这个月可以多拿400元奖金，他兴许需要这笔钱。但现在，所有的成就感都被刘姐抹除。明明证明了自己，却做贼心虚。自从被骂，秋林对刘姐越发恭敬，事事言听计从，不敢违背半个字。否则志林不会这么生气。

“那当领导的工作动机呢？”志林问。

“当领导的动机才是做好工作，否则证明不了能力，也面临离开。我觉得是这样，我又没当过领导。”秋林说。

“那你要当领导，多拿几次第一，你就能多挣钱。”志林说。

“希望这样。”秋林说。

两个人再次沉默不语，志林卖会员卡排名第三，虽然没有秋林成绩好，但没有被刘姐盯上，否则日子不好过的也有他苏志林。但事实是，刘姐对志林很好，平时工作能帮则帮，志林觉得自己还是幸运的，不是第一，但比第一幸运。

12

王璐的婚姻问题，成为几位室友谈论的头等大事。数月相处，志林与庄强、王璐之间的感情逐渐培养起来。大家长时间在一起生活，倒真像一家人。王璐毫不避讳在志林旁边接来自任何人的电话，正是从电话聊天中，志林对王璐的了解更加全面。她的飞扬跋扈、她的压迫感给志林带来的心理排斥和精神压力得到舒缓，他慢慢体谅王璐，能够理解她的缺点。那天，王璐大概是和原来北京的同事通电话，对方是个中年男子，在她的婚姻问题上正给予指引。他告诉王璐要多看书培养气质，这样才能吸引到优秀男性。王璐回复男子说她最近一直都在看书。志林打从心里觉得有些好笑，可是又笑不出来。王璐确实在看书，志林随她进屋子帮忙搬东西，在她的床头看到过两本书名没看清的书。那次他还看到沈夕夕的床，原来是那么普通，看不出有丝毫优雅和艺术气息，原来志林幻想中的世界是不存在的。又过了一段时间，王璐家里给她安排相亲，他们要约在这个周末出去玩儿，志林听她打电话得知的信息大概是如此。

又过了几日，王璐决定考虑相亲对象，与庄强说起男方家庭。男生在广东工作了一段时间，现在要娶妻定居江城，父母会给他们首付买房。他们出去见面期间，男方的表现还算大方得体，王璐对他印象还不错，想继续发展下去。志林在王璐脸上看到女人恋爱中的样子，有时有点儿娇羞可爱。这样的王璐，洗掉了身上张牙舞爪的戾气，让志林对这个姐姐的亲近感有所提升。晚上回到住处，志林愿意花时间陪她逛街。这次她盛装出席，像个女王，她穿着在北京买的品牌服装，涂着优雅的口红，带着时髦的耳环，长发披肩。志林又想起她在戈壁滩做驴友随队友探险拍的照片，素面却自信。不知为何，志林又开始心疼她。在庄强和志林的鼓励下，王璐对新男友的好感与日俱增，看来她距离步入婚姻的殿堂越来越近。她还带着志林去看钻戒，虽然这个小兄弟什么都不懂，可他是值得信赖的善良朋友。

志林看出王璐快要离开这里了。沈夕夕出差终于回来了，感觉像度过了半个世纪。客厅再次热闹起来，新入住的男生毫无例外也喜欢沈夕夕，他的热情丝毫不比眼镜男与高个儿男少。他那如火的热情让眼镜男有些不满却毫无办法，因为新来男生的履历更加优秀，他顶替了眼镜男，滔滔不绝地陈述自己辉煌的历史。这次回来，沈夕夕换了一身装扮，从头到脚蜕变升级。此时已快入冬，她纤细绰约的身姿依旧风采不减，穿着黑色紧身牛仔裤、高跟靴，漂亮的酒红色风衣让她的皮肤越发光彩照人。她一点儿都没变，只是到更大的城市游历，气质更加自信。她与众人分享她的有趣见闻，志林耳朵像塞了棉花团没听进去几个字，像看电视里电影频道播放的黑白默片，只看到她的嘴在开合，并不知晓说了啥。志林知道沈夕夕并不待见他，毕竟他一无是处，还是个众人口中没用的书呆子。长久以来，志林在这一众年长者面前从未找到属于他的位置。志林感觉沈夕夕在这里待的时日也在倒数，她对这个隐藏在防御工事里的群租房开始厌弃。原来她精心清扫的地面和厨房在她口中变得又脏、又乱、又差。沙发上两位女主人都将离开这里，她们离开，志林又将何去何从?

事实上，从志林踏入这个房屋，人们对这里的厌恶就没停止过，他们总是说要离开，又都住得稳稳当当，早出晚归，晚上在客厅聊天拌嘴。现在真的有人要离开，志林心中却充满不舍，想起在一起相处的所有时刻，志林发现与他们已经产生了感情。可这终究不是长期待的地方，离开说明找到了更好的人生，应该祝福他们才是。

果然不到三天，沈夕夕就要离开了。那天晚上，她穿着看起来价格不便宜的衣服，头发烫了波浪卷，变得冷艳高傲。她一改往常讨好屋里人的贤淑性格，像不认识这里的人一般漠视屋子里其他的人。敲门声响起，她赶紧起身整理好仪容，笑脸开门，迎进一个中年男士。男人看起来成熟稳重有派头，手腕上那块表价值不菲，和屋里其他人显然不是一个世界的人。他在沈夕夕的耳边私语了一会儿，两个人便提着小包走了。剩下的东西她没做处理，是王璐与其他室友替她慢慢丢掉的。志林在一堆破烂里看到她经常穿的披肩还有那双玫瑰金高跟凉鞋，让他更震惊的是沈夕夕的简历，年龄赫然写着 26 岁。志林回想起她与女孩儿以同龄姐妹相称的青涩时光，他赶紧将简历揉成纸团，不让其他人看到，可慌张的神情还是被王璐看到了。

“你怎么了？你手里捏着啥，鬼鬼祟祟的。”王璐问。

“就是一张废纸，应该是沈夕夕的工作笔记。”

“来，扔进这个垃圾篓里面。”王璐指了指女生房间旧到有些掉色的粉色垃圾桶，志林顺手丢了进去。

“真是的，乌鸡变凤凰了，给别人制造负担。”王璐用不满的声音抱怨。

“少说几句吧！人家有那个资本。”庄强附和道，他给王璐使眼神儿看眼镜男。

只见眼镜男和高个子IT男生都脸色沉闷，心事重重的样子。这天晚上客厅出奇的安静，没有人说话。又过了几日，王璐也搬走了，她和相亲对象感情稳定，进入婚姻殿堂的时间已近，志林把最大的祝福给予王璐。王璐带走了她所有的东西，却把两本书留给了志林。他这次看清了书的名字——《聪明人的说话之道》《如何提升魅力值？》。志林可没想到她看的书原来是这个类型的，心中不由得笑了，这次他可真的感觉到王璐的可爱之处。王璐对志林说的最后一句话是：

“吃得饱饱的，你还在长身体，后会有期。”说完，王璐挥手离开了这间隐藏在花墙后面的“难民收容所”。

志林想起来，王璐都没有叫过他的名字，平日叫他都是“嘿”“你”，一个眼神儿志林便知是在叫自己。也许对方压根儿不知道他的名字，难道从始至终都没有问过？不，不只王璐，屋子里除了庄强，其他人都不知道他叫啥。志林觉得这十分滑稽，一群大多互相不知姓名的人欢聚一堂几个月，真是不可思议，志林苦笑着。

现在只剩庄强与他交好，他由衷感激这个哥哥。如果哪天生活有所好转，志林一定不会忘记庄强的照顾。可再住下去显然没有意义，还是换份工作吧。志林觉得同事对他照顾有加，除了站一整天腰肌酸疼，其他都不是问题。可志林想要的未来不是这样，他肚子里有知识，没有大学学历就不配施展才华吗？这显然不合理，志林不想被击倒。他向店长提出辞职，刘姐为他离开感到惋惜，志林知道这个严肃苛刻的大姐内心深处是副软心肠。可时间宝贵，他不想浪费光阴。临别时刘姐送给他一双手套，原本是织给弟弟的，弟弟嫌弃款式老土，就送给了志林。志林很喜欢这双红色手套，冬天套在手上就能想起刘姐的好。秋林对他的离开同样难过，在这个冰冷的城市，志林这时间不长的陪伴让秋林多了个兄弟。离开时，志林对秋林说："你的家乡很美，祝福你能尽快攒到回家乡的钱。"

"好兄弟，祝福你过上想要的生活，后会有期。"秋林没想到闲聊时说的话被志林记在心上，他的难过更加难以掩饰。

超市大门慢慢关闭，志林不敢看里面的人，他也许永远不会再回来了，这次分别会是永别，志林的眼睛湿润了。

13

江城的冬天，和志林最初想象的有些落差。在磨村时，志林可没想到南方的冬天如此寒冷彻骨，双手被冻得通红。刘姐的手套套在手上，让他又恍若置身磨村。儿时，他戴的手套是妈妈给织的。现在纵然没有皑皑白雪，脚在地上似乎也能踩出吱呀吱呀的声音。有时候，江城也会飘落小雪花，在昏黄的路灯光的映衬下也算有些浪漫情调，这足以让南方人惊呼，奔走相告。志林倒是对小雪粒波澜不惊，这在他内心不能引起波动，只是让他想起家乡雪后放晴，大风刮着屋顶的雪粒。那是在刺眼太阳光映衬下飞舞的精灵，大概是北方独有的景色了吧。志林从那个堡垒搬出来当天只有庄强送他。直到离开，志林也不明白那些室友为何对他如此冷漠。

"小伙子，懂得吃苦就能积攒力量，厚积薄发，将来才能取得成就。"庄强拍着志林的肩膀说。

"谢谢你，庄强大哥，日后我会回来看你。"

"哥哥我可不会在这个鬼地方待太久。"庄强翻了一个白眼。

志林意识到说错了话，脸色开始涨红。

"走吧，等会儿到了下班高峰，人挤人……"庄强说道。

志林不知该说什么，他摆摆手离开了这个堡垒。原本他的东西就少，不像女生，八爪鱼似的，搬家拎着大包小包。志林很快就找到了新的住处。这次他为自己物色到一间小房子，省去了室友之间的人情纷争，他的精神与心灵都得到放松。之前周旋于各位哥哥姐姐之间，他早已心累，现在晚上回来还能享受自由时光，翻看自己喜欢的书。

超市给了他一笔钱，不多，付完房租，眼下勉强够维持到他找到下一份工作。给母亲打电话，秋桦并不同意他换工作、换住处，在电话那头喋喋不休。

“年纪太小遇到坏人可怎么办，原来的地方好不容易熟悉。现在人在外地，年纪又小，能不能出人头地不重要，回磨村一样能活下去。”母亲的声音焦虑不安，带着哭腔。

“妈，我遇到了对我照顾有加的哥哥姐姐，没你想的那么糟。”志林安慰母亲。

“缺钱了就跟妈说，给你寄钱过去。”

志林听到妈妈这句话，泪水已经满溢出来。他努力控制自己的音调，怕妈妈听出异常。

“妈，真的没事，现在到处都是外来打工的，我又不特殊。我一同事跟我同岁，也是外地来的。”志林只能用这个理由来安慰母亲。

“你跟你爸爸一样是个坏种，只不过你要平安、幸福，妈只有你一个孩子。”秋桦始终哽咽着。

磨村独自跑出来打工的年轻人确实还没几个，志林像苏卫东一样也是个探索者。

“好啦，我会闯出一片天的。”志林试图许诺一个美好的未来，平息妈妈的担忧。

“你爸当年也是这么讲。”此言从秋桦的嘴里脱口而出。

志林不想再听母亲啰嗦，他挂掉电话，心想，喋喋不休并不能产生有价值的解决方案，目前还没到会被饿死的地步，真到那个地步大不了跳进长江，一了百了，反正这十九年过得没有一天顺心过。志林突然意识到——他老了，未老先衰。他脑子里出现另一个声音，死都不怕，还有什么可畏惧的呢?

晚上，志林摸黑来到长江大桥上，他冲着滔滔江水大声喊叫。看着万年不息的长江水，曾存在于幻想中的长江水，志林想模仿古人吟诵诗句，可吟不出来半句词。他呜呜地哭着，眼泪滴落下来。志林向大桥外探着身子，江风吹得全身冰寒，他的神志渐渐变得有些模糊，再待下去要被冻死。冷冻风寒，不厚的衣服，激发了他的求生本能，他赶紧叫了一辆出租车返回住处。

司机是个中年男子，志林估摸着起码得有 40 岁。他从后视镜看着志林，用温和的语气说:“身体要紧，冬天不要大晚上乱跑。”

志林很累，此时已是夜里两点，他记不清司机后来又说了啥。回到家中，他倒头就睡，全身的疲惫驱散了白天所有的不快。

14

志林的新房子距离长江很近，走路不到半小时就能吹到江风，这是志林精心挑选的小屋。附近的房子对志林来说很贵，可这个房子在楼顶，夏天极其炎热，房子还被隔出大大小小好几个小房间，这让单间价格降低。志林初次闯荡江湖并不懂得这些门道，能有个窝收留他已对上帝感恩。小房间有一扇落地窗，透过窗户，视线越过一座座高低错落的屋顶，志林可以看到远处的江水和民国时期遗留下来的建筑群，很像电视剧里的大上海。这在志林看来，是惊喜。他喜欢这个房子，哪怕生活还没那个花墙后的堡垒方便，志林欣然接受。

也许志林从不是幸运的孩子，他对生活的苦难与挫折显得忍耐力惊人。就拿当下的住处来说吧，很多人一定觉得这是猪窝、狗窝，哪里是人可以生活的地方，他们即使经济条件落魄也不忘抱怨环境。志林对生活处境多了几分感恩，比起那些露宿街头的人，志林感觉自己还算幸运，一切的遭遇还并没有糟透，未来的转机也许转瞬即来呢!

这个房间被间隔得弯弯绕绕，光线阴暗，空气潮湿，时髦的装饰掩盖不了脆弱不堪的墙体与昏暗压抑的氛围。就像迟暮的女人，再精于化妆也改变不了容貌渐衰的凄凉。去一趟厕所，要路过好几位邻居的住处，早晚低头不见抬头见。志林看得出来他们比自己大不了几岁，有几个还是同龄人。开始几日，志林以为他们都是长期住在这里的，也许将来成为朋友抱团取暖未尝不可。生活几天后，看着面熟的邻居逐个被面相陌生的人取代，有的还是中年男女，穿着臃肿的衣服。他们的脸庞布满皱纹，没有丝毫朝气，只剩被生活长期磨伤的呆滞与眼神中迷离的情欲。这些人来来往往、进进出出，让志林的虚无感弥漫心头。他这才意识到，这是家旅馆性质的出租屋。既然如此，他也就不再关注邻居们的那档子事，过几天还要再物色工作呢！正如庄强所言，这才是生活，从一个谋生场地转移到另一个，用换取的钞票再换取维持生命机体运转的面包。生活的道理，就是这么朴素简单。

晚上，志林饱餐一顿，头一遭排长队买半只当地有名的手撕鸡。他回到住处打开手机看电影，看到片名叫《深海狂鲨》，是部灾难片。志林皱皱眉头，这类影片是他在高中时候的酷爱。刚逝去不久的高中岁月闪回到他的眼前，是的，正是那段孤独迷茫的岁月，同学们喜欢徘徊在县城网吧，尤其是时英中学附近的巨人网吧，晚上经常有学生在里面挥霍时光，他们一整晚不睡觉玩游戏。志林对电子游戏兴趣淡然，他喜欢看电影。志林很少通宵看，顶多周六周日从下午三点看到晚上八点，大多数时候是找电影看。那段时间志林看了不少国外电影，悬疑片、探险片、侦探片、灾难片都是他的最爱。最初斯皮尔伯格的《大白鲨》让他视觉与心灵受到冲击，恐惧感与刺激感紧紧地抓住他的眼球，他随时猜测大白鲨啥时候出现，人体被撕碎后满世界喷溅的血浆与残体让志林竟然产生负罪的快感。此后《密林巨蟒》《亚马逊毒蛛》等令人眼花缭乱的灾难冒险电影出现在志林的观影名单上。现在志林不再喜欢这类电影，这大概就是所谓的审美疲劳：再漂亮的女人看久了也乏味。志林发现这些影片有一致的模式：一到两个人遭遇到凶猛嗜血的动物攻击后，镜头就转向正常人的生活；男女主角因某一目的前往前人遇难的地带，他们也遭遇到动物的围攻，开启一次手段多样的逃生之旅，最后英勇的男女主人公合力杀死危险动物。影片开始惨死在野生巨兽或变异动物口中的冒险者（更贴切地说是倒霉蛋），他们存在的意义仅仅是在影片开始奠定血腥恐怖的氛围，这样男女主角到达后，看到惨不忍睹的尸体残肢，就能吊足观众的胃口。观众的上帝视角让他们为主人公的命运和遭遇捏一把汗，提心吊胆。这就是电影导演惯用的伎俩，志林识破了就不想看了。

今天，志林好不容易吃到美味的手撕鸡，心情大好。希区柯克的《辣手摧花》进入视野，他果断点击进去，光听名字就很让人兴奋。有时候志林觉得自己并不像其他人眼中看到的那么正派老实。只是现在，他更期待的是电影中的悬疑故事，他沉迷于希区柯克打造的悬疑世界，希区柯克式惊悚远比那些血肉横飞的灾难片高级，这是他个人的想法。生活中上演的悬疑往往比为刻意吓人而制造的夸张情节更能引起观众的恐慌，因为前者与生活更贴近，观众是生活在现实中的人。《辣手摧花》便是这样的成功案例，志林为今天的选择感到满意。

大概十点钟，志林睡着了，桌子上散乱地扔着啃完的鸡骨头。现在他是独居状态，不用看别人的眼色。他在床上挥舞着拳脚，呼吸自由的空气，消耗过剩的精力。他拉上落地窗户的窗帘，关掉屋顶的吊灯，铺开新买的被褥进入睡眠模式。半夜，志林被一阵尖锐的声音惊醒，他听到婴儿的哭声，有些害怕，刚看过惊悚片，怕不是鬼哭？现在半夜此起彼伏的奇怪声音让他睡意全无，他支棱起耳朵想弄清楚是哪儿来的哭声，接着明白了是怎么回事儿。志林捂着耳朵，无法入睡。几天后，志林才发现房子的隔音形同虚设，隔壁的一举一动都听得十分真切。前几日无非是隔壁没有人入住，志林没有发现而已。要是有钱就好了，起码能在安静的房子里睡个好觉，如今睡觉都显得奢侈。

志林听到打火机点烟的声音，他一股怒火，想去理论，想到刚刚才上演过的春色撩人的大戏，现在去理论估计是场拳脚大战。志林明白自己从小就是书呆子，不见得在动武这方面有胜算，要是穷凶极恶的亡命徒，岂不是自找倒霉？志林作决策的时候，愤怒永远能够被理智所遏制。

无论如何，今夜无法入眠，志林脑子里开始勾描隔壁男女的画像，猜想他们年龄多大。毫无疑问是在 35 岁到 45 岁之间。志林首先排除有钱人，有钱人都去酒店装修精致的宾馆去了，谁会来这里呢？当然志林还没去过宾馆。志林又排除本地人，本地人有房子住，何必来这接近公开示众的破房子寻欢作乐呢？志林脑子一通胡思乱想，终于眼皮支棱不起来，进入梦乡。

15

离开花墙堡垒后几日，志林过上了自打来江城最潇洒的生活，没有年长者的压迫，用超市给的钱还能吃点好的。只不过潇洒的生活只维持了两周就弹尽粮绝，志林意识到自己有可能会被饿死在外省，关键是被饿死都不会有人发现。志林恐惧孤独，不知道该怎么办。打电话跟母亲要钱有些难为情，离开磨村时信誓旦旦说要做出一番成就呢！他找同乡借钱，可哥哥还是个学生呢！他都指望勤工俭学减轻负担，一下课就去食堂帮忙，哪里有闲钱管未说过几句话的苏志林呢？志林左右为难，饿肚到晚上，他鼓起勇气给母亲打电话。秋桦没有埋怨儿子，她只是问需要多少钱，志林说一千块，母亲说第二天打到他的银行卡。这次志林没有与母亲吵架，他有些悔恨从小到大对母亲有些残忍。这个世界除了母亲还会有第二个人管自己的死活吗？

志林明白，想要活下去必须得工作。他再次加入求职大军。有之前数月积累的人际交流经验，他在装饰公司找到份助理的工作，与设计师一起搭建活动典礼的装饰背景。他们的服务对象主要包括婚礼、庆生、晚会、典礼，只要需要烘托氛围的背景墙都可以找到这个公司。志林服务的设计师有丰富的工作经验，不管遇到怎样的顾客都能很快给出方案，是公司的顶梁柱。志林只需按照设计师的指挥绑气球和鲜花即可，指哪打哪，无需他提供想法，这倒是省事儿很多。多么浪漫的工作，志林最初这么觉得。有时候材料购买的任务也交给志林去做，他会奔忙在江城大大小小的店铺采购符合设计师要求的气球和彩带，还要去花卉交易市场调查记录各种花的价格，这样才能在保证质量的前提下，以最低的成本拿到最高收益。

他所协助的设计师叫王郁，28 岁，留着平头，看着斯斯文文。志林倒是很少见到这么斯文的男人，而且他个子不高。志林初次见到新领导，并不觉得年近 30，看起来顶多 20 出头，这大概就是面嫩的典型。这样也好，更好相处呢！志林觉着在王郁的手下做事，比在超市收银好多了，以前是纯体力活儿，整日像猴子般被出出进进的陌生人围观，他为顾客服务的整套动作就像猴子被驯化后机械的杂耍表演。现在的工作让志林更有获得感，看到气球、彩带、彩灯、娃娃、艺术字，还有模型，经过艺术搭配重组变出一个个神奇的世界，让置身其中的人拥有难忘美好的回忆，这是多么了不起的工作。志林佩服王郁：他是如何打造出这么多梦幻场景的呢？客户验收后，他们的脸上总是露出难以置信的惊喜表情，王郁反而显得冷静，志林觉得他身上有点艺术家的味道。

一日，他们接到一位男士搭建求婚场景的订单，志林跟随王郁到达现场。王郁让他选用蓝色系的气球，志林有些疑惑。

“求婚难道不是用红粉金黄等亮色调装饰？为何要用蓝色，蓝色不是忧郁深沉的意味吗？”志林问。

“搭建装饰背景要满足客户的需求，设计者不能主观独断。如果求婚对象喜欢蓝色，或者说蓝色对他们而言有特殊意义，为何不选用蓝色调呢？这才是真正的惊喜，对颜色的喜好从来都是因人而异的。比如这次，男士第一次见到女友，对方穿蓝色连衣裙让他永生难忘，后来女友经常穿蓝色衣服，今天这个场景让他们重温初次相遇的感受。男士几天前特别定制了一条与当年初次见面相似的连衣裙，只不过这件衣服可是花大价钱从国内知名服装设计师那里定制的，今天他会当做礼物与戒指一起送给女方。”王郁拿着图纸一边指挥工人，一边给志林上工作必修课。

“这真的太不可思议了！”志林只能赞叹着。

“这块板子，太靠左了。”王郁一边对头戴鸭舌帽的工人说，一边用手指着正中间的那块大背景板。

“他还有什么惊喜吗？”志林问。

“你且看着就行了，问那么多干吗！”王郁卖了个关子。

志林可不懂女人想啥，只是帮助王郁工作，他会产生恋爱的心动感觉。在江城谈场恋爱很不错，应当找一个女朋友。在跟随王郁工作时，志林发现这位看起来儒雅的设计师很擅长使用气球，对方给出的解释是：“好好看我们工作室的宣传广告。“志林拿起一张，上面写着“气球派对”四个大字。

这份有趣的工作仅坚持了不到三周志林就被辞退了，原因是，他经常弄爆气球，弄坏材料。他的几次失误让整个工作几乎全部返工，工人头大，王郁生气。王郁告诉志林这一行吃的是仪式感这碗饭，他的失误会破坏氛围，影响客户心情，甚至影响别人的人生。志林不适合做精细巧手工作，再待下去，工作室恐怕要赔本。王郁认为志林更适合去工地扛水泥，他手脚粗笨正合适。工作室其他人哄笑起来，其中一位没怎么说过话的同事打趣道：“恐怕这么个书生身板儿扛水泥也不靠谱。”志林一听到“书生”这个字眼儿，脸上有些发热，这是个刺耳的字眼儿。志林喜欢读书人这个身份，可他似乎再无机会拥有这个身份，现在的他看几本书都时常被笑话。

志林痛苦，他拿着王郁给他的工资，灰溜溜地走出这家工作室。

16

江城的冬天真是寒冷彻骨，难得的太阳高照的好天气让志林心情有所好转。马上就要迎来农历新年，这是返乡团聚的时刻。越是接近年关，志林越是在外乡找不到归属感，疏离、陌生之感笼罩内心。有时候晚上坐在出租车里，他看着外面高楼窗户透出的一格一格光亮，仿佛看到漫天的星星，如果一颗星星是一个人的归属，那江城的每一颗星星都与自己无关。是时候回家看看母亲了，志林想回磨村一段时间，他排长队购买了一张返乡的车票，在晚上九点踏上北归之路。

如同来江城时的遭遇，志林再次看到车上东倒西歪的人们，他们与瞌睡争斗，与苦难共舞。志林也看到亲朋之间的守望相助，闻着难闻的食物混杂的味道。这次志林对这如同巨蟒般的火车不再陌生，他有更多的精力聆听周围人的谈话。也许正是这段时间，志林明白了人生百态的意味。几个年轻人凑到一处打牌，他们丢牌时的喊声响彻整节车厢——“对钩儿”。“啪”的一声纸牌被摔在桌子上，这落牌的声音有点儿狠。志林注意到前面第二排坐着一个女孩儿，年龄与自己相仿。她手捧一本书，正看得入神。看封面有点眼熟，可想不起是哪本书。她穿着宽松的红白相间条纹毛衣，一头齐耳短发，两侧的头发别在耳后，露出珍珠耳钉，真可爱。她的存在，让这趟无趣的旅行趣味多多，志林想制造机会吸引对方注意。

“你快点儿吃吧，等会儿凉了。”这是年轻母亲对腿上女童说的话，志林看到女童眼睛四处张望，就是不肯吃母亲准备的食物。过了一会儿，母亲有些生气，用手把饭摊洒在桌子上，幼童哭喊起来，母亲这才又重新弄。孩子乖乖把饭吃进肚子，两只小手油腻腻的。志林想：以前妈妈也是这么给他喂食的吧！几个乘客在议论没能去卧铺的原因：买得太晚，票太紧张。还有说平时都是坐飞机的，今天没票了。志林这半年闯荡江湖发现了一个规律：别管处在什么样的环境里，人们总喜欢向周围人解释一番，他们解释的目的无非是要与周围人划清界限：他们本大可不必遭这份罪。志林眼前出现一幅画面，一伙人围拢在他跟前，指着他的鼻子说：“要不是今天没票，我用得着跟你这个穷小子坐在一起吗？要不是……要不是……”志林有些头大，他大喊一声“够了”。

“来，让让，让让。”这中气十足的话音让志林回到现实，他惊得一身冷汗，刚才怕不是大声嚷嚷了吧！要丢丑了。

“后面的等一会儿，让美女先过。”礼貌中夹带一丝轻佻，此言来自一肚皮肥大，M 形高脑门儿男人。男人约莫 40 岁，他对面一步远是个面色愁苦的年轻姑娘。姑娘长得明艳靓丽，眉头紧锁成一个“川”字。后面则排队站着三个男人，中间那个最矮，肩膀上扛着巨大的白麻袋包裹，从铁丝包扎口处能清楚看到里面装着被褥和生活用品。

他环顾四周，发现人们神情并无异样，才知道刚才都是幻觉。幸亏是幻觉，要不丢丑事小，被警察带走可就摊上大事了，志林在心里笑话自己。

“看到了吧，这就是女士优先。”大度男人向周围人展示他的壮举，矮个子男人已被挤得龇牙咧嘴。漂亮姑娘提着两个包，在前面落座。

在穿梭南北的钢铁巨蟒里，志林看到的景象与几个月前南下时并无区别。眼下是春运前，票还算不上紧张，比起上次挤得人肉贴人肉的处境好很多。半夜读书的女孩儿瞌睡得东倒西歪，几小时前的淑女形象全无，瞌睡主导她的仪态。半夜三点，学生模样的男子坐在她旁边，看着她东倒西歪疲惫的样子，他轻轻把女孩儿推醒。

“我要改票去卧铺，你可以躺倒好好休息。”男生语气温和。

女孩有些茫然，正当她想表达感激时，男生已离去。她呆坐在那里几十秒，用感恩的眼神看着男生离去的背影。接下来的旅程，她躺在椅子上美美睡了一觉。志林的心暖暖的，这趟旅程体验可真不错，他要是大学生就好了，还有机会追求眼前的女孩儿。志林又想起逝去时间并不久远但永无未来的大学梦，他心情低落到了极点，静静地看着窗外等待天亮。天亮了，离家就不远了。

第四章

节日祝福

1

离开火车站，志林从市区大巴转到回村公交车。车上坐着几个外地游客，趴在玻璃上欣赏沟壑，眼睛瞪着，嘴巴张大惊呼，显然是第一次见到黄土高原。志林凭着自己的粗浅了解给他们做向导。在车上，志林脑子里全是当年从广东回到磨村的苏卫东，他想象着爸爸当年回到这遥远故乡是啥心情。志林聆听内心，激动着，激动的是他敢于背井离乡，勇敢去见识外面的世界。他能给村里人讲讲他的见闻。他固然激动，可全无骄傲情绪，他一事无成，一无所获，还被奚落开除。不过志林确定，从产生去江城闯荡念头的那一刻开始，他从未想过要证明自己，这点与苏卫东大不相同。志林的叛逆高于苏卫东，他比苏卫东多了几分通透与机敏，如果把别人的赞损言词作为活着的目的，那简直是可悲。

半年时间过去，磨村毫无改变，还是从小看到大的样子，村北大路两边粗壮的杨树此时树叶几近落尽，只剩下灰白的树枝与残存的干树叶。

从公交车钻出，志林的头颅没法抬得老高。他习惯透明，不喜欢被太多人关注。公交车停在村子正中央，这个广场十年不变，是村子最热闹的地方。这里也曾是附近十几个村子的人重要的赶集地。秋桦告诉他，以前很多外村的人前来买卖东西，卖家养土鸡和菜，后来才被门市部、供销社和小卖部取代了。她也是听她爹陈麻子说的。这个外公，志林并未见过几次，母亲的婚姻对仁义道德挂嘴边的陈麻子来说是莫大的羞辱。志林仅见过他几次，老汉就与世长辞了。

走在路上，村里人用陌生又熟悉的眼神瞧着他，有的已经走出老远还时不时回头看看志林。这让他有些尴尬，走路不自在。他真想拥有瞬间移形换影的法术，念动咒语就回到秋桦苦守快二十年的时髦房子，坐在老旧的欧式铁床上。志林专注地向自家走去，突然一辆摩托车从后面急刹车，在右前方停下，上演了一次完美的漂移，路面被卷起黄沙。志林还没来得及把进嘴的沙子吐出来，就被突然停下的摩托车吓了一大跳。车上的人戴着墨镜，后面载着涂抹红色口红的小眼睛女人。志林仔细地识别这是谁。

“苏志林，你认不出我了吗？”

“你是？我……是……有点儿想不起来。”摩托男这样直截了当的问话让志林有些窘迫。

“这下该认出来了吧！”摘掉墨镜，志林认出这是多年未见的东子。现在的他长得肚大头圆脸肥，除了眉宇间的熟悉感，简直难以相信这是小时候的玩伴。

“东子！”志林惊喜地叫了出来。

“啊呀，你可算是认出我了，我大老远从后背看像你，还真没认错。”东子笑着说，“啊”字拉得老长，熟悉的乡音。磨村人喜欢通过拖长强调的“啊呀”表达惊奇。

“东子，这位是？”志林关切地询问车后女子的身份，以示礼貌。

“她是我老婆。”东子看了一眼后面的女人。

“什么，你结婚了？”真是不可思议，东子虚岁顶多 20，看起来却比志林起码大 5 岁，真是不可思议，这几年他到底经历了什么？

“她是我从太原带回来的。跟他打个招呼，这是我发小苏志林，以前学习可好了。”东子给他们做介绍。

“你好。”短短两个字，带着不知何地口音的普通话，语调还算大方。

“你好。”志林礼貌地回应。

“你们结婚多长时间了？”志林问。

“几个月，快半年了。”东子回答。

志林心想，没到法定年龄是怎么结婚的？可他不敢直接问，现在的他又有些尴尬，不知说什么好。

“志林，你现在好吗？”东子问。

“我？”说没考上大学必然会成为笑柄，志林不知该说什么好，脸色又变红了。

“志林，当时你可是班里学习最好的学生，真是太可惜了，我一直以为你能考上大学呢！”

“没有没有，我学习不好。”看来东子已知道这事，志林开始慌乱。

“没事，苏志林，考不上大学也没关系，现在社会上的活路又不是只有一条。”

“希望是这样。”志林想起在江城这几个月的狼狈遭遇，内心又开始难过起来。他害怕东子问起他在江城的情况，农村就这么点儿地方，好事不出门，坏事传千里。

“那我先走了，我要带我老婆在四周转转，我们也是昨天才回来。”东子说着启动油门儿。

谢谢东子没有看别人笑话的嗜好，志林舒了口气。

“去吧！”志林说。

摩托车发动机的巨响不断加大，又不断变小，路上尘土飞扬。不是铺了水泥路吗，不管用了？志林抱怨着。

在磨村，志林打小就是隐形人，他的归来少了苏卫东那份轰动。他一路观察路人目光，终于敲门进家。老式座钟还坚挺地存在着，荡悠着年迈的双腿。志林看上面显示的时间是上午八点半，可现在明明已经下午，它太苍老了。

“你快坐会儿先。”这是母亲秋桦的声音。半年不见，她的声音也变老了，她的脸色与其他农妇一样，被太阳晒出些许酱红色，也许这才是农民本该有的样子。这是半年时间风吹日晒的下场吗？也许半年前就变得如此，只不过他总是忽视母亲，从未认真观察岁月在她不幸的脸上留下的痕迹。半年不见，他重新审视这张慈爱的脸。

“妈，你的脸变黑了。”志林关切地说。

“老啦，你能回来过年我就高兴啦。”妈妈展露着温暖慈爱的笑容。

“想吃您做的饭。”

“你以前可不想吃我做的饭！”秋桦仿佛听错了一般。

“出去半年，很想念咱们这边的吃的……尤其是面皮。”

“我就知道你要说这个，你昨天晚上才打电话说要回家，就还没来得及给你买。”秋桦给儿子解释。

“王三庆老婆回来了吗？”

“还没，他们本家在令县县城看到啦，想把她绑回来，当场被公安局的人制住，女的瞅空跑了，公安局又没法管这档子事。清官还难断家务事呢。”

“意思是还没回来？”志林问。

“跟人跑了，除非在外面过得不如意，要不然回来做啥？那儿比村里吃的好。”妈似乎在说着原来她讲不出来的话。

“哦，对了，东子结婚了，您知道吗？”志林问。

“我当然知道，几个月前就结婚了。”

“为啥没人告诉我？”

“我以为你知道呢！那不是你的朋友吗？”

“我不知道。”志林意识到，读高中起，很多童年伙伴已渐渐淡出他的视野。那三年，他一门心思想离开磨村，到四季如春的地方开始全新的生活。他跟童年记忆几乎割裂，回想与东子一起玩耍的岁月，看到东子现在与年龄不符的长相，他有些感叹。

“你一整天钻进书堆，眼里哪儿有庄户人？”秋桦抱怨着。

“东子不到法定年龄，怎么能结婚？”志林说出他的疑惑。

“村里这个岁数结婚还不正常？”

“怎么领结婚证？”

“农村人摆个酒席不就结婚了？到法定年龄再补办证书。我们结婚那会儿，不少人根本没结婚证。”

“真是不可思议。”志林不能理解。

“是你读书读傻了，眼睛天天朝着天，大街的人都说你不好相处。”

“他们为啥这么说我？我跟他们又没有交集。”志林有些生气。

“那他们万一有了孩子怎么办？”志林继续问。

“你问题真多，东子老婆就是带肚结婚的。”秋桦有点儿不耐烦。

“怪不得今天我看到她挺着大肚子，我还没多想，以为她本来就是个胖子。他们怎么认识的？”

“东子在太原打工，那个女人是厂长亲戚。东子可比你有能耐，你只会看几本没用的破书。”

“他以后要在太原定居吗？”

“你别问了，问题真多，我头疼。”秋桦被儿子问得有些愠怒。

被妈妈这一通数落，志林发现他虽然出生在农村，可对农村生活实则毫不了解，平时他没有呼朋唤友绕村转悠的喜好，也不喜欢站街上与村里人聊天。郭二给他提供的物质生活，让他倒也并不怎么需要参加田间劳动，偶尔出地只是小打小闹，阳光并不见得能刺穿他嫩白的皮肤。等到郭二离世，他很快离开农村，告别农村生活。此次回家，在田间做活儿，已经在母亲脸上留下被雁北风霜雕刻过的痕迹。

2

新年近在眼前，卖年货的摊点密集来到磨村，坚果、水果、糕点、春联轮番登场，人们在大街忙碌穿梭。志林看着一张张苍老的面孔，想起小时候的春节。那时候，买年货的大人还很年轻，家门前贴的春联是找村里毛笔字写得好的人帮忙写的，麻迎凤在年前这段时间满面春光，受人尊敬，他会专门用三天时间为人们写春联。现在笔法更加精致的印刷对联取代了过往的人工手笔，笔法更加大气，外形更加美观，贴在门窗上气势恢宏，整个院子都高档起来。

这几年人们不再找麻迎凤写，街上三块钱就能买到起码两幅，这才看到他在石头上闲坐着，嗑瓜子儿。志林觉得过去的手写对联有浓郁的墨香，是村子罕见的艺术品。印刷批量生产的春联只是商品，用钱交换而来。他叹息着，却不知为何叹息；心中苦闷，却不知有何必要苦闷。

志林走在街上，今天的磨村艳阳高照，是个好天气，角角落落还能看到积雪，告诉志林这是北方。在太阳光的照射下，积雪变得刺眼。小时候的磨村，可比现在寒冷多了，这一定是温室效应对人类打出的重拳。小时候的路上，雪水和倒出的泔水汇集，冻成或大或小的冰面，小孩子喜欢在上面“打哧溜滑”。在结出冰面的地里，孩子们还会手牵手，跌倒一个带倒一队，其他孩子会哈哈大笑拉起来。现在看不到成形的冰面，只有被冻得坚硬的土，如果鞋底薄的话，走上去会硌脚。小时候的现在，四处响起鞭炮声，街道弥散着炸药燃烧后的气味。小孩子从家里偷出小鞭[1]，叫几个伙伴一起放炮。胆大的把小鞭的三个五个扭在一起放，连响几声。说起放鞭炮，志林想起村里叫马宝的傻子，他喜欢捉弄村里的女孩儿，趁人家不注意，把点燃的小鞭扔在她的脚底下，响声能让姑娘吓到啼哭，女孩子们见到他都绕道而行。马宝见此景，更雄赳赳气昂昂，气势不输戏剧里的李元霸。志林想：傻子能想到这么管用的恶作剧，他到底是真傻还是假傻？在看待傻子这个让农村头疼的问题时，志林发现每个村都活跃着这样的特殊人物，是农村不可缺少的风景。此时的街上，结伴玩耍的孩子越来越少，彼时八方响起的鞭炮声很少听到，火药味儿不像小时候那么浓烈。

志林在逛大街方面有独特的优势，他并不担心人情世故问题，别人说他不礼貌也无妨，如果不是母亲埋怨，志林还不知他的形象如此不入人心。这样的好处是，在大街上走着，如入无人之境，倒也不必打招呼。志林不是个健谈的人，尤其是对生人，他有时候情愿静坐一个下午，也不愿意找朋友、兄弟四处溜达。在这点上，他与父亲苏卫东有所不同，甚至截然相反，他缺乏爸爸的表现欲与勇气。

村里的小矮人麻四打村南头走过来，手里举着个黄澄澄的甜瓜，这个瓜

1　小鞭，鞭炮被拆散后单个燃放。

比他的头都大。他笑容灿烂，咧开的嘴露出摇摇欲坠的蒜黄牙齿，他的背后是高照的冬阳。麻四是麻迎凤的本家人，麻姓是磨村大姓。麻四身高停留在一米三，是磨村小矮人，也成了街头巷尾的“明星”，人们谁见到他都会开几句玩笑，时间久了，他也接受了众人拿他取乐儿的现实。他的身高没有变化，只是岁月对他的脸也毫不留情，现在他已经 50 岁出头，皮肤被太阳晒得黝黑，条条皱纹像黄土高原特色地貌般沟壑丛生。由于常年抽劣质烟，他的牙齿被熏得黑黄相间。甜瓜是从村南小卖部买的，也许是从外村人摆的地摊买的，这个志林不能确定。志林觉着这是充满美的画面，不能用手机抓拍下来真是太可惜。志林眼中的美从未局限于帅哥美女、自然美景这些人人皆能感受到的美，他对人情美的感知是敏感且强烈的。今天看到麻四举瓜的画面，志林想到磨村人生活质量明显提升，小时候的冬天哪里有什么稀罕的水果吃？顶多梨、苹果、柿饼、红枣这些，现在反季节水果从其他地方拉到磨村，这是好事儿。麻四灿烂的笑容挂在脸上，志林恍惚感觉磨村要改变贫穷落后的面貌，他眼中的苦难土地也许正迎来生机。

3

农历新年如期到来，磨村人家门前挂着红彤彤的灯笼，用煤块和木头垒的旺火蓄势待发，静待午夜十二点点亮，象征来年生活财旺福旺。磨村人一年堆积的疲惫感一扫而空，他们在街头巷尾相遇后，相互问候过年准备得如何。秋桦包饺子准备年夜饭，一老一少四目相对，显得十分冷清，无边的冷清对志林而言倒并不能激起孤独的情绪。秋桦按照当地的习俗给灶王爷和财神爷做上贡菜，在香炉上点上几炷香。

“妈，你今年泥灶户了吗？”志林看着几碟贡菜，想起小时候妈妈泥灶的情景，用精黄泥掺上平时剪掉的头发，就能把灶糊成新的一般。实际上，母亲更习惯使用液化气，家里的灶只是冷天点着取暖。他们家是时髦的，令人羡慕的。

“怎么不？每年不都是这样。”秋桦熟练地摆弄着萝卜片还有海带丝。

“为啥要泥灶呢？”

“灶王爷要上天了，报告这家人做了好事还是坏事。把灶泥得干干净净，灶王爷才会上去说好话。供麻糖，可以糊住灶王爷的嘴，怕他上去说坏话。”秋桦把贡菜碟放到财神爷、灶王爷和如来佛的像前面。

“为啥是灶王爷报告呢，不该是财神爷吗？”志林问。

“灶王爷才是一家之主。”妈妈解释道。

“财神爷不是吗？”志林问。

“不是。”妈妈说。

“灶王爷啥时候上天，是过年这几天吗？”志林问。

“阴历十二月二十三。”秋桦已经把贡菜摆放整齐，倒是有点儿南方杯杯盘盘的意思。

“那啥时候回来呢？”志林对乡俗民俗兴趣浓厚，他年龄越大对这些越是好奇。

“这次回来，你怎么比村里老人都啰嗦，赶紧去垒旺火。”

秋桦给闲着没事做的志林安排活儿。

志林走到院子里，从炭房搬出几块大炭，用铁锤砸成小块儿，再用木头搭一个底座，然后一层一层码放炭块儿，堆出一个样子并不规整的旺火。他要在午夜十二点放鞭炮迎新年。吃过年夜饭后，志林陪着母亲嗑瓜子看春晚。现在只有母子两人，在十多年前，彩电还是稀罕的物件，只能收到零星几个电视台。家里不能看春晚的携家带口去邻居家，守岁生活伴随着卫星电视的普及而不再出现。母子二人闲聊磨村半年来发生的奇闻，得知贾焕娣回来了。这个消失三年的姐姐回来了，只是神智有些不清。这个姐姐前些年传闻在外地混得不错，还嫁给了外省生意人，生了一个懂事可爱的儿子，过着幸福的生活，怎么会落得这个下场呢？志林有些唏嘘，记忆倒回过去的时光。

那时，志林还在磨村绿墙灰瓦的房子里读小学。他突然记起，看的第一本小说《我的大学》正来自贾焕娣之手。那时候贾焕娣初中刚毕业，考上了县城的师范。那本书实际上他没看，他实在是看不懂，只好作罢，还不如《故事奇谈》这样的小册子好看呢！如果当初贾焕娣能去读师范，兴许能在附近几个村子里的小学谋得一份教师的工作，这已经是本地最体面的工作了。可他们家六个孩子，连基本的温饱都难以保证，哪儿有钱供她继续读书呢？有一幕场景志林永生难忘，夏天炎热难熬，人们吃饭时热得浑身是汗，不舒服，干脆在巷子口吃饭，一边进食一边吹晚风，那是惬意的时光。贾焕娣姐妹两个抢饭吃，姐姐在饭碗里吐唾沫，妹妹这才停手。初中毕业，她最终在本家亲戚带领下去往外省打工，志林已有多年没见到过这个姐姐。

陈秋桦对守岁显得淡漠，她怀念过去的小品，这大概是北方人除夕的快乐来源，而此刻母子二人在沙发上躺着消磨时间。母亲玩着手机，吃瓜子。志林在手机上刷着新闻，看着社交软件上朋友更新的千篇一律的祝福。其中一条动态倒是引起了他的注意：王璐已结婚，她放了张与新婚老公的合照，照片背景是乡下模样，看来他们已回家过年了。王璐的脸上露出幸福的笑容，男子的眼神充满爱意，这让冷清孤寂的除夕夜多了一丝暖意。

熬到十二点钟，秋桦唤醒早已睡着的儿子出去点旺火。志林从被窝里钻出来，穿上厚棉袄，拿上打火机、黄表纸、香、爆竹、烟花，来到院子里。院子里寒风刺骨，冷雪被风卷着拍打在脸上，他打了个寒颤。打火机点燃旺火，热浪蒸腾，驱散了北方寒冬的冰冷。志林把香点燃，供奉给神明，然后慢慢引燃爆竹，鞭炮噼哩叭啦在院子里响起，志林逐个地放响大炮。母亲提醒他要小心，点着后就赶紧转头走远点儿。磨村各处响起爆竹声，现在还有烟花，小时候这可是稀罕玩意儿。烟花把夜空照亮，志林抬头看见久违的星星，这是村子的浪漫。志林幻想有个女孩陪伴左右，一起看磨村除夕夜燃放的烟花。旺火持续一个小时，村子四周渐渐安静下来。

4

新年头一天开始，磨村人要以村子为中心到地里散步，称之为“出门儿”，迎各路神仙，喜神和财神是人们必然去迎的神：大年初一迎喜神，大年初二接财神。秋桦平时不喜欢热闹，不去人群扎堆儿，这几天她要出去迎接神仙，为来年祈求幸福。

“志林，今天咱们一起出门儿迎喜神。”

妈妈的精神真好，农村人起得太早。志林有些烦躁。

“我不去，您知道的，我从不出去。”志林从小就觉得这个习俗不可思议：天寒地冻，步行好几里地，不刮大风还好，刮风真是活受罪，头被冻得满脸通红，手捂着耳朵冻手，手插进裤兜冻耳朵，出去一圈儿，脚底冻到怀疑人生。志林鲜少参加这类聚众活动，小时候跟随母亲去了几次，后来他都拒绝了秋桦的请求。

“今天出去吧，你去外地工作，图个吉利。”秋桦再次请求。

“好吧！”志林不知怎的，竟被自己原本不在意的习俗吸引。过去一年太不幸，出去沾沾喜气也许真能转运呢！

“穿上我给你在县城买的厚棉袄，在堂前的大衣柜里。”母亲给他指了指方向。

志林出到堂前，看着这个洋里洋气的大衣柜。这也是从小便有的家具，不知苏卫东从哪里倒腾来，村子里其他人家当年可用不上这样气派的柜子。经过岁月的磨洗，柜子油漆脱落，露出里面的木头，木头也被摩擦得黝黑光滑。这个家竟常年不变，母亲这是对父亲的纪念吗？他的疑惑从不与秋桦主动说起，这是他们一生都难以承受的痛。

“找到衣服了没？”

“哦，找到了，是这件绿色的吗？”

“是的。”

套上厚衣服，二人顶着寒风出门。看挂历，今年的喜神在西南方向，他们走上大街，已有不少人在向西南方向进发。志林跟随母亲走在人潮中。磨村人出门大多结伴而行，秋桦的传奇人生让她与好人缘基本绝缘，村里几个以水性杨花出名的女性又无法拉拢她的心，夹在正常女人与不正经女人之间，她不能融入合适圈子。今天有儿子陪伴，她倒也并不孤单。他们随着人潮向西南走去，迎面是出门回来的人，他们说说笑笑，讨论着各种话题，志林听不清楚。有几个是从外地回来的大学生，他们当初选择了复读，得以如愿踏入大学之门，此刻满面春风。大人围着问东问西，他们优雅地回应众人的问候。志林突然有些羡慕他们，也许自己应该去复读的。

“看到了吗？张小玲考上了县城法院的工作。”秋桦说。

“真的假的？好厉害。”志林感到震惊。

张小玲比志林大几岁，在磨村读书时，高几个年级，她的成绩可不如志林，现在身份发生了逆转。志林在江城沦为打工仔，而张小玲是曾经并不起眼的学生，现在却拥有一份体面的工作。志林发现，村里人都是职业新闻传播者，谁家有风吹草动，很快就能被全村知晓。现在出门儿回来的张小玲，不停接受大人的赞美，她用温柔知性的笑容一路回敬人们的祝福。可见她已迎完喜神，而志林还在迎接的路上。母亲一路给他讲着村里发生的事儿，无非是张家长李家短的家庭琐事。对这些志林一点儿兴趣都没有，可他明白，离开磨村后，母亲独居在家太孤单，她有强烈的说话需求和分享的欲望，能够聆听是他作为孩子鲜少能为母亲做的事，聆听也是他外出吃尽苦头后培养出的为人处世之道。可志林从她口中听到的，尽是乡村悲剧，似乎在村里面没什么可喜可贺的事儿。他心中更加凄凉，母亲那经过岁月雕琢的脸上显得十分淡然，她对这些悲剧没有丝毫感觉吗？志林很想问问母亲，可现在是大年初一，他不能提起这些。

“看到了哇，志林。”妈妈指向前面穿着灰色齐膝棉袄披头散发的独行女子。那女子年龄看起来 30 出头的样子，眼神呆滞，面色凝重，头发散乱。

“看到了，那是谁？”志林问。

“你认不出来了吗？她就是贾焕娣。”秋桦回答。

“真是一眼认不出来。”

“她真是命太苦了。”秋桦的眼神依旧淡然。

志林眼睛死死盯着许久未见的大姐姐，想起《我的大学》洁净的白色封面，想起贾焕娣曾经的美好年华。那时她白皮肤一点儿高原红都不曾有，个子不高也不矮，跑起来像一阵风，在市运动会上还拿到过跑步项目第二名。那年志林还是小学生，为迎接市运动会，各大中小学校都选拔苗子参加。磨村晨跑挑选参赛选手，全体学生分批跑，从中挑选跑得最快、体能最好的集训参赛。贾焕娣最先跑到主席台，领先后者十几米远。之后一个多月，她和十个学生一起集训。天色蒙蒙亮，他们已起来在村外大路上跑步，提升体能适应比赛。志林对那天的记忆格外清晰：贾焕娣穿着村里体育老师给她准备的运动服，与其他学生一起坐上白面包车，去市里参赛，最终取得名次。志林想这一定是她人生中少有的高光时刻。

“焕娣姐姐，你最近好吗？”志林走上前去，主动向那个木头人一样的女子打招呼。

“你是谁？”她疏冷地打量志林。

“我是苏志林，你认不出我了吗？”

“是你呀！上次见你还是个小孩子，都长这么高了？”她仰视着这个已经成年的帅小伙儿，呆滞的眼神闪出一丝光亮。

“是我，姐姐你出门儿要回去了吗？”志林关切地问道。

“哎呀，他们响炮太多，吵得要死。”

“那回去的时候慢点儿，地面太滑。”志林叮嘱。

“苏志林，我记得你学习很好呀？考上大学了吗？”

“我没考上，太难了。”志林如实回答。

“还是读大学的好，不用像我这么命苦。”她的眼神凄怨，几乎要哭出来。

“姐姐，你不要难过了。”面对眼前这位多年未见的大姐姐，志林不知怎么去安慰。这半年来，志林时常聆听别人的故事，却显得稚嫩笨拙，不知如何应对。

“志林，我在前面等你。”秋桦看到贾焕娣想跟儿子诉说心事，她识趣地去前面等待儿子。

“我报名了设计培训学校。我看到街上贴的到处都是招生广告，说学成后再也不用做苦力。”她的情绪更加激动，似乎带着哭腔，志林给了她一张纸巾，她攥在手里没有擦眼泪。

“难道没有找到有关工作吗？”志林问。

“后来我找到了一份设计工作，慢慢地我还能独立接活儿。”她的眼神有些好转。

“再后来呢？”

“后来我遇到一个南方做生意的人，他对我很好，很体贴。”

“然后呢？”志林追问。

“我就跟他在一块儿了。”

“这个事情我是知道的，我以为姐姐是遇上好男人了。”志林惋惜地说。

“你听我慢慢说。刚开始一年他对我言听计从，我想要什么都给我。我以为他对我是真爱。直到女儿出生后，没过几天他就变脸了。他不关心我的想法，我让他做啥，他就装听不到。以前他还做家务，后来一回来就躺在沙发上一动不动。我生孩子落下腰疼的毛病，经常感觉后背凉飕飕的，他也不再像之前那样帮我敷药。”

“你生了孩子，他不是该对你更好吗？”志林感到奇怪。

“你听我慢慢说。后来我才知道他有对象，两个人在一起十年，认识我那会儿他们根本没分开。那个女人和他是一个地方的，两个人一起做生意。女人后来查出患有肝炎，不能生孩子，他们不能结婚。”

“所以……你跟那个外省商人没领证？”志林问。

“嗯……”贾焕娣陷入沉默，眼睛湿润，没有一滴眼泪。

志林涉世未深，现在也知道了来龙去脉，他无法与眼前的贾焕娣继续聊天，他不知该给予什么样的意见才能助她脱离苦海。

“没事儿，生活总是有出路的，你可以继续出去打工，你还年轻呢！”志林试图安慰。

“嗯，这几天，三姑给我找当保姆的工作。我想明白了，人怎么斗得过天呢？”她用手捏着鼻子。

“姐姐，我妈在前面等我，我得过去了。”志林看到远处妈妈在招手。

“去吧！”贾焕娣的眼神再次呆滞。

贾焕娣口齿清楚，逻辑严谨，怎么就被村里人说成精神不正常了？志林感到匪夷所思。母亲似乎有些不耐烦了。

“志林，快点儿，你再磨蹭到中午了。”秋桦催促着。

“好的。”志林迈开他的大长腿很快追上母亲。

“贾焕娣明明精神正常，怎么就说她疯了？”志林问。

“她现在信上了邪教，大早上的在门口手脚乱舞。前几天还跟不知道哪里来的神婆儿去外地传教，神婆儿被公安局抓了，正好她不在现场。”

志林倒是从新闻听说过在北方泛滥的邪教。邪教教主从某些宗教教义中抽取几句添油加醋，迎合一些人的迷信思想，然后蛊惑民众。没想到这邪教竟然蔓延到了磨村。

“焕娣姐姐真的太可怜了。”

“没读书成了现在这样。”秋桦说。

志林想起郭二被带走前说的那些话，如今害怕的感觉深入骨髓，走了大概不到五分钟，志林就听到不停响的炮竹声，布满天空的白云让升空炮竹看不到火光。出门儿的人家派代表去响炮，大多为男人。有些男孩子很勇敢，他们早早就代替父亲完成接神工作。志林这才发现母亲手提包里还有几根大炮。秋桦督促儿子去响炮，不要在人多拥挤的地方，找个宽敞地儿，要不容易炸到。志林听从母亲的意见，另找空地放炮，然后在地上插三炷香点燃，成功迎接喜神。他在原地站了会儿，感觉耳朵被冻得难受，就催促母亲顺原路回家。这时志林注意到附近有片空地，上面堆着尚未融化的雪，像学校大操场，只是比操场大多了。远处斜坡上镶嵌着几个笔画残缺的字“防风固沙，利在万代”，感觉眼熟，这是小时候和同学一起录制电视节目的苜蓿地吧？现在的凋敝，难以与当年的苜蓿花海联系起来，要不是那几个大字提醒，志林会觉着这是头一遭来到这里。上初中后，他便很少去地里溜达，对外面的变化知之甚少。

“这里的苜蓿都去哪儿了？”志林问秋桦。

“哪儿还有苜蓿？早就被拔起来种地了。”妈妈说。

“为啥拔掉？难道不固沙了吗？”志林情绪变得激动起来。

“不种地怎么挣钱？”妈妈的态度难以置信的平静。

“怪不得这几年风沙又变厉害了，苜蓿不能拔！”志林语调变得严肃起来。

“你就是读书读傻了，永远用不到对的地方。”

志林发现，这次回家母亲总是说他读书读傻了，她的言下之意是什么呢？难道妈妈为他没考上大学而耿耿于怀吗？志林从小爱读书，可连个大学都没考上，这说出去都有些丢人。读书没有发挥该有的作用这不就是傻的表现吗？志林又觉着妈妈富含警示价值的话语还有其他含义，可又琢磨不出具体指的是哪方面。

5

磨村农历新年就这样按照旧俗向前推进，热闹的街道装扮得一年赛过一年漂亮，可事实上很多有趣的旧俗在慢慢消失，最典型的莫过于过年期间祖宗供桌上摆放的祭品，以前有花样复杂的馍馍，志林小时候有幸在其他人家见过，真是漂亮的馍馍，像艺术品，拿在手里不舍得动嘴。现在，花馍在供桌上很难看到。一门传统手艺慢慢消失，志林对此感到惋惜。他突然想起村上春树的小说，名字大概叫《大象的失踪》，这是他在高中图书室看到的，当时读来云里雾里，他有些抵触作家的故弄玄虚，今天却有新的体悟。他不得不承认传统习俗被遗忘淘汰的部分往往步骤复杂，显得有些笨拙，这与当下人们追求简便高效的生活理念相悖，最终被遗弃。就像那头大象，在那个小镇的存在早已显得累赘，可还是被供养着。大象消失，与其说是它选择逃离，不如说是人们不再注意，是在人们意识上的消失，躯体的消失只是人们意识的象征。这些习俗，在人们心目中的分量还重吗？仅与十多年前相比都存在明显差距，人们更愿意花费时间在玩手机与打麻将上。就连妈妈秋桦这顿年夜饭都越来越草率。

正月初六开始，本地又称“破五”，磨村与周边村子筹备“玩意儿”，这是雁北地区的社戏。“玩意儿”过去由村子统一组织，现在村政府不再插手此事，由村民自发组织，然后挨家挨户拜年收钱。过去各村“玩意儿”表演各有千秋，花样百出，每个村子有表演都能被村民围得密不透风。这会儿，志林听到敲鼓声打算凑热闹看看，可真是大失所望。今天的玩意儿，被简单寒酸的道具所取代，原来的“船楼”哪儿去了呢？小时候，他总觉得，船楼里的撑船姑娘一定是磨村最俊的女人。现在重新审视这属于磨村的民间艺术，寄托北方人对南方水乡的向往，他们渴望水上行舟的诗意生活，艄公是玩意儿必不可少的角色。磨村人向往水乡生活，从家里墙面的壁画也能看出端倪。读小学时，志林作为好学生有幸去过一些同学家里，壁画大多是小桥流水与田田荷叶。作为祖祖辈辈生活在雁北地区的人，他们可没见过真实的荷花，壁画上的荷花，是从电视里还是书里看到的呢？

刘庄的表演队所扮的有水浒和三国名人，田家庄的西游人物扮演得也颇具神韵。志林还记得，有一年差点儿被表演队孙猴子的金箍棒敲中脑袋，旁边大人赶紧把他拉开，猪八戒能把憨态演出来。各村表演队所耍玩意儿、所耍故事取材于历史人物和名著小说，表演者都是农民，他们不是专业演员却能沉浸在角色当中。磨村人会给予极大的观看热情，围得密不透风，圈子越围越小。表演队专门配备一个打场子的，场地被围得施展不开拳脚时，打场子的用棍子和胳膊招呼人们往后退，给表演队空出场地。现在的玩意儿队有点儿寒酸，仅在演员头上别几朵简单的珠花，衣服变成粉红和绿色扭秧歌服，手拿舞蹈扇，跟随鼓点简单扭几下敷衍了事。

上小学那会儿，志林看到踩着高于男人小腿的高跷的表演队，在冰面上都能行几步，像电视上的杂技。志林有回挤到最里面，高跷正好略过他的脚尖，安全降落空地，太险了。他总以为那些演员都是经过专业训练的，要不这惊人技艺从何而来？小时的志林，纵然生活满是不易，可他健忘，大多能从生活中寻找到些许乐趣，让他忘记烦恼和疑惑。从高跷队观众群挤出来后，他便忘了这回事儿，以至于今天尚未找到答案。

大年初六，磨村玩意儿开始敲锣打鼓，咚咚嚓嚓的声音响彻磨村上空，新年进入另一个高潮。玩意儿表演队会从北到南，从西到东不断巡演，走遍磨村主干道，直到正月十五结束。正月十六晚上拉瓜秧，全村最后一次狂欢。打鼓的是磨村文艺骨干之首庞洪文，他已打鼓十年，特殊身份让他具备优势，从大队承包下玩意儿，自此采买服装。编排节目由他自主安排，大队不再干预，表演营收向大队上交一部分，剩下的给演员们统一分配。他爸爸庞三儿是磨村前任鼓手，志林儿时有幸见过庞三儿打鼓，气势逼人，神采飞扬，摇头晃脑，动作幅度夸张，鼓点准确有力，富有节奏感与感染力。磨村不少人喜欢看他打鼓，只有他庞三儿打鼓，过年才有意思。庞三儿死后，有年代感的红围大鼓传到了庞洪文手上，一对儿鼓槌被磨得锃亮。庞洪文很快就接下父亲传过来的鼓槌敲敲打打，玩意儿每年还能张罗起来。这庞洪文打鼓，虽然稳健有力，轻重适当，可就是没有他爹打鼓时身上的神韵，总觉得少了点儿啥。

大年初五到十五，磨村玩意儿挨户拜年，还要去外村表演。进人家院子后敲打表演一会儿，主人给收钱人十元以上的票子，还要看家底儿和心意，这是少有的公开祈福场合，条件好的多给些，彩头好，面子足。大街上遇到回来过年的显贵，肚子挺得圆鼓鼓，头抬得老高，玩意儿头头当众拦下主动表演，大庭广众之下，对方怎么都得出血，给大红包。能被当街拦下的人物，对磨村人来说非富即贵，即使不是有钱人，在村里也是有头有脸的人物。志林见过麻家在外地当官的亲戚回村，一下就给了六张百元票子，很快全村传开。

也有不愿意出这个钱的人家，听到玩意儿队鼓声逼近，家人提前出门儿，一把锁头把拜年的人拒之门外，几次下来，也就躲过掏钱。据说，有一户人家去年挣到钱可过年却逃拜年钱，家人当年就出了车祸，不过侥幸保命，从此再也不敢不给拜年钱。当然这只是迷信，却增添了磨村的神奇色彩。

志林上小学那会儿，光一上午就有几家外村玩意儿来磨村，有时外出拜年的三轮车还能迎面碰上，现场切磋。母亲告诉志林现在一天上午大概能有两个来磨村，正月越来越冷清。还想外村的能来改善一年来的苦闷，现在看来希望要落空，志林觉得这个年过得太没劲。志林留恋这些老习俗，也许正是守旧的生活做派让他在人际交往中显得格格不入。他毕竟是年轻人，对习俗知之甚少，秋桦年轻时追求自由与潮流，在她心中习俗已被淡忘，到志林这辈，只是简单遵从。

今年，庞洪文组织的玩意儿没能再现往昔盛景。他们在大街上表演，只有稀稀拉拉的几个中老年人驻足观看，年轻人则兴致淡然，根本不需打场子的维持秩序。观众人数稀少，演员表演的劲头大不如前。志林听着他们挨家挨户拜年，竟然萌发出同情心。表演队的人喜欢这项习俗吗？他们喜欢表演吗？志林脑子里又开始胡思乱想。他与小时候一样，在静静等待磨村耍玩艺儿的到家来，以前他们进门立马敲锣打鼓，志林觉得自家院子一年下来都安静得很，来串门儿的人也少，突然这么多陌生人涌进来让他难堪。玩意儿正摆开阵仗拜年，志林却冷漠地要求妈妈赶紧把钱直接给他们，打发他们走。大年初十，玩意儿队终于敲开志林家的大门，庞洪文肥硕的脸盘贴在玻璃窗上，用滴溜溜的眼睛观察屋里人的动静，志林与母亲赶紧迎了出去。意外的是，他们敲打几下便鸣金收兵了，然后笑容满面地向秋桦要钱。

“恭喜发财！”庞洪文按照习俗开口送上祝福，他的脸笑得很是灿烂，只是这笑容多出了几分狡黠。

“给你。”秋桦把一张二十元钱币递到庞洪文的手上。

“才这么点儿？”庞洪文显得有些失望，外面演员表情木讷，他们看起来已经习惯了这类讨价还价的场合。

“不少了吧！其他家不也这么多吗？”秋桦有些不开心。

“你家苏志林不是去南方打工了吗？出个三十元不成问题吧！”

我出去打工怎么让全村都知道了？志林心想，这简直就是离谱。气归气，这些话志林并没有说出口：大过年的，何必因为这些事情闹得不愉快！

“好了，那就再加十元吧！”志林从裤兜摸出一张十块钱币。

“恭喜发财，恭喜发财。”庞洪文立马笑出来，他朝外面的表演队摆了摆手，示意他们可以去下一家。很快，锣鼓镲音乐声便在隔壁邻居家的院子里响起来。

“真是太离谱了。”志林向母亲抱怨。

“你为啥多给他们十元？”秋桦有些埋怨儿子。

“他们太咄咄逼人，我觉着赶紧打发走算了。”志林说。

“钱又不是大风刮来的，他们一百块都嫌弃少。”

“唉！”志林不知说啥，只好唉声叹气。

“都进入社会了，脑子灵光些，别读书读傻了！天天看几本破书。”秋桦埋怨。

“我看书跟给他们钱有什么关系？”志林疑惑。

“人家就指望过年这几天挣钱呢！”母亲说。

“这个能发财？”

秋桦竟被儿子这个问题难倒了，她继续嘀咕儿子书呆子，生气地出了院子，院门被甩得“砰”的一声，志林突然发现这个门也有些年岁了，他走到院门口，用手拍了拍门框，试试结实与否，看来还能发挥防盗防寒的作用。志林耸耸肩，苦笑着回到自己的房间。他刷手机看电影，是希区柯克的《群鸟》，一会儿工夫迷迷糊糊地睡着了。

6

就这么无聊地过着正月，生活变得越发简单，吃饭、玩手机、吃饭，偶尔出去散步，回来继续玩手机，脑子却变得复杂，整日胡思乱想，烦恼多出不少，有对未来的担忧，也有对当下困境的不满。志林与母亲感情倒是好转，曾经在儿子面前，秋桦谨小慎微，像个犯错的孩子。志林占着道德制高点，长久以来对妈妈冷漠无情。可他们终究是母子，随着志林长大，他体会到母亲人生的苦难与无奈，他体会到母亲作为女人的被动。他在南方半年受尽委屈，尝尽生活的辛酸苦痛，而母亲才是他永恒的依靠。无论谁给志林帮助，人家都要索取等值甚至更多回报，而母亲的爱不计回报。看着她脸上被岁月风霜侵蚀后的痕迹，他心疼母亲，这是他人生成长真正的起点，他明白责任的厚重。

正月的一天，窗外雪花漫天飞舞，志林萌发了拍雪景的念头。这半年来，他认识到一些南方的朋友，尤其是秋林，这个兄弟他始终不能忘记，拍几张照片发动态，让他们看看属于北方的独特风采。

“你也不看啥天气，出去要被冻出毛病，冻出关节炎，到老了麻烦。”

秋桦不同意。

“我还年轻，身体好得很。”志林不耐烦。

妈妈实在啰嗦，志林真想捂住耳朵。

“不听老人言，吃亏在眼前。”秋桦继续苦口婆心地规劝。

“大不了早死，用不着你管。”志林恼怒起来。

“那你里面再套一个坎肩。”

“知道了。”志林还是听妈妈的意见，这个世界除了妈妈，谁会关心他?

志林从大衣柜里拿出红色坎肩，套在蓝色羊绒衬衣外面。他嘀咕手工织的坎肩太老土，把大棉袄穿上，带上手机出了门。外面寒风凛冽，志林惊奇自己啥时候爱上了大雪天，以前他可并不喜欢下雪。此刻，他后悔没有戴帽子，不到五分钟耳朵被冻得难受，他不好再原路返回，这么漂亮的雪景也许一会儿就停，到时候抓拍不到白折腾，下场大雪还不知啥时候来临。这次他改变路线，向南进发。往南走要经过人口密集的主大街，志林自小性格孤僻，加之没考上大学，不愿意人前现身。现在大雪天，即使饿肚子的麻雀也无胆量外出觅食，更不用说吃饱的人，他们都在家缩着，围着火炉烤火。志林趁这个机会，大胆去南面走走。

磨村十年不变，偶尔有新盖的房子，样式也十年不变，没有丝毫现代气息。自打志林有记忆便如此，唯一变的只有那些慢慢苍老的脸，还有不知哪对夫妻生出来的幼崽，叫不出名字。现在大雪天，时间的静止感更加强烈。志林似乎回到了过去，他冒着风雪一路向南。志林想起曾经的一些美好，比如脚下的南沟儿，听村里人说，那原来是用来疏通并拦截山上发来的洪水，还用作浇地灌溉的水渠。南沟儿是唯一能听到流水声的地方，磨村一条河流都没有，南沟儿里的水是南山雨水汇聚而成的，水量并不大，能捞到蝌蚪跟泥鳅。

记忆里的南沟儿，是年轻人的恋爱圣地，地处野地又距离村子不远，特殊地势形成理想的掩体，能遮住村里人的视线，情侣可以安全发泄年轻人的冲动。只是逃不过孩子们的眼睛，正偷摸谈情说爱的间隙，孩子们已在大石头后瞪着眼睛，调皮的还会投石头过去，然后一起唱着不知从何而来的顺口溜。孩子的眼睛，很长时间里，志林觉得比大人的观察力更胜一筹，他们总能看到大人忽视的角落。趁大人不注意，他们已用小脚丫走遍磨村甚至周边村子，除非走不动。这片能让年轻人荷尔蒙释放的天堂并非秘密花园，村里人尽皆知，甚至学校老师也有所耳闻，密切关注南沟儿动向。初中生已进入青春期，他们害怕学生早恋影响学习，也担心不可想象的悲剧发生。

到达南沟儿，雪花还在密密麻麻地飘落，遮挡他的视线。站在南沟儿，志林仿佛看到斑驳的岁月。如今的南沟儿看来只是凹凸不平的黄土洼地，到处生长黄色的枯草，堆满村里人制造的生活垃圾。它已沦为垃圾的聚集地，没有丝毫生机，还有几棵退耕还林时期种的果树，光秃秃的。与小时候的南沟儿相比，这里仿佛不是同一个地方。志林仔细观察南沟儿的地貌，过去的约会圣地现在破败不堪。志林有些无法想象爱干净的年轻人怎么会选择这个地方约会，看着并非制造浪漫的好去处。也许真的只是传闻呢！

继续往南走，志林站上地势较高的土梁，向远处望去，那里是一片旷野。此时的雪已经铺满大地，倒是能够展示出一派北国风光。志林拿起手机拍摄了一张白雪飘飘的黄土世界。在画面中有被割下一半摆放规整的玉茭子秸秆，这些秸秆在春暖播种前会被磨村庄稼人焚烧变成肥料。志林对照片很满意，三片雪花较为清晰地定格在照片的前景，背景是灰蒙蒙的南山，此时也被大雪覆盖着，露出高低起伏的山脊线条。拍摄目的达成，志林把照片放到社交动态里面，他期待着别人对他的作品大加赞美。他向新认识的朋友展示他们尚未见过的美景，这是一个新世界。

志林一路向南走去，他挑选大路走，即便如此还是担心记不住路。确实如同母亲所讲，整日沉浸在书本里面，他没有像其他孩子一样用脚丫丈量磨村的世界，这也许是他人生中的缺憾，志林却并不后悔。只是一提到读书，志林便心中充满惆怅。他的大学梦看来是无法实现了，读再多书有啥用？每当他有这样沮丧的念头，郭二对他的教诲便隐约响起，让他重拾起对生活的信心。

看时间，离家快一个小时了，此时雪慢慢变小，大有就此停歇的迹象。视线变得清晰，空气干净怡人，脚下的积雪没过脚底，踩在上面咯吱咯吱响。

这时，志林看到一中年男人打远处向他走来，大雪天怎么还有人在野地活动？志林感到惊奇，他在原地踩雪，用脚印踩出一些几何形状。终于等到那个陌生男人，志林这才看出来是麻迎凤，他手里提着一只羽毛色彩艳丽又罕见的漂亮大鸟。他内心窘迫，想起小时候年轻气盛对他的无礼，现如今大学梦碎，真不知如何应对等会儿的“拷问”。志林面向大路右边的野地，打算装作不认识，通过这个笨拙的方法逃过一劫。可大雪天出现在野地，还是个毛头小子，怎么可能会被热情的庄稼人忽视呢？

“小子，大下雪天的你怎么不回家，在外面做啥？”麻迎凤用农民特有的粗暴语气关切地问他。

志林灰溜溜转过身来，点头示意，面部表情几乎扭曲。

“呦呵，这不是苏志林吗，大下雪天的怎么不在家烤火？”麻迎凤问。

“我出来转悠转悠，外面空气好。”志林把脑袋向四周看了看，找个蹩脚的理由，他明白这个理由荒谬至极。

“文化人总是跟种地人不一样，哈哈。”麻迎凤口中“文化人”三个字瞬间让志林如坐针毡，想找个地缝儿钻进去。

“迎凤叔，我这啥时候成了文化人，过几天我也要拿起锄头种地。”志林以退为进，给自己找补。

“按理说，你现在应该读大学了？”麻迎凤用试探的语气问道。

“我没考上。”志林最大的优点便是不爱撒谎，即使面子难看，他也不会选择吹牛捣蛋来装饰门面，好让自己在气场上不输他人。志林总是那么诚实，即使别人嘲笑，他也准备好迎接所有的痛苦，前提是没有逃避的机会，就像现在。

“哦！这么回事儿，你咋不去补习？”麻迎凤问。

“不想补习，补来补去也不一定能考上，不如出去打工算了。”志林如实告知。

“你这就是胡来，考不上大学未来怎么办？”麻迎凤有些不解，不解变成生气。

“我……我觉得不读大学也能有出路。”志林说。

“农村人除了读书，有啥出路？”麻迎凤语气有些愤怒，可这生气的语调中满是对志林的关心。他感觉到这个往昔被他歧视的庄稼人其实并不记恨他过去的无礼，这心胸让志林自惭形秽。

“去南方打工……”志林悄声说，并无多少底气。

“打工，村里去外面打工的少吗？要不回钱，半年白干。”麻迎凤一如曾经洞察世事的样子。

“我找的工作，会给我钱。”志林对麻迎凤无调查的发言有些不满。

“小子，祝你好运吧！”他提着羽毛漂亮的大鸟颤悠悠地向磨村走去。

“迎凤叔，您手里提的是啥？咱们这边啥时候有这么漂亮的鸟？”志林问。

“这是野鸡，这都没见过？”麻迎凤显然被志林的无知震惊到。

“我没见过……咱们这边只有麻雀和鸽子不是？”志林继续无知着，这会儿尚未觉察到自己的孤陋寡闻。

“野鸡，你过几天去那片地，”他给志林指向南山方向，“到时候会有野鸡的爪印，野鸡在那片活动。”

“谢谢迎凤叔，您回村慢点儿。”志林用成年孩子该有的话送走这位颇有文化的木匠。

不知为何，志林突然感受到一种苍凉感。志林记起高中回家错过车后认识的公交站工作人员，他口中的麻迎凤小时候一定有文化、有才学，否则不会对当时在磨村还算好学生的志林感兴趣，不会与他谈三国、论水浒、聊红楼，他定是心中颇有学问，渴望一个分享对象。现在志林不再是理想对象，他像长辈那样给予中肯意见。麻迎凤这次浮于场面的问候，让志林有些恼怒，曾经的优越感在瞬间轰然倒塌。他到底是不是优秀的人，难道在磨村人心中他不再拥有好形象？志林的心变得苍凉，后背直冒凉气，观赏风景的兴致瞬时全无。

7

无聊的正月，时间在不紧不慢地滑过，生活真是难以置信的枯燥，起床、吃饭、玩手机、吃饭、睡觉、玩手机，时间在单调地循环。志林与母亲的对话在唠叨与反唠叨之间拔河。老式钟表看样子母亲已放弃修理，随它怎么报时吧！现在谁还需要钟表，就连母亲都用手机看时间。电视？以前，彩色电视机还是村里的稀罕物，现在家家户户起码一台，可没人爱看电视，估计电视后背起灰都无人察觉。除去中老年人，谁还不是手机不离身，这么个小物件儿位列人类最伟大的发明，两人同处一室也可一上午不说话，只要有手机啥问题都不是问题。该死的沉寂终于被打破，母亲秋桦十年不联系的远房亲戚来家串门儿。自志林有印象起，家里便鲜少来客人，这次有陌生女人登门造访真是新奇，志林希望陌生访客打破这该死的沉寂。

女人长着勉强能看到眼球的小眼睛，支棱着肿眼泡，三角眼，长脸，因为年岁已高，脸颊向里面陷进去，显得颧骨又高又尖，牙齿泛黄，脸色倒是显得健康，能看到红色。她一进门便跟母亲寒暄，互相问候身体状况。母亲已到被人问候身体的岁数了吗？来者与秋桦一番对白，志林得知这是母亲的远房表姐，她这次来是叙旧。小时候和这位表姐一起玩儿的另一个姐妹跳井自杀，让她感到悲痛，这才想起许久没有联系的表妹秋桦。这是志林在他们寒暄一阵后基本明确的信息。志林从未见过这个表姨，可她却在一个下午之后成为志林心目中最会讲故事的人，比《故事奇谈》这种书还有名著小说内容还精彩。

“她怎么跳井了，啥还能有命重要？”秋桦说着，眼睛突然瞪得老大，吃着过年前炒好的瓜子，发出咯吧咯吧的声响。

“她，我看十年前脑子就不机敏了，你还不知道？”表姨瘪了瘪嘴，也吃着瓜子。

“我也听说她神经兮兮的，跟正常人不一样，没想到厉害到这个程度。”

“你还不知道，从井里捞起来，全身都白唧唧，本来就胖，那天屁股比簸箕还大，几个男人花一下午时间才捞上来，直挺挺从井里拖出来，惨不忍睹，几里外都能闻到臭味，幸亏现在用自来水，唉！”

“她有啥想不开的吗？”

“秋桦，你听我说吧，她脑子确实是坏了。”表姨说。

“怎么回事？”秋桦问。

“前些年嘴里天天嘟囔，谁家的男人跟她好上了，男的都想跟她相好，说的话简直不能入耳朵。”表姨说。

“有人信吗？”秋桦问。

“开始有人信，还惹得人家两口子打架，哈哈哈。”表姨笑起来。

眼前的表姨，似乎被滑稽的疯子捅开了笑的马蜂窝，放出乌压压的马蜂王，真不可思议。这难道不是悲剧吗，有什么好笑的？志林心想。

“这种疯言疯语，谁信？哈哈。”母亲竟然也被逗笑了，用手捂着嘴。

“你还不知道，她还在大街上说你姐夫半夜爬进她家院墙，哈哈哈。”表姨的眼睛几乎要笑出眼泪。

秋桦的神情有些失色。

“就她那猪眉蛙眼的长相，你姐夫怎么可能？”

“表姐说的是呢！她是真的疯了。”母亲附和着。

“你说她这个人吧，整天疯言疯语，真是难说，哈哈哈。”

“表姐，我觉着她小时候长得还行，你忘了我以前去你们村过端午节，咱们三个出去耍，你们村一个大人说三个姑娘就数她长得俊。”秋桦说。

“嗯，后来不知道怎么就疯了，她那时候还挺喜欢看书，跟个文化人儿似的。”表姨说。

“我记得她挺好读书，要不是家里逼她换亲给她大哥娶老婆，她断了学习，大概会考上大学，要么读个中专。”秋桦说。

志林把瓜子碟填满，还拿上两瓶灌装饮料给长辈解渴。

“你的儿子多大了，真懂事，不像我们家震东，一点儿出息都没有。”表姨似乎现在才关注到志林这个个儿头高大的男孩子。

“懂啥事儿，不添乱让我操心就谢天谢地了。”

“表姨，我还想听那个表姨的事儿。”志林自己都觉得被乡村桃色新闻吸引得有些匪夷所思。

“你一个孩子对这个有啥兴趣？”秋桦打断儿子的话头儿。

“我……”志林不知怎么回答，如果说感兴趣，那与村里大街上的拉呱妇女有何区别，可他又确实对乡村奇闻兴趣浓厚。

“表姐，他这个孩子平时呆头呆脑的，不用理他。”母亲给他解围。

“她以前跟我说话，总骂我庄户人的命，没文化，我就不爱看她天天鼻子眼睛朝天的架势。”表姨继续讲着陈年往事。

“我很少去你们村，没想到，她还有这个疯人病，唉！”秋桦叹气道。

“她小时候算长得好吧！看本书，还有点儿文气，后来跟她男人结婚后，越来越猪眉蛙眼，胖的跟塞进一头猪似的，脚脖子都快看不到了，哈哈哈。”眼前的表姨笑得前俯后仰，肚子上的赘肉进进出出，像一个皮球。

“我也没想到，哈哈，平时神气的，那会儿谁都以为她能嫁给有出息的男人。”秋桦附和道。

“她大哥被发疯的驴踢断腿，娶不起老婆，只能拿她换亲，有啥办法。”表姨说。

“换来的男人脑子不太机敏，太可怜了。”母亲终于对那个跳井的女人给予同情，两个长辈都停止了大笑。

“她自杀咋回事？”志林在女人的谈话声中插了一句。

“哎，她在村里折腾好几回了，要自杀，有一回两条胳膊架在井沿上，两腿在井里荡悠，发出瘆人的笑声，真的吓死人了。”表姨惊恐的神情仿佛眼前正上演一幕农村妇女自杀的场景。“被几个人好说歹说才拉上来，没想到这次真的跳井死了。”

“也不知道瞎折腾啥？谁的命好，一百个人挑不出一个，糊里糊涂地活吧！”母亲陈秋桦说出志林有记忆以来最有哲理的一句话。

志林年纪虽小，可对“难得糊涂”的体悟是真切的，他书生呆子气的表皮下装着一颗老成早熟的心，这点目前还没有人能发现。在大多数人眼里，他是初出茅庐的毛头小子，社会经验不足，缺乏阅历，可他对真理和人生诸多命题已兴趣浓厚，他正打算在广阔的社会中得到历练。

“她自杀专挑有人在的时候，生怕别人不知道她要自杀。”表姨说。

“她是故意让人看到的。”志林说。

“大人说话，你小孩子少插嘴。”母亲有些愠怒。

“表妹，你怎么老是说孩子，他有嘴咋不能说话？这都啥年代了，还不许小的说话？没事，你可着劲说。”表姨替志林反驳。

秋桦不知说什么好。志林似乎能够体会到从未见过的那个表姨为何表现得那么离经叛道：她总是觉得别人没文化，只因她读过一些书而自视甚高，事实上她读的那些书对她的人生并无实质帮助。志林又恍然间在这个表姨身上看到了自己的影子，他的未来似乎也一片惨淡，看不到光明。

“这回真的自杀了，挑了夜深人静没人知道的时候。”表姨的语气终于变得沉郁起来。

“唉，想起咱们三个小时候一起玩耍，那会儿她还面色神气高傲，唉。”母亲开始唉声叹气起来。

“快别说她了，秋桦你这几年过得怎么样？”表姨终于关心起女主人。

“我……就那么过呗，活过一天算一天。”

志林觉得这个表姨是明知故问，故意在他们母子伤口上撒盐，他有些生气想要动口。母亲看出他情绪的变动，给他递过一个劝止的眼神，他只好作罢。回到自己的房间躺着，他戴上耳机隔绝两位中年妇女的谈话。这里无聊，还是江城好玩些呢！他对刚才谈话中提到的表姨无论如何也无法像大人那样笑出口。

8

正月十六如约而来，各村社戏停止拜年，晚上拉瓜秧，村里人谁都可以扮上扭几下，就此结束一切新年娱乐。志林放弃参加这样的活动，外面是敲锣打鼓的声音，而他静静坐在家里看电视，为接下来的人生做打算。他满是惆怅，不知该怎么办，借口回家逃避现实的期限已然到来，他得要返回江城继续他的冒险，否则他会被划分到浪荡子阵营当中。人这一生有太多迫不得已，这是志林在新年结束后的感悟。正月十六这夜，烟花依旧放不停，磨村四面八方开出转瞬即逝的冬日之花。

“妈，我要去江城上班了，过几天就走。”志林和盘说出打算，人总得挣钱，总得生活下去。

秋桦眼泪哗啦啦流下来，她显得无能为力。她把手机放在床上，起身走到大衣柜前拉开柜门，从一件破棉袄里拿出一卷钱。

“这点儿钱，你拿着，没钱在身上无论去哪儿都没法开始。”说话间，秋桦把钱塞进志林的口袋。

“妈，我不要。”志林多想拒绝这份母爱——妈妈太不容易了。

“快装好了，别在路上被人掏走。”母亲笃定的语气让志林无法拒绝。

志林心痛，他发现母亲对外面的广阔天地似乎并非一无所知。可他已长大，眼泪不能流出来。一切痛苦都要憋回肚子，不能轻易被他人看到，尤其是母亲，这个饱经苦难的女人。

这次，志林独自踏上南下的路，告别村北两排粗壮的杨树，告别多年不变的建筑群落。他坐上气味难闻的火车，这是一列绿皮车，有年代感，这是电视里看到的上世纪的火车吗？他转念又想，时间过去那么久，火车不可能不更新换代。只是这怀旧年代感，并没让他有丝毫畅快体验，人挤人，挤死人，结束为期半个月的狂欢，生活回归了正轨。

打发无聊的时间，志林戴着耳机，耳边响起齐秦的《外面的世界》。

“外面的世界很精彩，外面的世界很无奈，当你觉得外面的世界很精彩，我还在这里衷心地祝福你。”志林听着听着，眼角流出一道泪水。

熬过漫漫长夜，志林终于返回江城，看到浩渺的长江，他心里升起一阵暖意。他是如此喜欢大江大河，烦恼仿佛被江水冲掉，心胸变得开阔。广阔的江面没有任何遮蔽，可以看到很远的地方，这是江城给他的慰藉。新年结束也预示着春天的到来，气温上升。回住处的路上，志林看到一片油菜花，亮黄的花朵满是朝气和暖意，多日积攒的悲伤一扫而空。他很快忘掉了磨村，忘掉了那里的喜怒哀乐，他的眼里全是江城这座大城市。无论如何，他要闯出一片天地，哪怕只是一小片。

路边面包店散发着甜腻的香味，音响外放音乐，志林听出这是周杰伦的声音，听出其中的故事，希望与忧伤混杂。他用手机听歌识曲，知道了歌曲名字是《蜗牛》，这不就是他此时此刻的心境吗？一个下午单曲循环，他感受到生活中的希望。从这天开始，志林真正喜欢上了周杰伦，感到他的歌曲有动人心魄的力量，让他面对逆境时不那么悲伤。

第五章

属于他的时代

1

返回江城，志林独坐狭小可自觉浪漫的房间，眼睛呆呆地看着远处片片民国风情的房顶，他再次琢磨找工作的事。眼下他不像半年前那般慌慌张张无从下手了，他从众多招聘信息中筛选出适合自己的那个，他的理想主义情怀已在数次碰壁后不断削弱，初来时不可一世的雄心壮志变得平和。这反倒让他的漂浮感减少。他要换种心态迎接在江城的新生活，也许会有不错的机遇在等待着他。

现实还是给予他沉重打击，回去磨村一段时间，志林再找工作时又被打回原形。他并不能自如应对各种问题与挑战，羞怯局促，无所适从，经常面色涨红，仿佛刚刚行窃的小偷被警察抓住游街示众。一次次被拒之门外，志林心如死灰，他开启人生中头一回醉酒，像酒神在放纵中感受自由，在癫狂中忘记烦恼。他从路边小卖部买了几瓶啤酒，打算用烂醉忘记烦恼。他来到不知名的一个小湖边，坐在草地上，旁边大树为他提供无人关注的暗角。他把啤酒咕嘟咕嘟往肚子里灌，一会儿功夫便头重脚轻，远处城市的光影变成模糊的芒角，渐渐暗淡。他干脆躺倒在地。现在的江城已是春天，夜间温度还是有些低，肚子里短时间内灌入大量啤酒，涨得很疼。他想尿尿，环视四周，没有厕所，索性就地解决吧！他左右观望，没有人注意到他，便畅快排出堵在肚子里的水。尿滴溅在脚面上，穿透他廉价的布鞋，湿湿的。志林想起磨村夏天雨后凉鞋里灌入的牛粪水，竟然闻到草的清香。这会儿压力被排遣出来，心中的不快与苦闷得到缓解。他感觉到喝酒的美妙，头重脚轻那瞬间，脑袋接近空白，所有的烦恼烟消云散。这人哪，痛苦的首要来源便是清醒，如能懂得难得糊涂，也许便感受不到苦闷和悲伤。

他头脑还是昏昏沉沉，想回去睡觉，一步一步地移动着。他对附近这一片的路线已基本熟悉，不需要借助任何交通工具都就能摸回他在江城为自己物色的家。他穿过一栋栋高楼，穿过树木繁密的小公园，一步步挪动着，有时候差点儿撞上前面的路灯杆。他走得更加仔细，这时从一棵大树后面隐隐约约闪出一个人影，从身形不难看出是个女人，志林从未见过。她拉住志林的胳膊，小声地说:“小兄弟，你想找女人吗？”女人的声音十分娇媚。

“我……不找……”志林从未见过这样的阵仗，他猜测可能遇到了小姐。

“你怕啥呀？我又不是小姐。”女人发出咯咯的笑声，一手叉腰，一手托着腮帮子，像人心侦查机器般揣摩出志林的心思。

“姐姐，我不是这个意思，我没有这么想。”志林究竟年轻，他慌张的语气出卖了他的内心。此时的他酒劲消退大半，意识开始清醒。他打量眼前的女人，大概一米五八的样子，比他矮了将近一个头。她的穿着时尚靓丽，倒是不像电视中的小姐那样浮夸，看起来煞是好看。志林的心动摇起来。她想做什么？她叫住自己有啥目的？志林不敢问，怕有些唐突反而授人以柄。

“走吧，前面不远处就是我家，你不去喝一杯吗？”她的语气暧昧逼人，志林的腿开始有些迈不开。可他很快意识到这是不道德的行为，赶紧拒绝。

“对不起，姐姐，我不能去你家。”

这个时候，一辆车从远处开来，远光灯打出的直射强光不偏不倚地照射到他们两个人身上。他们本能地抗拒强光，各自把头向一边扭去。这个间隙，他们互相看清楚了对方的脸。

“小帅哥，你长得可太好看了，走吧！去我家，我给你做晚饭吃。”

“不了，真的不用。”志林看清眼前女人妆容有些妖艳，他担心进入圈套。他迈开步子向前走去，女人使劲儿扯着他的胳膊，像扯不听话的宠物狗，只是她的力气终究比不过男人。

“真是不识抬举，呸……”女人消失在夜色中。

随后方言骂人的话志林一句也没听懂，倒是能猜测大概意思。他不想去理论什么。夜色撩人，只是他不愿接受传说中的艳遇。纵然女人长得美艳，可背后有什么陷阱，他无法揣测。他有些狼狈地回到住处，走得全身冒热气。他脱掉大衣，展开被子钻了进去，很快昏昏沉沉地睡着了。这天晚上，他无梦，无丝毫意识，这是难得的幸福体验，让他逃离烦恼与痛苦的侵扰。

2

志林就这样在江城浪荡，这一浪荡过去半年。他零碎地认识了一些朋友，可无法真正走入彼此内心，大多打几个照面，吃几顿饭，过后便再无缘分碰面，他心中的诗书爱好在慢慢减淡。他辗转各种杂活儿零工，勉为其难度日。母亲其间又给他提供经济资助，他越发后悔小时候给妈妈带来的伤害，生活的穷困潦倒让他理解到母亲的无助，他与母亲陈秋桦之间的矛盾与伤害开始全面冰释。夏季到来，志林与这座火炉城市一起经受了高温的考验，脸蛋热得发烫，一到室外便精气神不足，要躺在地上的样子。他的后背常常满是汗水，形成一摊汗渍，他感到全身不适，洗衣服的频率与过去在老家相比真是肉眼可见地提升。志林原本是非爱干净的男孩子，可又有些懒惰，现在糟糕的天气让他勤快起来。出租屋没有配备洗衣机，他只好买来大盆手洗。庆幸的是水还够用，他洗完衣服之后晾晒在天台上，很快就能干了替换穿上。

欢欢与甜心成为志林的邻居，两个备考音乐硕士的女生出现在志林的世界。她们搬来一月有余，志林并无恰当机会和她们讲话。他并不敢主动招惹，几次正面碰上，只是脸熟，知晓彼此是邻居，谁都没主动跟谁搭话。纵使如此，她们仍带志林步入了新奇的世界当中。志林感受到女孩子身上的浪漫，使他贫瘠乏味的生活变得动人心魄。两个女孩儿到来后，这段时间，从她们的房子经常传出琴声。志林静静地聆听，美妙的音乐能让整日辛苦为生计奔波的他内心平和，静静睡去。志林和她们住在同一层，他想和两个女孩儿做朋友，可始终无合适的机会搭话。直到有一次志林手机欠费，才让他与她们二人的关系熟络起来。那天，时间已快逼近午夜时分，他很无奈，只好敲开女孩子的房门请求她们帮助充下值。让志林意想不到的是，姑娘们很爽快地帮他解决了麻烦。正式相识，她们并不因志林不曾读过大学而疏远他，而且很愿意向志林讲讲大学生活。其中叫欢欢的外省女孩儿，还用她的电子琴给志林弹奏了一曲李斯特的作品。

欢欢是个爽快大方的女孩，喜欢梳丸子头，露出长长的脖颈，像只优雅的天鹅。她眼睛圆圆的，鼻子轮廓就像女明星似的。她并非爱打扮的女孩子，这倒让志林颇感意外。同为音乐专业出身，欢欢与沈夕夕截然不同。其实志林对音乐这门艺术并不了解，他从未学习过相关课程，更不具备这方面的知识与欣赏水平。他之前从未听说过李斯特，只听过肖邦与贝多芬的一两个代表作。约翰·施特劳斯这个名字在课本上见过，如果谈到他的代表作，志林只能沉默。欢欢大概发现了志林的悟性好，她用电子琴教志林尝试拨弄几个和弦，弹奏几首简单的曲子。欢欢出现在他身边，着实让流浪江城近一年的志林感受到一丝暖意。欢欢比志林大几岁，这并不妨碍志林喜欢上欢欢。拿到微薄的收入，志林立马买来零食送给她。欢欢的室友甜心常拿志林与欢欢打趣，带着开玩笑的口吻问志林是不是爱上了欢欢姐。志林赶紧否认，脸色绯红，可心里是喜悦的。

这天，又是热到窒息的夜晚，志林漫步江城。出去吹吹凉风是美好的享受，他在繁华的街道上逛悠。这是小吃街，密集的一个个紧挨着的小店售卖来自全国各地的特色美食，有些地名志林从未听说过。他对这些小吃的兴趣并不浓，仅仅是在人多的地方便不感到孤独，仅仅是在人多的地方感觉到没有被这个世界抛弃，所以他乐于在人多的小吃街走走，闻闻烟火气。街上除去林立的店铺，还有摆摊卖手工艺品的手艺人。用稻草扎动物的手艺人让志林停步观看了一段时间，志林想起小时候课本里的“泥人儿张”。还有学生模样的情侣在卖气球，女孩儿身着婚纱样式的白纱裙，头纱长长地飘在身后，像一疏流云。她可真像个小仙女，个子不高但身材匀称，腰肢纤细，双腿笔直，还有一张肉嘟嘟的小脸。只有天使保护的人儿才能露出这番天真的模样。男孩子比女生高些，穿着白色棉麻质地的短衫配牛仔裤，胸脯前是红色爱心图案。女孩儿手里抓着一把塑料气球，被点缀色彩斑斓的发光碎片的气球飘在她的头顶上空。志林羡慕这对情侣，他想买气球送给欢欢表白。他追上那对情侣，用五块钱买下一个气球，握在手里向家的方向走去。

他敲开欢欢的门，然后从背后拿出气球放在欢欢面前，愣头愣脑地表明心迹。

“什么？苏志林，你这是做什么，你给我这个干嘛？”欢欢用错愕的表情盯着他。“欢欢，我感觉我蛮喜欢你……”

“什么？你喜欢我？你不是在开玩笑吧！”欢欢觉得荒唐。

“我没有开玩笑，我是严肃认真的，你对我好，我记在心里。”志林言辞诚恳。

“我对你好可不是男女感情层面上的。”欢欢试图解释。

“那是什么层面上的？”志林问。

“我只是把你当弟弟看待的。”欢欢说。

“当弟弟？我已经成年。”志林想为自己辩解。

“可我确实把你当弟弟看待，对你的好都是出于姐姐对弟弟的关心。”欢欢显得有些不耐烦。

“虽然我比你小，可是我也不需要姐姐。”志林情绪激动。

“那就以后不要再来往。”欢欢的语调透露出她已经生气了。

“陈欢欢，你竟然是这样一个无情无义的女人，枉费我这段时间对你的信赖。”

“做朋友，我们还能友好来往。”欢欢的语气有些镇定下来。

“对不起，我不需要你成为我的朋友。”志林情绪越发地激动。

“那就以后不要再来往。”欢欢闭门谢客。

“好吧！再见。”

志林决绝地从欢欢身边离开，他回到自己屋子里，情绪崩溃，天旋地转，他想哭却哭不出来。晚上，志林在床上翻来覆去睡不着觉，他想不明白：欢欢这么久以来对自己的好竟然毫无男女之间的喜欢，就只是姐姐对弟弟的关心？那些美好的心动瞬间都是自己的胡乱猜测，是幻觉？这实在是匪夷所思，实在是难以解释。欢欢手把手教他弹出简单的和弦，这种亲密接触对她而言是毫无感觉的吗？志林越想越睡不着觉，他想冲到欢欢房门口叫她出来讲清来龙去脉，可又缺乏勇气。他害怕被扫地出门，害怕被二次拒绝，就这么心痛着，天亮了。

天亮后，志林准备外出做零工。换季时期，附近大超市需临时搬运工，秋冬用品要尽快上货。他赶早在外面洗脸刷牙，抬头看到欢欢的影子。她在认真看书，口中振振有词读着什么。志林不知她在读什么，他本能地想去打招呼，可忽地想起昨天上演的不愉快插曲，伸出的手缩了回去。欢欢也抬起头看到他，她眼神满是不屑与冷漠，她合上书轻飘飘地转身离去。志林被她的眼神深深刺伤，他的后背直冒凉气，沉重的心坠落在无底深渊。志林不明白究竟做错了什么让她如此厌恶，连问好都无法装装面子，连成年人该有的体面都不能表演。志林不想去上班，他想趴在床上一天，全身不动弹，可咕噜咕噜的肚子提醒他当务之急是要挣钱。其他事情都可怠慢，唯独这件不能，这是庄强哥曾经对他千叮咛万嘱咐的话。他收拾了收拾，照了照镜子，出门去了。他不知欢欢今天会做些什么？他猜不到。他整日心绪不宁，得亏都是些体力活儿，倒是不需要动脑，机械地搬上搬下就能满足领导需求，要不早就被驱出门外了。好不容易熬过一天，他回到住处。

欢欢房门大敞，里面已然人去房空。仅是一天时间，楼顶变得空荡荡的，他走在天台上像孤魂野鬼。志林感觉五雷轰顶，欢欢对自己的厌恶已到这个地步吗？志林开始陷入自我怀疑。是的，他不是大学生，没有钱，没有好工作，空有满腔喜欢又有什么用呢？也许在欢欢眼里，他自始至终只是个毫无用处的男人，现在躲得远远的，能减少叫苏志林的男生对她不必要的纠缠。此刻，他对这间房子的喜欢瞬间荡然无存。志林意识到他必须离开这里，留下来只会有无尽的耻辱和困惑。眼下需先找到一份靠谱一些的稳定的工作，然后永远离开。

3

工作没着落，志林茫然地走在街上。他心情复杂理不出头绪，大脑一片空白，心痛阵阵发作。志林眼睛仔细打量江城，他看到穿着性感的姑娘手里端着咖啡坐在露天咖啡馆的座椅上，一条腿自然地搭在另一条腿上，露出白皙的小腿肚，高跟鞋鞋尖指向对面友人，他们谈笑风生，光彩照人。西装革履的商务男性，满嘴敲打着生意经，仿佛亿万财富唾手可得。如果此时正好有美女走过，他们高谈阔论的兴致更加高昂。路边商店的橱窗里摆放着各种商品，有服装饰品，也有精美的点心，吸引年轻男女进去瞧瞧，可看到价格后，小嘴瞬间撅起来，然后摇摇头，神情怆然地推门出去。当然也有女孩儿，并未被品牌与价格的阵仗压倒，她们毫不怯场试戴体验，对服务员的异样态度视若不见。每睹此等情境，志林就被悲伤刺痛，迈不开步伐。他羡慕那些自信从容的年轻人，他们如没有过高端消费体验，也必是拥有强大内心。这些志林都不具备，这是他在城市生活难过的根源。

志林在咖啡馆“趣吧”找到了工作。他看到了门口的招聘告示，不曾想很快得到老板赏识。这工作并不算体面，但志林深知工作极限所在。对面是当地最好的大学——江城理工大学，这是志林曾经的梦想，现在梦已醒，但住在附近也不错。过往的大多是同龄人，他们是天之骄子，志林想了解他们，看看与自己究竟有何不同。况且这里属于繁华地段，收入对他而言并不低，一个月有三千多元，所工作的咖啡馆还负责解决食宿问题，这简直再好不过。志林毫不犹豫地从能看到民国风情屋顶的小房子搬出来，搬进咖啡馆安排的员工宿舍，就在江城理工大学旁边。这大大降低了他的经济压力，让他获得久违的宁静。经过一年多的痛苦挣扎，暂别居无定所的流浪生活，他很满足。搬家那天，他抱着大包袱在公交车上坐着，玻璃窗户推开，江城的晚风从外面吹进来，身旁头戴纯黑毛呢绅士帽的老头儿对志林说：“年轻人出门在外，要将就一下。”

这突如其来的教育让志林感到意外，他前后两边瞧瞧，确定老头在跟自己讲话，又看看放在腿上的大包袱，拉链没拉严实露出衣架。显然爷爷用丰富的人生阅历判断出身边的小伙子在搬家，并且小伙子的经济状况堪忧。志林被洞悉处境后感到窘迫，他并无多高的心性修为，不希望别人看出他没钱，这让他像剥了皮的猴子。他观察到这个爷爷已头发半白，神情儒雅，严肃却可亲，志林的尴尬感觉顿时消失无形。他感到温暖，这是他来江城以来少有的温情经历。

“我知道的，爷爷。”他说。

很快，爷爷要下车了，志林赶紧抱着包袱起身，好让他走出座位。他手里拿着一根手杖，志林猜测他年轻的时候可能是位知识分子，要不就是文艺工作者。他的气质太像外国电影中的人物形象了！志林对他的嘱咐心存感激，老人却像从未交流过似的头也不回地直接下车而去。志林望着他的背影，像个刚认识就不得不告别的朋友，而且这告别还是永久的，两个人再也不会碰到。可他们明明还有很多话要说，至少志林是这样想的。

4

在咖啡馆上班，志林要招待客人点单，根据来者数量了解他们各自的需求，判断客人各自的性格与人际关系，安排最佳位置。譬如来者是一对男女，亲蜜无间，安静典雅的角落就最为合适。如果是合作客户关系，靠玻璃窗边即可，他们可以集中精力谈事情。咖啡馆附带阅读服务，店门口悬挂着告示：

静静的来，享受此刻自由时光！

客人点单完毕，志林通过掌上电子点单设备把信息传到备饮区，等做好了，里面通过远程传声装置呼叫他，他再把咖啡端到客人面前。安静有序的服务氛围，增加了咖啡馆的雅致。在这家咖啡馆工作，来者大多是年轻学生，在礼数方面没那么讲究，志林倒是自在些。

咖啡店的经营者是一位大胡子男性，名叫薄意星，35 岁的样子，不折不扣的文艺青年，毕业于对面理工大学建筑专业。他不像其他大多数学校飞出来的金凤凰，在社会各个领域占据优越位置，娶门当户对的老婆，然后慢慢过上好生活。他喜欢旅游，踏足世界多个国家，用他的话来总结就是“沉迷于在路上的生活”，所以咖啡馆正面墙上挂着一幅画像——《骑摩托车的凯鲁亚克》。也许正是他极具张力的个性才让志林获得了与其深入交流的机会。

对志林而言，薄意星的阅历和成就，他难以企及，可竟然短短谈话三十分钟左右便落锤留下他这个毫无背景的孩子。那天，志林在江城大街上漫游，他没有学历，没有认识的人，没有合适的工作单位要他，更没有门路谋生，只能在大街上漫游碰碰运气。他在磨村的理想主义雄心壮志被彻底击碎，眼下他心里唯一的动力源泉只是活下去，看似简单实则无比艰难。

漫游到趣吧门前，志林抬头看到从未见识过的建筑风格，奇怪夸张却又蕴含着难以形容的美感。这样有视觉冲击力的房子，让志林两眼惊呆，不知如何用语言表达。趣吧从远处看由两个对称的三角形建筑组合而成，边缘轮廓一模一样，材质和风格却有天壤之别。左边三角形建筑有玻璃质感，幕墙由不规则多边形水晶玻璃碎片镶嵌拼接而成，有的地方缺失几块碎片，缺失的地方质地是颜色较深的玻璃，像是一面摔碎的镜子，志林并不知是什么材质。右边建筑是古铜色金属质感，表面基本平整，只在一些地方随机开了几个不规则的六边形口子，是满足建筑采光、透气、通风需求的窗户。两座三角形建筑并不高，各自两层，之间用木桥衔接作为连廊。怪异风格和视觉破坏力并不影响建筑本身的美，志林是这么觉得的。木桥用玻璃做围栏，围栏上贴着店名“趣吧”，英文名“Funny Bar”。

5

穿上店里定制的服装，志林正式成为服务员。经过几天学习，他从最初的羞怯害怕变得自然许多。每次客人推门进来，他先微微鞠躬，很自然地站在客人右边，伸出右胳膊把客人带到选好的位置，呈上饮品单，让客人自主选择。他热情主动，这是他对服务这一理念的最初理解。不过几次下来，同为服务员的姐姐王小小就对他的方式提出质疑，她说这很容易引起客人反感。作为服务员，应当为客人“排忧解难”。她悄悄附在志林耳边说:“做咱们这个工作，你要记住几点:“一，引导客人点最贵的，多点单；二，尽量让他们少接触饮品单，要不然弄脏了还得换新的；三，看到没见过世面的穷学生，要积极主动介绍饮品，否则会尴尬到脚趾扣地；懂咖啡的，一进门儿或刚坐下，就能端庄自信地说出名字。不过这类人也难伺候，味道不正宗，必然埋怨一番，要不怎么显示他们格调高雅？”

说完，她就撅起嘴，翻个白眼儿，露出鄙夷的神情。

“小志林，你可得机灵点儿，咱们的工作看似简单，看人的本领可不在话下。”说完就指了指正面桌子旁一个女学生。

志林顺着王小小的指引看过去，只见她穿着蓝色牛仔裤，白色纱绸衬衫，头上戴着蓝色蝴蝶结发夹，满是少女气息与文艺感。

“你看她，精心打扮一番，可面对桌子上的咖啡杯，拿捏得很不自在，显然是初入这种有格调的咖啡店。”王小小露出狡猾的神情。

经此番点拨，志林世界里出现“人性”这个朦胧抽象的字眼儿，只是志林并不认可王小小的歧视言论。在志林心里，来的客人都是平等的，可他不敢和王小小顶嘴。

趣吧发展为学校周边颇有影响力的咖啡馆，首先在于饮品调制的味道浓郁香美，花纹设计亦很奇特，还为不同口味的咖啡配备了各种材质的杯子。学生并不能品出高深的咖啡哲学，他们只要看到精致、诡异、具有视觉冲击力的外在就能花费钞票，在这里度过一个下午，消费水平在五十到三百元间。志林作为年轻的农村娃儿，他同样满足于这些花里胡哨的装饰，不过花这个价钱喝杯饮料，他打心里觉得贵。可咖啡店自开店以来，着实在学生群体乃至周边其他社区已形成影响力，并成为地标建筑。

经过观察学习，志林与趣吧的哥哥姐姐熟络起来，他不再像个拘谨的小萝卜头儿。纵然他身高足够高，内心终究还有些孩子气，总被别人打笑使唤，对此，他选择了忍耐。他认为，想要做好一份工作，要保持良好的学习习惯，掌握相应的技能，最重要的是学会观察，观察人，了解人是怎么回事。这是年满 19 岁的志林最大的感悟。在志林生日这天，他获得了到趣吧以来首次闪亮的表现机会，正是这天他被薄意星高傲的眼睛关注到。

那天，咖啡馆进来了一位脾气很大的老太太，她一进门就找了个桌子把包拍在桌子上，嘴唇颤抖着，情绪激动，大口大口地吸气吐气。她烫着老年人常见的短款卷发，头发颜色黑白相间，皮肤却保养得当，白白的，身体肥胖却眼神深邃，戴着金丝边眼镜，有种学者气息。她脸色铁青，应该是遇到了让她生气的事。王小小这些老员工都注意到不对劲儿，她赶紧迎了上去。

“请问您需要喝点儿什么？这是咱们店里的招牌……”王小小语调和气到有些卑微，她用双手把饮品单递给老妇人。

“我不喝你们这些东西，你拿开。”王小小话还没说完，老妇人把头扭向窗外，把单子推开，饮品单像一片树叶东飘西飘掉在地上。

薄意星坐在木桥椅子上，他看着这场面，皱了下眉头，把帽檐压低挡住他的脸，靠在椅背上闭目养神。志林不明白他为啥对这样的事情不管不顾，这难道不是他的店吗？其他几个员工看到这架势都不想出错，推推搡搡不肯上前。

“志林，老太太一定是遇到啥麻烦事儿了，你过去问问。”这是薄意星的声音。

“我？”志林的心跳得咚咚响，他心想：为什么让我去解决？我刚来，这么个难题被我搞砸了怎么办？

“老师，您一定是遇到什么烦心事儿了，可以跟我说说吗？”志林的抗拒与害怕还是变成实际行动，这是他不得不做的事。

“你怎么知道我是老师？”

“您的气质告诉我，您是学识渊博的学者，我猜测您是对面学校的教授。”志林的语气惊人的笃定冷静。

“真是个有趣的孩子，你在这里工作吗……哦！我想也是，看你的服装，可是你倒是个聪明的孩子。”老太太的语气瞬间变得和蔼，还是个可爱的老太太。

志林突然被夸，脸色变红，可是抑制不住心中的喜悦，这是他来江城以后首次真正得到客人的赞美，而且赞美他的人还是个学者，简直是重生。

“你叫什么名字呀？”

“他叫苏志林。”王小小说，她的代为回答让她再次成为全场焦点。这反倒让她有些不好意思，不过老太太显然不在乎这插曲。

“嗯嗯，好听的名字，你随便给我来一份咖啡吧！”

这时，老太太从她的挎包中拿出一本书，志林看名字是《疯癫与文明》，他在江城图书馆看到过，这可是本高深莫测的书呀！当时志林看到“疯癫”两个字觉着很是新奇，怎么会有人写疯人，而且还是与“文明”联系着，难道人类文明会是磨村的疯子马宝创造出来的？老太太看出了他不可思议的心情。

“这可是本高深的书，法国哲学家福柯写的，我敢打包票在国内能看懂的人很少，虽然攀越这座高峰的人很多，研究者不少。”老太太神情高傲。

“老师，这本书确实难懂，我在江城图书馆见到过。我很想看看，可我实在看不进去，我想我只能读小说。”志林有些不好意思：在学者面前侃侃而谈，真是不知天高地厚，他为此局促不安。

“真是个喜欢读书的孩子，喜欢读小说也很是不容易。我正是学校里的中文系老师。”这时，王小小端上来一杯咖啡，老太太端起来抿了一口。所有人的心都悬着，怕被批评教育。志林觉得，别管人的学习成绩如何，面对老师都露怯。看到这个场面，他打心里想笑，可是只得憋着。这是他苏志林外出工作以来头一遭站在暴风眼里，成为全场的焦点。

“嗯，味道还行，这个花纹儿奇奇怪怪的，不过我喜欢。我可不是循规蹈矩的老太太，我也喜欢新鲜。”老太太笑了。

志林在旁边连连点头，其他人都各自忙活手中的活儿。薄意星还在木桥上的椅子上闭目养神，实际上他一直在关注这里的一举一动。

“看到门外的那个男人了吗？”老太太把志林招呼到对面坐下，她小声说道。

志林这才注意到门外还有一位与这位老教师年龄相仿的老头儿，气质儒雅，神态平和，与眼前的老太太截然相反。

“他是我的同事，但是我们观点不合，今天因为福柯是现代主义还是后现代主义哲学家产生了分歧，我们吵了架。”老太太瞪着眼睛，捂着嘴笑，就像一个孩子。

“他是您的丈夫吧？”志林都被自己的大胆震惊了。

“被你猜出来了，是的，他这辈子都让人讨厌，我不知道怎么就跟他在一块儿了。”老太太满脸嫌弃。

“可是他爱您。”志林发现门外的老头儿一直在等她出去。

老太太不需言语什么，志林从她的眼神看出几十年岁月，那是人生真正的幸福。如果真如老太太所说，恐怕老头儿早已弃之离去。

次月，苏志林的职位从端茶送水的服务员摇身一变为读书区管理者，工作阵地从玻璃房转移到金属房。他的改变让王小小羡慕，之前可没有这个职位，是志林出现后薄意星增设的。正如薄意星所说，志林饱读诗书，他这个学历背景出身的人，又有几个如他这般爱读书，气质谈吐不凡呢？这是在一次闲聊中，薄意星与他说起的话。别人的赞美评价是志林来到江城以来得到的真正认可，自卑在这一瞬间被抚平不少，他想起郭二曾经对他说过的话，现在不是应验了吗？不要指望人生能像那些幸运儿般收获立竿见影的效果，有些人的收获总是在历经磨难之后的某一瞬间才出现。就像现在，过去一年多，他总是被嘲笑为书呆子，有人还评价他“附庸风雅”，说他看书毫无用处，还不如想办法挣钱来得实在些。志林看书没有对他们构成任何影响，他的读书乐趣还是被监视着、否定着，现在终于有机会证明他的选择是对的、有价值的。

6

志林意识到已拥有满意的工作，满足和成就感慢慢滋长。这期间，他还有机会目睹到一桩只属于薄意星的故事，这会是揭开他神秘面纱的重要机会吗？志林对这个男人很感兴趣，他与过去一年里认识的其他人大不相同，看似孤傲不羁，实则没有架子，还能给予自己精神指引。如果说庄强让他认识到生存多艰，沈夕夕让她认识到心性的诡诈，欢欢让他认识到社会牢不可破的地位差异，那么薄意星让他感受到的是人生多彩的一面，有更多动荡与活力。志林明白薄意星才是真正优秀的人。

周一，学生从周末潇洒混乱的状态回归秩序，下午江城下起大雨，咖啡馆仅有零星几个进来避雨的年轻人，他们点一杯饮料，看看网页，等雨停了便离开。令人意想不到的是，薄意星邀请志林在木桥连廊的椅子上闲聊，透过玻璃围墙，能一览无余地看到楼下的风景，像是神奇的上帝视角，人生百态尽在眼底。雨水哗啦啦敲打着玻璃，偶尔有几个行人撑伞快速走过，女人们把手提包放在头顶保护精心梳理的头发。面对成就卓越的老板，志林显得拘谨害怕，他从心里觉得自己卑微，生怕行为有何不妥。

“您为什么要接受我来这里上班？”志林疑惑已久，心情忐忑地问道。

“因为你还算优秀！”老板撩起眼皮看了他一眼，然后又漫不经心地抽烟，长长吸了一口气，然后吐出一个标准的烟圈。

“我优秀？我只是个没有学历的农村人。”疑惑更加明晰，因为过去他以为老板只是可怜他，给他一口饭吃。

“不，孩子，你是个优秀的有潜力的男人，只不过别人看不出来。”薄意星猛吸几口掐灭烟头，看着志林。

“那您是怎么看出来的？”志林继续追问，能够得到远比他优秀，拥有他梦寐以求光环的人的肯定，他迫切想知道原因。

“你身上有我小时候的影子。”他依旧不紧不慢地说着，仿佛这算不上什么值得讨论的话题。

“不是的！我有您的影子，如果真是这样，我也不会像今天这样悲苦，我只是一个上帝的弃儿。”志林的眼睛开始朦胧起来。

“可是你谈吐不凡，我看得出来，你饱读诗书！”老板说着，不过他没有像长辈那样去安抚他。

“读再多书有啥用？我在农村长大，是家里唯一的希望。为让我安心读书，我妈很少让我去野地干活儿，说实话我到今天也挥不好锄头，哪天回农村都当不成合格的农民。父母没法跟人说起的过去让我没有朋友，从小只有以书籍为伴。我本以为读书能改变命运，可是我真的糟糕透了。没考上大学，现如今吃饱问题都难以解决，读书显得我更加无能。”

自打来到城市，志林第一次跟人倒苦水，泪水再也克制不住，汹涌流出，其中有委屈，也有愤怒。后来，长久以来志林都不明白，当时为何把这个和他不是一个世界的中年男人当成倾诉对象。

“你有属于你的优点，你知道上次那个老太太是谁吗？”薄意星问。

“是谁？”志林问。

“她在我们学校中文系是出了名的难搞，脾气很是古怪。”薄意星的评价很到位。

“性格不好惹是真的。”志林嘴上表示赞同，实际却看到了她可爱的一面。

“我听过她的特色公开课《小说世界中的“叛逆者”形象》，当年我年轻气盛，跟她有过不愉快的讨论。那天她一进门我就认出来了，好在她没认出我，哈哈。”薄意星谈及往事，笑出了声。

原来这个了不起的男人也畏惧老师，志林心中也笑出了声。

“您说了什么让老师不满的话了吗？”志林对这个插曲倒想听听看。

“我说‘辜老师，既然叛逆者是推动世界变革的重要力量，那老师如何看待学生持有与老师不同的看法？’”

“然后呢？”听到薄意星胆敢问这个问题，事情虽已过去，还是捏了一把汗。

“然后她面如土色，说：‘你指的是和哪位老师持有不同看法呢？’其他学生大概听出了火药味，都吓得不敢说话。”

“你是怎么回答的呢？恕我直言，老板，你当时太大胆了。”志林说出了真实想法。

“是的，当时我可真是一时糊涂，我也窘迫极了。”薄意星说。

“时间已经过去这么多年，她一定已经忘记。”志林安慰他。

“你说得对，时间过得真的太快了，仿佛发生在昨天，实际已经很遥远。”薄意星叹了口气。

“有时候，我也觉得时间是很奇怪的东西。”志林附和。

“回归正题，你刚才一番倾诉我还是有些意外的，实在是不应该。以我的经验，你得学会忍受苦难。未来某天，你会得益于年少苦读而走上光明之路。”薄意星像一个心灵鸡汤贩卖者说出这番话，但年少的志林还是得到些许宽慰。毕竟以老板的资历，能说出这样的话，必然有根据、有缘由。

在这次谈话中，志林把羞于启齿的家族史说了出来，至于为什么会把家丑告知于还不熟悉的人，志林也琢磨不明白，也许是渴望同情与理解，也许是展示软肋能获得来自上层社会人士的接纳。老板对于志林这样的原生家庭伦理悲剧并没有显得意外，这点让志林反倒感到意外。

他们之间的谈话被吧台刘晓打断了，从他的神情判断该是又来了一位不好搞定的客人，需要老板拿主意。志林跟随薄意星出去瞧瞧怎么回事。

来者是一位穿着白色连衣裙的黑色长发女人，手里抓着一把卡其色雨伞，水滴在地上聚成一小摊水渍，皮肤略微偏黑，大大的圆眼睛让她显得俏皮可爱，佳人无疑。这样的美人儿难道对店里的咖啡不满意吗？志林琢磨，想知道怎么回事，还得看老板的反应。

只见薄意星先是眼睛瞪大，紧接着眉眼紧凑，手脚烦躁，显然对这个姑娘的到来并不欢迎，甚至感到十分意外。志林感到困惑。

“你来这里做什么？我不是让你在美国等我吗？”薄意星用威严且恼怒的口吻责问美女。此刻咖啡馆只剩下两位客人，还有几个店员，现在除志林以外，其他店员的神情都不以为然似的，像看戏一般。其他客人被这场突如其来的小风波吸引了眼球，他们看了一会儿便事不关己高高挂起，专注各自的事情。志林大概意识到其中有猫腻，蜷缩在角落，等待大戏散场以后，找哥哥姐姐问问不迟。

“我很想你，你都四个月没来我的住处看我了。”白裙子女人语调哀怨，用祈求的眼神看着老板。店里其他人面面相觑，显然对这个女人不分场合的痴情感到震惊。

“走，出去说！”薄意星拉起对方的胳膊就推门出去了。女人像个扯线木偶般被拽了出去，她一定被拽疼了。门关上后，薄意星与这个神秘女人的声音就被隔绝在外，他们慢慢消失在雨中。

其他人看大戏暂时散场，各自忙活手里的事情。一位客人耸耸肩，与店员对视几秒，在得不到答案后继续享用咖啡。只有志林还满脸困惑，刘晓拍了拍志林的头。

“小子，这样的戏，以后见怪不怪的！”刘晓说。

“刘晓姐姐，他是老板妻子吗？”志林趴在刘晓耳边问道。

“哈哈，你说呢？”刘晓挑着一边的眉毛，回以意味深长的表情。

这有啥好卖关子的？真是难以理解，这根本算不上答案，志林就没想过要返回金属房，站桩似的等待客人到来。

7

供客人读书的地方在金属三角建筑里，与玻璃房一样有两层，底楼放杂物和替换下来的过时杂志；楼上放置书架，共八个展架，错落摆放，每个展架书籍分类陈列；展架周围的墙上同为层层书架，摆放得满满当当。如果真是阅读爱好者，这并不大的空间倒是个绝佳的去处。最里面摆放着中外名著，过段时间志林发现，不是真爱读书的人不会关注孤僻地带的宝藏。所以读书区最显眼的地方摆放旅游时尚杂志、都市快销小说、艺术画册之类，这些书读来容易投入，不费脑子。女客人喜欢旅游时尚杂志，男客人偏爱侦探悬疑秘史类的读物。这些杂志原来是薄意星从杂志社订阅，之后这项工作将由志林来做，他相信志林有足够的学习能力来胜任。快递到来后，邮递员从门口直接往里面喊：“小帅哥来拿书了。”里面的人都知道是找苏志林，他像个故作成熟的孩子般与来人交流。

来到咖啡馆二十几天，志林发现金属房底层杂物间里面还有个隔间，木门显得有些残破，上面挂着蜘蛛网状的灰尘，可见很少有人打扫。咖啡馆这么干净富有情调，怎么还有这么个隐秘角落，真是奇怪。他想打开门瞧瞧，好奇心就像在大佛心脏部位发现洞室、在古建筑下面发现密道那种感受，他的心痒痒的，想一探究竟。他去找王小小打听，得到的答案是钥匙压根儿不在店员手里，只有薄意星有权打开，如果谁擅自开锁进到里面，下场就是永远离开。曾有一男店员好奇小隔间的秘密在那里多待了一会儿，被监控发现后，老板毫不留情地将他赶走，纵然他任劳任怨，干了两年脏活儿累活儿，还是得离开。他的离开令众人匪夷所思，薄意星平时还是好说话的，不知为何这次这么不近人情。如此看来，志林的好奇心无法得到满足，几天时间里，他脑子里全是那个小门。又过了几天，他便与其他店员一样习以为常了，不再惦记。好奇害死猫，大家心里都清楚薄意星是难得的好老板，对他们从不苛刻，被赶走对他们而言是令人害怕的，久而久之这个木门就不再有人关注，上面布满灰尘，谁也不知这隔间怎么来的、有何用处。

志林对趣吧还有一点感到好奇，那就是咖啡馆为何增设读书服务。平时看书的人并不多，几乎形同虚设，反而是笔不小的支出，并且薄意星还订阅一些时尚杂志的海外版，价格让他咋舌。不过志林倒是容易找到这个问题的答案：毕竟这个古怪的老板是个爱读书的人，这大概也是志林与老板唯一相似之处。与对方聊过几次之后，他得到了这个结论。早年在对面大学读建筑专业时，老板就是个不折不扣的书呆子，或者说书痴，否则他不会选修文学课程。当然他更酷爱建筑，这点他也对志林说起过。

薄意星的父亲是个建筑师，他老家的艺术文化中心主建筑博艺汇报大厅正是出自这位老建筑师年轻时的手笔，除此之外，当地市一中的食堂的设计方案亦出自他手。这些建筑统一为白色与灰色格调，沉稳内敛，结构严谨又具有实用性，深受当地政府与群众的欢迎。这些辉煌成绩让他变得清高冷漠，平时甚少结交朋友，很少参与应酬，闲时没事就出去溜达钓鱼，偶尔去外地考察建筑。

薄意星儿时对父亲满是崇拜，引以为荣，周围邻居因他父亲在当地的地位对他宠爱有加，这使得他性格有些顽劣。可打从初中在报纸上看到一座形状扭曲、神秘诡异的房子后，年少的薄意星便不再满足于老家方方正正的建筑样式了，他觉得报纸里那样的建筑才是他想要的房子，是人类情感的表达。有一天他把萌发的奇怪想法告诉了父亲，直截了当地告诉老建筑师什么才是建筑艺术。他慷慨陈词，用自认天才的理论企图改变父亲的审美，不过迎来的是质疑与唾骂。父亲说的一句话，彻底激发了他进攻建筑学的决心。

父亲说：“你说的那是谬论！”父亲说这话的时候，薄意星 15 岁。他被父亲说得哑然失色，他没想到父亲会这样批驳他。

不过父亲有他的理由，初中的他并没有显示出卓越的学习天赋，学习成绩一直在中游，有时候还滑到倒数，这让享受盛名的父亲感到恼怒。父亲把儿子的失败归结于胡思乱想，认为儿子没有把好脑筋用在正经地方，整天沉迷于荒唐出格的事情。比如，经常看到偷吃人类丢弃的剩菜残羹的小鸟，他就觉得不开心，把母亲的安眠药磨成细末撒在饭菜残渣上。果然不到两个小时，就有燕雀中招，撞击玻璃摔在地上，他轻而易举就捕捉到鸟，关进自己编的竹笼里。他还喜欢拆卸家里的录音机，研究里面的构造，但拆了就装不回去。父母喜欢饭后听广播，儿子的离谱举动让夫妻二人都极其厌恶。

终于有一天，他拿着装回来的录音机到父母面前炫耀成果时，母亲抓起身边的鸡毛掸子打到他身上，他仿佛被惊到似的站在原地。还有更离谱的行为，薄意星给邻居小女孩儿写情诗，这点几乎让建筑师颜面扫地。老建筑师为了声誉，不得不动用关系帮助小女孩儿的无业游民母亲找到一份在食堂帮工的工作，才算息事宁人，那是他人生中罕见的污点。所以某天，当儿子发表对建筑行业的看法时，老建筑师压根儿没有耐性辩明其中的道理，这直接伤害了儿子的自尊。

大概从那天起，薄意星就迫切想证明他的能力。半年后，他的成绩迅速跃升至班级前三，一年后年级前三，高中期间各科成绩优秀。他是国旗下演讲的常客、师生心目中的佼佼者，前途不可限量，一举考入江城全国知名学府——江城理工大学。在选择专业时，他毫不犹豫地勾选了建筑系。在他初高中成绩异军突起的那几年，与父亲共居一室，始终保持父子层面上的礼貌，不再进行实质性的交流，他对待邻居却肉眼可见的友善，大人只是夸赞他长大了。现在他考取省内顶级学府，人们又觉着意星果然是建筑师的儿子，虎父无犬子。曾经鄙夷他的竞争对手，在他考取大学之后，像斗败的公鸡一样，不敢直视他的眼睛。老建筑师当然希望儿子继承他的衣钵，建造出满足国家发展需求的建筑，所以他对儿子填报建筑学专业很是满意。不过作为父亲，在儿子临别前的谆谆教诲必不可少，他想择日与儿子促膝长谈，化解父子之间多年的寒冰。

老建筑师把这天定在儿子生日，一向不喜铺张浪费的他，鲜少因过节日而置办庆祝活动，就连妻子也觉得他不近人情，跟他过日子寡淡无味。现在既然儿子考上了全国最好的大学，并选择了自己当年所读的专业，他还是破例举办了谢师宴。

当天，少年薄意星穿上母亲准备的新衣服，一家三口一道去提前五天定好的酒店。陆续到来的有高中语文老师，还有班主任。街坊邻居也来了五户人家，都是平日里与建筑师一家关系要好的，其中包括情书风波当事人。令他惊讶的是，曾经对他破口大骂的小姑娘母亲，此时已经换了一副嘴脸，她对薄意星说："鹿茸将来指望你照顾呢！"说完露出两排泛黄的牙齿。

薄意星点头微笑，他看了一眼鹿茸。她眼神里满是崇拜，像镶嵌着星星般闪着亮光，真是一双漂亮的眼睛。她的皮肤越发瓷白，脸蛋泛红，一双纤细的腿像从漫画里走出来的一般。薄意星心想，看来自己的审美果然在线，小时候眼光不错，现在鹿茸出落成了美人儿，他差点儿偷笑出来。不过他必须保持严肃，今天他是聚会的绝对主角，现在要赶紧调整状态。

"阿姨，谢谢您当年没有计较我的过错，鹿茸将来会比我有成就，她看起来聪明伶俐。"他用兄长的口吻说道。

言外之意再明显不过，鹿茸母亲当然能听出拒绝的态度。她感觉被羞辱，面色涨红，拉着女儿向里面走去。薄意星还是听到了骂骂咧咧的声音。可等到与建筑师夫妇打招呼的时候，母女又满脸堆笑。

老建筑师一身儒雅气质，身着洁白的衬衣，眼神深邃严峻，头发零星变白。他刚正不阿的品格远近闻名，这种酒场应酬实在费劲，所以发表谢师感言的重担主要落在了老婆身上。

"谢谢诸位亲朋好友参加我儿子的谢师宴，他能考上江城理工大学离不开老师的栽培，离不开在场叔叔阿姨的照顾，我们夫妻俩在这里先敬大家一杯。”这是她模仿别人在这种场合的说辞，建筑师常年俯身案头，根本不给她这个家庭主妇主持场面的机会。

他们夫妇二人端起酒杯灌了进去，建筑师的脸瞬间被辣得发红，他强撑场面，在座的老师也一饮而尽，亲朋好友配合喝酒。推杯换盏之中，饭菜被吃得七零八落。站在旁边的薄意星倒是显得大方得体，他憋出笑脸回答长辈的问候与祝福，不断表达感激之情，尤其是对老师。长辈们都对他的辉煌前途充满期待，经济条件不好的邻居直言未来多多提携，薄意星照单全收。终于熬过前半场，后半场变成长辈的主战场，他们说起国家的政策和经济形势。其中一个本家大伯是单位领导，在林业局工作，现打算辞职做买卖，直说有人做生意挣了大钱。不过这话让建筑师颇为不满。

“话可不能这么讲。”他据理力争道，一向严肃的脸面经过几小时的掩盖终于出现怒气。

“要不说你不开窍，幸亏你儿子考上了重点大学，有出息了。”说完又对薄意星赞不绝口。

大伯心里觉得，人这辈子还不就指望孩子吗？夸儿子就是夸老子，没有不妥，不曾想却惹恼了建筑师。

“他满脑子歪理，我看对社会也做不了多少贡献。”薄意星万没想到父亲会当众这么说他，心里十分失落。

“我看他将来盖的房子就是比你好！”大伯在单位好歹也是一个官，他不喜欢穷书生这么说他，加上喝了酒。

众人一看话头不对劲儿，赶紧说喝多了，少说点儿吧。大伯老婆在丈夫耳边说了几句，大伯赶紧再次溢出笑容。

“虎父无犬子嘛！你儿子优秀是遗传你的基因。”话头一转，众人赶紧恭维老建筑师。

事实上，等到薄意星去省城读大学，老建筑师设计的图纸已被政府驳回几次。他怎么也想不明白，过去饱受好评的设计方案会被拒绝。他时常坐在窗户前，看着远方。

这都是闲谈中老板说起的往事，对于志林来说是陌生的世界。说起这些往事时，薄意星神色哀伤，脸色阴沉，志林从未见过他这个样子。

那天原本计划的父子促膝长谈，因长辈拌嘴没有发生。等到老建筑师想起这回事的时候，充满朝气的儿子只回应了一个连他自己都不明白意义的笑容。后来，他坐上去省城的列车；再后来，他在美国西海岸设计的一栋别墅获得国际大奖。用这笔奖金，他骑摩托车驰骋在美国西部乡野小镇，学会了打枪射击，飞往西西里岛看异国风情的女人。他并未打算去世界知名景点驻足，而是在犄角旮旯漫游，能在巴黎街头走一整天。他的动机很明确，他想在陌生的国度里享受自由。除此之外，在研究中国和西方建筑史的过程中，他发现要成为一流的建筑设计师，也许灵感来自于荒村野舍，而并非繁华闹市。薄意星有漫长的国外游学经历，这让志林无比羡慕。不知道老建筑师会如何看待儿子今天取得的成就。

志林想，这样的老板着实是学校背景与个人魅力兼备的完美男人，难怪那天穿白色裙子的女人，长得那么漂亮，都被老板拉扯得像个木偶，这是成功男人的资本。在这个男人面前，志林卑微得就像一粒尘埃。在他讲述辉煌人生的过程中，志林一度觉得自己应该是薄意星的奴仆，随时听候对方差遣。这激励他在担任咖啡馆书籍借阅区管理员时，工作要格外卖力，否则对不起老板的器重与信任。

为方便员工工作和生活，薄意星在咖啡馆附近租下一套房子作为员工宿舍，这必然会让男女混杂生活在一起。志林与咖啡师住一间，这位经验老到的咖啡师，三十出头，名叫林清，已有十年的咖啡调制经验，是薄意星专门从逸城一家咖啡馆挖过来的。决定开咖啡馆前，他去往中国各个地方品尝调研，最后在一家鲜少有人关注的小众咖啡馆找到了林清。选择林清的原因很简单，这个人不按常理出牌。大多数咖啡饮品的拉花图案花样主打花草简笔画，格外温馨雅致，林清在咖啡拉花创作上酷爱怪诞与暗黑风格，那天老板喝的咖啡拉花是流血的吉他。更酷的是，林清给这杯咖啡取了新名字：受伤了！鲍勃 · 迪伦。

大概正是这不按常理出牌的路数让他在逸城的店生意冷清，连生存下去都显得艰难。冲着这种有趣的嬉皮士作风，薄意星决定聘用他，很快把他接到江城。现在让志林与林清住一起，也许老板另有想法，虽然志林初出茅庐，还很稚嫩。

为了让读书区的生意好起来，志林去江城图书馆翻阅与室内陈设有关的书籍，从网上学习经验，在书籍摆放与阅读服务上都煞费苦心。他用干净抹布精心抹去灰尘，把读者翻乱的书架归置整齐，为不确定看啥书的读者提供引导。经过两周的辛苦劳动，书籍借阅区的生意变好了，这是王小小告诉他的。咖啡馆自开办以来，这几天的生意最好。来这里的客人，大多会待足两个小时以上，在无聊的间隙可从书架上找本书看，这是老板设计读书区的初衷。金属房与玻璃房都有绝佳的视野看周边的景色，斜对面就是学校的南门。

“你来之前，进入阅读区的客人大多翻看几眼就走了，他们情愿玩手机或与密友闲聊几句，可现在停留的时间变久了，志林你很不错嘛！”王小小发出奇怪的笑声，仿佛其中有什么猫腻。

“王小小，生意变好不好吗，你鬼笑啥？怪吓人的。”志林为她诡异的笑感到不解，他斜眼瞅王小小，想洞察有什么猫腻，可这个女人却跑开了。她一边走一边嘀咕着“勤劳的小蜜蜂”。

8

一转眼，在咖啡馆工作已三月有余，志林与同事关系还算融洽。薄意星原本就有他的本职工作，他要满世界跑，设计建筑，为何开这个咖啡馆？志林不解，毕竟以他的经济能力，咖啡馆这点收入算不上什么，听林清讲，大多数时候都是赔钱的。作为一个乡下来的打工仔，能吃饱穿暖已然感激不尽，他不敢当面问。

与他初来江城时的男女混居体验不一样，这次是男女同事混居，之前的室友大家并不熟悉，在生活作风方面都是体面的，现在是熟人同居，男女相处丝毫不避嫌。志林最初觉得简直不可思议，初始几天十分不便，在厕所尿尿，生怕发出声音被门口的女同事听到。时间久了，他发现大家都这么来，便不再存疑。女同事穿个吊带背心走来走去，乳沟半遮半掩，屁股若隐若现，男同事光着膀子穿个内裤溜达，这在磨村不可能出现的情形他慢慢习以为常。男女自由奔放的做派，最终让志林发现了不可告人的秘密。

志林半夜上厕所，他瞌睡得很厉害，眯着眼睛向卫生间走去，却听到有男女在偷偷说话，嗓门儿压得很低。他分辨不出声音从何而来，怕不是进了贼吧？他下意识地这么想，拿起扫把定位声音来源，很快锁定阳台，他慢慢往阳台移动。月光照出人的身形轮廓，志林看到一对男女勾勾搭搭，悄声说话。

志林的心跳瞬间加速，不知该怎么办。他本能地想回屋避开：偷看可是不道德的行为，从小接受到的教育是这样。只是这情景对他产生了致命引力，像地下钻出来的鬼手，抓着的他双脚向前挪移，促使他想继续看下去。可他不能被发现，只好躲在对方看不到的视觉盲区，看他们搞啥鬼。

屋子黑漆漆的，从朦胧的影子看出男人是林清，女人是王小小。这两个人平日在咖啡馆倒也并不见得多亲昵，这会儿还真意外，私底下竟打得火热。这让他想起儿时的往事。来到江城，志林很少想起磨村，与母亲一月通不了几次电话，打电话像是交差。儿时的母亲是为了生存，王小小是为了什么？林清多次说起很爱老婆，想念远在逸城的妻女，志林想不明白林清为何要和王小小偷偷来往。

认出是林清后，他不敢再进卫生间，赶紧回到被窝儿躺着，一动不动，屏声息气。一会儿床就摇摇晃晃，林清爬上去了，鼾声大作。志林睡觉并不踏实，真没感觉到林清何时出去的。这事绝对要保密，把嘴缝得死死的。林清是薄意星请来的咖啡师，把他评为“趣吧的灵魂”，志林只是小服务生。再说，不知情况到底如何，还是不说稳妥些，静观其变。

次日，志林故意起了个大早，避免被那对偷情者撞到。他不敢和林清王小小对视，眼神躲躲闪闪必然有鬼，他怕露出马脚，遭到报复。既然起了个大早，不妨出去随便吃点儿早饭。江城最闻名全国的莫过于一道地方面食，价格实惠，味道可口，即使外地人，也会很快爱上。摊点中，一个中年女人在忙前忙后煮面，吃饭的人排成一队，她的手机外放着一首歌曲，歌词中有一句是“火红日子红火过，不好生活咱熬着过”。志林想，这歌词写得固然老土，可怎么听着都觉得富有哲理。沉浸在歌曲的意境里，志林不知不觉吃完了面，然后直奔咖啡馆去。

既然来了，就别闲着，拖地抹桌子，去阅读区候着，迎接新一天的各色面孔。令他安心的是，林清和王小小偷情后未发现异常，之后几天都相安无事。志林一看到王小小，不自觉地盯着对方双乳部位，脑子里浮想联翩。明明王小小算不上漂亮，满脸雀斑，真是的，志林暗自觉着自己没出息，竟然控制不住该死的偷窥欲。那志林的春天何时到来呢？爱情对大多数人来说都是人生头等大事，更不用说刚刚成年的志林。

9

深秋到来，志林顺利熬过后背流汗的热天气，江城依旧暖和。要是在遥远的磨村，现在该穿上厚裤子了。这是志林南下后最大的满足：成功逃离北方深秋的凄凉感。志林从小就有秋愁情绪，这感受来自“无边落木萧萧下”的万物凋零景象，更是由于物质匮乏的时节正慢慢到来。儿时，夏天，雁北地区瓜果丰富，充分满足味蕾需要；可一到秋天，野地里瓜果蔬菜越来越少，家里堆放的季末存货只能坐吃山空，这是志林对雁北最绝望的体验。现在的江城，物产并不因季节变迁而减少，极大缓解了志林的秋愁和思乡情绪。到了九月、十月，浓浓的桂花香弥散在高楼大厦之间，飘进小巷里，香甜的味道让秋天更具韵味。是啊，桂花最讲究平等，它的香味平分给穷人与富人。商店里的名牌服装，经济条件好的人才配享用，很多时候，穷人不并非买不起，只是冲动消费后必不可少要内心煎熬，紧接着过几天就要过勒紧裤腰带的生活。到志林轮休，他不会窝在宿舍消遣时光，而是会在城市中漫游，漫无目的地走，脑子里想的事情虚无缥缈又天南海北，没有逻辑也没有结论，那是最自在也是最惶恐的时间。漫游大概是他与薄意星之间的又一共同之处，也许他们真的是一类人。

在工作时间段，志林认真工作，时常拿起书看。他认真的样子自然带出一定的阅读氛围，喜欢看书的客人着实多了起来，这个好现象志林也注意到了。这天，一位穿着朴实的女生进入咖啡馆，她扎着马尾辫，穿着白色体恤与藏青色牛仔裤，脚穿款式常见的帆布鞋，戴着金属质感的眼镜，脸蛋儿有些臃肿，身材也并不苗条，但好在白净，眼神深邃，走路带风。志林以几个月来看人经验凭直觉评价，这位姐姐，虽然不是最漂亮的，但一定是最自信的那个，她的这份自信对志林产生了莫名的吸引力。

志林的眼神紧紧跟随这位新客人，她点了一杯荔香拿铁，找了个角落位置坐下。她环顾了一下四周，与其他客人不同，她用审视的神态观察咖啡馆的装潢，而其他客人大多只是随便扫两眼，显然她被咖啡馆的嬉皮士风格所吸引。

薄意星酷爱嬉皮士元素，在一整面墙上专门邀请画家画了一幅《逍遥骑士》电影剧照，十分逼真。两位男主人公骑哈雷摩托车驰骋在美国 66 号公路上，周围旷野荒凉无垠，远处有几个小山丘，路边是一家汽车旅馆，在视觉上给人辽阔苍凉之感。画的名字叫《自由》，落款李宁馨，时间是 2016 年 7 月。

女客人在这幅画边逗留了一段时间，志林想她一定喜欢这部电影，对其有独到见解。她从书架上拿走一本电影杂志，沉浸其中翻阅，看了整个下午。志林作为服务人员，一直盯着女客人显然不妥，他要尽力照顾到所有前来喝咖啡并有阅读需求的客人，他要暂时忘记这个女客人的存在。奇怪的是，接下来两周，女客人下午经常光顾，有天还换上红色裙子，修身款型，把身材展示出来。志林发现，原来这个胖脸姐姐竟然别有风韵。光顾次数多了，两人眼神交流更加默契，互动越发频繁，女客人从玻璃房去金属房的次数和逗留时间变多。这个女生也许喜欢志林，她的眼神温柔妩媚，志林的一举一动，她都在密切关注。

女客人终于迈出第一步。

一天下午，天气有些闷热，店里生意不错，客人们喝着咖啡享受安静时光。志林选了本书坐在椅子上翻看，现在他不再负责端茶送水的工作，他有空闲时间做想做的事。女客人再次到来，这次她穿的是豆沙色半身裙，上身是一件白色针织毛线衫，看起来赏心悦目。她像往常一样点了荔香拿铁，然后坐在椅子上；十分钟后，她向志林招手。作为服务员，志林赶紧走到她身边。

“帮我擦一下桌子，有水。”她向志林求助。

“好，我马上帮你擦。”他从口袋里拿出手绢。

可是他发现，桌子上有几个字：你长得很帅！路惜瑶！

志林脸色霎时绯红，他可没想到女客人会向他表白，更想不到会用这种方式。他只能用手绢快速擦桌子，然后溜了。他心跳很快，欣喜若狂，得知她的名字后，一整天都面带傻笑。刘晓等人以为志林患上了精神病，劝他看医生。王小小觉得他中了邪，老家人中邪就是这个样子。要请神婆驱魔。同事对他的反常行为大加讨论，措辞很不好听，可他并不生气，只是笑而不理。刘晓对志林的反常行为感到惊奇，她问众人：“你们知道苏志林发啥神经吗？”

“能发啥神经，思春了呗！”林清打趣道。

“看上哪家姑娘了，你给姐姐老实交代！”刘晓用手掐住志林的脖子。

“刘晓姐姐，没有的事，我可不认识什么人。”志林灰溜溜地跑了。现在他和路惜瑶八字还没一撇，再说人家还不定能看上他，一切等成定局再说不迟。

晚上下班，大伙儿聚餐吃夜宵，志林烤肉差点儿把手烫到，整夜辗转难眠，满脑子都是路惜瑶的音容笑貌。白天工作，他带着黑眼圈儿，全心等待女方到来，这次他想表白心意，认识下也好，毕竟志林在江城没一个朋友，能有知心人相伴再好不过。如果对方确定对他的情感是爱，那是天赐美事。

志林正满心期待时，路惜瑶出现了，她坐在窗边位置上，向志林示意。志林会意，心早飘向路惜瑶。他走进备饮区向林清要了一杯咖啡，把写好的字条压在咖啡杯底，送到她面前。她摸到写有手机号码与名字的纸条，环顾四周趁没人注意放进口袋。这天，她没有找书看，很快就离开了。志林心想姐姐一定会打电话给他。

可令他没想到的是，接下来几天，路惜瑶并没现身，这让志林感到十分失落。起初只要看到身形差不多的女人，志林就以为是路惜瑶，心跳不止，带着笑容去迎接，可正面一看，压根儿从未见过，这人是头一次光顾，顿时全身冰凉。有几次他的失落被来客看出，朝他露出愠怒的表情，以为志林不欢迎客人，指责他服务态度不好。王小小只得过来打圆场，说志林刚来不懂事。再后来，他站在木桥上，心不在焉地观察大路上的来往行人，就是不见路惜瑶身影。第六天，他已心灰意冷，咒骂那个卑鄙的女人只是在玩弄他的感情。他恨自己没出息，思来想去最终得出结论：没钱没势的服务员，又有谁会真心喜欢我呢？

志林念想断了，也许她的表白只是说说而已，日子还得继续。他一如往常，整理书架，为客人做好引导工作。这天看书的客人不少，新上映的电影《夺命列车》受到热捧，咖啡店购买了几本封面与这部片子有关的杂志，年轻人很是喜欢，杂志不停地辗转于不同客人之手。

手机响了，他收到一条短信：六点，江城理工南门见，路惜瑶。

这真是末日到来前拿到了诺亚方舟的船票。收到这条短信，志林简直欣喜若狂，差点儿叫出声来。他赶紧看看周围，发现没人感觉到他失态。他收起手机，慢慢熬时间。等到五点时，他向林清请假：老板不在的时候，咖啡店由林清代为打理。

“你要去哪儿？”林清问。

“不远处那家书店新进了一本书，我跟人家约好六点拿。”志林扯了个谎，他并不是个爱撒谎的人，可谎言脱口而出。

“这不是还有一个小时吗？你急啥。”

“早点过去，不让人家等。”志林撒腿就跑。

“你着急投胎呢？”林清骂骂咧咧，志林不在乎。

他回到住处，洗澡刷牙，吹干头发，换上他自己的衣服。衣服确实廉价，可志林仅这一件穿着有人样的衣服。折腾了将近四十分钟，来不及了，志林夺路向学校南门奔去。等他来到南门时，路惜瑶已经站在那里等他。她身穿米黄色连衣裙，在傍晚阳光的映衬下别有一番风味，真是美丽极了。志林走近一看，今天的她还画了精致的妆容，两耳戴着一双忽闪忽闪的水晶耳钉。相比之下，志林相形见绌，衣服廉价不说，鞋子也很是破旧，大脚趾在鞋头几乎要顶出一个洞。这让志林感到不好意思，他用手抓了抓后脑勺。志林打心里觉得路惜瑶是美的制造者，跟之前认识的所有女生都大不相同。她太特别了，对苏志林这个农村男孩儿有致命的吸引力。

“小帅哥，你终于来了！”路惜瑶用勾魂摄魄的眼神盯着志林。他被这眼神盯着，心神陶醉，有些方寸大乱。

“不好意思，我刚才请假，换了身衣服，来晚了，希望你能原谅。”志林为让对方久等感到不好意思。

“没事，你能来我感到很开心，走吧，今天进我们学校走走。”说着，她招呼志林向学校里面走去。志林心想，这个路惜瑶真是个好女孩儿，知书达理，能认识这样的女生真是中了头彩。志林一直以为这是他最幸运的一天。

眼前就是全国知名学府江城理工大学，即使在南门，门口赫然醒目的招牌还是让志林有些怯懦。路惜瑶果然是这所大学的学生，从她自信的气场、对待文学艺术的严肃态度、高雅的格调，志林早就看出她不是一般的上班族。

“惜瑶，这是我来江城后，第一次来这里，谢谢你能带我来玩儿。”志林怕对方看出他遮不住的局促，提前说出来也许可以缓解尴尬。

“没事儿，志林，你就当这是你的学校，尽情玩儿。”她继续用她摄人心魄的眼神看着志林，每当与她对视，志林就心跳加速，身体轻飘飘的。

这个时候，他们走到了门口附近的广场，广场上一块大石头上写着校训：博学审问，慎思明辨，知行合一。看到这几个红字，志林心潮澎湃。

“这可不是普通的石头，它是第四纪冰川遗迹。石头上的题字是我国近代教育家杨树之先生写的。他是学校早期杰出校友，在我国核物理研究领域做出过突出贡献。”路惜瑶看到志林盯着校训看，就顺带解释道。

“这是朱熹与王阳明观点的组合，他们分属儒家不同派别，但均具有真理性，各取所长，对学生的引导更加全面。”志林脱口而出。

“不错嘛，苏志林，这我都不知道呢！”路惜瑶赞美志林知识的渊博。

“我平时喜欢看一些文史类的书，里面提到过相关知识，我只是记性较好。”志林解释道，能被名牌大学女生赞美，他感到备受鼓舞。

“喜欢读书是个好习惯，你看，这是我们学校的图书馆。”惜瑶指着前面那座大楼，“以后抽空我带你进去玩儿玩儿。”

“我看过一本书，书里说‘天堂就应该是图书馆的模样’。”志林嘴里嘟囔着。

“这句话真美，你在哪里看到的呀？有空我也看看这本书，一定很有意思。”惜瑶由衷觉得志林是一个不可思议的小男生。

“好像是一位阿根廷作家，他在《巴别图书馆》这本书里面说起的。”志林像一个学究般回答惜瑶的问题。

“这么生僻的书你都看，我看其他人张嘴闭嘴都是欧美作家，比如福楼拜、巴尔扎克，哈哈。”惜瑶用好奇的语调问道。

“我这都是瞎看的，不小心看到而已。”志林如实告知，毕竟自己是个门外汉，并没有接受高人指点告诉他哪些作家生僻，以此来吸引女生。

“你知道学校里面最美的地方是哪里吗？”惜瑶反问志林，她用诡魅的眼神看着志林，示意眼前的小男孩回答。

“图书馆？”

“不是。”

“湖边？”

“不是，你继续猜。”路惜瑶摇摇头，示意志林继续猜。

“教室？”

“不是。”

“那是哪里？”志林实在不知道学校还有啥地方与美好沾边。

“嗯……是……书籍。”路惜瑶卖完关子，她期待自己完美答案的给对方带来震撼。

“妙极了，惜瑶姐姐你可真聪明。”志林觉得这个女生聪明可爱极了。

这座图书馆与一般建筑并无多少区别，方方正正，大概五层楼高，门前是高高的台阶，让图书馆具有庄重开阔的气势。图书馆进进出出背着书包的学生，电子屏幕滚动显示着校训与新进书目，门前展架广告上有图书馆近期讲座信息。看到学生们无忧无虑的身影，羡慕与辛酸的感觉迸发出来，志林的眼里流出泪水。

“小志林，你怎么了，咋还哭上了？你看，这是我平时上课的地方。”

惜瑶指着一栋形似圆球（不过顶上是平的）的大厦大概三层楼高。志林还在回想图书馆，一晃神已经离开一段路程。

“小志林？姐姐何出此言，我们年龄差距不大呀！”志林不解地问道。在他看来，路惜瑶顶多大他两岁。

“你今年几岁呀？”惜瑶又用勾魂摄魄的眼神瞧着他。

“其实我19岁，年后20岁！”志林的声音突然展示出孩子稚嫩的一面。

“你知道我多大吗？”惜瑶问道。

“21岁？”志林试探着说。

“嗯，不是，你再猜猜！”路惜瑶说这个“嗯”字刻意拉长声音，表达否定。

“23岁，不能再大了，你看起来很小，比我都年轻。”志林可不敢说女性看起来大，即使看起来年龄大也不能那么说，这是城市社交的重要规则。

“我是这所学校的在读博士，今年27岁，哈哈哈哈……”路惜瑶发出绵长的笑声，仿佛成功捉弄到志林一般。

此刻的志林张大嘴巴，表示不可思议，怎么都没想到他喜欢上一个比他大8岁的女人。更被对方的高学历震惊到，他瞬间呆在原地，有些害怕，不知道该怎么办。

“这是经管系教学楼，我在读专业是西方经济学，主要研究英国经济学发展史。还不错吧！”惜瑶继续分享她的学校生活，没有注意到志林的自卑与无助。

“惜瑶，你太优秀了，我真是不配与你逛校园，你说的那些我都没听过，我不得不承认。”志林被惜瑶连珠炮般说起的陌生世界搞得十分不安。

“志林，自信一些，你有你的优点。”她又开始用魅惑的眼神看着志林。

志林感觉到眼前这个女人眼神的奇怪之处，可是又说不出来缘由，这是爱情吗？她能爱上别人眼中的学渣吗？他朝不保夕，根本没有能力去照顾她的生活，况且年龄比自己大太多了，别人会如何看自己？

“这里是田径场，快看，这是你们男孩子最喜欢的地方！”一路上志林浮想联翩，心神混乱，可惜瑶却活泼得很，她喜欢这所学校，这里让她感到光荣。

志林其实已不愿意在校园里继续走下去，不愿意在学生穿梭来去的巨大空间里行走。志林找不到待下去的理由，他不属于这里。惜瑶一路上叽叽喳喳像一只小鸟，完全不像 27 岁的成熟姐姐的样子，很可爱。志林由衷喜欢她，越来越被牢牢吸引。她讲的一切都让志林心驰神往，但也在刺痛他的心脏，这种感觉无法形容。

运动场上，一群与他年龄相仿的男孩子正在争抢一个足球，他们穿着专业球衣，踢得大汗淋漓，散发着荷尔蒙。可志林从小不喜欢运动，他总是沉浸在书籍虚无飘渺的世界里，逃避现实中的不堪与狼狈。田径场一圈一圈的跑道上，年轻的学生们有的结伴散步聊天，有的跑起来锻炼身体，仿佛有用不完的力气、使不完的劲。与他们相比，志林突然觉得自己老了，明明年龄比他们大多数人都小，可就是感觉自己是大人，他们还是孩子。志林的心有些悲凉。

“看到田径馆了吗？这个田径馆比较大，每年都要承接本市和全国性高校体育赛事，有时国际友谊赛也在这里举行，我曾经当过志愿者接待日本来的运动员。”惜瑶带他来到一座气势恢宏的建筑前面，数条曲面钢板弯曲伸向天空，到顶上没有闭合，钢结构包裹着乳白色内衬，像一朵半绽放的睡莲，看似复杂，实则充满律动感，将科技和自然元素融合。

“这座田径馆很有气势，造型很美，真羡慕你们。”志林赞美道，其实他什么都不懂，仅发表笼统的直观感受。

“那是，我们室内体育课和课余运动都在那里，可惜我如今不喜欢运动，年纪大了，你们年轻孩子肯定喜欢。”她的谦虚，带着一丝说不清道不明的感觉，在志林听来有些刺耳，不过他什么都说不出来。

就这样，在路惜瑶这位优秀导游的解说下，他们从学校的南门走到东门。路过几个食堂，里面坐着温习功课的学生。他们不在乎食堂里的各种味道，忘我沉浸在书本当中。在这些人身上，志林看到了自己的影子 —— 年代久远的影子，那是他最珍贵最辉煌的岁月。曾经，父辈让人瞠目结舌的历史让他颜面尽失，时间久了，磨村人认可他是好学生，未来前途大好，给予他尊重与期待。如今，一切都已远去。他看着那些好学生，知道不久的将来，与他一般大的男生女生们将成为社会精英，被光环围绕；而自己一无所有，如同蝼蚁一般，也许死了也不会有人关心。想着想着，他眼睛浸满了泪水。他努力克制，毕竟旁边有人，而且还是他喜欢的人，不能让对方看出自己无能。他是个男人，男人不能轻易流出眼泪。

这段从南门到东门的路确实够长，真是一所庞大的学校。沿路漂亮的建筑散发着书卷气，可明明都是房子，立在这里就庄重高贵很多。志林深深爱上了这里，如果能在这里读书，志林愿意用一切交换。

惜瑶觉察到志林心事重重，她说："志林，你怎么了，你身体不舒服吗？"

"没有，我只是觉得这里很漂亮，然后在研究这些建筑的设计门道。"志林撒了一个无伤大雅的慌，掩饰他的不安与拘谨。

"建筑有的是时间研究，哈哈，我们去食堂吃饭吧！"志林突然发现橘红色的太阳已经西沉，今天的太阳格外的大。

志林想请路惜瑶去外面吃饭，工作几个月了，他已有了一笔积蓄。既然想与路惜瑶继续发展，男人该有的礼数不能少。可路惜瑶拒绝了，她觉得既然来了自己的学校，她就应该尽地主之谊，请他尝尝学校美食。在靠近东门的一个食堂里，路惜瑶点了学校最火的菜品，她说这可是上过电视节目的学校风味美食，必须尝尝。

走了一下午，志林感到疲乏，按理说早已饥肠辘辘，可他吃了几口就饱了。路惜瑶催促他多吃点儿，他只能硬着头皮吃完，然后赞不绝口。

饭后，天色已经完全漆黑，学校外面华灯初上，夜生活拉开序幕，年轻的情侣搂搂抱抱，融入夜市的热闹里。志林想，晚上做点儿什么呢？他看了看路惜瑶的眼神，对方依旧用具有魔力的眼神看着他，他有些心神摇曳。不过他不敢有啥举动，年龄和社会地位的差距让志林胆怯。

"惜瑶，我先回去啦，林清他们还在等我。太晚回去，他们会担心我。"志林找了个自以为合理的借口脱身。

"哈哈，你是个男人，能有什么危险，难不成乳臭未干？"路惜瑶奚落他，上下打量着志林的全身。他面色涨红，可这样的帅气男孩透着几分可爱。

“我当然是大男人，改天我请你吃饭，今天谢谢你，路惜瑶。”志林说。

“再见，苏志林，后天咖啡馆见。”惜瑶摆摆手就返回学校去了。

看着路惜瑶远去，志林突然独自面对茫茫夜色，孤单之感怅然袭来。他好孤独、好无助，如果路惜瑶真正走进他的生活，他想，未来他们之间会有可能吗？

志林从学校出来，坐公交车回到员工住处。看到志林回来，大家都感到吃惊，目光都随着他的身影移动。

“呦呵，苏志林，这是谁把你约出去了？”王小小最先提问。

“我出去逛街……”志林说话有些磕巴。

“毕竟长毛了嘛！想女人多正常。”林清附和道。

“林清，你又乱说。”志林一边说一边回到房间。这时他才发现今天王小小与林清孤男寡女在宿舍，会不会？志林感到毛骨悚然，坐在床上玩儿手机，不敢成为第三人。

10

路惜瑶又失去了踪迹，志林有些担心她，可他不敢主动发短信问候。他担心路惜瑶质疑他的动机，只能默默等待。薄意星回到店里，让平时百无聊赖的咖啡馆变得更有话题，志林对这位对自己有知遇之恩的有钱人的生活总是十分好奇。现在他外出流浪一段时间后，终于回来，两人的促膝长谈能给空虚乏味的城市生活带来些许刺激。经过时间洗刷，志林发现城市面纱固然在慢慢揭开，可有趣的一面尚未到来，他被排除在城市的趣味面以外。他的这份好奇心，只有薄意星能够满足。

上次被薄意星拉走的女人再次现身咖啡馆，她一扫狼狈不堪的样子，大有女主人的架势。工作人员被她的出现震惊到，按照过去的惯例，她该出局消失了才对。听王小小说，白衣女人只是老板数不清的艳遇中的一位，不过既然她出现了，那也是幕有趣的大戏，且看下去吧，这是志林当下的想法。

她推门而入，志林看出她的脸上还有些许忧伤，也许这就是她的独特之处吧！明艳动人的样貌让人愉悦，志林承认这样的人间极品，没有多少男人可以抵挡住她的诱惑。但薄意星看起来却对她相当冷漠，这不是爱的表现，这点他琢磨不明白。跟在她身后进来的是老板，他一如过去，对女人那么冷漠。他们进来后，其他服务员赶紧满脸堆笑，对老板与女人招呼示意。薄意星没有理会众人，他拉着女人进入他的专用休息室。半个小时后，老板招呼志林进去，这让志林这个刚刚成年的孩子不知所措。他两手垂下，低着头，一句话也不敢说。

志林进到休息室，这是趣吧权威金字塔塔尖，他屏声静气，生怕出错。

“志林，这是梅丽，你可以叫她丽姐。她在江城要住一段时间，我这段时间太忙，无暇照顾她。我给你放几天假，替我陪她到处逛逛吧！”老板发号施令，给志林布置任务。可是他一个蹩脚的乡下人，连花样百出的交通工具都用不利索，更不知道大路两旁的消费场所该怎么消遣。他怎么能带领如此高贵的姐姐去玩儿呢？可他只能硬着头皮答应，他不敢反驳。

“好的，我会尽力照顾好丽姐的。”志林答应道。他总是临危受命，对老板的吩咐无法拒绝。

薄意星吩咐完任务之后，就独自起身离开了，出人意料地把这孤零零的美丽姐姐留给了志林，真不知薄意星是何用意。

“你坐下吧！不要站着了。”梅丽对志林说出自打“认识”以来的第一句话，志林受宠若惊。

志林在梅丽对面的椅子上坐下，他不敢和眼前的美人对视，脸部绯红，手脚不知该放在哪里合适。志林无法判定梅丽的年龄，如果是同龄人倒是好相处一些，不过金主应该不会老牛吃嫩草到找一个与志林年龄相仿的女人。

“苏志林，你今年多大呀？看起来好小！”梅丽开始了解志林，毕竟与一个知之甚少的毛头小子度过余下的几天似乎不妥。

“我今年 19 岁！”志林怯懦地回答道。

“好小呀！我像你这么大的时候还在读大学。”志林听到大学两个字，神情变得怅然。

“我和意星认识那会儿，比你稍微大两岁，那时候我还在大学读书，漓城师范大学你听说过吗？”梅丽语气活泼起来，与之前看到的哀怨凄迷形象有所不同。

“丽姐，我只听说过，可没去过，所以我不了解。”志林像脱光衣服当众晒太阳，真是难堪，可不能显露出来，但脸色还是变红。其实他从未听说过，但他从这个女人的神情判断是个厉害的大学，志林只好说他听说过。要不暴露出孤陋寡闻事小，让她失望才是真的麻烦。

“漓城师范大学是我们省排名前三的大学，意星当年去学校游玩，我是他的向导，我们一起痛快玩儿了几天。我们学校到处是漂亮的山水，我带他走了个遍。”梅丽不打自招，满足着志林的好奇心。

“你知道吗？意星那天穿着米黄色的背心、黑色的运动短裤，看起来可爱极了。我觉得他就像阳光一样。”梅丽的脸上浮现出温暖的笑容，那一定是次美丽的邂逅。

“梅丽姐姐，我想知道你们是怎么说上话的？”志林知道话头接下来必然向这个方向发展，为了不显得自己沉闷应付，那就不妨先开口吧！

“嗯，是他先找我说话的呦！”梅丽毫不犹豫地答道。

“我想的也是这样，电视剧里面，那些美丽的女生，男人都喜欢要她们的电话号码，是吧？梅丽姐姐。”

“你想听我跟意星的故事吗？我给其他人说，他们都说有意思，就像看小说看电影一样。”梅丽问志林，眼神中尽是期待。

“我愿意听你讲任何故事。”志林回以笃定的眼神。

“那天，我和闺蜜倩倩在学校散步，她是一个典型的乐天派女孩儿，你知道吧！乐观热情，我们在闲暇时间约好去散步。学校后面有个小湖，叫厄尔加湖，学校很多同学傍晚会聚集到那里。我从小患有轻度自闭症，总担心同学不喜欢我。认识倩倩后，她像一只关不住的小鸟，整天在我身边叽叽喳喳的，给我讲这讲那，带我认识朋友，真好。”梅丽诉说着志林完全不懂的往事。

“那与意星哥呢？”志林提醒梅丽进入正题。

“那天，我和倩倩下课后一起在路上走着，我听到不远处有男人的声音。我确认他在叫我之后，就原地站着，看着他。这个男人可真帅，超有气质，我感觉心被什么东西撞击了一下，这种感觉是美好的。身在异乡，我感觉亲近不少。”

梅丽就这样带着志林回忆很多年前的青春岁月。

薄意星是她的第一个男友，当年她以优异的成绩从一个海滨城市考入漓城师范大学。梅丽的父亲是当地一家大型企业的高层领导，母亲是一所重点高中的英语老师，这是幸福的三口之家。梅丽的一切需求，父母都会尽力满足，因为她是他们唯一的掌上明珠，将来一切都是梅丽的，只要能做到。

那天，意星来漓城师范大学游玩，庆祝项目成功的同时顺便散散心。就在两个星期前，薄意星的团队设计出一座临江度假酒店，其前卫的造型风格和节能环保的内部构造，与绿色低碳生活相适应，作品受到国外同行的高度认可。他们认为，在经济高度发达的当下，能够在环境上有更好享受才是无上奢求。薄意星带三个同伴来到漓城，去见世界三大建筑设计工作室之一“威廉姆斯工作室”的创始人韦伯·威廉姆斯，他是这次大赛的评委会主席。可以说，薄意星能获奖，韦伯功不可没。韦伯是英国人，在建筑设计领域是出了名的疯子，可只要是他用过的设计元素，必然成为行业接下来的流行趋势。能够见到韦伯先生，薄意星感到非常兴奋，能与行业的顶尖人物共进晚餐，那是值得一辈子炫耀的事情。韦伯·威廉姆斯这次在漓城只逗留三天，薄意星要抓住机会。为此他买下了某品牌最新款手链提前送给韦伯的秘书朱迪。

“他可真是个鬼精灵！”梅丽回想起薄意星的手段时，这样说道。至于从什么渠道知道朱迪喜欢该品牌饰品，薄意星从未提及。在朱迪牵线搭桥下，薄意星顺利见到了韦伯先生，他们就建筑设计交流了一番各自的见解，韦伯承诺他在挪威的一个项目会邀请薄意星一起参与。与韦伯会面之后，意星决定在漓城游历一番，这可是自诩自由的城市，是经济文化都发达的地区，是很多人的梦想之地，有不少只听说过没有见过的景象呢！于是距离最近的漓城师范大学成为他游历的必经一站。

“真是有趣的经历，我觉得意星哥真是优秀的人，难怪姐姐会喜欢他！”志林听完大段往事后，不得不感慨。

“是的，意星是我见过的最优秀的男人，哦，不，也许有比他事业更加成功、更加有钱的男人，可是我还是觉得意星最好。”梅丽再次陷入甜美的回忆中。

很快，梅丽大概看出志林蹩脚的乡土样子，她反过来当导游带志林去玩儿。她选择了一家看起来安静且有格调的酒吧，给志林点了两杯鸡尾酒。那天，梅丽给志林讲了很多，这些故事大多是她的求学经历、她过的奢靡生活，这些志林想都不敢想。梅丽如今在父母的安排下在美国生活，那对志林而言又是个陌生且遥远的世界。从梅丽的口中能够得知，她并非王小小所言是薄意星的短期情人，他们更像是长期情侣，只不过他们的关系与婚姻无关。

志林想告诉梅丽她的爱情只是个人幻想，可志林不忍心搓碎她多年的梦。

11

来到趣吧以来，志林还没多少机会与林清畅谈一番，志林喜欢聆听。生活中，他是地位卑琐、经济拮据的乡野小子，种种原因让他缺少信心主动发表个人观点。虽与林清是室友，可一天长达十二个小时的营业时间，使得工作劳累冲淡了晚上闲聊的欲望。回到住处后，林清要么与家人视频聊天，要么去江城一些酒吧畅玩到深夜两点。他是个不折不扣的浪荡子，不知薄意星为何要选择他。自从撞见他跟王小小的奸情，志林尤其不喜欢这个室友。

进入十一月，江城又一个冬天到来，趣吧门前满是梧桐落叶，一阵风吹过，树叶被卷到其他地方，门前瞬间变得干净。寒冬到来前，这天咖啡馆全员放假一天。其他几个女同事约好逛街去，林清与志林不想出去，他们两个留在家里，罕见有时间坐在一起聊天，志林也很想了解这个浪子的人生。

“林清哥，你为啥来江城？”志林率先发问，放下手里的鸭脖骨头。

“不想在老家待着，就这么简单！”林清态度冷淡地回答。

“你不想念嫂子还有孩子吗？”志林问。

“想，可我更喜欢自由。”

“自由？”志林问，这两个字让志林想起趣吧墙上的那幅油画。

“我和我老婆原本也很甜蜜，我们一起走遍全国，最后在逸城开咖啡馆。可生意不好，孩子出生后花费更是无底洞。她一整天除了埋怨就是谩骂，我跟她的爱情、激情已经消磨殆尽，剩下的只是我对他们的责任。”林清耸耸肩，显得毫不在意。

“既然要负责，那为何还要来江城？”志林追问。

“我不想跟他们一起生活，我讨厌婴儿的啼哭声，讨厌怨妇的咒骂。”林清开始变得有些焦躁，他点了一根烟，向志林示意，志林摆手拒绝。

“我想成为一流的咖啡师，可那个怨妇影响我的创造，你能体谅我吧？小志林，第一次见到你就知道你是个机灵聪明的孩子。”林清操着玩世不恭的口气说。

“听你说来，她也是有追求的女人，怎么还影响你的创造了？”

“她原本是个蛮有味道的女人，结婚后变得婆婆妈妈，跟我认识她的时候大不一样。我好不容易有了新灵感，她就嚷嚷让我换尿布。等我给孩子换好尿布，想法全忘了。”林清像被生活压垮的公鸡，低垂着头，唉声叹气。

“所以来江城就是逃离你的家庭？”志林好奇地问道。

“可以这么说吧！薄意星出现在我的咖啡馆，我直觉他跟我是一类人，他邀请我来江城，我没有拒绝。”

“你来江城过得开心吗？”志林问。

“还行，没有女人唠叨和儿童啼哭，世界安静很多。”林清竟然不嫌弃志林啰嗦，这点使志林意外。

“林清哥，你怎么看待你的职业？”

“怎么看呢？让我想想，我倒是很少想这个问题。我觉着吧，花最少的时间拿到人民币是谋生，花三个小时、一个下午甚至更长的时间做一件事就是艺术。”林清说。

“如果花一辈子做一件事呢？”志林问道。

“花一辈子做一件事情，要么成为大师，要么已经饿死。”林清为这个小朋友单纯又奇怪的问题笑出了声。

“你愿意花一个下午研究冲咖啡吗？”志林被林清富有哲理的言论有所震撼。

“当然，我曾跑遍中国寻找最好的咖啡师学习技法。”林清眼神这会儿才投射出自信之光。

“林清哥，其实吧，我来趣吧这么久，经常陪你实验新品。”

“嗯，然后呢！我一直觉得你是理想的小白鼠，你想说什么呢？”林清大概觉察到今天的志林问题太多。

“开始吧，觉得味道不错。”志林说。

“现在呢？”

“现在喝多了，我说实话，你别生气哈！”志林有些露怯。

“不生气！你快别卖关子了，有话直说。”

“喝多了味道就跟板蓝根差不多，哈哈哈，你别生气。”志林大笑起来。

“滚，你就是个书呆子。”林清怒吼。

“滚就滚，你都说了不生气。”志林捉弄到了林清，内心很是得意，他吹着口哨去厨房做饭去了。这是志林人生第一次开上司玩笑，正是这时，志林意识到他的处世能力已然质变，回想初来江城谨小慎微的自己，他心中满是感慨。

他做了好几个菜，这是他在外谋生学来的本领。在趣吧员工宿舍，他有机会看刘晓还有林小小做饭，炒家乡菜，便跟着学习如何炒菜。现在他多做了几个菜等他们回来一起吃。志林彻底融入了趣吧，成为这个家庭的一分子。

12

“我等会儿去咖啡馆，等我。”

路惜瑶发来短信，志林发现她消失的这段时间，自己差点儿忘了她的存在；

前段时间还想念到崩溃，这几天竟忘了。短信寥寥几个字，重新唤起志林对她的爱。他去卫生间收拾了一下仪容：可不能给阔别多日的女神留下不好的印象。

“不用收拾了，已经很帅了，趣吧吧草。”刘晓不知啥时候出现在他旁边，她嘿嘿地笑着。

“最近真是不对劲儿，是不是谈恋爱了？”刘晓托着腮打量志林。

“哪儿有的事，收拾一下就是搞对象？”志林矢口否认，心说八字还没一撇呢。

半个小时后，路惜瑶果然现身，她这次没有盛装出席，可志林眼里的她却更加美丽。他迅速向路惜瑶走去，一切如同往常，可不同的是，他们在金属房阅读区的椅子上一起聊天。王小小等人只以为志林在服务客人，并没有注意到他们之间的猫腻。他们坐在最靠墙的那个椅子上。

“晚上一起去外面住，你敢吗？”路惜瑶眼睛盯着书，悄声对志林说。

“我……我从未……和女生在外面过夜过……”志林的脸变得通红，他变得害羞不敢直视，说话结结巴巴，不敢看对方的眼睛。志林可从未有过要跟路惜瑶过夜的想法，其他的更不敢动念头。

“你想吗？”路惜瑶紧追不舍。

“我不知道。”志林脑袋一片空白。

“你想的是吧！”

“我……可能……想。”

“嗯，那就这么定了，晚点儿我给你发地址。”路惜瑶喝完最后一口咖啡，拿起挎包起身就出去了，都没跟志林说再见，就像一阵风似的出去了。她就这么走了？志林心想。他在椅子上摸不着头脑地继续坐着，他不能被其他人看出有啥不对劲。他当然明白晚上与女生一起出去住意味着要发生什么，他的内心与本能都无法抗拒。可他还需要找个正当理由让同事晚上对他打消怀疑，该找个什么理由呢？

13

志林“头脑风暴”想出很多借口，最终选择了一个连他都觉得很可笑的托词——他晚上想去网吧通宵。高中时候经常去，工作以来太忙，压力太大，都没再去体验过，今天特别想去。林清听过这个借口之后直翻白眼，他觉得这个志林真是太离谱，网吧有啥好玩儿的，不过志林确实没有电脑，出去玩儿游戏理所应当。志林就这样逃脱了这些大哥大姐的监控，获得了难得的自由。

这自由，是他渴望的爱情。他渴望一个学识渊博、聪明有主见的女友，他对王小小这样的女人实在是缺乏兴趣。路惜瑶才是真正的理想伴侣，她年龄大一些又如何？时间与阅历累积的魅力为她增色不少，而且她看起来很是年轻，真的美丽极了，越看越漂亮。她为每次见面精心打扮一番，每次都赏心悦目，这难道不是喜欢的表现吗？有道是“女为悦己者容”，还有比这更加典型的表现吗？

志林抑制不住激动的心情，如约来到路惜瑶提前告知的宾馆门口。这里的装潢不及大饭店那么气派豪华，但别有一番雅致韵味。复古留声机摆放在前台上，走廊墙壁上挂着具有民国风情的女人画像，壁纸是电视里面才能看到的那种样式。走在走廊上，志林如沐春风。

他敲门，吱呀一声，门开了，里面是路惜瑶。她穿着白色浴袍，头发湿漉漉的，一缕一缕披在身后。志林顿时全身热血沸腾，头脑发热。他想抱着路惜瑶猛亲一顿，可来不及这么做，就被路惜瑶牵着他的领口拉到床边。他们相拥着倒在床上，志林显得笨手笨脚不知所措。

“你是……”路惜瑶突然停住手，露出错愕的神情。

“是的……我以前从未做过这种事。”志林的脸已经红得像一只火炉，既知无从下手，只得如实招来。

“哈哈哈哈，我这可是捡到了一个宝，嗯嗯，不错。”路惜瑶大笑起来，这笑声像是来自女王，又像来自恶魔，让志林更加手足无措。

这是约会吗？他只觉得自己是路惜瑶的傀儡，被女猎人征服的小兽。房子里紫色的壁纸让人感到温馨，洁白的被子像一片雪地，志林在这个女人的身边躺着，屋顶的浮雕花纹在旋转。志林侧着身子，看着入眠的路惜瑶。她的神情一点儿都不安稳，眉头有些紧蹙，她在做噩梦吗？志林想进入她的梦境中，赶走入侵的坏人，让她可以睡得更加香甜。志林以为这就是爱情，是命运在他饱经苦难后给予他的一份幸运。

14

路惜瑶再次失联，志林的心情已低落到极限。他魂不守舍，脸色阴沉得像抹上了锅底灰，几次控制不住情绪冲其他人发火。众人一致认为志林工作取得一些成绩开始飘了，就连林清都不放在眼里了。面对埋怨，志林竟然脱口而出："我就是飘了，我就是优秀，我就是能干，怎么了？老板喜欢我理所应当，我勤快，你偷奸耍滑，以为老板不知道？"

无论如何志林也想不到自己会对他在趣吧的引路人刘晓脱口谩骂，纵然她在社会上浪荡多年，可她毕竟是女性，面对来自男性的羞辱，她又羞又怒，眼泪哗啦啦地喷涌而出。对于这个刚成年的小伙子满嘴污秽词汇，其他人都觉不堪入耳。他当众让刘晓难堪，众人瞠目结舌：这个平日里谨小慎微的害羞孩子竟说出极具杀伤力的话。

志林的脸涨得通红，发泄完愤怒便感到后悔，像鼓起的河豚，针一扎便蔫了下来，待在原地一动不动。刘晓冲到他面前，狠狠扇了他一巴掌，然后气冲冲地出去了。志林一时不知道该怎么办，他左顾右盼寻求帮助，林清与王小小都摇头叹气表示失望。他回到金属房找个椅子坐下，垂头丧气的，对路惜瑶的痛恨更加深刻。这样一个对他毫不在意的女人，怎么就让他刻骨铭心了呢？这场恋爱，一点儿都不像在小说里看到的那样甜蜜，尽是苦涩。想到这里，他的眼泪流了出来。来江城吃尽苦头，志林早已锤炼出坚韧不倒的内心，现在夯筑已久的大坝轰然坍塌。他的肩膀剧烈晃动着，用手背擦拭眼泪的样子提醒众人他还是个孩子。众人的恻隐之心顿生，他们从玻璃房走到金属房，走到志林的身边。事实上他们对读书可没有丝毫兴趣，平时很少在这边走动，今天专门为志林移动步伐。

“志林，你怎么了？”林清问。

“欺负别人的人反而哭了，真是没理变有理。”王小小打趣道。

“呜呜呜呜呜……”看到平日里对他不薄的哥哥姐姐都来关心自己，他哭得更加厉害。

“我记得他已经20岁了，还跟小孩子似的，真让人想笑。”

“我失恋了！”志林带着哭腔终于说出埋藏已久的秘密。

“天哪，我就知道不对劲儿，果然谈对象了。”林清说。

“找对象咋不跟我们说？这有啥好神神秘秘的，我们还能帮你把关呢！”王小小说。

“是谁？我看是哪个美女把我们苏志林这个纯情小处男迷倒了？”林清说。

听到“纯情小处男”这几个字，志林终于笑出了声。

“跟个娘儿们似的，我的天。”林清继续打趣。

“现在可以说说是谁了吧？”这是王小小来自女人本能的八卦心。

志林不知为何不愿意说出路惜瑶的信息，他怕林清等人讽刺自己高攀大学生，这样美好的恋人，他们会怎么看自己呢？

“是不是那个短头发女孩子，经常穿白色背带裤那个？看起来蛮可爱的。”王小小开始试探，这是志林并不喜欢的猜谜游戏。

“我感觉是那个御姐，大波浪中分刘海，哈哈，最喜欢志林这样的雏鸟，够嫩，哈哈。”林清永远这样不正经。志林知道这份不正经更多是对他的蔑视，年轻稚嫩成为被瞧不起的理由，志林打从心眼儿里看轻这个男人。

“是不是那个经常跟你一起看书的女孩子？我就说她总是跟你眉目传情。”王小小挑着眉，眼神意味深长，难以形容。

“怎么可能是她？肥胖身材，臃肿脸蛋。”林清冷冷地笑。

“是……她！”志林没想到他们这么贬低他的恋人，她明明那么美丽聪明，那么优秀，那才是真正的好女人、好妻子。虽然他目前没有把握能娶路惜瑶，将来他一定变优秀，娶她为妻。

“我就觉得她漂亮！”志林恼怒反驳。

“志林，你这么个帅小伙儿，怎么眼神儿还出了问题？”王小小露出不解的神情。

“你们不能光看表面，她的内在才是真正美好的地方。”志林面对他们对路惜瑶容貌的质疑，回想起初次看到女友的情景，他意识到路惜瑶的外形确实算不上美女，但她的才华才是其魅力的来源，不是吗？这种魅力其他女人根本不具备。

“内在？什么内在？我倒是想听听。”王小小问。

“他是……学生。”他吞吞吐吐终于还是没有把“江城理工大学”这几个字说出口。

“哪儿的？”林清问。

“对面大学的呗！”王小小的脸色突然变阴。

志林不明白王小小的脸色为何转阴，明明刚才还开玩笑开得情绪高涨，把自己当猴子一样戏弄。

“不错嘛，苏志林有出息！哈哈。”林清的脸色也有些不好看，他们像看大戏散场般各自忙活手里的事情去了，反而让留在原地的志林不知所措。志林从他们的态度与情绪转变中敏锐地觉察到不对劲，可他又说不出原因，低沉的情绪瞬间消失。他现在有些担心刘晓，忐忑地抹桌子，整理书架上被客人随处乱丢的书。志林发现书架上爱伦·坡的书被人动过，这可真是奇怪，过去这么久屹立不动的书竟然被翻动，里面还有铅笔画过的痕迹，看来最近来过有个性的读者。志林想知道是谁，对于铅笔画过的痕迹，他并未追查责任人，用橡皮自行涂去。

15

晚上，志林怀着忐忑的心情回到员工宿舍。社会上浪荡这么久，他深知人情世故的重要。他不能与同事产生矛盾，要不然吃亏的很可能是自己。毕竟刘晓是老员工，而他还是个涉世未深的毛孩子。

“刘晓姐回来了吗？”志林像犯了错的学生敲老师办公室的门般忐忑不安。

里面没有动静，志林又敲了几下，门吱呀一声开了。志林感觉这声音像通过延时装置传出来的，显得特别漫长。

“呦呵，这不是苏志林吗？啥风把老板眼里的红人吹过来了，光临寒舍有何贵干？”刘晓的话语夹枪带棒，可又有点儿文绉绉的，这让志林有些不习惯。

“姐姐，你的房子可是大小姐居住的城堡，我都不敢迈一步进去，生怕我这污浊的脚玷污你新买的地毯。”志林听闻刘晓突然小资起来，不知从哪里弄到一条时髦地毯，志林从门缝看去，颇有宫廷奢华感，让杂乱不堪的员工宿舍贵气起来。

“小苏果然是文化人，说话不同凡响。”刘晓拿着奇怪的腔调。

“你们两个别互相吹捧了，我听得想吐！”这是王小小从里面传出来的声音。

“是呀，小苏，大家都是自己人，何必祭出社会人那一套。”刘晓说。

“姐姐你大人不记小人过！”志林没想到这么快就被饶恕。

“你都失恋了，她还能跟你计较不成？”王小小说。

“我听说你高攀上个大学生？长出息了嘛！”刘晓的语调听着十分刺耳。

“刘晓姐，话可不能这么说！她是我的女友。”志林不能抑制怒火，反驳道。

“女友？小兄弟，当心被骗！我看她的岁数起码比你大10岁，老牛吃嫩草，懂吗？”刘晓像洞察人间一切骗局般冷静地说道。

“刘晓姐姐，她是我的女友，我们会一直在一起的。”说完，志林便转身回到自己的房子，其他人看到志林发火，有些木然。

“果然男大当婚，管不了喽。”刘晓耸耸肩，关门进去。

今天发生一连串争执，志林开始冷静考虑这段恋爱。他又何尝不明白自己配不上路惜瑶，她是高高在上的杰出人才，而他苏志林只是个一无所有的农村穷小子。到今天他也不明白路惜瑶到底喜欢他哪点，难不成只是他那微不足道的学识？志林从内心开始心虚胆怯，他想打电话问问路惜瑶，拿出手机把那串熟悉到倒背如流的号码输了又删，反反复复几次，终于把电话打了出去。

“你在做啥呢？”志林问。

“啊？我能做啥，我在写论文！”路惜瑶的口气冷冷的，仿佛陌生人般。

“你今天有想念我吗？”志林用央求的语气问候。

“当然想你，那么可爱的小男孩儿。”路惜瑶恢复了她那轻佻的口气。

“那就好，晚安，惜瑶。”志林突然意识到这是他首次用这么亲昵的称呼。

“嗯！”

路惜瑶这淡薄的一声“嗯”彻底让志林不知所措，他不知接下来该说什么。

“那你忙吧！早点儿休息哦！”志林不知从何来的信心使出男朋友的口吻。说出这句话，他落寞地挂掉电话。他感觉到女友并无太多与他交谈下去的热情。

嘟的一声，志林无法与女友继续交谈，他觉察到哪里不对劲，脑子蹦出一个声音——“路惜瑶从始至终都不喜欢你”。这使志林想起刘晓的警告，这个警告在耳边反复播放。

“女友？小兄弟，当心被骗！我看她的岁数起码比你大10岁，老牛吃嫩草，懂吗？”“老牛吃嫩草……老牛吃嫩草……老牛吃嫩草”这五个志林长久以来压根不敢想的字，此刻在他的头顶盘旋。

“难道她当真从未对我付出过真心吗？难道只是逢场作戏？”志林口中嘀咕着，他内心维持稳定的防线再次崩溃，放声哭出来。

志林抑制不住对路惜瑶的思念和怒火。他必须弄明白怎么回事，不想再被刘晓他们奚落。他给对方留言：周六，趣吧见，志林。

这夜，思绪烦乱，还好林清又去酒吧风流潇洒，也可能在哪位陌生女人的床上缠绵。这个房间，在这个夜晚，只属于志林一人，他可以尽情发泄情绪，再也不用在乎其他人的目光。终于累了，志林沉沉睡着，林清啥时回来都没有觉察到，今天是志林闯荡江城以来最动荡的一天。

16

第二天上午，志林才得到路惜瑶的回信：好的。

又是短短两个字，“好”透露出“并不好”的气息，路惜瑶对志林这个男朋友无话可说竟到如此地步。他心灰意冷，不敢把情绪暴露出来。他戴上面具，面若无事地在金属屋里忙前忙后，无人知晓他内心的波澜起伏。现在才到周四，还要熬两天才能见到女友。志林坐在走廊的椅子上，左右观察客人的需要。

“小兄弟，你可以推介书给我看吗？”这是年轻女人的声音，厚重有力，志林抬头看时，女人已走到他身边。

一年多时间，志林自信阅人无数，眼前的女人他判断得有三十多岁。她的皮肤不再光滑紧致，纵然保养得当，护肤品的清香悠远绵长，志林闻得真真切切，可眼角清晰勾画着几条浅纹，眼窝有些塌陷，这是岁月在她脸上留下的痕迹。她的眼睛很大，眸子闪着智慧的火花。她梳着干练的短发，短到有些像假小子，笑起来英气逼人。在志林看来，这位女性算不上美丽，身上的英气却很是稀罕，大城市的女人们哪个不是精心装扮？她把自己打扮成这个状态，又是为何呢？

“你好？”她用手在志林眼前摆了摆，打量着志林。

“哦！不好意思，我刚才在发呆。”志林意识到他发呆的毛病发作，显得有些失态。

“小小年纪发呆，哈哈！”她被志林的样子逗笑。

“你刚才问我啥了？”作为服务员，志林问这个问题实在愚蠢。

“你给我找本书看吧！”

“爱伦·坡的书您看吗？我最近可喜欢了，神秘莫测的故事是我的最爱，我不知道您是否喜欢？”志林问。

“喜欢呀！前几天我还看了呢！”

“在哪儿？”志林心中一怔。

“就在那里。”她指了指书架。

“在这里读的？”志林用惊诧的眼神打量着眼前的女人。

“有什么不妥吗？”

“哦，没什么不妥，原来前几天看这本书的读者是您呀？我还好奇谁会看那本无人问津的小说。”

“是我！有什么问题吗？”显然女客人被志林的毛躁震惊到，有些不知所措。

“没有……”志林意识到他有些冒失。

“没事儿，小兄弟，你也喜欢爱伦·坡吗？”女客问。

“嗯！我觉得《金甲虫》这部作品很精彩。”只要谈到读书，他保证兴致高昂，尤其是提到他喜欢的，他总喜欢慷慨激昂地发表一番见解。

“我倒是喜欢他写的《黑猫》，这个客人们大概是耳熟能详了吧！”短发女人说。

“不呢！在趣吧很少有人看他的书。其实故事很有趣，比门口那些杂志更有意思，只不过文学作品终归没啥人喜欢。”志林的语气有些落寞。

“那你们老板为什么要专门设置一个这样的读书区呢？能带来什么收益吗？”女客看样子对这阅读区的存在同样感到惊奇。

“说实话，姐姐，我到今天都不敢问原因，我同样觉得不可思议。”志林如实告之。

“你读爱伦·坡的作品有什么感悟吗？”女客问。

“我这段时间上班闲来无事看了一些，《黑猫》《金甲虫》我很喜欢。”

“你怎么看他的作品呢？”

“我觉得他的作品就像一把匕首刺向人类文明的心脏。”在趣吧工作这半年来，志林一边工作一边读书，思想与见识与日俱增。工作的特殊性让志林有机会认识学校里的人，尤其是学校里的知识分子，他为此感到幸福和满足。他享受这样的生活环境，纵然他与那些人之间有一道无形的围墙，亦感到满足。

“你的观点倒是很新颖！仔细说来听听。”女客的眉头紧蹙，眼神严肃，像对一件事物很感兴趣的样子。

“就拿姐姐你看的《黑猫》来说吧！你很少看到一部作品细致展示人性的阴暗面吧？”

“是很少看到。”女客表示认同。

“那他为什么要这么做呢？”

“为什么？”

志林走到书架旁拿出爱伦·坡的书，他翻到《黑猫》那部分，上面隐约还有铅笔画过的痕迹。志林抬头看到女客有些异变的眼神，他确认正是对方所画，他装作没有看到。

“正如小说第一段所写，他打小以性情温顺富于爱心而闻名，心肠之软惹人注目。这份爱心与仁慈却一度成为伙伴的笑柄。他意识到仁慈与心软也许并无价值，极端的仁爱长期压迫他真实的人性，最终释放出邪恶的一面。邪恶难道不是人性的一部分吗？荀子说‘性本恶’，恶正是人性的重要组成部分。”说这段话的时候，志林神情严肃，一边说一边用手指划着书上的句子，看起来像个老学究。

“那又说明什么呢？”女客人问。

“说明爱伦·坡骨子里有强烈的反叛精神。”志林语气笃定。

女客一边点头一边鼓掌，她难以相信一家咖啡馆的服务员能发表这样一番见解：“嗯嗯，不错，小伙子，你看书的视角是新颖的，而且颇有深度。”

“谢谢姐姐谬赞！”听到这样的夸奖，志林瞬间红了脸。

“你多大了？”女客问。

“我过年 20 岁。”志林说。

“嗯，还是个孩子呢，怎么不读书了？”

这一从始至终难以面对的问题，时至今日也无法给出让他不那么窘迫的答案，该承认他笨吗？明明不是笨蛋，唉，真希望不要有人问他这个问题。

“我没考上大学。”志林真想找个地缝钻进去，让曾经众人期待的好学生承认考不上大学，真是难言之隐。

“哦！”女客表示意外，她露出奇怪的神情，频频点着头。

“姐姐，我要去忙，你先坐吧！喝啥可以叫我！”志林尽着责任地说道。

与短发女客聊天时间太久，志林意识到都没有照顾其他客人的情绪，那边的刘晓已经愠怒，对他翻了好几个白眼。

17

终于熬到周六，这是志林的假期，也是与路惜瑶约定好的见面时间。志林在咖啡馆斜对面的亭子下面等待女友到来。下午三点路惜瑶准时赴约，志林学习江城其他男人的样子走上前去，主动搂着对方的肩膀。路惜瑶露出诧异的表情，身体也在抵触志林的靠近。志林感到她的冷淡，他觉着定是刚在一起不好意思，路惜瑶也有害羞的一面，这点真是出人意料。

“去哪儿呢？”路惜瑶冷冷地问。

“去看电影吧！来江城这么久，我还没去过电影院。”

“好吧！竟然没去过电影院。”路惜瑶露出惊讶的神情。

“我并没有合适的伴儿一起去，我自己去太没意思。”志林叹了口气。

“为什么非得有伴儿，自己欣赏不好吗？”她操着不耐烦的口气说道。

“你说得对，我还没去过，如果真的人多倒是无法静静欣赏，没法思考。”志林面对路惜瑶的咄咄逼人毫无招架之力，只得连连称是。

“去哪家呢？学校附近有三家。”路惜瑶说。

“去江城·记忆影院吧！”志林多次路过那里。

“好！”路惜瑶同意。

志林与路惜瑶并肩前往电影院，他想拉着女友的手，再次被不耐烦地拒绝，志林长期以来积攒的怨气终于发作。

“你想干什么，为什么这样对我？”志林质问。

路惜瑶可没想到这个温顺的小服务生会对她发火。

“你觉得我应该怎么对待你？”路惜瑶恼怒之中是骇人的冷漠。

“你是我的女朋友，你应该跟我保持亲密。”志林愤怒之中满是委屈。

“我是你的女朋友？我怎么不知道有这回事？”路惜瑶显得很意外。

“什么？我们不是已经……”愤怒与震惊让志林的眼睛迸发火舌。

“睡觉？”路惜瑶问。

“不是吗？难道你忘了？”

“睡觉就代表我是你的女友？我可不记得什么时候答应过跟你谈恋爱！”

“我是把你视作女友才和你……”志林说不出那个令他羞辱的字眼。

“这都什么时代了？你还把感情和性画等号。我是与你睡过觉，但是并不代表我喜欢你，明白吧！小朋友。”

“你简直不可理喻，我是怀着陪你过完……”

“哈哈，我可不需要你负责，你也没有能力负责。”路惜瑶打断志林的话。

“你怎么知道我没有能力？虽然我现在还不够优秀，但我愿为你奋斗拼搏，变成优秀的男人，我会照顾你的。”志林用哀求的语气说道。

“哈哈，简直奇怪，你觉得我跟你合适？”路惜瑶露出蔑视的眼神。

“我觉得合适，我们有说不完的话，我们很合拍，跟你在一起我很开心，我相信你也很开心。”志林语气急促。

“我并不开心。”路惜瑶语气冷漠。

“难道你是表演出来的？”志林问。

“那是你的幻觉，我只能这么说。”

“难道你就是这么轻浮的女人？”志林彻底生气了。

“轻浮？哈哈哈哈，你就当轻浮吧！我与你说不通，今天是我最后一次见你，以后不要再联系我，好吗？我对你已失去兴趣。”路惜瑶冷漠绝情，往日的甜蜜荡然无存。

“你简直就是个魔鬼。”志林骂道。

“现在认识到不晚，走吧，我现在唯一能为你做的就是看完这场电影。”路惜瑶平静下来。

“你既然如此绝情，那就看完电影，就当我还你请我吃饭的人情。”志林并没有像其他被甩的男女那般死缠烂打，此时尊严对他而言是宝贵的。

志林的心已经支离破碎，这才是真正致命的打击，过去长久以来在江城承受的痛苦在这一刻轻如羽毛，不值一提。失恋的痛苦让他的骨头仿佛断裂，明明身边走着心爱的女生，距离却像隔着一片海洋。志林意识到这是他的独角戏，从始至终的故事中演员只有他，路惜瑶只是他幻想的人物。电影从开场到散场，他们未说一句话，沉默到看喜剧电影变成了看默片。周围人哈哈大笑，志林没听进去几个字。倒是路惜瑶看得很认真，真是太绝情太冷漠了，志林心想。

“以后不要再联系我，我从未喜欢过你。”

这是路惜瑶对志林的永别吩咐，她头也不回地进入人群，一如初次见到她时的潇洒自信，现在多出一份冷漠无情。回想甜蜜过往，现在看来只不过是她惯于制造浪漫，惯于欺骗，真是美妙绝伦的谎言。她着实并非美丽的女人，可她对志林有致命的诱惑，她的离去让志林痛苦。志林的美梦再次破碎，他强忍心痛，删掉路惜瑶的手机号。过去那是一串神奇的数字，如今毫无意义，志林的人生又该何去何从？

志林心灰意冷地回到宿舍，刘晓与王小小坐在客厅沙发上化妆，看到他进门，停下手里的活儿，眼睛齐刷刷盯着志林的动向，她们都想知道志林约会的情形。她们一定在看笑话，现在如其所愿恋爱告吹，此刻一定心花怒放。志林想撒谎保护他不蔽风雨的自尊。

“我今天分手了！你们满意了吧！”诚实再次主导了他的思维。

“我们满意！苏志林我们才是你最亲近的人，她是个骗子。”刘晓说。

“你看你谈恋爱都不跟我们说，我们也好把关不是？”王小小说。

志林面对众人的实话并不想承认，他不想面对路惜瑶从未喜欢过自己这个事实。他回忆过去的林林总总，明明是甜蜜的，他不相信那是错觉和误解，一定是路惜瑶变了心。近来对他太冷漠，她这是在释放变心的信号。过去她一定是喜欢自己的，这一切不可能是他苏志林的独角戏。

“好，以后一定告诉你们。”志林礼貌地回复，语气冷冷的。刘晓与王小小听出志林不愿承认现实的心理，她们沉默了，继续化妆。一条细长的眉线出现在刘晓的眉骨上，王小小涂好口红在吧唧嘴。

此刻，志林只想一个人待着，无论谁跟他说话必然又是一场语言恶战，如果把他逼急了，志林也会动手，来江城一年来处处低人一等，谁又照顾过他的尊严？都觉着他好欺负，是随意拿捏的工具；他的思想是嘲笑的来源，读书是嘲笑的依据。志林突然想起好久没给母亲打电话汇报近况，与她聊天问问她身体如何。

“妈，您最近好吗？”志林向妈妈问好。

“挺好的，你在江城呢？马上冬天了，你要买棉衣呀！”妈妈的安慰让志林几乎流出泪水，可他憋着。

“我知道，我是个大人了，我会照顾自己，您在忙啥？”

“农村人能忙啥？玉茭子刚拉回来，打山药[1]的车快到咱家了。”秋桦告诉儿子近况。

“山药洗好了？”志林问。

“洗好了，放大桶里。”秋桦说。

打山药是个多么久远的词汇，志林想起小时候放学，大路上流淌着歪歪扭扭的鲜红色打山药废水，那是志林对磨村最久远的深秋记忆。秋季纵使在南方亦感到忧伤，今年的桂花比去年开得晚一些，浓香阵阵，如果泡茶想必口感极佳。最近路上有妇女收集树上的桂花，大概是泡茶用的。母亲已人到中年，繁重的农活儿压在肩上，郭二这张陌生又熟悉的脸又出现在志林眼前，他的仁慈与微笑，他的责任感，是多么的珍贵，这些竟是志林到南方谋生后心里鲜少的安慰，安慰中又夹杂着遗憾。

“您不用做那么多活儿，能用机器就用机器。”志林想不到他会反过来叮嘱母亲，难道他真的已变成大人？这种成熟是生活的磨难带来的还是年龄带来的？志林说不出来，他在江城是吃了一些苦头，但不至于饿死。

“哪儿有机器，要么雇人，麻迎凤雇人掰玉茭子，一天三十元。”

“三十元太少了吧！够做啥？”志林说。

1　打山药机是雁北地区农村用土豆制作淀粉的工具。

“就这样还有不少人抢着做呢。”秋桦说。

“需要那么多人？”志林问，磨村实在想不起谁需要这么多劳力。

“麻迎凤今年承包了五十亩地，不雇人他那麻秆腿能行？”

“咱们的地能忙得过来吗？”志林问。

“能，放心吧！农村人啥都做不了，就吃苦行。”

农村人？这三个字在志林听来突然有些迷惑，自家曾拥有磨村最洋气的房子、最时髦的家具，母亲也有城里女人那样的追求和生活做派，有郭二的照顾，她的生活还算安稳富足。如今彻底变成普普通通的农妇，她欣然接受太阳的暴晒，不再接受新追求者，是因为风采不再还是心如死灰？志林不敢问母亲这个问题，现在他真的长大了，他的情绪越发内隐，真实的自己只能留给夜色。

“妈，不要太辛苦，注意休息。”志林嘱咐妈妈。

“在农村，富不了也饿不死。你在大城市到处花钱，不必要的地方要学会节省。可一定要吃饱，需要钱告诉我，不要自己熬着受委屈。”

“嗯，妈，我今天休息，您先忙吧。”

志林挂断了电话，他还是担心母亲做农活儿会累坏身体，可又有什么法子呢？

18

志林的脑子里全是路惜瑶的影子，他怎么都想不明白路惜瑶为何离开他，这几个月的心动难道是幻觉？路惜瑶一定是爱他的，她温柔的眼神、漂亮的装扮不是给自己看的吗？这总不是幻觉吧！一定是哪里出了问题，志林太思念她了。眼下，理智告诉志林一定要在乎尊严，她既毅然决然分手，又何必死缠烂打被她嘲笑呢？可他渐渐后悔删掉了联系方式，现在好了，想挽回都没有途径，她还会再来趣吧吗？该不会因为不想见他就避而不来了吧。

“好好工作，苏志林，你再这样失魂落魄，我保证老板不会再对你好。”这是林清的声音，他从备饮区向他的头顶扔了一块多日没有清洗的抹布，上面满是酸馊味，大概是林清平时擦什么地方用的吧！

“真恶心，这是什么味道？”志林露出嫌弃的表情。

“林清可是本店的店长哦！志林越来越没大没小了，不像话！等老板来了看他怎么告你状！恐怕即使有免死金牌，你也不好交代。”王小小说完用轻蔑的眼神打量着他，这种同仇敌忾的气势让志林想起这两个人的午夜秘密，看来他们已然合为一伙儿。

“孩子嘛！我是无所谓的，工作做不好，总是不好的，你说是吧！苏志林。”

林清说的这句话提醒志林认清他的真实处境。工作半年来，他在趣吧获得了难得的自在，究其根源是薄意星鲜少现身，工作氛围并不压抑。林清骨子里是浪荡子，他才不会制造所谓的职场法则，可他毕竟是前辈，如果志林一整天板着脸，生活私事严重影响工作，想必他的职场狰狞面目也会露出来，到时候薄意星不见得会为一个毛头小子说话。志林正想着，薄意星推门而入。已有一个月没有看到他的人影，此刻他像高傲的骑士般环视趣吧。林清等人赶紧出来迎接，他摆摆手让他们继续各做各的事，然后匆匆走进他的休息室。那里只有一个大沙发，别无他物，真是个奇怪的男人。

志林回到金属屋，心里想着薄意星在里面的一举一动。他对这个男人总是尊敬中带着浓厚的好奇心。他想知道那幅油画作者究竟是何人，木门后面究竟藏着什么秘密，一切的一切，他都想知道答案，也许今天可以问他呢。如果他愿意传唤问话，也许能够伺机询问得知答案。现在志林正在整理杂志，要把旧的放到储物室，新到的上架：除特殊需要，谁会喜欢一本过时的杂志呢？能长期存留的只有经典名著，那是经过历史沉淀的瑰宝，只要喜欢阅读便永不过时。

“苏志林，你进来一下！”这位太阳神宙斯般兼具暴虐与仁慈的男人在叫他。

“我听到了。”志林赶忙放下手中的活儿进到薄意星的休息室。

“最近情况怎么样？我听说你把以前没人关注的读书角打理得不错，看来我眼光不错，选对了人！”薄意星面无表情。

“以前情况怎样我并不清楚，最近几个月确实读者变多了。”志林汇报。

“你倒是不谦虚嘛！果然像我。”薄意星点点头。

“这是王小小他们对我说的。”志林说。

“是吗？我倒是没想到他们会关注这个。”薄意星的表情有一丝惊讶。

“先生，其实我一直以来都有困惑。”志林终于说起话题。

“你的困惑是那个木门吗？”薄意星的脸色阴沉下来，志林意识到问这个问题还欠火候儿，于是姑且先转移话题。

“恕我愚笨，那个读书角自从我打理以来入不敷出，貌似并不能挣钱。”志林说完便意识到有些唐突，想必这不是涉世未深孩子该对中年男人说的话。

“我并不指望那几本书能赚钱。”薄意星语气冷静。

“那您开辟读书角的目的是……”志林问。

“如果你想知道目的，我并不排斥告诉你。你这个孩子由衷让我喜欢。你难道不想知道那幅油画落款的名字吗？”薄意星问。

“您怎么知道我对那幅油画感兴趣？”老板啥时候看出他的心思了？

“我多次看到你在打量沉思画的右下角，那里可不就是画家的落款名字吗？”志林现在意识到他在趣吧的一举一动都被薄意星注意着，这对他而言是一种肯定，也是需提高警惕的信号。又有谁真正喜欢被管理自己的人盯着看呢？那并不是美好的体验，首先失去的正是宝贵的自由。

“我喜欢那幅画的内容，苍凉辽阔，一眼可以看到很远的地方，这难道不是自由之地吗？生活中很多时候的束缚恰恰是环境给予的，整天在四处高楼的地方生活，眼睛又能看到多远的地方？只有身边这些事物了。”

“你倒是年纪轻轻挺有想法，我也喜欢过那样的生活，谁又不渴望自由？可生活中的羁绊总是无时无处不在，没有坚强的内心可不行。逃避固然能换来一时的舒爽，可真正的难题最终都要直面，越是逃避越是麻烦，这是你要明白的道理。”薄意星对志林使出年长者特有的教育语气。

“您有什么束缚自由的羁绊吗？”志林问。

“我的羁绊，当然有，我想你早就知道是谁。”薄意星回答。

“是谁？”志林问。

“你整天好奇的正是我的羁绊。”薄意星说。

“那幅画的主人，李——宁——馨？”志林张大嘴巴问。

“是的，正是她。我倒并不介意跟你说说我真正的爱情往事，我相信这也正是你长久以来好奇的问题。”薄意星的语气竟然如此冷静。

“您又如何看出我对您的爱情往事好奇呢？”志林被戳穿长久以来的心思，他有些心虚。无论是谁，被对面坐着的人识破自己的心理，都会感到不适，更何况对方是暂时掌握着自己命运的人。

“在孩子的心里，成功男士不该是都有一段人人羡慕的爱情吗？放松一点儿，这只是年轻人的正常认知，我这个岁数对罗曼蒂克爱情的向往程度已经大大降低。”薄意星说。

“真正的爱情往事，那梅丽姐姐不是你的真爱吗？”志林问。

“梅丽，她当然不是，她只是我的情人而已。”薄意星面无表情地说。他说出“情人”这两个字，志林竟心生愤怒：梅丽姐姐可是把他当成她最爱的人。

“年轻人，我认为你要遏制无意义的怒火。”

“我……”志林心理瞬息的变化被眼前的男人掌握，他只好不再乱说话。

“我的爱人是李宁馨，你看到这栋大楼了吗？正是她请求父亲答应使用我的设计方案，才有今天的趣吧。我的设计又有几个人真正喜欢呢？在老古板的眼里这座建筑只是小混混的胡乱建造，比如我的父亲。”薄意星说。

“她现在在哪里，我从未见过她的身影，还是我没有注意到？”志林好奇地问道。

“她失踪了，已经五年多杳无音信，我已有两千零二十五天没有见过她。”

“失踪？她不见了吗？”

“五年前的冬天，她要去看雪山，一去不再回来。搜山救援队整整驻扎山里两个月，连她的尸体哪怕是手机这样的随身物品都没看到。我与她的父亲整日以泪洗面，她父亲后悔平时对宁馨疏于管理，太骄纵才让她不顾家人感受只身冒险。我除了自责一句话也说不出来。当时本来我要陪她一起去，可我临时要参加一个国外竞赛，只好由她独自去探险，谁也没料到这小别竟成为永别。

趣吧原本是李宁馨父亲计划开发的艺术馆，我的设计方案从众多竞争对手中脱颖而出，宁馨离开后交给我打理。那时候她是我的未婚妻，这栋楼大概是她对我仅剩的安慰。我接管趣吧后把它改成了咖啡馆，正面挂上她的画作。阅读区并不能带来实际上的经济收益，可这是宁馨的梦想，她想拥有这样的咖啡馆。多年来，我一直活在失去宁馨的愧疚与痛苦当中，经常失眠。”薄意星的眼睛里闪过一丝愁怨。

“梅丽姐姐在你心里就没有丝毫地位吗？”志林问。

“我想能够跟我在一起，成为我的情人，对她而言已是莫大的幸福，我爱不爱她有那么重要吗？”薄意星竟说出这样的话。

“当然重要，她很爱你。”志林说。

“那是她的事，与我有何关系？”薄意星言词冷漠。

薄意星的冷漠绝情让志林简直难以理解，长久以来心中仰慕的巨人，不可一世的成功人士，竟然这样卑鄙。他对李宁馨的爱就是真的吗？志林心中满是疑惑。

“你要是喜欢梅丽，我倒是可以让她与你在一起。说实话，志林你才是真正的帅哥，又能有几个长得比你帅的小伙子呢？哈哈哈。”薄意星笑得一反常态。过去的他面无表情，今天他的笑容扭曲。志林一时摸不着头脑，他心想：今天怎么回事？为什么他会对我说起他的过往，他就真的这么在乎我那点儿可怜到不值一提的好奇心？

“不，老板，梅丽姐姐那么高贵，我怎么配得上她？”志林的脸色又变得通红，他意识到话头儿不对，赶紧示弱求饶。

“行啦，工作去吧！我今天心烦得要死。”薄意星驱赶志林。

“好，我这就出去。”志林赶紧从这个是非之地撤退出来，他后悔自己的好奇心与正义感险些让他失去理智。

19

几番交谈过后，志林得知短发女客人的名字叫熊楚楚，名与实可丝毫不匹配。如果光看名字，谁都会认为这是个长得楚楚动人、惹人怜爱的女子，可实际上她干练飒爽，颇有女强人姿态，这是志林对她的主要印象。除此之外，她还将自己的职业也毫无保留地告诉了志林：她大概是在江城一个湖边开书店。然而她身上并无所谓的文艺青年气质，反倒多出一份深沉与老练。她与路惜瑶相比坦诚许多。路惜瑶像神秘的访客，偶尔现身志林的世界，她做什么、心里想什么，从不与志林分享，像一个谜。熊楚楚开诚布公介绍她的信息，没有那么多弯弯绕绕。今年她已 32 岁，来趣吧的目的是体验学习。从她的口中得知趣吧在江城颇有知名度，原本志林只知这座奇怪的建筑在附近具有地标意义，现在看来在江城很远的地方也被知晓，志林心中的骄傲满溢，眼神得意。这点被熊楚楚看在眼里，她找准时机对趣吧建筑赞美了一番。她说两边建筑的材料使用不拘传统，具有强烈的反差，造型怪异让人过目不忘，视觉冲击力强，是美妙的后现代建筑艺术精品。志林听完这番夸赞后，对趣吧的爱更加深刻，他为这座美丽的建筑吸纳他成为其中一分子而感到幸运，对熊楚楚的审美能力从心里佩服。熊楚楚在得知这座建筑的设计师正是这家咖啡馆老板本人，而这个人是薄意星之后，她的眼神更是充满惊奇，闪着亮光。显然她认识薄意星，也或者听过这个人名。这一点儿都不奇怪，在建筑圈子，他一定是鼎鼎大名的人物。如果熊楚楚对建筑学有所了解，那么置身江城又怎么会对薄意星陌生呢？

熊楚楚用她的成熟与老练，带志林慢慢忘记路惜瑶给他带来的痛苦。一个人的年轻时期，爱情是刻骨铭心让人痛苦的，可新鲜生活的冲击总能让人忘记烦恼，哪怕只是短暂忘记。这次，年龄已不再成为束缚他认识朋友的阻碍，他与熊楚楚的相处轻松自在。只要放假，熊楚楚就会驾上她的小汽车前来趣吧带志林出去兜风玩耍，一路上见识南方美好的自然风景，吃各种美食。熊楚楚是个有钱人，这些对志林来说不菲的开销她主动掏腰包，她的出手阔绰几次引来餐厅服务员的挤眉弄眼，熊楚楚只是说："你还年轻，将来会有钱的，现在何必那么计较你我呢？”

“我将来一定会请你吃好吃的。”听到熊楚楚这么说，志林的羞愧与自卑放松不少，这是熊楚楚的魅力所在，她阅尽人世间的繁华却显得看淡一切，让志林没有压力。

熊楚楚的书店在江城的一处繁华地段，书店外面便是市内较大的湖泊——镜湖，平日水面安静如镜，只在风起时才吹起层层水浪。镜湖正是得名于此，是人们散步消暑的胜地，也是外来游客不可缺少的光顾景点。在镜湖边开书店，她的客人必然不少。镜湖附近有两所高中校，还有一所大学，学生买书就近去她的书店，生意倒是一直不错，维持着她富足的生活。学生喜欢去她的书店，风景漂亮是首要原因。作为学校密集的区域，周围书店并不少，可她的书店外面就是镜湖，走几步便置身湖边，人类对自然风景本能的喜爱让这家书店脱颖而出，即使社会工作人士闲暇时间也会来坐坐，遇到中意的书将其带走。

“在趣吧体验学习遇到的惊喜就是你，志林。”熊楚楚后来与志林说。

“是我？我为什么能够成为你眼里的惊喜？”志林好奇地问。

“因为你身上有与众不同的气质，你与其他孩子不一样。”

“哪里不一样？”志林问。

“你有明亮的眼睛与清澈的内心，你的同龄人都沉溺于游戏或恋爱，他们过剩的精力也许并没有用在正确的地方，而你拥有不俗的知识还有见解。”熊楚楚回答。

“可他们可以享受美好的大学生活，那才是我渴望的。”志林眼中满是愁绪。

“人总是要活在当下，接受现在的样子，努力成为更好的自己。”

“我对当下很不满意，我该有更远大的前途。”志林情绪激动地说道。

“你又怎么知道你没有未来，说不定你会成为作家、知识渊博的学者，说不定可以开一家比这大几倍的书店。你看有那么多人没读过大学也能拥有璀璨的人生。”熊楚楚说。

“楚楚姐，谢谢你没有说我是书呆子，长久以来我都在怀疑读书的意义。”

志林满怀感激，在落寞的人生里得到认可，说这是雪中送炭一点儿不假。

这是志林与熊楚楚在书店外镜湖边椅子上的谈话。这年冬天，志林没有回家，母亲对他不回家过年不能理解，深感失望，几乎掉下眼泪，可志林铁了心要留在江城陪伴熊楚楚。几天假期，他住在熊楚楚的家中。这是一栋位于郊区的独栋小别墅，周围住着江城的富人，志林喜欢房子里的意式简约家具，它们让人感到浪漫温馨。旋转楼梯通往楼上，那里是熊楚楚睡觉的房间。此时正值寒冬，外面的独立小花园没有太多花草树木，却亦能感受到自然之美。没有林清等人的监视，他尽情享受与熊楚楚的二人世界。熊楚楚带着志林探索新鲜世界，这给予他难得的快乐。年龄的差距没有阻碍他们身体与精神世界的契合。志林感受到幸福，他也在加速成熟，身上出现成年男人的味道。这短短的几天，是志林罕见的安逸时光，他由衷依赖熊楚楚，如果没有这个女人的陪伴，志林会堕入无边的苦难炼狱，这种情形他不敢想象。

在与熊楚楚相处的过程中，志林发现这个富有的女人总是感到孤单，她为什么感到孤单？难道吃喝不愁的奢靡生活不能让她感到满足吗？熊楚楚对人人羡慕的生活毫不在意更让志林匪夷所思。

晚上，他们在酒吧饮酒到十一点才回到家中，志林与熊楚楚相拥躺在宽大的圆床上，互相吐着满嘴的酒气，外面此起彼伏的烟花让房子里变得更加温馨诗意。看着熊楚楚平时稳重成熟的样子变得有些颓丧，很少喝酒的志林现在也觉得天旋地转。喝得酒气熏天的熊楚楚嘴里念叨着一个名字——小志。小志是谁？是她的男朋友，还是有其他什么关系？这个陌生男性的名字让志林的醉意有些减淡，他的理智被拉回。熊楚楚一遍一遍地叫着“小志”，过了一会儿，她又嘟囔着：“小志，妈妈想你。”“妈妈”？难道熊楚楚已婚并且有孩子？志林的心跳得砰砰直响，她为何要骗自己说是未婚？回想起与熊楚楚刚认识时的一次聊天，她富有超前意识地表达她对婚姻的看法，志林的思绪回到一个月前。

那是一次放假，熊楚楚约志林去江城另一家咖啡馆聊天，她脱去成熟坚强的外衣，对志林坦白地说起她的想法。

“姐姐，你为啥不结婚呢？在我老家，你这个年纪的女人，很多人都有两个孩子。”当志林知道她的年龄后，他像其他人一样问这样的一个问题。

熊楚楚回以难以置信的微笑，她说：“你可以叫我楚楚，我不希望其他人告诉我年纪已大，我心理还很年轻。”

“好的，那我以后就叫你楚楚。”

“为什么要结婚？女人结婚，从一处受气到两头遭罪，孩子长大后三方欺凌，孩子结婚后四处受敌。现在我一人挣钱，‘一人吃饱，全家不饿’，不好吗？”熊楚楚这套数字对答让志林惊异。

“楚楚，你这段话我不否认说得很是精辟，可我并不理解其中的意思，婚姻有这么可怕吗？既然可怕，为什么那么多人要抢着结婚？”

当时志林觉着，眼前这位熊楚楚的言论让他刮目相看。像她这样优秀的女人，应该众星捧月般人人争抢，对婚姻有无限憧憬才是，可她竟然是这样的打算。

“姐姐，哦不！楚楚，你的思想真是罕见，不过我想，现在中国的社会，这种想法还是难以被接受的，你觉得呢？”志林抱着想了解对方的心理抛出这个问题。

“改变社会陈旧观念，必然需要探路者，如果谁都不动，那只能原地踏步，我不愿意重走我母亲的老路。”她用嘴抿了一口咖啡，目光望向窗外。窗外车流涌动，然后又看着志林。

“阿姨走怎样的路？”志林试探着问。这样一个风华正茂、前途无量的女人，她难道也有来自家庭的烦恼吗？志林心想。

“我母亲，我想她也许是个传奇人物，但终究还是婚姻的牺牲品。”她深深叹了一口气，眼中充满悲愤与难过。

那天，志林看到她眼神中的悲愤与难过便不再追问下去，现在只有等她醒过来再问清楚，婚外情的罪责志林并不愿背负。后半夜，志林半睡半醒坚持了几个小时，期间熊楚楚有时会把胳膊放在他的胸膛上。她睡得安稳，心中想的又是谁？

20

上午，熊楚楚醒来，志林为她递上一杯白开水，“谢谢！”熊楚楚喝掉水，她感激志林的体贴。

“你现在感觉如何？”志林问。

“好很多了，你呢？”熊楚楚反问。

“我目前还不错。”志林答。

“不错嘛，我还以为你文弱书生的样子会不胜酒力，现在看来低估你了。”醒来的熊楚楚有点儿小女人的样子，这倒是让志林有些心疼，可他必须知道这个年长自己很多的女人的婚姻状况。志林不想被突然破门而入的中年男人用乱棍赶出去。

“楚楚，既然你休息好了，我想问你一个问题。”志林表情严肃。

“问吧！表情不要这么严肃。”

“小志是谁？”志林问。

“为什么问我这个问题？我怎么知道小志是谁？”熊楚楚的脸色瞬间阴沉下来。

志林没想到熊楚楚会矢口否认，她难道不是个坦荡的女人吗？

“昨天晚上，你的口中一直叫着小志这个名字？”志林试图提醒。

“好吧！既然你想知道，我就告诉你！他是我的儿子。”这倒是没撒谎，与昨天她睡梦中的念叨一致。

“你为什么骗我未婚，为什么不说实话？”志林语气凶狠。

“那是因为我现在单身，小志是我与前夫的儿子，现在跟我前夫生活。”熊楚楚说。她显得淡定从容。

“为什么对我隐瞒你有过一段婚姻的事实？”志林问。

“说不说实话有什么区别？难不成你要娶我这个大你十多岁的女人？”熊楚楚的语气有些激动，但很快又恢复她成熟年纪该有的冷静。

“这……”事实上志林确实没有想过与熊楚楚有什么未来，只不过他现在离不开熊楚楚给予他的安逸生活。没有熊楚楚，他在江城摇摇欲坠，很可能粉身碎骨。既然她是单身状态，那么与熊楚楚继续来往便不违背道德，不用担心惹祸上身。现在摆在志林面前的是熊楚楚的另一段人生，志林对这段过往有浓厚的兴趣，他想一探究竟。

“你与前夫为何离婚？”志林问。

“你对别人不愉快的过往很感兴趣吗？”熊楚楚用老练的眼神看着志林。

“不，楚楚，我是关心你的，我总是感觉到你的孤独。我想一定是有不开心的事积压在心里，说出来会舒服一些。”志林编了一个充满博爱情怀的理由。

“我倒确实感到孤独，你知道这个房子是谁的吗？”熊楚楚问。

“不是你挣钱买的吗？”志林感到这个问题莫名其妙。

“不，不。”熊楚楚左右晃动她的食指，“这个房子其实是我母亲给我留下的，你以为靠那个书店当真能买得起这房子吗？”

“我一直以为是你购置的房子。”

“这是我妈妈留给我的唯一财产。我妈妈一辈子郁郁寡欢，最终凄然离开人间，而我因为与前夫的纠葛，错过了看妈妈最后一眼。”说到这里，她的眼睛里流出泪水，志林从床头柜上找到纸巾递给熊楚楚。

“我外公曾是一家很大的粮食厂的副厂长，并非大富大贵，可我妈妈依旧过着衣食无忧的生活。她钢琴舞蹈样样实力不俗，唯一的不足是她不是人们眼中的美人，可这并不妨碍她拥有幸福的青春岁月。她开心舒畅，脸上总挂着笑容。直到我父亲出现，一切发生了翻天覆地的变化。”

“发生了什么样的变化？”志林追问。

“我父亲是个外省大学生，毕业后分配到江城盛川粮食厂。他年轻，富有才华，可毕竟出生在偏远的小县城，那里近乎封闭，只有大学生有机会走出去，父亲就是零星的几个幸运儿之一。认识我妈妈后，他用传奇的奋斗获得了我妈妈的芳心，两人坠入爱河。外公看父亲吃苦能干便没有反对他们恋爱，两个人很快便领证结了婚，而我父亲也顺利住进外公家中，不用憋在单位几人间宿舍里，很快住进了宽敞又舒适的房子。”熊楚楚诉说着那些遥远又陌生的故事。

“这是美好的爱情故事，怎么就成为悲剧了呢？”志林问。

“很多动人心魄的美好往往埋藏着祸患。”熊楚楚答道。

“后来，我父亲不满足于上班生活，他开办了一家食品公司，为拿到更低价格的原料产品，他去做我外公的工作。我不知他怎么蛊惑的外公，最终外公把自己所在厂子的粮食低价卖给父亲，并为父亲加工厂的产品找到了销售渠道。很快食品加工厂便升级为大企业，而父亲也成为当之无愧的富豪。”

“难怪你能拥有这么好的房子。”志林附和道。

“房子？我觉得你应该听听房子的历史。父亲功成名就时，外公所在的厂子发现外公操纵资源的事情，整整算出一百万的差额。东窗事发，厂子要求外公迅速填补。那时的一百万可不比现在，那可是笔巨款，为了保护我父母周全，外公离家出走，这件事我父母都不知道。外公把祸患的火星扑灭了。”说到“周全”这两个字时，熊楚楚的语气有些加重。

“后来没有他的消息了吗？”志林问。

“后来看到的就是外公的尸体，从湖里捞出来的。”熊楚楚语气哀怨。

“他怎么会那样？”志林问。

“至今未知。”熊楚楚叹气说。

“直到他死亡的消息传得沸沸扬扬的时候，我父亲才意识到怎么回事。失去外公的支持，父亲心中有些恐惧。他常常在外面饮酒，彻夜不归。母亲以为他在外面有了其他女人，两个人的争吵成为家常便饭，我家的幸福生活已被摧毁。”

“再后来呢？”志林问。

“我想你饿了，我们去做点儿吃的吧！”熊楚楚说。

熊楚楚这话倒是提醒志林应该吃早饭了。他确实饿了。楚楚穿着华贵的真丝睡衣，他们顺着旋转楼梯下到一楼。开放式厨房让精致漂亮的厨具一览无余。不到一个小时，两份西式早餐便摆在桌子上，志林鲜少使用西式餐具，现在笨拙地学习熊楚楚的样子，很快便把早餐吃了个精光，他真的饿了。

“楚楚，你的手艺可真不错，真是上得厅堂下得厨房。”志林用对女性最高的赞美之词来形容眼前的女人。

熊楚楚双手托腮，看着眼前小自己很多的男人，感觉他可真像个孩子。

“把我这份也吃了吧！”熊楚楚把她的那份也扒拉到志林的盘子里。

“我吃了，你饿了怎么办？”志林问道。

“这里可并不缺少吃的。”熊楚楚笑着说。

“你这倒说得对，我从未住过这么漂亮的房子。”志林环视房子四周。

“哦！我应该给你继续讲完故事的。你是个好奇的孩子，我应该满足你的好奇心。”熊楚楚严肃地看着志林。

“我愿意当你最好的聆听者。”志林放下手里的餐具，看着熊楚楚。

“外公去世后，我父母的关系跌至冰点。对于外公的去世，妈妈一直归咎于父亲的贪婪。她总疑神疑鬼爸爸在外面有人，在梦里拳打脚踢，父亲时常半夜惊醒。也许年轻女人能让父亲的生活多出幸福激情，少了恐惧沉重。他越发讨厌母亲，直到一张离婚协议书递到妈妈手里。母亲深爱着父亲，她无法接受这个事实，喝药自杀逼迫父亲以求挽回婚姻。父亲及时发现把她送到医院，她虽然活了过来，可这只会加重父亲对她的憎恶，最终二人婚姻分崩离析。这栋房子是他们离婚后，妈妈用分到的钱买的。这间房子原来的主人是妈妈，她离世后，房子被归到我的名下。为告别家庭生活的不幸，我花尽妈妈给我的钱，还有我的部分积蓄，重新装修了这栋房子，这是重新装修过的样子。我遗传了爸爸的自私，我不喜欢沉重。”

真是漫长的故事，志林心里感叹着。

“你的父亲现在在哪里？”

“他还在经营食品公司，离婚后，他很快又再婚了，有了一儿一女。现在的他所拥有的才是幸福生活。妈妈只是他成功路上的棋子，而我的出生只是个意外，爸爸并不喜欢我。”熊楚楚说。

“你和你的父亲还有来往吗？”志林问。

“我和他们很少来往，电话问候只是确认对方还活着；说话，只是无意义的指责和谩骂。我离婚后，父亲为我开了那家书店，并声明以后不要再跟他要钱。”熊楚楚说。

熊楚楚事业女强人的形象此刻在志林的心中轰然倒塌，原来这一切奢靡的生活竟然来自上辈的帮助，她为何要展示事业强人的身份？做真实的自己不好吗？

“那小志呢？”志林用充满同情的神色打量着熊楚楚。

“他是我的儿子。”熊楚楚似乎忘记两人曾讨论过这个。

“我知道，你跟他见面吗？”志林问。

“很少，他的爸爸也不会让我见。”熊楚楚说。

“原因是？”志林问。

“我们两个已经水火不容，我这辈子都不想再看到他。我和妈妈命运很相似，都毁在男人身上，我重走了她的不幸之路，这是我很长时间以来的梦魇。我在财经大学读书的时候认识了前夫，他是我的同学，在班里担任学习委员。高大帅气的外形、突出的学习成绩让他在学校得到很多人的喜欢，其中也包括我。我一直渴望与他认识，可我并无机会，也没有信心。”

“为什么没有自信，你的父母家庭条件那么优渥？”志林感到好奇。

“是的，他们是很有名望的富人，可却是我的束缚，无论我取得什么样的成就，别人都将其归结到父母给我提供了优质的教育条件，仿佛我一无是处。父母与家庭让我没有成就感，更让我失去自我认可。每当我看到那些来自乡下的女生斩获奖项获得众人赞美，我便觉得自己差劲。”熊楚楚变得哀伤无奈。

“你有朋友吗？”志林问。

“有，可都是贪图我的物质条件。他们找我借钱，穿我的衣服，我只有答应他们的请求，他们才肯跟我做朋友。”熊楚楚答。

“如果不答应呢？”

“我会被说小气，家里那么有钱都不肯帮助他们。”楚楚说。

“既然知道这样，为什么还要跟他们来往？”志林问。

“我想人总是群居动物，不能独来独往。那时候我的家庭已经支离破碎，我需要别人的陪伴。”

“那你与你的前夫最终是怎么熟悉的呢？”志林问。

“起初只是同班同学，点头打招呼，这都是表面礼貌。终于有一次机会来了，让我与他可以深入交流……志林你可真是个好奇心强的孩子，我的人生经历一团糟，你竟然对此感兴趣。”熊楚楚说道。

“不，我只是想了解你的悲伤，这样才可以给你更多的关心。你知道的，楚楚，我在乎你，我希望你开心。”志林可没想到熊楚楚会突然打断话题，他只好继续引导。他对这个有钱女人的人生兴趣浓厚，可他不能承认自己有这个心理，否则会被认为揭别人伤疤，是卑鄙的苦难鉴赏家。

“我们去外面走走吧！今天好不容易大晴天，想必不冷。”

“好，我正有此意。”志林说。

二人换好衣服推门出去。志林身上穿着熊楚楚给他买的名牌羽绒服，这件衣服的价格大概是志林两个月的工资。志林一开始拒绝这对他而言价值不菲的礼物，可最终还是成功被熊楚楚套在身上，舒适暖和得让志林不想再脱下，这种感觉是他从未有过的体验。熊楚楚穿的是奢侈品牌女士秋冬套装。志林是乡村土包子，这些奢侈品是他知识的盲区，平日里滔滔不绝的他现在静静闭嘴。熊楚楚为他介绍衣服时，他感到自卑，默默牢牢记住衣服的品牌。

志林和熊楚楚并肩走在别墅区，周围住着的都是富人，华贵小轿车自由停放，几个女人手中牵着狗绳，小狗在互相追打。志林在她们脸上没有看到忧愁，她们有的只是万种风情，仿佛生活没有丝毫烦恼。在一个小区却依旧处在两个世界，这大概就是人与人之间的区别。志林的心情瞬间低落下来。

“你看起来不太开心？”熊楚楚发现了志林脸色的异样。

“没有，只是刚才吃太多有些撑。”志林轻松撒了一个谎。

“那好，我可以给你继续讲讲我的人生。”

“我永远愿意听你讲的一切。”志林说。

“学院组织辩论赛，我得知他已报名。班里还剩下一个名额，我想机会来了。原本室友吴晓天已申请并获得通过，所以得想办法取代她。我深知这需要付出代价，而我唯一能够给予她的只有物质。观察了几天，我发现吴晓天为与同在江城的同乡闺蜜攀比，买了几件品牌衣服，这些钱花光了她一个学期的生活费，很快就会弹尽粮绝没饭吃。而她的父母只是普通农民，家里还有个弟弟，怎么可能允许她乱花钱，况且供她读大学已十分艰难。我看到她偷偷抹泪，到处求同学借钱，平时看谁都不顺眼的姿态消失无形。我主动约她一起吃午饭，她当然知道我的家庭情况，十分开心地答应了。纵然我正是她瞧不起的同学之一，可为了与那个男生并肩作战辩论会，我要与她冰释前嫌。不需要我首先开口，穷途末路的她便张嘴向我借钱。这在我的意料之中，我故意表现出为难的样子，只说最近手头紧……”熊楚楚的回忆带着志林穿越时空，回到这个女人的大学青春岁月。

“熊楚楚，借我点儿钱，我最近遇到麻烦了，把我父母给的钱用光了。”在财经大学食堂的饭桌上，吴晓天用哀求的语气向熊楚楚求助。

“你遇到什么麻烦了吗？”熊楚楚明知故问，她要表现出对同学的关心。

“你知道我有一个闺蜜田甜，我的同乡，她也在咱们学校读书，在经管系。”吴晓天说。

“嗯，这个女生我从你的嘴里听说过，你不是不喜欢她吗？”熊楚楚装作不知。

“可她毕竟是我的同乡，她遇到困难我不能坐视不理。”

“她遇到了什么麻烦？”熊楚楚问。

“她和她男朋友有了孩子，需要拿掉，我的生活费只好先给她救急。”吴晓天撒谎的能力真是让熊楚楚感到意外。

“那可真是太糟糕了，如果被家人发现，估计要么大打出手闹出人命，要么退学，无论怎样前途都被毁掉。”熊楚楚眉头也变得紧蹙。

“是嘛，就是这样，我帮助田甜是对的。她说下个月男朋友把钱凑齐就还我，可是我现在等不及了，我已经身无分文。”吴晓天带着哭腔，真是可怜。

“好吧，我已经知道你的苦衷与困难了，你想要借多少钱？”熊楚楚知道大鱼已经上钩。

“借我两千元。”吴晓天面露惊喜。

“行，这笔钱我可以借给你，但是你需要答应我一个条件。”熊楚楚进入主题。

“只要我能做到，三个条件也没问题。”吴晓天信誓旦旦的样子让熊楚楚想笑。

“我知道学院组织辩论会，我也想参加，可是你已经报名。”

“没问题，我可以让出名额，本来参加那个也只是为了认识祈定涛。”吴晓天说。

“你也喜欢祈定涛？”这让熊楚楚意外。

“什么叫‘也’？难不成你也喜欢他，我说你参加那个辩论赛做啥？你平时可不是口才型选手。哈哈哈。”吴晓天识破了熊楚楚的想法，这反过来让熊楚楚难堪。

“没有的事，我只是想挑战自己。”熊楚楚矢口否认。

“没事，喜欢他很正常，谁不喜欢他呢？况且你家那么有钱，他肯定喜欢你，明天我就退出辩论赛，你到时候补上就行。”吴晓天说。

“这笔钱，你凑齐了还给我就行，不用急，我想先给你一千块，明天给你剩下的。”熊楚楚从包里面拿出一沓钱。吴晓天临走时给熊楚楚使出一个意味深长的眼神，似笑非笑，似祝福又有些嘲讽。

“志林，你知道吗？她的笑容让我不寒而栗，后来我才明白怎么回事。”熊楚楚对志林说。

“第二天，吴晓天便把辩论赛名额让出，我顺利与祈定涛组队，两周后进入校辩论赛决赛。和他并肩作战的生活让我的人生焕发出生机，他把我从无边的空虚与自卑中解救了出来。”熊楚楚接着说。

“后来呢？”志林对熊楚楚的往事兴趣越发浓郁。

“后来我们在辩论赛上拿到第二名，纵然不是冠军，那也是我一生的辉煌时刻。台下老师与同学的掌声像浪花般从远处传递到我的耳边，我与他相视一笑，仿佛喝醉了酒，瞬间轻飘飘，那是爱情的感觉。”

“再后来呢？”

“后来我们从过去的点头之交变成了好朋友。”熊楚楚说。

“你们没有发展成恋人？”志林问。

“他说他只是把我当成同学朋友，我不想和他生疏，同学或朋友关系也好，只要能和他有更多共处的机会，我相信我的心意总有一天能感化他。为此，我尽我所能陪在他身边，帮他买零食，买衣服，买礼物。”

“他没有被感动吗？”

“他反复说不要用金钱来收买他的心，他不希望感情的来源是物质诱惑。我的付出并没有感动他，而他这句话却对我形成更多的吸引力。我在学校认识的朋友，又有几个不是喜欢从我身上刮蹭油水，有利可图才与我交好。可他与众不同，他是那么完美，同学眼中的男神，学校培养的杰出人才，未来的栋梁。我真正和他在一起的机会是在毕业后，他进入江城一家大型企业，我为庆祝他的硕果，专门为他挑选西装，他一如往常对我表达感激。可那才是噩梦的真正开始，正式上班前，他为表达我对他长久以来照顾的感激之情，带我去酒吧庆祝，他买单。我沉浸在喜悦当中与他一起去酒吧，那天我们喝了很多酒，晚上在他租的房子……”熊楚楚这会儿才显示出女人的羞涩。

“你没有表示反对吗？”志林问。

“我为什么要反对，那是我长久以来的梦想。”熊楚楚说。

“可他毕竟不是你的男友。”

“过了那晚不就是了吗？第二天醒来我们正式成为男女朋友，长久以来我的痴狂与付出终于获得回报。他说前一天晚上喝酒庆祝原本打算向我表白，可喝着喝着就忘了。然后他从口袋里拿出一条手链戴在我的手上。我知道手链价格并不贵，可在我眼里是无价之宝，将来他会给我买更好的。正当我以为奔向幸福的时候，却遇到了难题。妈妈坚决反对我与祁定涛在一起，我问她为什么，她说结婚一定要门当户对，祁定涛不合适。我很生气，爱情怎么能用金钱衡量？妈妈说跟祁定涛在一起必然吃亏，不能结婚。我告诉妈妈我与祁定涛认识相知多年，他的人品我心里有数。他跟其他人不一样，他在学校很优秀，是风云人物。妈妈还是坚决反对，她当着爸爸的面说：‘你不怕他盯上你父亲的家产？’

爸爸知道妈妈话里有话，他面色阴沉，他没见过祁定涛就拍板答应了这桩婚事。那时的我感觉到爸爸对我的爱，他真是体谅我的感受。我对妈妈很是反感，自从外公去世，她变得怨天尤人、疑神疑鬼，我的生活因她变得压抑，我恨她。我与祁定涛的婚礼，是在爸爸强装笑脸妈妈哭丧着脸的情况下进行的，祁定涛由此对我的家庭并不喜欢，我的婚姻悲剧从婚礼当天便开始上演。”

“他作为你的丈夫应该关心你才是。”志林说。

“婚后还没过去三个月，他就变了，不再温文尔雅，开始暴躁易怒，生气难以控制就摔东西。我问他为什么换了一副嘴脸，他冷冷地说：‘我从一开始就是这样。’我后悔没有听妈妈的话，我想离婚，可是我的肚子里已经怀上小志，为了孩子有一个完整的家，我只好忍气吞声。一段时间我以为小志的出生能挽回他的心，可孩子出生后的第三天我彻底心灰意冷了。”熊楚楚长长地叹气，眼神中满是愤怒。

“发生了什么？”

“孩子出生后第三天，我走出病房，打算去透透气，可是我在医院一个偏僻角落看到了一个熟悉的身影，你猜是谁？”熊楚楚发出奇怪的笑声，这笑声是悔恨还是对命运的嘲讽，志林难以用合适的词汇形容。

“是谁？”志林问。

“我遇到多年未见的吴晓天。”

“吴晓天，她怎么会出现在医院？”志林同样被老同学的出现震惊到。

“她不仅出现在医院，还在祁定涛身边，她满眼泪水与祁定涛相视，眼神中充满爱与祈求。我想我不傻，直觉告诉我事情不简单。我绕道走其他路，偷偷躲在他们身后的墙边，仔细听他们在说什么。吴晓天质问祁定涛当初明明说好配合演戏，利用我谋取到一笔钱后就离婚娶她，为什么还不兑现承诺，还一直不肯见她。那时候我才明白当年我自以为聪明的计策竟然正卷入别人的滔天阴谋当中。吴晓天故意让我知道她欠债，引我上钩，实际上是为她喜欢的男人打掩护，让祁定涛用‘干净’的方式接近我，打消我的猜忌，只有这样我才心甘情愿把更多的金钱送到他手上。光靠我当然无法满足他的贪欲，正如妈妈所言，他盯上的是我父亲的财产。他是我的同学，怎么可能不知道我那该死的家庭背景？他很早便瞄准了我，只不过他比其他男人更聪明，更有心机。可千算万算没有算准我父亲就是阴谋家，更加老谋深算，道行远在他祁定涛之上，他根本不是我父亲的对手。父亲只首付江城一套房，房贷让我们两个自己还，他让我们夫妻学会自力更生，像他一样艰苦创业成为江城有头有脸的人。父亲的言下之意已经很明显，祁定涛得不到预想的好处，所以很快就对我翻了脸。”熊楚楚眼神中的火舌喷射着，志林突然意识到不该谈论她的悲情往事。

“楚楚，今天说得太多了，休息一下吧！”志林感觉到熊楚楚嗓子嘶哑。

“现在几点了？”熊楚楚从回忆中被拉回现实。

“十一点。”志林看看熊楚楚给他买的腕表。

此时太阳高照，难得的晴天让志林的皮肤感到舒适，天空蓝蓝的，志林仿佛看到了磨村的天空。夏天的磨村，天空也是这样的蓝色。他与熊楚楚翻阅回忆里残破不堪的悲情往事，志林想，这么养尊处优的女人竟然一生都在悲剧的裹挟中挣扎，在苦难的海洋中驾驭着一叶容易被打翻的轻舟。志林在这瞬间才真正开始心疼身边的女人，姐姐，妈妈，情人，她对于志林而言有太多的身份属性，但每一个属性都在告诉志林要照顾好这个可怜的女人，哪怕只是一些微不足道的安慰。

“走，志林，我带你去吃西餐，你平时一定很少吃。”熊楚楚要拉志林去她停车的地方。

“不了，楚楚，难得放假，我们自己在家做吧，我喜欢吃你做的饭菜，好好享受两个人的时光。”志林并不愿意让别人破费。

“行！你说的也有道理，过几天你回去上班就很难见面了。”熊楚楚与志林并肩返回别墅。

现在，志林已能够还原故事残缺的一部分，也许熊楚楚都没能意识到。祁定涛根本不喜欢吴晓天，这个图慕虚荣的姑娘同样是棋子，她能进入到棋局当中，无非是因为她有特殊的身份——熊楚楚的室友。她具备优势帮助祁定涛干干净净进入到富家女的世界当中，在这个过程中他自尊自爱，远远胜出其他男人。祁定涛深知他自己的魅力，捕获吴晓天这样的女生的芳心如探囊取物，于是这第一步棋局很快拿下，他用爱情谎言击溃了虚荣女孩儿的道德防线，让她帮助他布下天罗地网捕获熊楚楚这只白天鹅。如果熊楚楚知道吴晓天并没有得到祁定涛的喜爱，她一定会对人性之恶更加恐惧。志林不愿再论及此事，他也不明白自己听故事的真正动机所在，是看笑话还是好奇心驱使？他不能说明白。

21

春节假期结束，志林带上他的行李离开了别墅，他要返回趣吧的员工宿舍住。熊楚楚要开车送他，他断然拒绝了。他不希望同事看到他与一个有钱女人在一起。如果被看到，那关于他私生活的大讨论一定会响彻趣吧，经过和路惜瑶这段失败的恋爱，他的保密意识强烈起来。与熊楚楚最后一次告别时，他问了一个问题：“楚楚，为什么选择我？”

“因为你眼神清澈，是个单纯的人，长久以来我只看到你有一双清澈的眼睛，我想跟你在一起待着才是简单的、纯粹的、舒服的。”熊楚楚回答。

志林明白，正是这份没被贪念笼罩内心的真诚让熊楚楚看重他。坐在返回趣吧的公交车上，志林想象着祁定涛如何说服吴晓天的情景。

那天，祁定涛哭得很厉害，怨恨自己无能。从小以为读了大学就能在城市过上好日子，可慢慢发现他连一套房子都买不起。呜呜咽咽的哭声中，吴晓天喝着祁定涛买的酒，静静喝着，显得惊人的冷静和沉默，很快便愿意与喜欢的男人上演一场阴谋。吴晓天又何尝不是受害者，她只是被爱情海洛因迷惑了心智，就像前段时间志林对路惜瑶的爱，明明路惜瑶只把自己当作招之即来挥之即去的哈巴狗，而自己却将这视作爱情，失去了理智与判断力。

回到趣吧，志林看到几日未见的同事。他们之间一如往常那般亲近，有说有笑，互相分享从老家带来的特产，志林也得到不少，有的腌制鱼肉和熏肉看起来就让人很有食欲，现场打开玻璃罐，一人一筷子很快吃光。志林是北方人，他从未吃过这么好吃的鱼，农家自制熏肉同样是第一次享用，他相信这是民间神级大厨才能做出的美食，如果工厂加工批量售卖一定能成富豪。这是刘晓妈妈做的，她怕女儿在外地吃不上家乡特色菜，专门多做了几罐让她带回来吃，可没想到成了大家的心头好，这下好了，很快被几张嘴瓜分干净。大家对刘晓妈妈赞不绝口，羡慕她拥有如此厉害手艺的妈妈。听到大家的赞美，刘晓得意的神情难以克制，她答应同事，休年假回家让妈妈提前做好几罐带回来。志林从此刻开始总是盼望刘晓年假的到来。可说起妈妈，他的愧疚之情涌上心头，今年没有回家看望她，她一个人过年该有多绝望！想起妈妈前半生的苦难往事，愧疚让他哭泣。他走在外面，一个人走来走去，眼里全是泪水，看着周围的高楼，他的难过已钻入骨髓。

正当趣吧同事连续三天狂饮庆祝开年团聚，一桩天大的事即将降临在他们的身上，这件事会让他们短暂的重聚走向永别，让志林失去难得的安乐窝，他将不得不重新走进风雨面对命运的洗礼，不得不再次踏上冒险征程。

22

临近四月，江城天气骤暖，气温回升。城里人喜欢郊游，一辆辆小汽车开往郊外大大小小的湖泊，情侣们享受美好的二人世界，扶老携幼以家庭为单位出动的人群更是普遍。湖畔开着不同品种的花，红黄绿紫，让刚告别寒冬的市民兴致高昂，纷纷拿出手机拍照。志林心想，无论是谁都能在美丽的花花世界里除去闹市生活长期积累的烦忧尘埃，这是他与熊楚楚春游时的真切感受。熊楚楚开着她的小汽车，打开天窗，尽情感受春风的吹拂，两人的心情都进入到高峰。他们一路上唱着颇有年代感的歌，熊楚楚喜欢听老歌，她认为当下的流行歌手不能把音乐玩出新花样，听来听去一个调，还是老歌听着动人，能唱进人的心里。志林虽然年纪小，老歌也听过一些，对这点他表示认同。

四月是天琴座流星雨出现的时间，天文爱好者密切关注星云的变化，电视新闻提前三天预告流星雨到来的准确时间。熊楚楚提前购买了两台望远镜，她载着志林从趣吧不远处的路口一路开车到蓉山山顶，那里是江城海拔最高的地方，也是观看流星雨的最佳地点。山势并不陡峭，有一些地势平缓的地区，这些地方被开发成旅游度假区。与其他山脉相比，蓉山的天然特色是山顶上的小湖泊——俪湖，得名于一对古代生活在山上的恩爱夫妻。小湖泊周边都是观看流星雨的好位置。熊楚楚开车行驶在盘山公路上，她打开天窗，太阳斜照，头顶是蓝色的天空与白云，一览无余。志林在这个瞬间产生了类似爱情的错觉，自由而美好，他敞开嗓子唱歌，喊得声嘶力竭，熊楚楚笑得咯咯作响。熊楚楚只当这是年轻孩子在自然山水中的性情流露，对志林来说他的呐喊能把他的委屈与苦闷排遣出来，他会舒服很多。

一小时后，他们顺利来到俪湖边，此时看流星雨的年轻男女已为数不少，他们身着靓丽的春装，展示属于春天的魅力。现在还只是下午五点，可为了晚上能占据一个有利位置，加之正是春游好时节，他们早来几个小时也在情理之中，志林心想。熊楚楚从车里拿出一块方布，志林把买好的零食搬出来，他们有模有样地郊游，嘴里吃着各种零食，只等流星雨开始。

“楚楚，你刚才在车上说这个湖叫俪湖？”志林露出讶异的神情。

“是啊，怎么了？”

“你不觉得这个湖泊的名字有点儿悲凉吗？”

二人同时把头转向湖面，这个湖并不大，能看到湖对面的人走来走去，可出现在山顶上，还是难得一见的奇观，尤其是对志林来说。

“你是觉得‘俪’这个字发音像‘离’吗，然后感到悲凉？”

“是的，如果我是初次听说这个名字，会是这种感受。”

“你太敏感了，志林，你知道的，容易被外界一些偶然信息影响心情是心灵脆弱的表现，人生有更多实实在在的困难在等着你面对。你明明知道这是个古老的爱情故事，怎么会有悲伤离别的感受？真是奇怪。”

“楚楚，我知错了，我这种想法很矫情。”志林赶紧缴械投降，低头认错。志林认错，是他想起了熊楚楚说起的家庭往事。让这个女人不开心，扰乱她的兴致让志林的负罪感涌上心头。

“你还是个孩子，很多道理未来会明白。”此言一出，志林反倒又看到她成熟干练的初印象。此时志林意识到，她终究是比自己年长不少的女人，人生阅历是志林的很多倍，自己才是需要被照顾、保护的雏鸟。

“嗯，我想我会明白的。”志林语气笃定地说。

“你知道吗？其实俪湖还有一个有趣的秘密。”

“什么秘密？”志林被吊起兴趣。

“今晚流星雨结束后，你会看到附近这些车子里上演的好戏。”

“车子里的好戏？”志林瞬间明白怎么回事儿了，他也开始笑起来，两人笑得前俯后仰。

“所以你的望远镜不是用来看星星的？”志林打趣说。

“当然是看星星的。”熊楚楚把一片面包塞进自己嘴里。

晚上，气温下降，湖边冷风吹得人浑身打颤，他们把东西搬回车上，静静等待流星雨的到来。终于，外面的人们大呼小叫起来，天上滑过一颗流星，手机里的新闻媒体开始大肆报道。熊楚楚拿出望远镜，把一台递给志林，双手抓着望远镜看宇宙星空。整整一个小时过去，志林并未看到几颗流星坠落。他感到失望，这流星雨并不像新闻报道的那么夸张，折腾好几个小时竟然看不到流星雨奇观，志林打心里不开心，他把望远镜丢在一边，玩起手机。

“你怎么不看了？你这样会错过流星雨的。”熊楚楚一边抓着望远镜，一边转头看着志林，提醒他专心点儿。

“楚楚，恕我直言，我们村的流星都比这多，比这好看。”

志林回想起在磨村读小学时看到的流星。磨村的孩子从小学三年级起上早自习，天还没亮就得起床去学校背书。志林的家距离学校有很远一段距离，去学校的这段时间，志林只有抬头仰望星空来打发时间。天上的星星布满夜空，像一条黑纱裙上面镶嵌着数不清的钻石，星星总是隔一会儿掉落两三颗，志林猜想星星掉落下来去哪儿了？是掉在村里哪户人家的院子里了吗？这样下去会不会星星都掉完了？正式上早自习前，学校三到五年级的学生被安排跑操，如果是冬天，这会儿的天还是黑的，星星依旧在隔三岔五掉落。志林总担心天上的星星会掉光，那时候的他并不知道那是流星。后来上了初中，为了减轻学生的课业负担，早自习时间延后，孩子们不用再在乌漆麻黑时起床，不用再大冷天独自一人去学校了。后来志林再也没有见过流星奇观。

“你在干嘛？不要发呆了。”熊楚楚把志林从回忆中叫醒，此时眼泪在志林的眼眶里打转，只是天黑，他的悲伤并没有被身边的女人察觉。

“哦！我没干嘛，我只是有些瞌睡。”

“看流星雨还瞌睡，你可真是太奇怪了。”熊楚楚埋怨着。

“没事，我们看流星雨吧！”志林重新拿起手边的望远镜。

车外的人群从最初的狂欢躁动到最后归于沉寂，志林从他们身上看到了属于年轻人的浪漫情怀，这份美好他感受不到，到最后情绪彻底消沉下来。等到人群几乎散尽，他的心情才慢慢恢复过来。他知道，这一切悲伤都源自于他对家的思念与愧疚，他想念母亲，总是想起磨村上演的一切。这一刻他感受到属于磨村的美好，可是他回不去了。心野了，还能再收回去吗？不，志林心里明白，他一直都是个野孩子。

“志林，快看！好戏来了！”熊楚楚带着怪异的笑抓了一下志林的胳膊。

“好戏在哪儿？”

“在那儿。”熊楚楚指向不远处的白色小轿车，此时车身在晃动着，就像池塘中随风摇摆的睡莲。志林知道那是怎么回事儿，想起林清与王小小偷情的场景，他与熊楚楚发出咯咯的笑声，志林的肩膀也抖动起来。

“来！拿出我的新手机推近镜头看得更清楚。”熊楚楚打开手机照相机。

“为啥不用望远镜？”

“望远镜太大，被发现得招惹冲突。用手机看，他们即使发现也没辙，他们可没证据，只要你不承认我不承认。”熊楚楚嚼着口香糖，咯咯笑个不停，肩膀不停抖动着。此时已到深夜，她嚼口香糖提神，志林也从包装纸中拿出一个嚼起来。

就这样他们疯玩到夜里三点才摸黑从山上下来，熊楚楚要求志林与她一起玩儿刺激游戏，可志林觉得不道德，他并不愿意被别人用手机观赏。夜晚开车，熊楚楚格外小心，他们这会儿没说几句话。志林太累了，靠在椅背上睡着了。迷迷糊糊中，他听到熊楚楚嘟囔了一句话："终究还是个孩子。"

23

志林与刘晓一如往常上班，突然外面嘈杂声响起，一众人还没等志林他们反应过来便破门而入，他们不顾众人目光直接走向金属房的那个神秘木门。

"你们是谁？私闯民宅是犯法的。"趣吧工作人员全部围拢过来，这是王小小的声音，她永远是个勇敢的女人。

"我们是警察。"

一个大眼睛方脸男人拿出他的工作证，上面清清楚楚显示他们是警察，显然今天穿的是便衣。既然是警察，其他人便不敢再顶嘴。他们跟着警察一起去往金属房。中年警察用铁锹撬开木门，灰尘与絮状蜘蛛网抖落，一股奇怪的味道瞬间传出来。警察不允许志林等人进入，他们只好站在门口向里面张望。这个神秘木门背后的洞天早就引发他们的诸多猜测，现在终于能见识到了。过了一会儿，警察从里面抬出一个大玻璃柜，里面是一具已干瘪的干尸，从体型不难判断是一具女尸。众人被吓得张大了嘴，呜哩哇啦地喊叫起来。王小小与刘晓抱作一团，着实被吓坏了。志林看到女尸的眼睛与嘴巴张得老大，生前的最后时刻一定经历了极大的痛苦，她一定不是正常死亡。她是谁？她与薄意星的关系是什么？她该不会就是失踪的李宁馨吧？这个大胆的猜测在志林的脑海里出现，他也像王小小一样张大嘴巴，眼睛瞪得像铜铃。这个猜测在他脑海中一旦形成，过去让人难以捉摸的现象便可以得到解释。

从趣吧抬出一具女尸的事在周围引发轰动，趣吧大门被封锁，鬼故事在附近四处传播。玻璃房与金属房一夜之间空荡荡的，里面不再有咖啡香味，不再有书香，只有尸体的腐烂味。家中电视机、车上广播、手机新闻铺天盖地报道这桩神秘的杀人事件。从警察闯进趣吧这天开始，凶手已水落石出，他是薄意星，建筑界闪耀的年轻建筑师，志林眼中的天之骄子。尸体正是李宁馨，她的父亲是江城赫赫有名的地产开发商李正锡。关于这点，警察们在打开木门前便已得知。

咖啡店主人被警察控制，众人只好各奔前程。刘晓、王小小、林清在最后分别的时刻依依不舍，两个女人更是哭成泪人。以后再也吃不上刘晓妈妈做的熏肉了。志林想起哥哥姐姐过去长时间对他的照顾与关爱，他主动挨个儿去拥抱。

在熊楚楚的帮助下，志林搬着一堆破烂从员工宿舍楼去往郊区别墅。一路上他回想在趣吧的奇遇，仿佛在做梦，以后能够依靠这个有钱女人生活下去吗?

打开大门，志林提着行李进入别墅，格格不入的视觉对比在志林心中引起不适，他感到自卑怯懦。行李箱与放衣服的布包在高端装修的映衬下像极了刘姥姥初次拜访大观园，怎么看怎么不和谐。这个布包还是母亲秋桦为他出门准备的。此时熊楚楚的脸色并不好看，她阴沉的脸显示着并不想看到这一堆破烂。志林突然明白了沈夕夕离开花墙后面的城堡时为何丢掉她曾经喜欢的玫瑰金色高跟凉鞋。现在在这个空间，志林看到了两个世界，他意识到趣吧员工宿舍才是他在江城的家，熊楚楚的这个富贵窝儿并不欢迎他。难道熊楚楚压根儿不爱自己? 对这个 30 多岁的女人，几个月的相处，志林不见得对她有爱情，可感情终归是有的。他倒是一直自信熊楚楚喜欢他，要不然不会送他那么多礼物，不会给他提供优渥的物质生活。现在她为何阴沉着脸，难道是看不起他破烂一般的行李，还是压根儿就看不起他这个人? 他显得无所适从，看着熊楚楚忙东忙西打扫家，就是没几句话跟他说。

“楚楚，我的东西应该放哪里呢? ”志林尝试打破这微妙的僵局。

“哦! 你的行李呀，放到储物间吧! ”她给志林指了指大门口右手边的走廊。志林按照指引走到走廊的尽头。储物间展示在眼前，里面堆满杂物，旧鞋、旧衣服、旧的报纸书籍，其中几本杂志在趣吧也见到过。志林的随身衣物竟然要与熊楚楚的废旧物品放在一起，这让他的心里燃起了怒火，不过他很快平静下来。20 岁的他吃尽苦头，深知怒气是最无价值的情绪，能不发泄就努力憋着，他没有能力承担发泄怒火后的代价：毫无疑问，熊楚楚会让他带着破烂行李一并离开她的别墅。他双手交叠从下巴压到丹田，深吸一口气，放下他的东西便返回熊楚楚身边。

“需要我帮什么忙吗？”志林想帮熊楚楚做点儿事情，他已感受到寄人篱下的滋味，这种感觉是他在江城承受的剧痛。

“你帮我拖地吧！我去收拾厨房和卧室。”熊楚楚把拖把交给志林，顺着旋转楼梯上二楼卧室去了，把志林孤零零留在一楼。此时明明宽敞的房间却无志林立锥之地，他心知离开别墅就是近几天的事，需要为接下来怎么走好好谋划一下了。

接下来的几天，熊楚楚倒是依旧如过去那样给志林做吃的，还带他去书店物色是否有合适的工作介绍给他。显然书店与趣吧有本质区别，书店以卖书盈利为主要目的，趣吧的风雅在这里不再适用，如果安排其他岗位给他，本就人员饱和的局面倒是不必要强行塞进他苏志林。就这样，志林在别墅赋闲了几日，他认为是时候离开了。

“楚楚，我觉得在你这里长期打扰下去不太好，我还是搬出去找工作吧！”志林吃着熊楚楚做的早餐，语气怯懦且冷静地说。

“怎么就想走了，在这里不开心吗？”熊楚楚用刀叉切开一个鸡蛋吃进嘴里。

“我毕竟不是你的男朋友，长期住下来恐怕有人说闲话。”

“你考虑得很周到，那你接下来有什么打算？”熊楚楚毫无挽留的意思。虽然志林早就看出来，可这话真从这个相伴几个月的女人嘴里说出来，他的心还是像被冷风飕飕地吹着。

“我打算明天下午搬走。”志林语气笃定地说。

“行，如果遇到困难可以回来找我。”眼前的女人胃口大好，她吃着早饭，窗外的樟树绿油油的一片，又一个夏天快要来了。

“楚楚，你觉得我们现在是什么关系？”

“啊？你为什么突然问这个问题？”熊楚楚显然被志林的问题震惊到了，

她停止用餐，用餐巾纸擦了擦嘴，这一套动作优雅从容，志林做不来。

“我们在一起同居，一起生活，这种关系我无法鉴定。”

“你就当是情人关系吧！你给我带来很多快乐，这是我需要感激你的地方。”熊楚楚托腮说话，她的这个动作让志林想起沈夕夕。

“在认识我之前，你有过其他情人吗？”志林问。

“有过。”熊楚楚说。

“他们是什么样的男人？”志林问。

“什么样的都有。”熊楚楚说。

“比如说呢？”志林倒是想知道她对男性的喜好。

“中年男士、文艺青年，还有你这样的。”熊楚楚一如既往的坦诚。

“我这样的是什么样的？”

“年轻、可爱、帅，而且你还有知识，多难能可贵？”熊楚楚给予志林赞美的评价。

“这些情人都能给你带来快乐吗？”志林问。

“我只是不知道该怎么去应对生活中沉重的一面，我希望生活是五彩斑斓的，美好的，你说呢？”熊楚楚说。

“可五彩斑斓的世界总有灰色的一面，你说呢？”志林发表他浅薄的看法。

“如果你没有忘记我的人生经历，你就会知道生活的灰色我是尝尽了的。”熊楚楚说。

“哦！我怎么会忘记呢？”志林说。

“那你想说什么呢？”熊楚楚的语气有些不耐烦。

“我……”志林竟一时语塞。

“那就好好吃饭，好好享受在一起的最后时光。我可以带你去江城其他地方兜风。”熊楚楚的笑脸再次回来，几天阴沉的脸终于多云转晴。可志林怎么都笑不出来，他只好保持表面上的冷静。

下午，志林独自在外面散步，他专门穿上熊楚楚给他买的衣服。他害怕自己的破烂儿衣服被小区走动的人看到，害怕路人给他白眼儿，那会极大戳伤他的心灵。他想起初次在江城逛街的情形，他拿起一件衣服问服务员价格，服务员所说的数值远远高出他的预估，他显得惊讶，接着服务员怒气冲冲的样子让他不寒而栗。他想起与王璐看衣服时对他们爱理不理的中年阿姨。这些往事给他带来难以忘记的悲伤，可志林并非真正被物质迷惑双眼的人，他心中有他的坚持，一个不可思议的念头在他脑海中酝酿。

志林在外面溜达了一个多小时，肚子饿了，他决定返回别墅。他推门进去，此时里面吵架的声音瞬间钻进他的耳朵，这声音来自熊楚楚，听起来是在打电话，只是不知电话另一边的人是谁。

“用不着你管！我死了也用不着你操心。”熊楚楚撕心裂肺地谩骂。志林大概知道了电话那头不是熊楚楚的前夫就是她的父亲。

“…… ……”

“我妈死的时候你在干嘛，跟那个贱女人相亲相爱吗？”

“…… ……”

“你以为你哪儿来的今天？是我妈妈一家赐给你的，二十万，立马打到我的账户，我现在就要。”

“…… ……”

“我做什么用不着你管，我只要看到钱。老东西，明白了吗？我只要钱！”熊楚楚像狂怒的狮子。志林被吓到了，他不知该怎么办，再无勇气接近这个有钱女人。也正是这时，志林彻底看清熊楚楚的真实面目，也许她人生的开始不能自主选择，可人生的终点她可以改变，她却选择放弃改变，被人生苦难的漩涡深深卷进去再也没有能力爬出来。志林是时候离开了。他把熊楚楚给他买的腕表放在茶几上，顺着走廊来到杂物间，拿着自己的破烂儿不告而别。

志林走出别墅，春夏交替时候吹的风最舒服，温暖又湿润。他提着行李箱，不在乎周围人打量的目光，直到离别墅有些距离才把行李箱放在地上拉着走，走到很远拦停一辆出租车向趣吧宿舍驶去。志林突然发现这出租车竟比熊楚楚的豪车坐着自在。他回到宿舍，此时只有王小小在客厅里呆坐着，其他人早已离开。

“你怎么又回来了，我们还以为你高攀上有钱人了呢！”王小小责怪的语气中蕴含着一丝丝关心。

“我怎么可能高攀有钱人？”志林对这个问题不满。

“我可看到你和一个有钱女人来往密切，只不过我们不想再干涉你。”

“他们去哪儿了？”志林问。

“已经走了，林清回逸城了，刘晓找到其他工作刚搬走。树倒猢狲散，你明白吧？小志林，说的就是现在的情形。”王小小说。

“你为啥不走？”志林问。

“我走了谁给你钱？”王小小反问道。

“给我什么钱？”志林被这突如其来的好事震惊到。

“薄意星委托律师给我们每人一万块遣散费，诺，你的在桌子上。”王小小用手指向茶几。

志林看到客厅茶几上放着一个信封，里面有一叠钱币。他前半生可没一次性得到过这么多钱，刚在熊楚楚那里受到的精神折磨瞬间消散无形。

“愣着干嘛，拿起来吧！本来我也要给你打电话了。”

“嗯，好的！”志林拿起信封放进包里。

“我明天就走，今天晚上去外面庆祝，还是自己做些吃的？”王小小露出友善的笑容。这是家的感觉，自由，无拘无束。

“我们去外面吃烤串儿吧！小小姐，我请客。”志林回以家人般的笑容。

“行，你说的哈！”王小小接受请客。

王小小带着志林去她平时经常吃的烤串儿店。这条路志林过去也时常路过，长期独处加上他对物质消遣天生不开窍，他并未进去吃过饭。现在王小小轻车熟路，他们很快便将荤素海鲜全点好。志林一口一串下肚，他是真的饿了。

“你慢着点儿，喝点儿酒！”

“好，我们干杯。”志林与王小小一人手持一罐啤酒，咕噜咕噜地喝着。

“志林，你说老板为什么要杀死那个叫李宁馨的女人？听说是他过去的未婚妻。”

“小小姐，你来这么长时间都没听到过什么消息吗？”

“没有，老板从未提到过李宁馨。”

“你就不好奇那幅画的作者是谁吗？”志林问。

“我不好奇，你知道的，我对艺术不感兴趣。”

“其他人没有问吗？”

“之前那个被开除的男同事问过。”王小小回答。

“他得到的答案是？”

“一个朋友。”

“我也不知道为什么，只是与一具女尸共处一个房间这么久还是挺毛骨悚然的，真是后怕。”志林表达的想法并非他真实的感受。

话是这样说，其实志林对这桩神秘杀人案件好奇心高涨，这几天在他心里推敲的版本不下五个，情杀、财杀、蓄谋杀人还是一时冲动，他有空便反复琢磨。

“这几天，我晚上吓得睡不好觉。”似乎恐惧在王小小身上还未退去。

“林清哥为什么不多陪你几天？”

“他为什么要陪我？”王小小被这个问题震惊到。

“你们不是情侣吗？”志林都谴责自己的八卦心。

“你这么久应该知道他有老婆孩子，你还问这种问题？”王小小有些生气。

“不，我看出你们关系很好，他喜欢你吗？”志林问出好奇许久的问题。

“小鬼，既然你好奇，我告诉你也没关系，但你得答应我不要告诉任何人，我并不想破坏别人家庭。”

“我保证守口如瓶。”志林用手指指向自己的脑袋发誓。

“其实在成年人世界里，很多时候追问喜不喜欢并无意义，快乐最重要，你现在还是孩子，慢慢会懂得的。”

“林清能让你快乐吗？”志林问。

“我想他可以！他生活苦闷，而我也正好需要个伴儿。”

“好吧！”志林似懂非懂地点点头。

吃串儿是他们两个人罕见的独处时光，窥破王小小与林清的关系促使志林对这个女人产生了来自心灵深处的排斥与厌恶。此刻，或许如王小小并不恰当的形容“树倒猢狲散”所言，薄意星银铛入狱让他们失去安乐窝，他们每个人都心知肚明，这份悲伤彼此心照不宣。趣吧长期处于不盈利的状态，包括志林在内所有人都好奇薄意星为何要经营下去，过去志林以为是财富支持他的浪漫情怀，现在看来众人只是在替他看守一个坟墓而已。趣吧是一座漂亮的坟墓。

“明天，我就要回老家了，志林，你愿意送我一程吗？”

“没问题，小小姐姐，这对我来说十分荣幸。”

“我就知道你是个好人。”

晚上十一点，他们喝得醉醺醺地回到宿舍，志林不知晚上吃了多少烤串儿，只记得付款五百元时，他有些后悔，这是他来江城以来为吃喝花费的第一笔巨款。他们进入几乎空荡荡的趣吧宿舍，心中的凄凉再也无法掩饰，志林和王小小瞬间哭成泪人儿，话到了嘴头儿一句话也说不出来。

“志林，我一直觉得你是个很好看的男孩子，你愿意陪我度过最后一个晚上吗？”王小小把嘴巴凑到志林的耳根。

志林听出她的言下之意，他对王小小从来没有丝毫好感，即使到今天也并未改变，此刻的伤感也许只是相处久了的人突然离别，纵然不喜欢也心生不舍。现在的他不再直言拒绝，他学会了找理由，他不想与王小小相识一场最后不欢而散。

“早点儿休息吧！要不然我明天可起不来送你去车站。”志林把王小小扶到女员工房间又返身回到他自己的房间，里面空荡荡的，只有他的行李还有林清扔掉的生活用具，心中的凄凉感更加强烈。一天劳累奔波，他疲乏得双腿麻木，倒头就睡着了。

24

“志林，很开心认识你，你是我见过的最与众不同的孩子。”王小小抓着志林的手在江城火车站外面告别。

“谢谢你将近一年的关心与照顾。”志林说。

“应该的，祝福你有美好的未来，你是个刻苦用功的孩子，你值得拥有美好。”王小小温情微笑着，这抹微笑驱散了志林对她长久以来的隔膜，人之将别，所有的偏见与憎恶都随风而逝。

王小小挥手告别志林，进入人潮汹涌的火车站，这是志林从磨村来到江城的第一站，初次看到江城风景正是在他脚下这块地方，他的泪水在眼睛里打转。送走王小小，志林没有立刻返回宿舍，他打算在火车站周边走走，默算一下，已有一年多没来过这里，他想仔细看看这个象征着梦想起点的地方。过去很长时间里，火车站在志林心中是梦想的象征，现在他感受到刺痛心扉的离别。走到公交站牌处，志林随便跳上了一辆公交车。

这是一辆穿梭在江城数条主干道的公交车——101路公交车，途径几十条大街小巷。如果想尽览这座城市最繁荣精致的一面，这趟车无疑是个不错的选择。志林煞有兴致地观察着城市的街道，尤其是街道两边繁荣斑斓的店铺。志林此刻看来，以奢靡享乐为核心的消费主义，并不见得让生活有多安逸。遍及城市每一个角落的高档饭店、宾馆、足疗店、洗浴中心、发廊更像是由一个个的疙瘩形成的巨网，裹挟着置身其中每个人的灵魂和体魄。一年多以来，志林在城市闻遍无规则混杂的气味，食物香味、香水化学添加剂味、宠物粪便味腐蚀着每一个人的心灵，志林似乎听到此起彼伏的呻吟声；是欲望，是疲乏，让人精疲力竭。此时他又闻到一股浓烈扑鼻的汗臭味，这才意识到身边已挤满男男女女。此时已接近夏季，在密不透风的环境里，人们的汗腺异常发达，他不能呼吸，最终在绿化环境好的小湖泊附近下了车。志林在湖边一个人走着，现在他大脑一片空白，对今后生活何去何从捋不出头绪，接下来去哪里呢？是继续在此地找工作还是去其他城市碰碰运气？在江城，志林从他人口中知道经济更为发达的城市，也许那里生活更容易些。正在这时，志林在鹅卵石小路上看到一张广告单页，他本想捡起丢进垃圾桶，上面的广告却吸引到他。这是一则旅游广告，照片里美丽的瀑布还有险峻的高山峡谷多么神奇！志林想他应该出去见见世面，出去旅游一趟，趁着现在手里有一笔钱。

志林找到附近的地铁站，很快回到趣吧宿舍。现在只剩他一人，空荡荡的房间让他孤独无助的情绪彻底释放。他在屋里肆无忌惮地号叫，这里终于彻底属于他了。趣吧的房间是薄意星租下的，这个月还有两周才到期停租，现在他在里面情况未卜，都是律师在帮助打点外面的事宜，志林必须在两周之内搬离。两周时间，志林决定去外省旅游，他选择去樊池大峡谷。次日，志林坐上了去往樊池的火车。

25

火车在美好的春夏时节飞驰在通向外省的铁轨上，窗外的风景很是宜人，美丽的油菜花还在开放，很多志林从未见过的大树枝繁叶茂，草本植物在他的眼前一闪而过。志林来不及看清具体形态，美景便像时光一般不复返，让他的心里泛起丝丝遗憾。他用手机抓拍了几张，构图不是很满意，但他还是发到社交动态上，因为这是他第一次旅游，这一段经历是值得留念的。母亲秋桦在这一年学会了使用社交软件，他们已鲜少电话联系，有事手机打字或发语音就能很快沟通。她现在了解到儿子再次失去工作，看到照片动态，她担心儿子的去向。

“你去哪儿了？”秋桦发来消息。

“我去樊池大峡谷旅游。”志林如实告知母亲。

“一个人去的？”

“是的！放心吧，我已经 20 岁了，我能照顾好自己。”

“多大在妈眼里也是孩子。”

“我过几天回家看您，之前那个老板给了我一万元遣散费。”

“这么多，他可真是阔气大方。”

“是啊，我也没想到。”其实，薄意星凶杀案在全国早已传得沸沸扬扬，可秋桦只是个农村女人，她已与黄土大地融为一体，大千世界的奇闻轶事她无从得知，更不会关注。

“你在家安心等我回去就好，这次我可以在家多待几天。”

“行，那你出去玩儿一定要小心。”

“好，明白。”

志林与母亲结束对话，他开始戴着耳机听歌，现在正播放影片《逍遥骑士》的歌曲《Wasn’t Born To Follow》，趣吧过去常放这部影片的插曲，歌词真是契合志林此刻在路上的心境。志林突然体会到薄意星为何喜欢周游世界却鲜少去知名景点了：这些无人关注的路上景色才真正迷人。志林看到一条纯净得像镜子一样的小溪深入树林远处，不知尽头在哪里。这才是他儿时梦中南方的风景。他初次看到南方的稻田，稻田被切割成规整的形状，美中不足的是，水牛在这幅颇有英伦乡村之美的画作中不见踪迹。车上稀稀拉拉坐着男男女女，听他们说的话题应是打算去大峡谷旅游，志林仔细冷静听他们闲聊，也许可以听到有用的信息。

“你去大峡谷是旅游吗？”蓝裙子女士问对面学生样的男生。

“我们学校有宣传单页，看图片景色不错。”男生眼睛大大的，眉毛浓密，看起来与志林年纪相仿。

“你大几了？”

“大二。”

志林的心情变得低落，如果能够考取大学，现在他应该是读大二。命运无常，这辈子只怕再无机会感受属于他的大学生活，他心有不甘。这次旅行终归是舒服的，一个小包轻装上路，未知的美景、未知的奇遇马上到来。火车在路上行驶了八个小时，志林顺利来到新省份，脚下正是樊池火车站。出站后，志林环视四周，他想看看这个地方长什么样。

此时正下小雨，志林从包里面拿出雨伞撑着向大路走去。他叫停一辆出租车直接去往景区附近宾馆。司机应志林请求，在一家价格便宜、地理位置合适的宾馆门口停下，志林与司机告别径直走向宾馆。他推开玻璃大门，在柜台办理完入住手续，之后找到他的房间。这是间漂亮的房间，木质墙壁让房间看起来很像木房子，屋顶挂着漂亮的水晶吊灯，墙上还有一幅水墨画。窗户外面便是棋山，大峡谷正是在棋山腹地，这是司机告诉他的。

打开电视，志林想随便看看新闻打发时间，竟然是江城电视台，这可真是巧合。志林到这个时候开始相信人生中难以解释的巧合，比如此时他明明已经出省，打开电视机第一个频道却是江城电视台，而新闻报道的内容正是薄意星杀人案件。志林在电视里看到趣吧，这种感觉真是神奇。更不可思议的是志林在镜头里面还看到了自己的身影。他这才想起来那天警察进来时，后面跟着摄像师摄像，刘晓、王小小、林清都被录进画面当中。志林打开手机，薄意星案件来龙去脉被多家媒体完整报道，他赶紧点开网页，高悬的心提到嗓子眼儿，一句一句读起来。这些报道基本上解答了志林在趣吧工作以来遇到的所有困惑。

薄意星原本是江城理工大学建筑系毕业生，在校期间成绩并不突出。他性格古怪孤僻，同学们都不待见他。任谁也想不到，毕业后他领先同学获得崭露头角参与竞赛的机会，一举获得成功。如今薄意星在国内建筑设计领域可谓稳稳占据一席之地，纵然业界对他作品的评价褒贬不一，可大多数还是认为，假以时日，薄意星一定是建筑大师曾剑的后继者，甚至超越这位前辈。这些竞赛机会正是李宁馨动用家庭关系为他争取到的，李宁馨在他无人赏识时便发现了这个男学生的才华，尽全力助他实现梦想。后来他们成为恩爱的情侣，有太多同趣同好。他们都喜欢刺激冒险，喜欢游历世界，这是他们爱情滋生的温床。只是喜欢冒险刺激的男女又怎会满足只有一个伴侣呢？薄意星察觉到李宁馨在与他交往的间隙，尚与两个情人有来往。他无法忍受这个女人的背叛，而此时的他早已深深沉迷其中，如果捅破，也许会失去这个迷人的女人。为平息心中的怨恨，他为自己物色多个情人，也许梅丽正是其中一个。可令志林感到震惊的是，报道中并未提到“梅丽”这两个字，女人在她心爱男人的一生中可有可无也许是她最大的苦难。薄意星的混乱生活最终被李宁馨知道了，他们大吵了一架。志林在脑海中幻想着他们吵架的情形。

“薄意星，你竟然和那么多蠢女人勾三搭四，平时的痴情都是装给我看的吗？”李宁馨用她的奢侈品包包砸在薄意星脸上，耳朵上价值不菲的耳环四下摇曳。

“宁馨，你还有脸说我，你背着我找情人，我早就知道。没把你的情人砍死已经是我给你面子。”薄意星满脸愤怒，他平日不动声色的面孔青筋横暴。

“你什么时候知道的？”

这幕吵架大戏，发生在李宁馨独自看雪山前夜，原本他们要并肩同行，可薄意星突然有重要项目需要出差，正是这个时候，他联系其他女人被李宁馨看到。二人于是大吵了一架，在争吵推搡过程中，李宁馨倒在地上，头磕在桌角上当场昏迷过去。薄意星见状变得慌乱，他把手指放在李宁馨的鼻孔处，发现她还有微弱的气息，但他并没有送她去医院，而是将她带去项目刚刚收尾的趣吧，趣吧当时即将成为艺术馆。他把李宁馨受重伤的身体搬进金属房小木门后面的隔间，这个不显眼的空间原本是用来放置暂时不展览的画作或艺术品的。他把李宁馨绑在钢筋栏杆上。后半夜三点李宁馨醒来，看到自己被绑在钢筋棍子上，又惊又怕，眼前坐着表情冷漠的薄意星——她的未婚夫。

“你这是要做什么？”恐惧使她大喊大叫。

“我能对你做什么呢？我这么爱你，宁馨，你是我最爱的女人，是我的宝贝。”他的声音变得阴阳怪气。

“那你把我放开。”她努力挣扎着，此时她的耳环早已不知去向。

“我为什么要把你放开，看你跟其他男人上演甜蜜香艳大戏吗？”薄意星像一只暴怒的雄狮，已无法克制他的愤怒。

“你一定是疯了，快把我放开，我要回家。”李宁馨怒吼着。

“回家，回哪里的家？这里就是你的家。”薄意星语言满是轻蔑。

“你一定是疯了，这里不是我的家，求求你，看在我们多年感情的份上放了我吧！我以后再也不找其他男人了。”李宁馨开始乞求。

“已经晚了，明天你将继续去往雪山，然后消失在雪山。”薄意星镇静地说。

“你呢？”

“你忘了我有工作在身吗？”薄意星反问。

“你就是个神经病，你一定会遭报应的！我早该看出你有心理疾病，没有我，你以为你能有今天吗？都怪我……”

“收起你的大小姐脾气吧！”薄意星把一块手绢堵在她的嘴里。

李宁馨就这样在趣吧被活活饿死。那天晚上，薄意星穿上李宁馨的衣服，连夜开着汽车去往雪山。他把汽车丢在雪山脚下，之后冒着风雪独自返回雪山附近的县城。次日凌晨，他面不改色地搭飞机返回江城，独自如期出差。李宁馨失踪后，薄意星主动请求当地救援队搜山，最终搜救无果。当天晚上，一场大风雪把薄意星踏足的痕迹完美抹除，这让他成功解除了李宁馨失踪后众人对他的怀疑。风光无限的年轻建筑师，又有什么动机去杀人呢？何况他们一直都是众人眼中的恩爱情侣，马上要迎来盛大的婚礼。去雪山这件事更是与几个熟人说起过，包括李宁馨的父亲李正锡。去雪山，李正锡不反对。这一切似乎合情合理，薄意星就这样逍遥法外整整五年。

这是一桩完美犯罪吗？志林并不认为。如果父亲给予女儿更多关心，她不会如此贪玩，追求冒险，喜欢刺激。女儿消失，他从未怀疑过其他可能，他在薄意星的蛊惑下坚定地认为女儿死于自然灾难。如果不是刻有李宁馨名字的奢侈品耳环，通过酒店清洁工的手辗转到认识李宁馨的贵妇手中，也许她的离奇消失不会被人重新注意。正当志林对李宁馨父亲的冷漠感到难以置信时，新闻报道中的一个细节出现在他视野中：李宁馨是李正锡的继女。志林的大脑像被雷霆之锤重击了一般，这超出他的情感承受限度。

志林从他的幻想中回到现实，新闻节目早已过去，现在正在播放一部清宫电视剧。志林打小不爱看电视剧，他关掉手机，关掉电视，关掉风扇，沉沉地睡了过去。一觉醒来已经天亮，志林听到公鸡鸣叫，新鲜空气从窗外渗入，一定是个好天气。

26

樊池大峡谷近在眼前，志林起了个大早去往景区，抑制不住激动的心情。这是他第一次旅游，他迫不及待地想体验新的生活经历。在景区排队买好门票，他跟随人潮爬山，一个人走并不容易找到正确路线，岔路口会让他迷路，这是他独立前进后很快发现的问题。他紧跟着人潮爬上爬下，栈道外面是深不见底的悬崖峭壁，稍有不慎滑出去便性命不保。这会儿志林才发现自己有恐高的毛病，过去在磨村没有高楼大厦，时英中学教学楼顶多只有五层楼，来到江城后他并无机会去见识摩天大厦，这会儿他是真的眼花。他由衷佩服那些倚靠在栈道木栏杆上拍照的游客，其中还不乏女生，他作为男生有些不好意思。正在这时，迎面恰恰走来一年轻姑娘让他拍照。

“你好，请问你可以帮我拍一张照片吗？”女生在志林面前挥手示意。

“我……当然没问题呀！”志林并不能拒绝女生的求助，况且眼前的姑娘长得很是好看，大大的眼睛，眸子里像有一弯池水，闪闪发光，嗯，清新可爱，与这自然山水很是相配，像自然的精灵，志林心想。

“帮我把后面的那个山头拍进来，谢谢你，看到了吗？就是那个山头，我用手指着那座山，你帮我拍下来就好。”姑娘边手舞足蹈指挥边与志林笑嘻嘻地说话。

“好的，我不一定能帮你拍好，我的拍照技术并不好。”志林生怕拍不好让姑娘恼怒，只好先承认。

“没事儿，留个纪念就好。”姑娘再次笑嘻嘻的，让志林如沐春风。

志林看到远处有一条瀑布，飞流直下，水雾弥漫，很是壮观，他决定把女孩、山头儿和瀑布都放在画面中，山水美人齐全，这应该是一张不错的照片。拍好以后，志林招呼姑娘过来看效果，得到女孩喜笑颜开的回应，他知道，成功了。

继续向前，志林看到一位大腹便便的中年男人正给四位年纪不小的女人拍照，女人们站成两排，前后各两位。

“美女们，笑一笑。”中年男人拿着手机蹲下调整角度。

“拍好了吗？”其中一位戴着宽檐遮阳帽的女人问道。女人们的笑容阳光灿烂，仿佛没有烦恼。志林被眼前的中年大叔深深感动，他想起花墙后面出租屋的昔日室友，谁会逗不再年轻的王璐？大家都围着年轻貌美的沈夕夕。眼前的女人纵然不再年轻，可在这位中年男人的眼里还是值得呵护的。志林打心里觉得温暖。

“来吧，大美女、二美女、三美女、四美女，看看拍得满意吗？”中年男人招呼女人们过来看照片。

看到这一幕，志林内心跟着变得喜悦。他很享受这次出行，脱离城市的重压，在自然山水中心情越发放松舒畅，人性的美好也被重新释放出来。他畅快地呼吸新鲜空气，很快日上头顶，天气变得炎热起来，他的脸颊流出汗水。由于平日里缺乏锻炼，此刻他已经气喘吁吁，好在路上有卖水和零食的小商贩。志林很是感激，他愿意多花几元钱购买饮料和吃的。

爬山路上，志林注意到有师傅两人一前一后提供登山轿子服务，一左一右两根竹竿架起一把木椅就是他们的谋生工具。轿子师傅一路吆喝让其他游客让步，志林觉着轿子上的人颇有财大气粗的架势，当然也不乏体质差难以靠体力继续爬上去的游客，大多是重度肥胖的中年男人和老人。

在山上行走三个小时，他的腿几乎要断掉，开始时的激情渐渐消退，腿脚与神志变得麻木。他克服着疲累一级一级下台阶。这时，一个熟悉的身影从他身边经过，轿子师傅抬着一个年轻的女孩儿，她身形纤瘦，周围不少人驻足围观。这不是刚才请求我拍照的女孩儿吗，她怎么坐上了中老年人和病人才坐的竹椅？志林想。周围人看到这幕景象纷纷发表看法。

“老陈，你的运气可真好，看看这姑娘瘦的，这趟稳挣了。”迎面而来的轿子师傅露出羡慕的神情。他身后没有客人，大概刚抬走一位，现在要去接新的下山的客人。

“现在的年轻人可真想得开。”一位老太太对姑娘的行为表示不满。

“你看，那个女生坐在轿子上了，你也给我叫个师傅，我也要。”一个女生对身边的男朋友撒娇。

“别坐了，你年纪轻轻不怕被笑话？”男生用手指轻轻地在女友头上敲了一下，女生瞬间把小嘴撅起来。

“别光顾爬了，看美女。”一个年轻的男孩子提醒身边的兄弟。

面对周围人的指指点点与品头论足，姑娘显得有些不好意思，她眼珠子左右转着，似乎在观察周围人对她的反应，大概她自己都没想到坐一段登山轿子会惹来这么多目光。

是呀，她在这个大峡谷中可真是另类，难不成她家里有矿，是个有钱的姑娘？看穿着也不像嘛，就是普普通通女学生的样子。志林在心里对偶遇姑娘的背景进行了一番猜测。好奇心一定是人类最基本的本能，只不过其他游客把他们的猜测体现在嘴巴上，志林是停留在心里。

大概走了十分钟路程，志林追上了姑娘，此时的她已经从登山竹椅上下来了，看来她并不打算一直坐下去，志林趁着这个间隙追了上去。

“你好，你还记得我吗？”志林在女生旁边打招呼。

“啊！是你呀，你不是刚才替我拍照的那个男生吗？”女生的笑容依旧那么单纯可爱，丝毫看不出矫情或虚荣。

“谢谢你还记得我，我刚才看到你坐在师傅抬的竹椅上？”志林想了解这个出手阔绰的女生。

“让你见笑了，你该不会和他们一样对我有偏见吧？”看来刚才一路上众人的评点她都听到了。

“我不会笑话你，我只是与他们有一样好奇。”志林如实表达。

“如果我说我是恐高症患者呢？”女生笑嘻嘻地问。

“我认为你不是。”志林用肯定的语气回答道。

“何出此言？”女生问。

“如果你恐高，我想你不会靠在栏杆上拍照，而你的背后是深不见底的深渊。嗯，其实我有恐高症状的。”志林说。

“既然你看出来，我也不必撒谎，我确实不恐高。你是个很有趣的男生，我第一眼看到你就意识到了。”女生并不隐瞒，如实招来。

“谢谢你的赞美，你可以告诉我为什么要坐竹椅吗？”志林问。

“我在体验生活，我大学所学专业与影视有关，我正打算拍一部纪录片，以这些抬轿师傅为主要表现对象。”女生答。

“只有你一个人吗？”志林问。

“不，我还有三个同学一起拍，我觉得我的身板儿很难独自完成拍摄任务，你觉得呢？”女生又开始笑起来，她的笑简单干净，真是难得一见。

“我也这么觉得，那你现在有好的思路吗？”志林问。

“目前先看看他们的工作情况。”女生若有所思地回答。

“之后有啥打算？”志林问。

“我想我会挑选一个师傅，然后去记录他的工作和家庭生活。如果仅拍摄他一天的工作而忽视他的家庭生活与思想情感，纪录片会显得呆板单调，缺乏深度，你觉得呢？”女生似乎觉察到志林对纪录片颇有见解。

“我赞同你的观点，人是富有情感的生物，不是机器。”志林对女生的看法表示认可，也对她要拍的纪录片很期待。

“谢谢你的支持。”女生说。

“你拍摄纪录片是有什么打算吗？一个女生在山里奔波并不容易。”志林问。

“没有打算，这只是我的毕业作品，我想做出一个厉害的纪录片。”

“加油，你一定可以的，说不定你将来会成为厉害的纪录片导演。”志林发自内心地鼓励女生的艺术创作。

“我有那样的想法，可是很难实现。”女生的眼神有些哀伤。

“有想法就是成功的第一步，加油呀！”

“你是一个人来旅游吗？”女生问。

“是的。”

“为什么不叫女朋友一起？”

“我没有女朋友。”

“那一个人旅游多无聊？”

“嗯，我倒是希望有个女伴儿，可是嘛——”志林把“嘛”字的声音故意拉长。

“可是什么？”女生话语中满是好奇。

“可是就是没有，那没办法，哈哈哈哈哈……”志林这个关子卖得把女生逗到脸红，她听出志林言语之中的暧昧气息。

“没事，一个人出来旅游也很好，你看我不也是一个人吗？”女生赶紧扭转话头儿。

“你刚才不是还说一个人无聊吗？”志林可没有放过她的意思。

“刚才是刚才，现在是现在，人的想法会变。”

他们两个人有说有笑一起走完大峡谷最后一段路程。一路上志林打心里叹服大自然的鬼斧神工，有些石头的轮廓像极了动物，有的山峰干脆只是一条高耸入云的细长柱子，这简直太神奇了。旁边的女生一路上对风景并没有多大兴趣，她把注意力集中在上上下下抬着客人的抬轿师傅身上。据她所说这不是她第一次来大峡谷，她是当地市里一所大学的学生，与同学一起来过两次。志林由衷喜欢这个女学生，他们互相陪伴到景区出口。

“你怎么现在才下来，我们等得快疯了。”迎面走来两个女生和一个男生，手里拿着摄影器材，说话的是个穿黑色连衣裙的长发姑娘。

“真不好意思，在山上耽误了。”

“那我们赶紧走吧，车快来了。”

“再见。”女生挥挥手，冲志林说出简短两个字。

陪伴志林游山玩水的女生就这样匆忙离开，很快消失在他的视野当中，而他还没来得及问她的名字，志林心中满是遗憾与惋惜。从山上下来，志林回头再看一眼大峡谷，一节节缆车正不间断地送游客上上下下。这大概就是人生，有人来就有人走。结束大峡谷之旅，志林坐上大巴车去往樊池市，他已买好明天返回江城的火车票。

27

大峡谷险峻的山势地貌、神奇的自然山水，给志林带来心灵的震撼，他更不能忘记的是那个拍摄纪录片的女学生。她简单纯粹，眼神清澈、没有杂质。志林喜欢看她的眼睛，那双眼睛能让志林忘记尘世喧嚣。现在志林要离开樊池了，坐在城市公交车上，他探出脑袋，想看看这座小城的街道。规划随意甚至有些陈旧的楼房虽没有江城的高楼气派，可也让人内心宁静，不浮躁，这才是让人生活幸福的地方。眼下他需要尽快返回江城处理退房事宜，薄意星的律师与房东已给他打过数次电话。现在何去何从？志林心中没有眉目。他想起磨村的母亲，正翘首等待他回家，嗯，先回家看望母亲吧！志林又买上返回雁北的火车票。在趣吧宿舍的最后一夜，志林眼里的泪水难以克制，他从心里喜欢趣吧，喜欢这里的每一个人，哪怕是冷面无情的薄意星。晚上九点，志林再次踏上返乡的路途，此刻的他无比想念母亲，想念磨村的一切。

第六章

时间在这里静止

1

从公交车上下来，志林一眼就看到村北两排粗壮的杨树，此时已枝繁叶茂，只是有零星的几棵已枯死，大自然规律罢了，怎么会有常青树呢？已有一年半没有回家，他要给母亲一个惊喜，这次回家他没有提前打招呼。志林走在村子中央的大路上，磨村依旧没有变化，还是一年半前的样子，时间静止的感觉在志林心中再次上演。路上那些旧熟的面孔更加苍老，他们没有大腹便便的肚子，只有常年劳累瘦弱的身躯，志林心疼他们。此时磨村即将迎来夏季，风吹着很舒服，志林脱掉身上的外套露出他的衬衫。

“这不是苏志林吗？到底在外面见了世面，越来越洋气。”

与志林说话的是麻迎凤的兄弟麻迎举，母亲打电话提到过他，现在与他哥一起在村里承包土地，风生水起，已成为村里有头有脸的有钱人。志林这才注意到他身上穿的是熊楚楚给他买的那款名牌衬衫，光这个衬衫就是农民大半年的收入。看来这种庄稼人的眼光倒还不错，志林打从心里对麻家兄弟佩服。志林当然记得与麻迎凤之间小小的不愉快，过去这件事是他心中的阴影，而现在已不再掀起丝毫波澜。

“没有没有，谢谢迎举叔叔的夸奖。”志林对长辈的夸赞及时表达感激。

“在外面混得好吗？你这去南方在村里可是出名了，比你爹有种。”

“没有没有，您别这么说。”对方提到志林的父亲，这差点激怒了他，可志林很快控制住了情绪。他心想，他并无恶意。

“志林在外面好好混，一斤玉茭子才五毛钱，最贵的时候才一块，我拼尽家产也会供我的儿子读书。”

“迎举叔，我得回家了，我妈在等我。”志林并不知道麻迎举的儿子叫啥名字，在不清楚的情况下并不适合去打听。如果他儿子学习好，那么一定会想方设法主动说起。此外，志林对村里人的热情从小就不知如何应对，这让秋桦总觉得儿子是书呆子，在外面必然受欺负。

“去吧，我得看看玉茭子的长势。”麻迎举说完便背着手向地里走去。志林一路躲避着村里人审视的目光，终于到了家。小时候去学校总觉得这条路特别漫长，没有尽头，现在三步并作两步就飞速到家了。志林推门而入：“我回来了。”他大嗓门喊着。

“哎呦，我的儿子志林回来了。”秋桦满脸泪水从屋子里迎接出来，她的脸庞越发的苍老，这再次刺痛志林的内心。

“我回来了，瞧我给你买的吃的。”志林拿出他买的江城特产。

“先进来喝点儿水。”秋桦拉开纱门让儿子先进去。

志林环视这座越发苍老的屋子，老式钟表的身影已消失不见，听不到摆锤左右摇晃时发出的哒哒声，志林的心里有些失落。

“表呢？”志林急切地问，他发现那些陈年的老旧物件儿在他心里竟有了感情，他不愿意看到它们消失的结局。

“早就不能用了，现在都用手机看时间，要表做啥？”母亲似乎对那座钟表十分冷漠，在她的眼里那只是工具，可对志林而言老物件儿有时候像家人一般。

“那您把表扔去哪里了？”志林问。

“破烂儿能扔去哪里？”秋桦回答。

“好吧！”志林进到屋里，苍老的欧式床依旧坚挺地摆在那里，其他家具也没有明显变化，看来她的积蓄难以为继。

“你的皮箱怎么都拿回来了？你不打算走了吗？”母亲关切地问。

“走呀！只不过我不一定再去江城。”志林如实告知。

“那你去哪儿？”秋桦的眼神再次露出一丝担忧。

“余州，知道吗？”志林问。

“当然知道，瞧不起我种地的？”母亲笑着，不知何时秋桦开始与儿子开起玩笑。她真的老了，越来越像孩子。

“哪儿有，我觉得种地最光荣。”志林肯定母亲。

“这次回来，你真的长大了。”秋桦惊奇地发现，眼前的孩子不再情绪极端，不再像过去那样心中满是愤怒与憎恶。

“谢谢您的赞美，这可不像妈你的性格。”志林被母亲唠叨埋怨多年，现在听到夸奖，着实少见。

“你想吃啥？妈给你做。”儿子回来，现在母子一片和谐，她做饭的热情更加高涨。

“您随便做点儿啥，我还是想吃面皮，王三庆家还卖吗？”志林永远惦记这美食。

“你还敢吃他们家的面皮？你是不知道辣椒面里面放了鸦片。”“鸦片”两个字从秋桦的嘴里蹦出，让志林大惊失色，想起曾经多次进肚的大烟，志林感到一阵恐惧。

“不是吧！”志林倒是听说过开饭店的老板为给食物提香放鸦片，可发生在农村，发生在身边，还是头一遭。想想过去肚子里曾经吃进鸦片，真是胆战心惊。

“即使如此，他们家的面皮也堪比丝绸，薄如蝉翼，调料汤汁吸收充分，入口软绵却不失嚼劲，不靠佐料那也是咱们当地响当当的地方美食。”志林对面皮的喜欢只增不减。

“被公安局罚款两万，现在不敢放了。”秋桦说。

“那就吃点儿别的吧！”志林只好作罢，看来以后王三庆的看家本事是要退出磨村历史舞台了。志林的心中依旧失落着，他透过玻璃窗望向窗外，眼神变得空洞。

2

回到磨村，志林可以一觉睡到太阳高照，没有人打扰，真是个清净地儿。唯一让他烦恼的是，早上五点三轮车便开始哒哒路过。志林想，他们起来这么早做啥？他把自己的困惑告诉了母亲，得到的回复是：农村就是这样。农民真是太辛苦了，志林由衷心疼生活在磨村的男女老少。看到曾经年轻的叔叔婶婶脸上都被岁月刻下深深的皱纹，他不知该如何改变现状。他想做点儿什么，可他自身就是微不足道的尘埃，随时不知被社会被人生吹向何方，自己又能为他们做点儿什么呢？

志林决定与母亲一起去地里，这是他之前很少做的事情。现在母亲渐渐变老，志林发自内心想要分担家务，分担里里外外各种事宜。早上，志林主动扛起镰刀与母亲出发去地里劳动。夏天的磨村同样炎热，并不比南方舒服多少。志林顶着太阳和秋桦一起割草，杂草把土壤中的养料水分掠夺不少，是影响玉茭子生长的主要危害。根浅的草，志林直接用镰刀或瓜铲铲掉，根深的需要动手拔，还不到一个小时，手就被勒疼。而母亲没有丝毫怨言，仿佛她的手不曾感到疼痛似的。

“你去边上休息去吧！我一个人拔就可以了。”母亲听到志林的抱怨，知道他手疼。

“没事，我还能拔。”志林意识到他的抱怨只会引起母亲心疼，别无用处。

“那你注意手，从不下地，做不了就别逞能。”秋桦说。

“我能。”志林不再抱怨，他甩开膀子干农活儿，很快便除草一大片。此时的玉米苗还不到胯部，他站起来能清楚看到一上午的成就。

中午，母子俩一起回家，路上来往的人都夸奖陈秋桦生了一个又高又帅的儿子。这份荣耀，志林过去从未想过。曾经的好学生如今已落魄，再也无法指望读书改变命运。他一度以为高考失利后他再也不会得到别人的赞美，如今人们真心欣赏他的外在，他倒也由此感到开心。只是他的开心很快就坠入谷底，志林注意到路边一棵棵枯死的大树，树根部被火烧得光秃秃黑乎乎。死去的大树伸展着再也不会泛出绿色的枯枝，像极了恐怖电影里地狱中伸手抓人的恶鬼，志林感到阴森恐怖。

“妈，这些树怎么回事儿，怎么下面被烧了？”志林问母亲。

“树根长得太深太长抢庄稼的营养，被村里人烧死了。”母亲解答。

“为什么要烧死树？”志林看着一棵棵枯死的树，他的心在哭泣，这可是从小陪伴他一起长大的树，竟然被村里人狠心烧死，可有些矫情的话他无法与母亲说。

“一棵树起码影响三分地，不烧死怎么长庄稼？”

“难道夏天不能来树下歇凉吗？只为了三分地，能打多少粮食？”志林生气地说。

“你跟我说啥？你妈我又没烧树。”秋桦无法理解儿子为何伤心。

这时，志林看到不少树因枯死已被锯倒只剩一个木墩，也许今年夏天是农民出地时的一把椅子，这是大树最后的存在价值。

“没有人管烧树的情况吗？”志林问。

“谁管？原来咱们村有专门的看树人，挣工资。现在不给工资，谁去做义务劳动？现在没人看了。”秋桦告诉儿子。

“唉！”志林唉声叹气，可他又无法让母亲明白大树与人的共生法则。没有大树形成的荫凉地儿，农民夏天出地连歇凉的地方都没有，这些无法让他们明白。

志林与母亲一起回到家中。对于家务活儿，这次他不再袖手旁观。他主动加入，与母亲一起做饭、削土豆、洗西红柿、洗黄瓜、调凉菜、炸油糕。母亲看着外出快两年的儿子，觉得他终于长大了，现在的他已经20岁，是真正的大人了。

“志林，你这次回来，真的长大了，我这辈子总算有了盼头。”秋桦的眼睛湿润了。人就是这样奇怪，遇到开心的事情反而哭起来，遇到极度伤心绝望的事情时反而会笑，志林心想。

“是吗，我长大了吗？那太好了，以后我会挣钱给您花的。”志林安慰母亲。

“嗯，我的儿子将来一定有出息。”母亲终于笑了起来。

这天中午，志林用手机给母亲拍了一张照片，发到社交动态上，他写道：妈妈，有你真好！在点赞列表中，他惊讶地看到梅丽的头像。事实上，薄意星出事后，她便销声匿迹了，志林并未打听过这个女人后续的情况。

3

村里又有老人离开，家里人又要请唱的。志林发现，儿时欣赏不了的乡村艺术现在听起来别有风味。志林看惯了外面的世界，他不再有兴趣亲临现场看看“唱的”现在的样子。大老远看，场地还不如儿时奢华，现在只剩一辆寒酸的汽车，背后挂一块布。倒是演员歌唱的水平比儿时更高，听起来更有美感。

《王婆骂鸡》存在的历史难以考证，小时候就是唱的必备节目。志林坐在床上，王婆的唱腔传入他的耳朵，他被动欣赏着这民间艺术。

“气死个你，坑死个你，谁叫你偷了我的芦花鸡。”

王婆养了一群鸡，一日，她数鸡的时候，发现少了芦花鸡，于是双手插腰，气从中来，对偷鸡的贼进行猜测，三教九流、贩夫走卒，都被猜了个遍，根据他们的职业进行咒骂。志林竟然听得入了神儿，琢磨王婆用词的趣味。原来这民间艺术之美，长久以来是被低估了。用土话来表演，倒是把方言幽默的一面体现了出来，志林琢磨着每一个用词。记忆中的《王婆骂鸡》，演员都是男性演员反串，长得越丑越逗乐儿，这是民间的喜剧。

磨村风俗出现新的形式，这是唱的落寞的原因所在。时代变了，新的乡俗慢慢遍地开花。表演从大货车转移到了地面，表演形式更加多样，歌舞队取代了独唱，舞龙耍狮取代了台上的个人杂技。人们更喜欢这叫做“鬼抬轿”的新葬俗。唯一不变的是，明明亲人离开，为何节目都是喜庆内容？志林想起小时候看二生儿表演的情景：他摇摆身体，在电子琴上挥洒的仪态实属难得。听妈妈说，二生儿不再风流，他已娶妻生子，开了一个小店，做点儿小买卖。如今，志林已经知道当初唱的给二生儿伸出四个手指的意思，而二生儿却已不是曾经的那个二生儿了。不知他容颜是否有变，是否还风流倜傥，人见人爱。

4

志林在家只逗留五天，时间一过，迫于生计，他必须尽快赶往人生的下一站——余州。秋桦十分舍不得儿子南下：外面的世界固然精彩，有数不清的机会，可吃亏遭罪总是在所难免，谁又会真正心疼儿子？谁会在他难过的时候安慰他？谁会在他饿肚子的时候给他做顿饭？

“你为啥要去余州，江城不好吗？”秋桦问儿子。

“江城很好，可是我想看看广阔的世界，我想去其他地方走走，也许会有不一样的机会呢？我才 20 岁，我还不想在一个地方待着。”志林说。

“妈尊重你的决定，如果生活不下去你就回来，这个家永远有你一口饭。”

“妈，这次我想带你去城市走走，你想去吗？”

“等你下次回来再说吧！等你的钱挣够了。”

“好，那就过年我再回来看你。”

秋桦挥手送别儿子，志林坐上去往县城的公交车。他推开玻璃窗，坑坑洼洼的灰白色水泥路旁，几个脸蛋稚嫩的孩子在跳皮筋儿，“三八三五六，三八三五七，三八三九四十一”。这熟悉的号子唤起志林儿时的记忆，过去这么些年，这跳皮筋的游戏还没过时吗？孩子们的脸蛋儿红彤彤的，他们那么快乐，仿佛这个世界没有烦恼。而这样的情绪，志林儿时便被剥夺。

一路上，他插着耳机，听着《送别》这首满是年代感的歌。

> 长亭外，古道边，芳草碧连天。晚风扶柳笛声残，夕阳山外山。
> 天之涯，地之角，知交半零落。一壶浊酒尽余欢，今宵别梦寒。
> 长亭外，古道边，芳草碧连天。问君此去几时来，来时莫徘徊。
> 天之涯，地之角，知交半零落。人生难得是欢聚，唯有别离多。

歌声还未唱起几句，他的眼泪早已夺眶。此时，与母亲离别，与故乡离别，是他人生真正的痛，他的难过无人可诉说。歌词写得真美，歌声凄婉绵长，道尽离别之人无限的哀伤与愁怨。可人生正如歌词所唱，人生最难得的是欢聚，离别才是常态。有人匆匆见一面便匆匆离别，有人分别多时，短暂团聚又不得不离开。如果人生有更好的选择，谁又喜欢离别呢？这首歌唱的是人生无奈，道不尽离人愁绪，这使得他的眼泪始终难以遏制。

吹着这属于雁北的风，看着车窗外，一路上看着雁北农村，玉米一日一长，很快就吐穗结出玉米棒子。车上坐着男女老少，他们谈着庄稼长势，谈着东家儿子西家女儿的婚恋，可志林却想听听有没有谁的孩子考上大学。这时从刘庄车站上来一个穿着时英中学校服的男学生，他浑身充满朝气与英气，志林给予他最真挚的祝福。穿着灰色衬衫的短胡子中年男人引起志林的注意，他脸上满是乡土气息，兴许真的几日没洗漱，总而言之，并不干净，可以说有些邋遢。他说着经济形势，他希望能有厂子，他想要工作。志林仔细观察着他的一举一动，志林相信他是优秀的农村人，起码是有思想的农村人。面对困境，他懂得变通，他知道本地人需要什么，而不是空洞的理论。

到了县城，志林放弃直接去市火车站，他步行回到了时英中学。学校还是老样子，稀稀拉拉种着几棵杨树。志林想看看王书记的身影，不知道后来的学生有没有让他挺直腰杆。可时间已不早，他抓紧时间去当初常去的书店。书店名字未变，就连里面书的摆设和种类都未变。志林想起李依依，不知后来的她境遇如何，有没有实现梦想？人生从来如此，牵挂的人不知不觉已消失得无影无踪。

志林买了本《格林童话》，便搭上出租车，直接去往市火车站。

第七章 尾声

1

再见了，母亲！再见了，磨村！再见了，雁北！

一觉醒来，志林已抵达余州，这当真是人生又一站，志林心想。他顺利来到进出站口广场。在车上憋了一天，他早已难以忍受，现在需要透透气。此时正是太阳高照，天上飘着浮云，可并不能遮住太阳。志林发现，新的城市似乎与江城并没有太多差异，楼房的样式还有交通工具都像一个模子刻出来的，志林突然明白城市兴许都是这个样子，如果想要看点儿新的花样似乎并不容易。

此时他肚子饿了，他用手机导航到一家咖啡馆，点了咖啡和甜点，咖啡的花式普普通通，少了林清的怪与野，大概这才是咖啡最本真的样子。他整整静坐了一个多小时，仔细观察窗外的行人，大概与江城人还是有所区别的。现在他已不是当初踏足江城的毛头小子，对未知的人生充满信心，对人生有了规划。他轻车熟路开启了找工作之路。有了之前工作的积蓄，现在他可以住进并不昂贵的宾馆，不用掐指计算早上要吃三块钱的包子还是八块钱的面条。将近两年的工作生涯让志林明白了一个道理：只要能生存下去，工作有什么可挑剔的呢？他顺利找到了一份销售的工作，主要销售保险，这份工作对他而言最大的好处是门槛低，不用具备大学学历便可以进入企业，不用再像过去那样当跑腿儿的劳工或服务员。

开始几天，志林接受了高密度的业务培训与销售技能培训，一番教导刷新了志林过往的观念与认知，他对社会、对人生的认识更加全面，对金钱的渴望更加迫切，一夜暴富的梦竟然在他的心里萌发。之后外出工作，志林却接二连三碰壁，这与他害羞内敛的性格有很大关系，这点很难在短时间内改变。很快，业绩一直垫底的他从最初被打趣逗乐儿的小兄弟沦为挨骂、被羞辱的对象，他一夜之间感觉进入到炼狱当中，在趣吧工作期间建立起的自信与自尊很快被摧毁到一文不值。

为提升业绩，他努力克服羞怯的性格，主动跟别人打招呼，修炼出一套夸赞人的套话。谁不爱听好话？再刚正不阿的人在糖衣炮弹面前都会乖乖就范，只要给的糖足够合适、足够精准。这是新同事马哥告诉他的道理。

马哥今年 28 岁，是个大学生，他做销售的目的就一个：成为有钱人。只有做销售，做出卓越的业绩来，谁知道会不会一夜暴富；就算不暴富也能实现财富自由，到时候还怕没有女友？只怕到时候对女人招之即来挥之即去，她们也不敢有何怨言。马哥是这个月的销售业绩冠军，目前志林在他的手下当新人。马哥整日白衬衫黑西装，领带打得标准优雅，志林由衷佩服这个大哥。志林听着马哥的论调自惭形秽，他什么时候才能有马哥那样的能力呢？

抵达余州两周，志林租好房子，宾馆花钱如流水，很快花掉他的不少积蓄，这仿佛是在他的心窝挖肉，真是心疼。志林赶紧找一间旅馆随便住下，夏季正式到来，房子热到晚上难以安稳睡着，可即使热到窒息他也不敢打开空调。这时他尤其想念在趣吧的生活，难道那就是他人生中的黄金时代吗？难道他的人生才刚开始便进入到无边无际的衰退期了吗？志林辗转难眠，终于在后半夜三点昏昏沉沉进入梦乡。在梦中，他见到了庄强，梦中的他摇身一变成为大老板，正开着一家公司，已在江城买下一套大平层，装修气派。看到改变了命运的庄强，志林大吐苦水。

“庄大哥，我在余州感到难过，生活不仅没有改善，还被讥笑迂腐。我要彻底改变自己了。”

“别人的讥笑或许能够帮助你改善性格，但是如果他们不曾拥有知识而讥笑知识的作用，那么也许迂腐的是他们。”庄强像过去那样对他说教。

“我也想成为你这样的成功人士，我该怎么办呢？”志林急切地问。

“所谓成功，三分运气，七分拼搏，你还要努力的呀，小兄弟。”庄强递给志林一支烟，志林不会抽，他只好把庄强伸出的手推回去。庄强无奈地摇头苦笑。

不知怎么回事儿，庄强的脸突然变成薄意星。难道刚才眼花了，看错了？梦中的志林揉揉眼睛，他仔细看，确实是薄意星，怪不得说话的语气不像庄强。

“你……你怎么出来了？”志林问。

“我为什么不能出来，我进去什么地方了吗？”薄意星满脸疑惑。

“你不是……”志林不敢再说他杀人这件事。

“轮得到你问吗？请给我端一杯咖啡。”听到薄意星的指令，志林赶紧去找玻璃房，可怎么都找不到。

“人呢？我要辞退你。”薄意星狂吼着。

“不要辞退我，我这就去找林清。”志林赶紧安抚老板。

志林吓醒了，这个时候他意识到，薄意星即使到今天也压在他的头上。他害怕这个男人，可他也需要这个男人的鼓励。听到他的鼓励，志林会觉得生活有盼头，还有希望。醒来后，志林看着乌漆麻黑的房间，孤独感再次袭来。也许他并不适合做保险销售。志林觉得自己应该做一些与文化知识贴近的工作，那样会更有成就感，就像在趣吧工作时那样。

2

“马哥，我有话想跟你说。”志林找到马哥，请求他到外面说说话。

“嗨，您好，王太太，这个意外险是必须要买的，谁都不知道意外与明天哪个来得更早，人无远虑，必有近忧。”马哥正给客户打电话，加足马力推销保险业务。

“你干嘛，没看到我正在谈业务。”马哥压低嗓门儿抱怨志林说话不看场合干扰他做事。志林只好原地不动等他把电话打完。

“嗨，王太太，嗯，我在呢！刚才跟我的手下说话呢！我给您分析哈，很多人对保险存在偏见，可等到真遇到麻烦才又想到保险的好，到时候后悔都来不及……”马哥整整与客户打了四十分钟的电话，志林佩服这个领导的口才，丝毫不逊色于薄意星，如果跟他混下去说不定也能练就好的销售能力，可志林志向已不在此了。

四十分钟后。

“你要说啥？”马哥看着志林异样的眼神，瞬间明白不是工作上的问题。

“走，去外面说吧！”马哥把头转向门的方向，提示志林出去。

“谢谢您。”志林跟在马哥后面，走到办公室外面的走廊上。

“你要说啥？”马哥问。

“我想辞职。”说出这四个字，志林有些不好意思。

“为啥辞职，我对你不好吗？”马哥问。

“您对我很好。”志林答，这是实话。

“不想变有钱人吗？”马哥一脸冷峻地问。

“想。”志林回答，这也是他的真心话。

“那我就不明白了，你为什么要辞职？”马哥情绪开始激动。

“我想做更适合我的工作，即使是销售。”志林如实告知，希望能结束马哥咄咄逼人的问话。

“行吧！既然你要走，我也不再挽留。”马哥叹了一口气。

“谢谢您这段时间的帮助，真心感激你，马哥。”这也是志林的真心话。

“去吧！”马哥给予志林微笑。得到这个微笑，志林相信来这保险公司一遭不仅学习到了知识，学习到了社会经验，还认识了一个好朋友。

下午，志林离开保险公司走在余州大街上，他发现这座城市有很多溪流，与江城湖泊密布倒是有所不同。溪流多了，小桥便也多了，走在小桥上看小溪，看小溪边的建筑别有一番风味，这曾经只能在书本、电视上看到的景色现在随处可见，这种体验并不糟糕。临别前，马哥让他去人才市场找工作，那里有不少工作机会，网上容易遇到骗子。志林决定周末去看看。

周末到来，志林带上简历去往人才市场。进入招聘现场，志林看到一排排招聘广告，机器操作工、文员、会计、保安，所列工种五花八门。志林没有看到适合自己的工作，他心情十分焦躁。正当沮丧的时候，他看到一则广告，那正是志林想要的工作，这次他一定要抓住这个机会。

志林无法抑制自己的兴奋，如果四下无人他一定会跳起来。这则招聘广告来自一家在国内知名度很高的互联网公司，该公司在搜索引擎领域占据半壁江山，只要上网谁能不知晓这家企业？能在里面上班将会晋升体面人，这不是郭二爸爸对他的期待吗？即便现在薪水不高，可毕竟是销售，正如马哥所言，有的是获取财富的机会。志林立马打电话咨询招聘情况，他想知道是否还有空余岗位留给他。得知尚有空余岗位后，他开心地杀回住处，晚上要吃顿好的犒劳自己。在路上，志林心想，所谓搜索，必然是带着求知欲去完成这个行为，本身与知识息息相关，这不就是他梦寐以求的岗位吗？

周一，志林马不停蹄搭上公交车又转地铁去往公司所在的地方，并按照大厅指引很快找到那家公司。公司人来人往，规模真是大。志林想得到那份工作的欲望更加强烈。面试官问他如何去推销一部电脑，他把在保险公司学习到的那一套销售理论照搬过来，然后根据面试官给出的情景加以灵活运用，竟然顺利通过了面试。面试的主考官是一位男性，他告知志林明天来上班，临走时提醒他上午先参加培训。

晚上回到住处，志林想，他终于找到了自己喜欢的工作，终于能够与白领们一起出入写字楼。这家公司下面还有食堂，真是完美。明天要好好准备一下，不能掉链子。他很快进入了梦乡，这大概是他离开磨村南下以来睡得最踏实的一觉。

3

第二天一早，志林便来到公司。他在负一楼吃过早餐，坐电梯抵达公司所在的十二楼，照着门牌号找到培训教室，此时已有三个人坐在里面，看来这次招聘的新员工还不少呢！看来自己不是极少数幸运者，他心里有些失落，不过能进这家公司他还是满意的，要好好准备培训才是。后来又进来一个男生，直接走到他旁边坐下，与他聊天。

“你好，你也是新来参加培训的吗？”这个男生与志林年纪相仿。

“是的。”志林并不太喜欢这个同事，他看起来呆呆的，他怎么会被招聘进来？志林内心的优越感再次减弱。

“这个培训啥时候开始？”男生问。

“我想是九点半吧！老师总得做个准备。”志林礼貌地回答。

正在这时，门又吱呀响了一下，志林回头看，只见推门进来一个女生，她看起来优雅文静，一定是大学毕业生。一个人待着多孤单呀，要不过去陪她吧！志林心想，这个女生是他喜欢的类型，很可爱。志林没有经过女生答应便不请自来，坐在她的左边。

“你好！我叫苏志林。”

“你好。”女生礼貌地应答。

志林与女同事互道“你好”后，主讲老师进来了。她身着职业西装，戴着黑框眼镜，扎马尾辫，小眼睛，单眼皮。讲实话，老师长得并不好看，不如身旁的姐姐。只是女老师自信满溢，容易亲近，工作成绩兴许使她并不在意容貌美丑。右边这位姐姐却显得多愁善感，很不自信，想必她有心事。

“你们都是新来的销售吧！”女老师问道。

“是的。”众人齐声应答，这时教室已经坐下十个左右新同事。

“都是前天还有昨天面试进来的吗？”讲师问。

“是！”众人答。

“好，我担心会出现重复培训的情况。没事哈，我们现在开始，先了解公司的企业文化还有主营业务。”女老师滔滔不绝地讲着，嘴巴一张一合。志林边听边用手机查，忙活做笔记。熟悉业务才能尽快做出业绩，志林明白这个道理。科技产品也许女生并不熟悉，不如帮助她吧！志林与女同事攀谈起来。

老师把公司辉煌的历史讲得天花乱坠，志林从她的讲述中明白过来，这并非那家高知名度互联网企业的分公司，而只是代理一部分业务而已，该业务眼下急需大量销售，志林这才顺利入围。志林心中的失落感再次加强，只是眼下为了生存还有什么好挑剔的呢？中途，老师开始发表格，让新员工填写个人信息。志林担心学历被人歧视，他心想：该怎么写呢？那就把江城理工大学写上去吧，要不然他们瞧不起自己可怎么办？在这规模还算大的公司里，其他人搞不好都是大学生。志林填毕，把表格传递到那个女生手里，志林好奇她的信息，斜着眼偷瞄。女生停顿了几秒，写上“罗亭，1989 年”。志林震惊，女生竟然整整比他大七岁，这真的完全看不出来，路惜瑶大概与她年龄差不多，可这个姐姐看起来更像他的同龄人。

“你好小，这么早就出来工作，我八九年的。”女生同样惊讶于年龄这个点。

“姐姐，你看起来很小，很漂亮。有啥不懂，可以问我，我社会经验丰富。”志林赶紧温柔地说道。这会儿，他明白年龄是女人的痛点，要让女生自信。

“啥？社会经验丰富，我想我不大明白。”女生惊讶的神情让志林有点儿慌，难不成穿帮了？志林忐忑着。

培训结束，他们走出写字楼向外面走去。眼下女生要租房子，这是个令人头疼的大事儿，志林表示愿意帮助她解决麻烦，以后还能一起合租，有个伴儿可以互相照应。女生答应了志林的请求，她觉得这样安排再好不过。在人口背景各异的熙熙攘攘的大街上，志林想表现出男人气概，他时刻注意来往车辆。

“你来余州多久了？”姐姐问。

“大概一个多月吧！昨天经过两人面试，今天报到，你呢？”志林答道。

“我来余州半个月，前几日找工作一直被拒，差点儿要去 KTV 打扫卫生。”女生露出苦笑神情，微摇着头。

“怎么会这样，我看你是大学生，怎么会找不到工作呢？”志林问。

女生还挺关心他，志林心想。只是这堂堂大学生，竟找不到一份工作，真是难以置信。他决定把尚未读过大学这一真实情况告诉对方。撒谎并非志林的专长，话出舌头，他变得局促，可很快平静下来。他发觉女生与过往认识的大姐姐有些不同，可又说不出有啥不同，这份不同，让志林的自卑感变弱，让他敢说出自己的痛。

一股强烈的热流气浪逼近，志林猛回头看到一辆车。

“小心，后面有车。”志林拉住她的胳膊，躲开一辆奔驰车。好险，差点儿撞上，司机真是不长眼。此刻接近她身边，志林心中有些心动。

“谢谢。”女生道谢。

她大概还没注意到危险逼近呢！真像个孩子，志林心想。这更让他对身边的姐姐多了一份超越年龄成熟程度的关心。

“你是哪里人呀？”女生问，看来她的恼怒已平息。

“我老家是雁北的，你听说过吧！应该很知名的，塞北明珠，中国古代顶级古战场。”志林回答。

遇到陌生人，看来大家都喜欢聊故乡，这是没话可说情况下找话题的灵丹妙药。志林喜欢谈历史人文这类话题，这是他打小便有的兴趣。志林卖弄着他的观点见解，从女生的眼神，志林读到了认可，这使他信心增强。看来女生也喜欢这类话题，有话可说。

他们在余州大街上漫游，这也符合志林的癖好，边走边聊是人生一大趣事，尤其是和喜欢的人并肩而行。志林又想起渡边彻和直子。

从公司所在的山阴大道转入桂林路，已走了一段路程，可女生对他的故事似乎很感兴趣。既然她喜欢听，讲讲又何妨？她情绪那么低沉，讲故事可以帮她解闷儿，那就讲讲吧！志林觉得自己饱读诗书，讲点儿趣话并不难。走过一段路程，他们肚子饿了。

“你一定饿了吧！”女生先发话。

志林听从女生安排走进一家面馆。志林原本想主动买单，可女生抢先付了自己的那部分，真是个体贴的姐姐。

令人意想不到的是，女生竟然还未毕业。志林想起路惜瑶和熊楚楚这些高傲的女大学生，他担心桌子对面的女生看低自己。得告诉女生，他的前女友可同样是大学生，果然她明白了是怎么回事儿。她连连点头，这正中志林下怀。只是接下来，她像一只好奇的猫不断追问志林的感情史，她关心这些做啥？不过既然想知道，告诉她也没关系，反正去往小区的路上无聊得很，总得说点儿什么。

“认识路惜瑶的时候，我在一家咖啡馆上班……那家咖啡馆开在一栋很奇怪的建筑里，样子古怪极了。周围人都知道那座建筑，有两栋楼连接，我们叫它们玻璃房和金属房。路惜瑶是我的第一个女朋友，她是对面大学的学生……”

女生认真聆听，若有所思。终于遇到喜欢听他人生故事的人，这是志林的一大幸事。人生欢乐几时多，唯有知音在旁。

后记

四年时间已过，现在是2022年7月。原本我想写一个扬州小镇孩子的故事，最终起笔于家中，完成于苏州。要知道在写作《盒子》初期，我从未到过江苏，人生的神奇之处大概在此。写作初期，想着模仿毛姆的《人生的枷锁》，记录一个单纯孩子的悲情人生，只是写的时候，随着我踏足社会，人生阅历真正增补，我对现实的关注以及对命运的思考逐步萌发，于是半虚构的故事，有了对人文历史的思考和对现实的记录。

当下时代，人们更愿意在虚幻世界中感受男女爱情的惊心动魄。而文学作为人文艺术中的一大门类，诞生之初便肩负着记录时代的重任。既然动手写作，我想应当自觉把“现实主义”外衣披在身上，记录我这个年代出生的人所经历的时代变迁。

心中承载着理想状态下的创作动向，可我在实际写作中遇到了重重困难，终究在苏州闭关的几个月时间里，达成了自己多年的创作心愿。我感激苏州越溪给我提供了安静、浪漫、自在的写作环境，那是我前半生罕见的安逸时光。也感激自己的前半生，喜欢聆听，喜欢游历，喜欢体验，喜欢冒险，喜欢闯荡江湖，否则《盒子》无论如何也无法完成。我并非天赋异禀的选手，我需要体验来充实创作素材。

借着写书，我还去了几个省份旅游，打卡中国大江大湖，这是最让我惊喜的收获了。

——2022年6月24日于大同